BASTEI
LÜBBE

Taschenbücher von PIERS ANTHONY
im BASTEI-LÜBBE-PROGRAMM

Die Saga vom magischen Land Xanth
20 156 Chamäleon-Zauber
20 158 Zauber-Suche
20 160 Zauber-Schloß
20 162 Zentauren-Fahrt
20 164 Elfen-Jagd
20 166 Nacht-Mähre
20 168 Drachen-Mädchen
20 094 Ritter-Geist
20 106 Turm-Fräulein
20 120 Helden-Maus
20 139 Himmels-Taler
20 154 Welten-Reise

Die Inkarnation der Unsterblichkeit
22 098 Reiter auf dem schwarzen Pferd
22 104 Der Sand der Zeit
24 102 Des Schicksals dünner Faden
24 114 Das Schwert in meiner Hand
24 119 Sing ein Lied für Satan

23 119 Die Macht der Mantas

Die Titanen-Trilogie
24 084 Zeit der Kämpfer

Die Saga vom magischen Land

XANTH

PIERS ANTHONY

DRACHEN-MÄDCHEN

Fantasy-Roman

Ins Deutsche übertragen
von Ralph Tegtmeier

BASTEI
LÜBBE

BASTEI-LÜBBE-TASCHENBUCH
Fantasy
Band 20 168

Erste Auflage: November 1991

Deutsche Lizenzausgabe 1991
Bastei-Verlag Gustav H. Lübbe GmbH & Co.,
Bergisch Gladbach
Originaltitel: Dragon on Pedestal
Titelillustration: Darrell K. Sweet
Umschlaggestaltung: Quadro Grafik, Bensberg
Satz: KCS GmbH, 2110 Buchholz/Hamburg
Druck und Verarbeitung: Brodard & Taupin,
La Flèche, Frankreich
Printed in France
ISBN 3-404-20168-X

1 Gute Magier, 2 Schloß Roogna, 3 Nördliches Dorf, 4 Baum, 5 Insel der Illusionen, 6 Tränensee, 7 Ogersee, 8 Magischer Staub, 9 Unbekannt, 10 Zentaureninsel, 11 Istmus, 12 Drachen, 13 Kobolde, 14 Greife, 15 Vögel, 16 Ogre Fen-Ogre, 17 Luft, 18 Erde, 19 Feuer, 20 Wasser, 21 Leere.

1
2
3
4
5
6
7
8
9
10
12
13
14
15
16
17
18
19
20
21

1

Ivy in Gefahr

Irene hielt ihr kleines Mädchen fest im Arm vor sich auf dem Rücken der Zentaurin. Sie näherten sich Schloß Zombie, und da wollte sie nicht, daß sie herunterrutschte oder ihr sonst etwas geschah. Iva war erst drei und hatte noch nie einen Zombie gesehen, so daß sie möglicherweise auf eine solche Begegnung etwas unglücklich reagieren würde.

Plötzlich hatte Irene eine entsetzliche Vision. Sie stieß einen Schrei aus und wäre beinahe selbst vom Zentaurenrücken gefallen.

Chem Zentaur wirbelte mit dem Vorderkörper herum, um Mutter und Kind noch rechtzeitig abzufangen. Im selben Augenblick sprang auch Chet herbei und griff nach ihnen, um sie zu stützen. »Was ist passiert?« fragte er und griff mit der freien Hand nach dem Bogen, den er über seine Schulter geschlungen hatte. »Ich hab' gar nichts gesehen.«

»Ihr nicht, aber *ich*«, erwiderte Irene. »Eine Vision. Sie hat mir angst gemacht.«

König Dor, der auf Chet ritt, warf Irene einen schrägen Blick zu. Er war sich ganz offensichtlich nicht darüber im klaren, wie ernst die Sache sein konnte, also beschränkte er seine Kommentare aufs Naheliegende. »Begeben wir uns erst einmal aufs Schloß, dann kannst du es uns erzählen.« Er erwähnte es zwar nicht ausdrücklich, aber möglicherweise war er etwas nervös, weil seine Tochter im Arm einer Person mitreiten mußte, die aus keinem erkennbaren Grund zu schreien pflegte; denn er griff nach Ivy und nahm sie Irene ab. Irene unterdrückte einen Anfall der Wut und der Verlegenheit, sagte jedoch nichts. Sie konnte sich ihre eigene Reaktion selbst nicht so recht erklären.

In betretenem Schweigen ritten sie weiter, wobei sie es den beiden Zentauren überließen, den Weg zu wählen. Irene warf ihrem Mann und ihrem Kind einen verstohlenen Blick zu. Dor war noch jung und unerfahren gewesen, als sie ihre Verlobung in die Wege geleitet hatte, und als es ihr vor fünf Jahren endlich gelungen war, ihn zu heiraten, machte er immer noch nicht einen besonders stattlichen Eindruck, obwohl er ein vollkarätiger Magier war. Sie erinnerte sich mit einer gewissen Freude an ihre Hochzeitsnacht auf dem Zombiefriedhof von Schloß Roogna. Die meisten Zombies waren inzwischen von ihnen gegangen, von den gnadenlosen Invasoren aus Mundania niedergemetzelt. Es war gar nicht so leicht für einen Zombie, zu sterben, weil er ja im Grunde überhaupt nicht lebendig war, aber man konnte ihn in Stücke hacken. Den neueren Zombies hier im Schloß des Zombiemeisters in der unerforschten Wildnis des südlichen Xanth war jedoch eine solche Schmach erspart geblieben.

Sie schob das Thema in Gedanken beiseite, weil sie nicht viel für Zombies übrig hate, so nützlich und loyal sie auch sein mochten. Sie dachte wieder über Dor nach. Durch die Thronbesteigung war er plötzlich reifer geworden, zumindest in ihren Augen, und als zwei Jahre später ihre süße Tochter geboren wurde, war er noch mehr gereift. Jetzt, im Alter von neunundzwanzig Jahren, wirkte Dor durchaus solide und gesetzt. Noch ein paar weitere Jahre, und er würde richtig königlich aussehen.

Ivy dagegen war ein kleiner Wirbelwind. Sie war recht groß und munter für ihr Alter und besaß helles Haar mit einem leisen Grünton, während ihre Augen noch sehr viel grüner schimmerten. Ihre Neugier hinsichtlich Xanth kannte keine Grenzen, aber das war ja auch ganz natürlich bei einem Kind. Ivys Talent allerdings . . . In ihrer Gegenwart mußte sich das ganze Palastleben an sie anpassen, denn . . .

»Halsch!« Das war ein Zombiezentaur, der den Zugang zum Schloß des Zombiemeisters bewachte. Sein Fell war fleckig vom Schimmel, und sein Gesicht war durch und durch verfault, aber ansonsten war er noch recht gut in Schuß.

»Wir sind zur Einführung der Zwillinge gekommen«, sagte König Dor, als spräche er zu einem lebendigen Wesen. »Bitte laßt uns vorbei.«

»Ssssichr«, machte der Zombiezentaur. Offenbar hatte man ihm eingeschärft, sich diesmal etwas entgegenkommend zu benehmen.

Sie ritten auf das Schloß zu. Es war ein wahrhaft bizarres Muster seiner Gattung: Der Graben war mit dickem, grünlichem Schleim gefüllt, in dem sich verkrüppelte Ungeheuer tummelten. Seine Steine waren von Schleim überzogen, und das ganze Schloß sah aus, als wäre es Hunderte von Jahren alt, obwohl es doch erst vor einem knappen Jahrzehnt erbaut worden war. So hatten die Zombies es eben gern. Sie hatten es errichtet, und auch die winzigsten Einzelheiten wiesen ihren Fäulnisstempel auf.

Die Zwillingskinder des Zombiemeisters waren auf der Hut. Sie kamen hinausgerannt, um die Neuankömmlinge zu begrüßen. Sie waren erst sechzehn, schlaksig, hellhaarig und aus größerer Entfernung kaum voneinander zu unterscheiden, zumal sie in etwa gleich groß waren. Doch als sie näherkamen, wurden ihre Unterschiede offensichtlicher. Hiatus war männlichen Geschlechts, von sich entwickelndem Schulterumfang und mit den ersten Spuren eines Barts. Lacuna war ein Mädchen; ihr Gesicht wirkte runder, und sie hatte ihre Kleidung zurechtgemacht, um Konturen zu betonen, die anscheinend noch nicht zu ihrer vollen Zufriedenheit ausgefallen waren.

Irene lächelte unbemerkt. Manche Mädchen wurden eben früher füllig, wie es bei ihr selbst der Fall gewesen war, während andere länger brauchten. Lacuna würde es schon noch schaffen.

»Willkommen auf Schloß Zombie, Euer Majestäten«, sagte Hiatus in förmlichem Ton. Die beiden waren gerade auf gutes

Benehmen getrimmt; nirgendwo waren Spuren ihrer Schabernackmagie zu erkennen.

»Schön, wieder hier zu sein«, erwiderte Dor. Tatsächlich war der König dienstlich unterwegs; die Einführung der Zwillinge in die Gesellschaft war nur ein Vorwand gewesen, der dazu diente, die Bürger Xanths nicht zu beunruhigen. Denn Grund zur Unruhe gab es durchaus, und das bevorstehende Treffen war von großer Wichtigkeit. Es war vielleicht die erste wirklich ernste Krise seit Dors endgültiger Thronbesteigung, und Irene sorgte sich darum, daß er die Sache verschieben könnte. Sie hätte es vorgezogen, wenn ihr Vater, der frühere König Trent, in der Nähe gewesen wäre, doch der hatte sich ins Norddorf zurückgezogen. Sie liebte Dor und hatte es immer getan, besonders dann, wenn sie wütend auf ihn gewesen war, aber sie wußte, daß er nicht das Format ihres Vaters besaß. Natürlich ließ sie sich dieses Wissen niemals in der Öffentlichkeit anmerken. Ihre Mutter Iris hatte ihr schon vor langer Zeit beigebracht, daß es politisch unklug war, sich allzu offen über die Unzulänglichkeiten von Männern zu äußern, ganz besonders von Ehemännern und erst recht dann, wenn diese zufällig auch noch Könige waren. Es war geschickter, die Fäden aus dem Hintergrund zu ziehen, nach ganz altmodischer Manier. Dort lag die wirkliche Macht.

»Wir haben die Zombies für Euch saubergemacht«, warf Lacuna schüchtern ein.

Irene musterte den Zombiezentaur, der ihnen als eine Art Ehrengarde gefolgt war. Während er einherschritt, fielen ihm faulige Fleischklumpen von den Knochen und zerplatzten mit einem ekligen Geräusch am Boden. Doch man hatte dem Geschöpf ein leuchtendrotes Band in die Schweifhaare geflochten. »Das sieht man«, erwiderte sie diplomatisch. »Das war aber nett von euch.«

Sie schritten auf einer krummen hölzernen Hängebrücke über den Schloßgraben. Irene konnte es sich nicht verkneifen, zu der grünen Schleimmasse hinunterzublicken und die Nase wegen des infernalischen Gestanks in Falten zu legen. Kein Feind, der bei gesundem Verstand war, würde jemals diese Kloake stürmen!

Ein Zombieungeheuer hob seinen weitgehend defekten Kopf aus dem Wasser, ließ sie jedoch in Ruhe. Es war das ständige Hin- und Hergelaufe der lebhaften Zwillinge gewöhnt. Natürlich taugte ein solches Wesen nicht zur richtigen Verteidigung, weil es den größten Teil seiner Zähne bereits eingebüßt hatte, doch wäre es unhöflich für einen Besucher gewesen, darauf hinzuweisen. Wie Ehemänner verlangten auch Zombiemonster nach sorgfältiger Behandlung.

Das Innere des Schloßes machte einen völlig anderen Eindruck, denn hier waltete Millie das Gespenst. Der Steinfußboden war blitzeblank und anheimelnde Teppiche bedeckten die Wände. Das Zombiegeschöpf folgte ihnen nicht hinein, und es waren auch keine anderen Zombies zu sehen.

Millie kam auf sie zu, um sie zu begrüßen. Sie war in einen sanftrosa Umhang gekleidet, der ihr sehr gut stand. Achthundert Jahre hatte sie als Gespenst auf Schloß Roogna im Teenageralter verbracht, doch seitdem hatte sie neunundzwanzig weitere Echtjahre gelebt und ihr sterbliches Alter ungefähr verdreifacht. Sie war ein ungewöhnliches kurvenreiches Geschöpf gewesen, wie Irene noch sehr gut wußte, weil sie sie immer heimlich darum beneidet hatte. Doch inzwischen neigte Millie zu einer gewissen Plumpheit, wie eine verwöhnte Hausfrau.

Ihr magisches Talent war allerdings noch aktiv, das erkannte Irene an Dors Reaktion. Sie spürte einen Stich von Eifersucht. Millie war in gewisser Weise einmal Dors erste Liebe gewesen, denn sie hatte ihn als Kindermädchen beaufsichtigt, wenn seine Eltern wieder einmal eine ihrer ausgedehnten Dienstreisen unternahmen. Doch löste Millie diese Reaktion bei jedem Mann aus – während sie selbst einzig und allein den Zombiemeister liebte. Irenes Eifersucht war also im Grunde überflüssig, und sie zügelte sie eisern. Als Erwachsene hatte sie Millie besser kennen und schätzen gelernt. Millie war wirklich sehr lieb und von einer ewigen Unschuld. Wie sie das trotz ihrer beiden Kinder schaffte, war ein Rätsel, und auch darauf war Irene ein wenig eifersüchtig.

Draußen wurde es plötzlich laut, und die Zwillinge stürzten vor die Tür, um sich nichts entgehen zu lassen. Kurz darauf eskortierten sie Arnolde Zentaur hinein. Arnolde, der kein Zombie war, war wesentlich älter als Chet und Chem, was man ihm auch ansah. Sein Gang war etwas steif, er trug eine Brille, und Teile seines Fells waren ergraut. Er war ein Magier, dessen Magie in Xanth selbst nicht offenbar werden konnte, wohl aber seine ungemeine Bildung und Intelligenz. Während der Nächstwellenkrise war er für kurze Zeit König von Xanth gewesen, und man war sich allgemein darüber einig, daß sein besonderer Scharfsinn den Krieg zugunsten Xanths entschieden hatte. Irene mochte Arnolde: durch ihn war sie selbst ebenfalls, wenn auch für noch kürzere Zeit als er, König von Xanth geworden.

Nachdem alle einander höflich begrüßt hatten, begaben sich Chet und Chem wieder hinaus, um mit den Zwillingen das Schloßgelände zu durchstreifen; Ivy nahmen sie ebenfalls mit. Nun trat der Zombiemeister ein. Er wirkte immer noch so skelettartig wie stets, trug jedoch einen schmucken schwarzen Anzug aus Mundania und wirkte auf seine Weise durchaus attraktiv.

Eine kurze Pause. Dor drehte sich zu Irene um. »Die Vision?« fragte er sanft.

Die Vision! Fast hätte sie sie vergessen! Nun kehrte die Erinnerung mit all ihrem Grauen wieder. »Es ... es war ein Bild oder ein Stilleben. Eine Statue. Zwei Statuen. Und Gefahr.«

Der Zombiemeister wandte ihr ernst den Kopf zu. »Gefahr – hier?«

»Sie erlitt eine Vision, als wir uns dem Schloß näherten«, erklärte Dor. »Ich hielt es für besser, die Sache nur im kleinen Kreis zu besprechen, manchmal sind solche Dinge ja wichtig.«

»In der Tat«, meinte Arnolde. »Es gibt Aspekte xanthischer Magie, die uns unerklärbar bleiben. Prophetische Visionen sind dafür ein Paradebeispiel.«

»Ich weiß nicht, ob sie prophetisch sind«, erwiderte Irene. »Vielleicht war es auch nur Unsinn.«

»Das können wir jetzt am besten herausfinden«, sagte Dor. »Und wenn wir es nicht schaffen sollten, wird der Gute Magier Humfrey es bestimmt tun, sobald er hier eingetroffen ist.« Er griff nach ihrer Hand. »Du hast Statuen gesehen?«

»Die eine war Imbri die Tagmähre – die Statue, die wir von

ihr gemacht haben, nachdem sie Xanth vor dem Reitersmann gerettet hatte.«

»Natürlich«, stimmte Dor ihr in beruhigendem Ton zu. »Wir alle verehren die Mähre Imbrium.«

»Die andere schien ... eine Drache zu sein. Auf einem Podest.«

Dor drückte ihre Hand. Er konnte wirklich sehr tröstlich sein, wenn er sich Mühe gab. »Und das hat dir Angst eingejagt?«

»Nein, nicht wirklich. Nicht die Statuen. Die waren bloß aus Stein.«

Die dürren Mundwinkel des Zombiemeisters zuckten. »Vielleicht hat die Gorgone damit zu tun.«

»Das glaube ich nicht«, entgegnete Irene. »Aber zwischen ihnen ...«

Sie hielt inne, hatte Schwierigkeiten, die richtigen Worte zu finden. »Das Nichts?« schlug Dor hilfreich vor. »Die Mähre Imbri ist ja dort hineingefallen, und es ist immer noch gefährlich ...«

»Nein, nicht das Nichts. Aber etwas, was ganz genauso entsetzlich ist. Ich weiß nur nicht, was es ist.«

Dor zuckte verständnislos mit den Schultern. Doch nun richtete Arnolde seinen scharfsinnigen Zentaurenverstand auf das Problem. »Warum jagt Euch eine Gefahr, die zwei Statuen droht, Angst ein?«

»Sie drohte nicht den Statuen«, widersprach Irene. »Und sie ging auch nicht von ihnen aus. Es waren einfach nur Denkmäler, glaube ich.«

»Also handelt es sich um einen bestimmten gefährlichen Ort«, meinte Arnolde. »Den müssen wir herausbekommen. War es hier auf Schloß Zombie?«

»Nein, hier nicht. Ich kenne den Ort nicht. Aber es ist auf jeden Fall ein Ort der Gefahr.«

»Droht einem von uns hier Gefahr?« fragte der Zentaur, um das Gespräch in eine neue Richtung zu lenken.

»Ich glaube nicht. Nicht direkt.«

»Wem denn?«

»Ich bin mir nicht sicher«, sagte Irene, und ihre Miene verfinsterte sich.

»Ich glaube, Ihr wißt es doch«, beharrte Arnolde. »Wenn die Gefahr weder uns noch Euch droht, dann droht sie vielleicht jemanden, den Ihr liebt . . .«

»Ivy!« rief Dor aus.

Das war es. »Zwischen den Statuen«, stimmte sie ihm mit schwerer Stimme zu.

»Eure kleine Tochter, zwischen den Statuen«, faßte Arnolde zusammen.

»War sie verletzt?«

»Nein, einfach nur da. Sie wirkte fast glücklich. Aber es flößte mir Entsetzen ein. Ich wußte etwas Schreckliches . . . daß Ivy – ich weiß es nicht. Es steckte alles in dieser einzigen Szene.«

»Nachtmähre, Drache und Kind«, murmelte Arnolde. »Gemeinsam in Gefahr. Vielleicht genügt Euch diese Warnung, um die Situation zu vermeiden.«

»Wir werden sie von Statuen fernhalten«, sage Dor beruhigend.

Das alles wirkte jetzt plötzlich ziemlich lächerlich. Diese Vision mußte nicht unbedingt etwas besagen, und wenn sie es doch tun sollte, so waren zumindest die Statuen nicht dafür verantwortlich. Die waren einfach nur da. Die Mähre Imbri würde Ivy niemals Schaden zufügen, ja, sie würde ihr nicht einmal einen Alptraum bringen, und der Drache – nun, der sah aus wie der Spaltendrache, denn er hatte sechs Beine, wirkte aber kleiner als dieser. Ein solcher Drache konnte tatsächlich gefährlich sein, weil eben *jeder* Drache gefährlich war – doch wie konnte eine Drachenstatue jemandem etwas anhaben? Und warum sollte jemand überhaupt ein Drachendenkmal errichten? Das ergab alles keinen Sinn!

Irene entspannte sich. Jetzt waren vier Magier im Raum, und sie konnten sich der Aufgabe widmen, die Einführungsparty der Zwillinge zu planen.

Eine Aufgabe, die sich alsgleich von selbst erledigte. Milli hatte insgeheim schon alles geplant und würde in einer Stunde eine prächtige Vorstellung inszenieren, unterstützt von Dingen wie sprechenden Gegenständen und fantastischen Pflanzen – dank der Talente von Dor und Irene.

»Sollte Humfrey nicht inzwischen schon längst zu uns gestoßen sein?« fragte Dor, und sein Ton verriet eine leise Verärgerung.

»Allerdings«, erwiderte der Zombiemeister. »Ich weiß auch nicht, was ihn aufhält.«

»Hugo«, meinte Irene kurz. Hugo war der zurückgebliebene Sohn des Magiers Humfrey und der Gorgone. Sein Name war eine Verbindung aus ihren: HUmfrey und GOrgone. Na ja, verbesserte Irene sich selbst, »zurückgeblieben« war vielleicht ein bißchen hart formuliert. Sicher, der Junge war ziemlich begriffsstutzig, und seine Magie war praktisch nutzlos; Humfrey behielt ihn auch meistens auf seinem Schloß – aber vielleicht würde es mit ihm später doch noch etwas besser werden. Humfrey war schließlich schon über hundert Jahre alt, so daß es für ihn wahrscheinlich schwierig war, ein völlig gesundes Kind zu zeugen, so ungnädig dieser Gedanke auch sein mochte. Vielleicht war Hugo aber auch nur ein Spätentwickler. Wer konnte schon sagen, wie er mit achtzig oder neunzig sein würde?

»Wenn Hugo dabei ist, geht die Sache oft schief«, bemerkte Dor. »Der Junge ist der geborene Tolpatsch. Humfrey hat tatsächlich erwähnt, daß er Hugo mitbringen wolle, damit er sich mit den anderen Kindern treffen kann. Die Gorgone wird solange auf Humfreys Schloß aufpassen.«

»Die anderen Kinder?« fragte Irene und hob eine sanftgrüne Augenbraue. »Die Zwillinge sind sechzehn, und Ivy ist drei. Hugo ist acht; mit wem soll er denn da spielen?«

»Wir haben Humfrey gebeten, den Jungen mitzubringen«, warf der Zombiemeister ein. »Er und die Gorgone haben ihr Schloß zehn Jahre lang mit uns geteilt, doch als Hugo kam, war es für uns an der Zeit, den Platz zu räumen. Sie haben unsere Kinder ertragen, da werden wir das gleiche mit ihren tun.«

»Für ein paar Stunden«, sagte Millie lächelnd an der Türschwelle. Irene hatte schon ganz vergessen, daß sie noch da war. Manchmal war Millie immer noch gespenstisch leise!

»Wir können auch ohne ihn weitermachen«, entschied Dor. Immerhin war er der König. Er konnte es sich nicht leisten, die Zeit mit Daumendrehen zu vergeuden. »Humfrey wird schon alle Einzelheiten wissen, wenn er eintrifft. Er hat uns bereits vorab einen Rat erteilt, obwohl wir nicht genau wissen, was er zu bedeuten hat.«

»Was mal wieder typisch für Humfreys Ratschläge ist«, murmelte Irene. »Die sind ungefähr so eindeutig wie eine Vision.«

»In Ordnung«, meinte der Zombiemeister. »Die Lage sieht also so aus: Ein Drache . . .«

»Ein Drache!« rief Irene und setzte sich kerzengerade auf.

». . . ist anscheinend in diese Gegend hier gekommen und terrorisiert die Einwohner. Wir haben zwar die üblichen Warnungen übermittelt, und meine Zombies humpeln gerade Streife, aber es handelt sich offenbar um ein besonders stures Geschöpf, das sich nicht durch normale Konventionen gebunden zu fühlen scheint. Folglich sind härterte Maßnahmen angezeigt.«

Irene entspannte sich wieder. Das schien nicht der Drache aus ihrer Vision zu sein.

»Wir verfügen über einige sehr mächtige Zauber im Waffenarsenal von Schloß Roogna«, meinte Dor, »aber der Gute Magier hat mir geraten, keine Waffenzauber mitzubringen. Das ist es auch, was uns verwundert. Warum sollen wir gegen einen Banditendrachen nicht mit wirkungsvollen Mitteln vorgehen?«

»Ich könnte vielleicht eine Extrapolation wagen . . .«, begann Arnolde.

Plötzlich wurden sie von einem fürchterlichen Gebrüll unterbrochen, das Irene sofort erstarren ließ.

Der Lärm hallte durch das ganze Schloß und ließ die Steine beben.

Millie das Gespenst sprang auf. »Ach, ich habe den Kindern doch ausdrücklich gesagt, sie sollen das Ungeheuer unter dem Bett nicht ärgern!« rief sie und flog fast vor lauter Eile aus dem Raum, um sich um die Angelegenheit zu kümmern.

»Das Ungeheuer nicht ärgern?« fragte Irene.

Der Zombiemeister zog eine entschuldigende Grimasse. »Unter jedem Kinderbett lauern Ungeheuer, aber unseres ist empfindlicher als die meisten. Das arme Ding regt sich immer gleich so auf. Die Kinder lieben es, ihre Füße vor seiner Nase baumeln zu lassen, um sie dann im letzten Augenblick zurückzuziehen, wenn es mit seiner haarigen Pratze danach greift. Manchmal bespritzen sie es auch mit Parfüm. Solche Sachen eben. So etwas ist wirklich nicht nett von ihnen. Wir möchten, daß sie alle magischen Wesen mit dem Respekt behandeln, der ihnen zukommt.«

Irene unterdrückte ein unangebrachtes Feixen. Sie hatte sich selbst immer vor dem Ungeheuer unter ihrem eigenen Bett gefürchtet und war als Kind oft mit einem Satz ins Bett gesprungen, nicht etwa, weil sie sich so sehr aufs Schlafen freute, sondern um der nach ihren Knöcheln greifenden Pratze zu entgehen. Als sie erwachsen war, war das Ungeheuer verschwunden, doch Ivy hatte erst kürzlich behauptet, es wiedergesehen zu haben. Als Irene der Sache nachgegangen war, hatte sie nichts feststellen können, so daß sie wußte, daß Ivy sich das Ungeheuer nur eingebildet hatte. Wahrscheinlich war es schon längst an Altersschwäche gestorben. Das merkwürdigste war dabei allerdings, daß Irenes Eltern stets so getan hatten, als würden sie ihr Ungeheuer nicht sehen, während es doch wirklich existiert hatte. Warum hatten die Erwachsenen sich nur geweigert, ihr echtes Monster zu sehen, während ihr Kind nur so tat, als würde es eins sehen, wo doch in Wirklichkeit keins da war? Egal, auf jeden Fall hegte sie keinerlei Sympathien für das Vieh. Ungeheuer, die unter Betten lauerten, gehörten wie Drachen und Nickelfüßler zu den Lebewesen, ohne die Xanth, so meinte sie, besser dran gewesen wäre.

»Kann es denn nicht nach oben aufs Bett greifen?« fragte Arnolde interessiert. »Zentauren benutzen ja keine Betten, deshalb kenne ich mich mit dieser Art von Ungeheuern nicht aus.«

»Das entspricht nicht dem Wesen von Bettungeheuern«, erklärte der Zombiemeister. »Sie können ihr Revier nicht verlassen, weil es oben zu hell ist. Ihr Revier endet an der Schattengrenze. Sie können sich nur bei Nacht fortbewegen, aber selbst dann verlassen Bettungeheuer ihr Nest nur im äußersten Notfall. Sie fühlen sich im Freien einfach nicht sicher.«

Das konnte Irene gut verstehen. Wenn ihr jemals ein solches Ungeheuer im Freien begegnen sollte, würde sie ihm schon die Leviten lesen! »Ihr wolltet etwas über Humfreys Motiv extrapolieren«, erinnerte sie Arnolde.

»Ach ja, stimmt«, meinte der Zentaurenmagier. »Der Gute Magier hat immer sehr gute Gründe für alles, was er tut oder unterläßt. Wenn an diesem Drachen irgend etwas Besonderes dran ist, wäre es unklug, ihn einfach zu erledigen. Dadurch könnten wir Xanth möglicherweise einen nicht wiedergutzumachenden Schaden zufügen.«

»Indem wir einen Banditendrachen auslöschen?« fragte Irene ungläubig. »Aber es gibt doch jede Menge Drachen in Xanth!«

»Es gibt jedoch verschiedene Arten von Drachen«, entgegnete Arnolde. »Genau wie bei den Humanoiden, die vom Riesen bis zu den Elfen reichen. Manche Drachen sind intelligent.«

»Der hier nicht«, sagte der Zombiemeister. »Oder wenn er es ist, dann läßt er es sich jedenfalls nicht anmerken. Er poltert einfach nur wahllos durch die Gegend.«

»Merkwürdig«, meinte der Zentaur. »Dann müssen wir wohl doch erst abwarten, bis uns der Gute Magier aufgeklärt hat. Ist das bei ihm üblich, daß er zu Verabredungen zu spät kommt?«

»Bei Humfrey ist nichts wirklich üblich«, erwiderte Dor lächelnd. »Er macht alles auf seine Weise und kann es sich leisten, Routinedetails zu vernachlässigen oder zu vergessen.«

»Wie zum Beispiel ein Treffen mit anderen Magiern Xanths, bei dem es darum gehen soll, eine Krise zu bewältigen«, warf Irene tadelnd ein. »Eine Krise, die dadurch noch verschlimmert worden ist, daß er es uns untersagt hat, wirkungsvolle Maßnahmen zu ergreifen.«

»Ich glaube, er muß unterwegs noch ein paar Dinge erledigen«, sagte der Zombiemeister entschuldigend. »Es gibt da ein paar magische Gebräue, die er in der Nähe seines Schlosses abfüllen kann. Er sammelt doch leidenschaftlich gerne magische Gegenstände.«

»Na ja, wo *wir* sind, sollte er jedenfalls wissen«, meinte Irene. »Schließlich ist er der Magier der Information.«

Dor klopfte ungeduldig mit den Fingerspitzen auf sein Knie. »Sollen wir die Entscheidung ohne ihn fällen? Wir können nicht mehr allzu lange warten, sonst werden die Kinder . . .«

Nun ertönte ein gewaltiges Krachen, dem ein undefinierbarer Lärm folgte. »Wenn man vom Teufel spricht!« sagte der Zombiemeister. »Jetzt spielen sie mit ihrer Musikkiste.«

»Das soll Musik sein?« fragte Irene und hob diesmal gleich beide Augenbrauen.

»Das ist so ein mundanisches Gerät, das man Juckbox nennt«, erklärte er. »Teenager befassen sich gern damit.«

»Jukebox«, berichtete Arnolde ihn sanft. »Mein Freund Ichabod der Mundanier hat sie importiert, und Humfrey hat einen Zauber ausfindig gemacht, mit dem Gerät hier funktioniert. Ich bin allerdings im Zweifel, ob sie wirklich gut daran getan haben.«

»Wenn das mundanische Musik sein soll, bin ich froh, daß ich in Xanth leben darf«, knurrte Irene.

»Gab es da nicht noch ein weiteres Problem?« fragte Dor den Zombiemeister.

Der griesgrämige Mann nickte. »Ja. Es sind eine Reihe von Leuten mit Amnesie aufs Schloß gekommen.«

»Mit Amnesie?«

»Sie haben vergessen, wer sie sind und wohin sie wollen«, erklärte der Zombiemeister.

»Es ist, als wären sie gerade erst geboren worden – aber sie sind im Vollbesitz ihrer Kräfte. Wir können sie nicht nach Hause schicken, weil sie nicht wissen, wo sie hingehören. Es gibt auch einige Tiere, die einfach ziellos umherirren.«

»Das hört sich nach einem Vergessenszauber an«, meinte Arnolde.

»Wie der Zauber, der über der Spalte liegt?« fragte Dor.

»Nein«, entgegnete der Zombiemeister, »der sorgt nur dafür, daß man die Spalte vergißt, wenn man nicht mehr in ihrer Nähe ist. Aber man vergißt dabei nicht, wer man ist.«

»Es könnte aber trotzdem ein Zauber sein«, warf Arnolde ein. »Es ist wirklich schade, daß die Betroffenen nicht mehr wissen, was mit ihnen geschehen ist.«

»Hat man versucht, ihre Spur zurückzufolgen?« wollte Irene wissen.

»Ja, natürlich«, sagte der Zombiemeister. »Wir verfügen über zahlreiche ausgezeichnete Zombiespürhunde. Wir haben ihre Spuren bis tief in den Wald verfolgt, aber die gaben nicht viel her. Bei zwei Leuten konnten wir sogar den Herkunftsort bestimmen. Einer von ihnen kam aus dem Süddorf, und seine

Frau hat ihn auch wiedererkannt, aber er konnte sich weder an sie erinnern, noch an das, was ihm zugestoßen war. Unterwegs gab es keinerlei Anzeichen für üble Machenschaften. Anscheinend war er hinausgegangen, um für seine Frau eine neue Tannennadel zum Nähen zu besorgen, und ist nie mehr zurückgekehrt. Wir habe seine Wegspur mehrmals wieder aufnehmen können, wodurch es uns gelang, das Gebiet einigermaßen einzugrenzen, wo er ziellos umherzuwandern begann, aber es war nichts zu entdecken. Es waren keine weiteren Opfer zu sehen, und es gab auch keinerlei Hinweise auf irgendwelche ungewöhnlichen Tiere oder Pflanzen, die vorbeigekommen wären.«

»Immerhin hat ihn seine Familie jetzt wieder«, meinte Irene.

Der Zombiemeister lächelte kurz. »Zum Glück ist die Frau sehr attraktiv, sonst hätte er diesen Vorteil möglicherweise nicht wahrgenommen.« Er wedelte abwehrend mit einer mageren Hand. »Aber es sind noch einige Fälle ungelöst, und außerdem wollen wir nicht, daß sich die Sache ausbreitet, schon gar nicht bei einem herumstreunenden Drachen in der Nachbarschaft.«

»Der Gute Magier Humfrey wird die Lösung schon wissen«, warf König Dor ein. »Das ist doch immer so.«

Da erschien Millie wieder. »Ich mußte sie nach draußen schicken«, sagte sie. »Aber wir sollten bald zu einem Ende kommen, sonst stellen sie wieder etwas an.«

»Alles, was wir brauchen, ist der Gute Magier«, sagte Arnolde. »Die Probleme haben wir definiert, jetzt muß er die Lösungen definieren.«

»Es sieht ihm gar nicht ähnlich, so spät zu kommen«, meinte der Zombiemeister. »Nicht, wenn es um eine derart wichtige Angelegenheit geht. Er verläßt sein Schloß zwar nur sehr ungern, aber wenn er es tut, dann hält er sich doch recht strikt an seinen Terminplan. Vielleicht sollte ich ihm einen Zombie entgegenschicken . . .«

»Möglicherweise reist er auf einem fliegenden Teppich«, warf Irene ein. »Oder mit Hilfe eines Reisezaubers. Er gibt sich bestimmt nicht mit einem Trampelpfad ab.«

Ein Zombie in einem zerfetzten Bratenrock erschien in der Tür. »Ja, James?« fragte der Zombiemeister. Anscheinend gab es im Innern des Schlosses doch ein paar Zombies, die sich um den Haushalt kümmerten.

»Teppisch aschoi«, meldete das Wesen und spuckte beim mühsamen Sprechen einen verfaulten Zahn aus.

»Schön, dann öffne ein Fenster«, befahl der Zombiemeister.

Der Zombie ließ einen Klumpen matschiges Fleisch aus dem Inneren seines Bratenrocks fallen und schritt zu einem Fenster. Nach einiger Mühe gelang es ihm trotz seiner größtenteils verfaulten Muskeln, das Fenster zu öffnen. Dann schlurfte er wieder aus dem Raum.

Das war aber auch knapp! Ein fliegender Teppich schwebte ins Zimmer. Darauf saßen zwei Gestalten. Der Gute Magier war endlich eingetroffen.

Mit einem dumpfen Aufprall landete der Teppich auf dem Fußboden. Humfrey und sein Sohn blickten sich um. Der Gute Magier war ein kleiner, runzliger Gnom von einem Mann mit einem kahlen Schädel und dickwandigen Brillengläsern. Hugo schien offensichtlich nach seinem Vater zu schlagen. Denn obwohl seine Haut noch straff war, sein Haupt von blondem Haar geschmückt, und sein Gesichtsausdruck unschuldig wirkte, war er für sein Alter doch recht klein und schon ein wenig knorrig. Auch bei noch so großem Wohlwollen hätte man ihn nicht attraktiv nennen können, und es war nur zu wahrscheinlich, daß er als Erwachsener kaum hübscher werden würde als Humfrey.

Humfrey und Hugo trennten über hundert Jahre voneinander, und doch waren sie ein Fleisch, das war offensichtlich. Leider galt dies jedoch nicht für ihren Verstand! Humfrey war ein Genie ganz besonderer Art, während der Junge . . .

»Komm und nimm Platz«, sagte der Zombiemeister und erhob sich, um den Guten Magier zu begrüßen. »Wir haben schon auf dich gewartet.«

»Ich sitze bereits, Jonathan«, knurrte Humfrey. Seine Runzeln schienen beim Sprechen beinahe Wellen zu schlagen. »Ich hatte zu tun.«

»Hugo kann zu den anderen Kindern gehen«, sagte Irene diplomatisch, weil sie wußte, daß die Erwachsenen in Gegenwart des Jungen nicht offen sprechen würden, auch wenn er mit Sicherheit nichts davon verstehen konnte.

»Nein, wir haben noch etwas anderes vor, und ich habe mich bereits verspätet«, erwiderte Humfrey. »Ihr habt folgende Probleme: der Spaltendrache macht das Land unsicher; ihr dürft ihm aber nichts tun, weil er für den Bestand der Spalte wichtig ist, vor allem jetzt, da der Zauber nachläßt.«

»Welcher Zauber?« fragte König Dor.

»Der Vergessenszauber natürlich«, antwortete Humfrey, als mache ihn Begriffsstutzigkeit unwirsch. »In der Zeit der Fehlenden Magie vor neunundzwanzig Jahren hat er einen Knacks erhalten, und nun bricht er auseinander und verändert sich. Jetzt lösen sich Vergessensstrudel von ihm ab und richten Unheil an. Sie können zu einem teilweisen oder auch völligen Gedächtnisverlust führen. Besprüht jeden dieser Strudel mit dieser Flüssigkeit, um ihn vorübergehend zu neutralisieren, dann schafft ihn aus Xanth heraus nach Mundania, wo er seine Wirkung verliert.« Er zog eine Grimasse, als ihm plötzlich etwas einfiel. »Jedenfalls weitgehend verliert. Immerhin läßt er die Mundanier vergessen, daß die Magie funktioniert – nicht daß das für sie ein großer Verlust wäre.« Er reichte dem Zombiemeister eine kleine Flasche mit einer Tülle und einem luftdichten Kugelverschluß. »Hoch damit, Hugo.«

Der Teppich schoß in die Höhe, auf eine Wand zu. »Nein, aus dem Fenster, du Idiot!« fauchte der Gute Magier und verlor bereits die Geduld, bevor er sie überhaupt gefunden hatte. »Geradeaus und dann rechts!«

»Wartet!« rief Dor. »Wie können wir einen Vergessensstrudel besprühen und nach Mundania bringen . . .«

Der Teppich glättete sich, begann zu wackeln und segelte durch das Fenster. Der Gute Magier war verschwunden.

». . . den wir nicht einmal sehen, hören oder fühlen können?« beendete Dor frustriert seinen Satz.

Die anderen wechselten Blicke. »Das war also unsere Arbeitsbesprechung«, meinte Irene. »Jetzt haben *wir* die Arbeit.«

»Die Amnesie!« sagte der Zombiemeister. »Sie stammt also doch vom Vergessenszauber der Spalte. Ich hätte nie geglaubt, daß er mutieren könnte! Kein Wunder, daß wir den Ursprung des Problems nicht aufgespürt haben. Die Strudel lassen sich nicht orten und hinterlassen keinerlei Spuren außer einem Gedächtnisverlust.«

»Genau das war auch meine Frage«, entgegnete Dor. »Unsichtbar, stumm, geruchlos – wie sollen wir denn merken, wenn einer sich nähert, bevor es zu spät ist?«

»Das ist wirklich das Problem«, pflichtete ihm Arnolde bei. »Ich hatte nicht daran gedacht, daß eine solche Fragmentierung sich so undiszipliniert verhalten würde, aber ich möchte die Hypothese wagen, daß jetzt, da der Vergessenszauber seinen Hauptzweck eingebüßt hat . . .«

»Undiszipliniert!« sagte Dor. »Das gilt aber auch für den Spaltendrachen! Durch das Auseinanderbrechen des Vergessenszaubers hat er sich wahrscheinlich wieder an den Weg aus der Spalte erinnern können, und hier im normalen Xanth trifft er auf keinerlei ernstzunehmende Hindernisse und Gegner.«

»Wir müssen ihn zu seinem geheimen Ausgang zurückverfolgen«, meinte der Zombiemeister. »Aber das dürfte gefährlich sein. Der Spaltendrache ist eines der größten und wildesten Wesen, die wir kennen, und in seiner Nähe ist niemand sicher.«

»Wir müssen einen Schlachtplan entwickeln«, sagte Dor. »Irgendwie müssen wie sowohl den Drachen als auch die Vergessensstrudel erledigen.«

»Wenigstens wissen wir jetzt um die Ursache unserer Probleme«, sagte Arnolde. »Humfrey ist zwar nicht lange geblieben, aber den Kern der Sache hat er doch deutlich gemacht. Vielleicht sollten wir jetzt mit der Party für die Zwillinge beginnen, bevor sie noch unruhiger werden, damit wir wenigstens dies hinter uns haben. Danach können wir uns noch einmal treffen und ein gemeinsames Vorgehen planen . . .«

Draußen erscholl plötzlich Lärm und Getöse und schnitt ihm das Wort ab.

»Ich fürchte, sie sind bereits unruhiger geworden«, bemerkte der Zombiemeister schiefmäulig.

Sie eilten zu dem Fenster, das der Gute Magier benutzt hatte. Von dort hatten sie einen guten Blick auf den Graben und die nähere Umgebung des Schloßes. Irene erspähte eine Rauchwolke, die durch den Wald immer näher kam. »Ich glaube kaum, daß das die Kinder sind«, meinte sie.

Nein, es war auch kein richtiger Rauch, eher ein Dampf oder kondensierendes Wasser. Es war . . .

»Der Spaltendrache!« rief Arnolde Zentaur. »Er wagt einen Überfall, und zwar *hier*!«

»Und wir dürfen ihm nichts tun«, warf Dor ärgerlich ein. »Was erwartet Humfrey eigentlich von uns – daß wir dem Vieh ein gelbes Schleifchen um den Schwanz binden und es dienernd nach Hause begleiten?«

»Die Kinder!« rief Irene plötzlich entsetzt. »Die Kinder sind draußen!« Sie jagte durch das Schloß und rannte durch die Vordertür, alles andere vergessend. Ihre Vision, der Drache . . . »Ivy! Ivy!« rief sie.

Lacuna saß am Rand des Grabens und überzog die schleimige Oberfläche des Grabens mit Worten, Sätzen und Absätzen. Das war ihr Talent: sie konnte alles mit Druckschrift überziehen und sie nach Belieben verändern. Sie war so sehr in ihre Beschäftigung vertieft, daß sie die drohende Gefahr offenbar überhaupt nicht bemerkte. »Ivy geht es gut, Euer Majestät. Sie verzaubert gerade die Zombies. Die mögen sie.«

»Der Spaltendrache ist da!« keuchte Irene. Doch sie hatte den Satz noch nicht zu Ende gesprochen, als das Ungeheuer, von einer gewaltigen Dampfwolke umhüllt, auch schon erschien.

Irene versuchte, den Grabenrand entlangzulaufen, um zu Ivy zu gelangen, doch das Kind befand sich auf der gegenüberliegenden Seite. Der Drache auch. Er kam gerade auf sie zu gestürzt.

Irene stieß einen Schrei aus. Ivy hob den Blick und bemerkte sie. Das Kind hatte dem Drachen den Rücken zugekehrt.

Da erblickte einer der Zombies den Drachen. Einen langen Augenblick hielt er inne, während sich ein Gedanke einen Weg durch sein Schlammhirn bahnte und der Drache immer näher herandampfte. Der Gedanke hatte Glück: er schaffte es bis ins Befehlszentrum des Zombies.

Der Zombie nahm das Kind auf und schlurfte den Graben entlang, um dem Ungeheuer aus dem Weg zu gehen.

Der Drache stürzte dampfend bis zum Grabenrand – und

stieß mit seinem Vorderkörper vor. Ein großes Grabenungeheuer griff ihn an. Es war schon so weit jenseits von Gut und Böse, daß es weder über Furcht noch über Vernunft verfügte, doch bestanden seine Zähne größtenteils nur noch aus Karies und konnten die stahlharten Schuppen des Drachens nur wenig beeindrucken. Der Drache schüttelte es ab und machte sich, Schnauze zuerst, daran, die Außenmauer des Schloßes zu rammen, daß das Gestein nur so bröckelte.

Endlich hielt er inne, den Kopf tief in der Mauer vergraben. Doch befand er sich nicht etwa in der Falle; er hob vielmehr nur den Kopf, worauf ein noch größerer Mauerabschnitt einstürzte. Schleimstein war einfach nicht dafür gedacht, einer solchen Behandlung zu widerstehen!

Nun kamen Zombies herbeigerannt, um das Schloß zu verteidigen. Sie hielten rostige Schwerter und ranzig stinkende Keulen in den halbverwesten Händen. Erfolglos hieben und stachen sie auf den Rücken und die Flanke des Drachens ein. Von diesem Unfug irritiert, zog der Drache den Kopf aus der Lücke und ließ eine Dampfwolke hervorschießen, die die Zombies völlig umhüllte. Als die Wolke sich wieder verzogen hatte, befanden sich die Zombies in einem beklagenswerten Zustand: Teile ihres verfaulenden Fleisches waren dahingeschmolzen, daß nur weichgedampfte Knochen übrig blieben, und der Rest war viel zu sehr durchgekocht, um noch richtig funktionsfähig zu sein. Im allgemeinen waren Zombies immun gegen körperliche Schäden, wenn man einmal vom Zerhacken absah, aber auch das hatte seine Grenzen. Sie stürzten taumelnd in den Graben, was zwar die anderen Grabenbewohner heftig irritierte, das Gewässer selbst dafür aber sehr bereicherte.

Nachdem es ihm gelungen war, die Verteidigung des Schlosses zu durchbrechen, verlor der Drache das Interesse und drehte sich zu Irene um.

Der Spaltendrache war ein flaches Geschöpf mit drei Beinpaaren, genau wie in ihrer Vision. Seine metallischen Schuppen schimmerten grün im Schatten und funkelten im Sonnenlicht. Er hatte ein Ohr aufgereckt; das andere war nur noch ein Stummel, offenbar ein Überbleibsel eines seiner vielen Kämpfe. Tatsächlich war sein ganzer baumstammdicker Rumpf mit Narben übersät. In seinen Augen glitzerte die boshafte Freude über das, was er angerichtet hatte. Und noch anrichten würde.

Nun wurde Irene bewußt, in welcher Gefahr sie sich selbst befand. Der Drache machte einen Schritt auf sie zu, als überlege er noch, ob sie es wert sei. Es war Zeit zu handeln.

Irene holte einen Nadelkissensamen hervor. »Wachse!« befahl sie ihm und schleuderte ihn dem Drachen vor die Füße.

Die Pflanze keimte auf der Stelle und bildete einen Knopf, der zu einem Kissen anschwoll, aus dem annähernd zwei Dutzend scharfer Nadeln mit ihren Spitzen herausragten.

Der Drache hielt inne, um die Pflanze zu beschnüffeln. Eine Nadel fuhr ihm in die Nase. Das Monster ließ einen Dampfschwall hervorschießen, doch die Nadeln schmolzen nicht. Das Kissen wuchs vielmehr immer weiter.

Die Nadel in seiner Nase kitzelte. Der Drache nieste. Das ließ die Nadeln in einer Dampfwolke aus dem Kissen hervorschießen. Der Dampf schwebte zum Himmel empor, während die Nadeln in den Graben hinabregneten und sich in die Ungeheuer versenkten. Nadeln machten Zombies nichts aus, aber das entblätterte Nadelkissen quiekte zornig.

Dem Spaltendrachen hatte all dies natürlich nichts anhaben können. Er war gegen Schwerter gefeit; Nadeln beachtete er erst gar nicht. Er schielte zu Irene hinüber und schien erneut zu überlegen, ob sie der Mühe des Verschlingens wohl wert sei. Sie vergeudete keine Zeit damit, seine Entscheidung abzuwarten, sondern griff nach einem weiteren Samen.

Der Drache entschied sich, lieber die entgegengesetzte Richtung zu erforschen. Er drehte sich um und kroch davon. Ironischerweise mußte Irene feststellen, daß sie das wütend machte: War sie ihm etwa zum Vertilgen nicht gut genug?

Nun kamen weitere Zombies herbeigeeilt. Sie waren mit eingemachten Stinkbomben ausgerüstet. Offensichtlich hatte der Zombiemeister inzwischen seine Verteidigungsreserven organisiert. Die Zombies schleuderten die Bomben gegen den Drachen, der die erste davon mit nachlässiger Verachtung aus der Luft schnappte und zu einer übelriechenden Masse zerkaute.

Da gab der Drache ein infernalisches Geräusch von sich. Er war zwar nicht besonders mit Intelligenz ausgestattet, aber sein

Geruchs- und Geschmackssinn war durchaus intakt. Er konnte üblen Gestank ebenso leicht von einem angenehmen unterscheiden wie jedes andere Wesen auch. Der Drache hustete eine weitere Dampfwolke hervor, doch der Geruch blieb an seinen Zähnen kleben.

Jetzt war er wirklich irritiert und verputzte schnappend einen Zombie. Doch das faulige Geschöpf schmeckte nicht viel besser als die Stinkbombe, und der Drache spuckte es mit dem gleichen infernalischen Geräusch wie zuvor wieder aus.

Endlich kam der Drache zu der Überzeugung, daß die Sache den Aufwand nicht wert war, wälzte sich ziemlich ungnädig zurück über den Graben und verschwand grummelnd im Wald. Der Überfall war zu Ende.

»Hättest lieber mich verschlingen sollen!« rief Irene ihm gehässig nach. »*Ich* schmecke jedenfalls nicht wie eine Stinkbombe!«

Dennoch atmete sie erleichtert auf – bis ihr Ivy wieder einfiel. *Sie* war es doch gewesen, der in der Vision Gefahr gedroht hatte! Wo hatte der Zombie sie hingebracht?

Irene rannte über die Zugbrücke und um den Graben herum. Sie suchte alles ab – doch ohne Erfolg.

Kurz darauf gesellten sich die anderen zu ihr und suchten ebenfalls die gesamte Umgebung ab. »Welcher Zombie hat sie denn mitgenommen?« fragte der Zombiemeister. »Ich kann ihn sofort verhören.«

»Ich kann doch keinen Zombie vom anderen unterscheiden!« rief Irene verzweifelt.

»Dann werde ich eben alle verhören«, entschied der Zombiemeister. Er holte sein verbeultes Horn hervor und stieß ein Tröten aus, das sich anhörte wie das letzte Heulen eines sterbenden Bussards.

Sofort kamen die Zombies herbeigerannt, in einer solchen Eile, daß sie überall Fleischklumpen und Körperteile verloren. Anscheinend waren in den letzten Jahren eine ganze Menge Leute gestorben, dachte Irene.

Und wer würde die nächste sein? *Nein!* rief sie im Geiste. Daran durfte sie nicht einmal denken!

»Wer von euch hat Ivy mitgenommen?« fragte der Zombiemeister die scheckige Menge.

Keine Antwort.

»Wer von euch weiß, wer Ivy mitgenommen hat?«

Drei schwärende Hände wurden gehoben.

»Dann sage mir, wer Ivy mitgenommen hat«, befahl der Zombiemeister und zeigte auf eine davon. Irene begriff, daß es einer besonderen Technik bedurfte, um Zombies zu verhören, denn sie reagierten sehr wörtlich, ganz wie unbelebte Gegenstände.

»Zzussch«, erwiderte der befragte Zombie, wobei er einen Teil seiner Lippe einbüßte.

»Zush, wo bist du?« rief der Zombiemeister.

Ein weiterer Zombie kam hervorgeschlurft.

»Wo hast du Ivy hingebracht?«

Der Zombie zuckte mit den Achseln und verlor dadurch einen Schulterknochen.

»Ich fürchte, er erinnert sich nicht«, warf Arnolde ein. »Vielleicht hat ein Vergessensstrudel . . .«

»Aber dann wäre Ivy ja . . .« fing Irene entsetzt an. Der Schrecken der Vision – war das die Vergeßlichkeit gewesen? Das würde ihre ungenaue Struktur erklären.

». . . allein im Dschungel, ohne ihr Gedächtnis«, beendete der Zentaur ihren Satz.

Nun begriffen alle, was er meinte. Ein entsetztes Schweigen brach an. In welche mißliche Lage und Gefahr war Ivy geraten?

2

Humfreys Horror

»Ich muß den Guten Magier um Rat fragen«, entschied Irene. »Er wird inzwischen wieder zu Hause sein. In einer halben Stunde bin ich dort. Das ist weitaus schneller und effektiver, als ziellos die Wildnis abzusuchen. Das könnt von mir aus ihr tun.«

Da er wußte, daß sie ohnehin das tun würde, was sie für richtig hielt, blickte ihr Mann sie nur resigniert an. »Ich werde hier einen Suchtrupp organisieren, der tiefer in den örtlichen Dschungel vorstößt«, sagte Dor. »Ivy kann nicht weit weg sein.« Er wirkte nicht sonderlich beunruhigt, doch das entsprach eben seiner Art. Irene wußte, daß er so gut wie jeden Stein in der Umgebung umwenden würde, um Ivy aufzuspüren.

»Wahrscheinlich habt ihr sie schon wiedergefunden, bevor ich zurück bin«, sagte sie, obwohl sie eine dumpfe Vorahnung hatte, daß dem nicht so sein würde. Sie gab Dor einen hastigen, geistesabwesenden Kuß, dann widmete sie sich wieder den wichtigeren Dingen.

Irene holte einen der Samen hervor, mit dem sie eigentlich die Zwillinge hatte amüsieren wollen. Doch jetzt hatte sie eine bessere Verwendung dafür. Es war ein Paradiesvogelsamen.

»Wachse!« befahl sie ihm, während sie ihn in die Luft schleuderte.

Der Samen gehorchte sofort. Früher hatte sie stets Minuten dafür gebraucht, um eine Pflanze, deren normaler Zyklus Monate oder Jahre umfaßte, im Schnelldurchlauf wachsen zu lassen. Inzwischen hatte sich ihr Talent gesteigert, und sie brauchte nur noch wenige Sekunden. Möglicherweise war daran die Geburt ihres ungewöhnlich talentierten Kindes schuld. Ivy ließ die Eigenschaften aller, die sich in ihrer Nähe aufhielten, stärker werden, und das galt für das Körperliche ebenso wie für die Magie.

Der Samen war inzwischen schon gekeimt und hatte lange Fangarme ausgesandt, die nun in großen, glatten, flachen ovalen Blättern mündeten, welche sich wiederum in Flügel verwandelten, die flatternd die anschwellende Körpermasse der Pflanze trugen, bevor diese zu Boden stürzte. Aus einem weiteren Sprößling wurde ein zierreicher Vogelschwanz, aus einem anderen der Kopf, der in Wirklichkeit eine geradezu phänomenale Blume mit wunderschönen Blättern war, die sich sanft und vorsichtig spreizten.

»Mehr«, sagte Irene, und die Pflanze verstärkte ihre Anstrengungen, um viel größer zu werden, als sie es unter normalen Umständen getan hätte. Schon bald überragte ihre Flügelspanne Irenes Größe um das Doppelte, und aus braunen Wurzeln wurden Beine, Füße und Krallen. Flatternd wirbelte die Pflanze Staub auf und brachte die Grashalme dazu, sich flach an den Boden zu pressen. Die Paradiesvogelblume war flugbereit.

»In einer Stunde bin ich zurück, mein Lieber«, versprach Irene ihrem Mann, während sie den Vogel bestieg. Sie achtete stets darauf, ihm in kleinen Dingen zu beweisen, wie sehr sie an ihm hing, weil sie wußte, daß Männer ständig einer solchen Vergewisserung bedurften. Bekamen sie diese nicht, pflegte ihre Aufmerksamkeit leicht abzuschweifen, was einer Ehe nicht unbedingt gut bekam.

Sie nahm an der Sattelstelle Platz und blies Dor einen Kuß zu. König Dor nickte. Er war entschlossen, kein Blatt ungewendet zu lassen, um Ivy zu finden, so sehr dies den Bäumen dieser Gegend auch mißfallen mochte.

Irene trieb die Vogelpflanze mit dem Knie an, und sie hob sich gehorsam vom Boden. Einen kurzen Augenblick schwankte der Paradiesvogel, weil dies das erste Mal war, daß er eine Last tragen mußte, doch dann hatte er sich auch schon wieder gefangen und flatterte mit gestärkter Kraft davon. Kreisend flog die Vogelpflanze über den höchsten verfallenden Turm von Schloß Zombie hinweg, über die zerfetzte, schleimige Zombieflagge und über die Baumwipfel der meisten Bäume dieser Gegend. Von hier oben aus betrachtet sahen die Zombies aus wie zerquetschte Larven – was ihnen eher zum Vorteil gereichte. Das Schloß des Guten Magiers lag im Nordosten. Zu Fuß wäre die Reise so gut wie unmöglich gewesen, denn der größte Teil des hiesigen Dschungels war noch nicht erforscht. Niemand konnte sagen, welche Schrecken hier in dieser Wildnis lauerten! Doch auf dem Luftweg war es recht einfach – huch!

Wolken kamen ihr entgegen, heimtückische kleine graue, mit dunklen Dampftentakeln. Sie führten offensichtlich nichts Gutes im Schilde. Unbelebte Dinge konnten in den wilderen Regionen Xanths recht pervers werden, und Wolken liebten es oft, Vorbeiziehende einfach nur naß zu machen, weil es ihnen einen teuflischen Spaß bereitete. Gewitterwolken waren richtig geladen, wenn sie solchen Unfug anstellen konnten. Sie pusteten und schnaubten ihr Entzücken hervor und krachten knisternd vor Vergnügen. Irene beschloß, sich über diese Störenfriede zu erheben.

Sie trieb die Vogelpflanze an und ließ sie einen weiteren Bogen aufwärts beschreiben. Doch die lästigen Wolken ließen sich nicht so einfach umgehen. Sie schichteten sich auf und griffen mit immer längeren Kondensstreifen nach ihr, um sie zu umnebeln. Sie pusteten Windstöße aus, daß sie in der kalten Luft zu zittern begann; Wasser kondensierte auf den glänzenden Flügelblättern und ließ den Vogel an Gewicht zunehmen und an Auftrieb verlieren.

Irene hatte nur wenig Geduld. Sie ließ sich auch sonst nur ungern etwas von unbelebten Dingen bieten, nachdem sie so häufig Opfer schlauer Bemerkungen von Steinen, Möbelstücken und sogar von Wasser geworden war, wann immer Dor in der Nähe war. Sein Talent war es, unbelebte Dinge zum Sprechen zu bringen. Das war ja auch prächtig, ein ausgezeichnetes Talent, weswegen er ja jetzt auch König und sie Königin war – aber warum mußten diese Dinger immer so rotzfrech sein?

Sie holte sechs Samen aus dem Beutel, den sie immer bei sich trug. »Wachst!« befahl sie ihnen und warf sie in die Luft.

Die Samen keimten und ließen Schoten und Schlingarme hervorschießen. Mitten in der Luft begannen sie zu blühen und Frucht zu tragen, wurden zu geschwollenen, kürbisähnlichen Massen. Es waren Wassermelonen, und sie brauchten gewaltige Mengen Wasser, um ihren Zyklus zu durchlaufen. Normalerweise bezogen sie dieses Wasser aus der Luft – und die war gerade mit Wolken ausgefüllt, die natürlich aus Wassertropfen bestanden. Für die Wassermelonen war das die reinste Freude. Weil sie so schnell wuchsen, saugten sie auch ebenso schnell Wasser auf. Die erste Wolke, die mit einem der sprießenden Samen in Berührung geriet, wurde sofort trockengelegt. Sie schrumpfte zusammen und verschwand mit einem lauten Seufzen. Den anderen erging es ähnlich.

Eine größere Wolke, die eine silbrige Krone trug, leistete erbitterten Widerstand. Das war offensichtlich die Rudelsführerin. Die Königswolke dehnte sich aus und umhüllte die Wassermelone mit Dampf, so daß sie aus dem Gesichtsfeld verschwand. Doch die Wassermelone saugte ungerührt immer mehr Wasser auf. Ihre Fangarme schlängelten sich durch die Wolke, und kurz darauf hatte sich die Lage umgekehrt. Die Wolke verschwand, und eine monströse Melone stürzte dem tief unten liegenden Boden entgegen. Unten ertönte ein Platschen und schließlich ein Meckern. Die Melone hatte einen nistenden Feuerbock getroffen und beinahe das Feuer der armen Kreatur ausgelöscht.

Nun gelangte Irene ohne weitere Hindernisse zum Schloß des Guten Magiers. Unter ihr zogen Bäume und Seen vorüber: die Landschaft war zwar ganz hübsch, aber sie wußte leider, daß dort unten eine Menge ziemlich unangenehmer Ungeheuer lauerten. Das ließ sie wieder um ihre Tochter fürchten. Der Dschungel des unerforschten Xanth war nicht der rechte Aufenthaltsort für ein dreijähriges Kind!

Ihr Reittier verlor an Höhe und Sicherheit. Irene furchte die

Stirn. Was war denn los? Im Tal zeichnete sich deutlich Humfreys Schloßturm ab. Sie lenkte die Pflanze weiter, um auf einer geeigneten Brüstung zu landen.

Das Schloß sah anders aus als früher, aber das war ganz normal. Er veränderte sich ständig. Wie Humfrey das machte, hatte sie nie herausbekommen können; es war einfach Teil seiner Magie. Als Magier der Information und des Wissens besaß er offensichtlich Wissen und Informationen darüber, wie man Schlösser in regelmäßigen Abständen umbaute. Das Talent eines Magiers war stets sehr beeindruckend, wenn man es erst einmal in seiner ganzen Tragweite begriffen hatte. Schade, daß es nur so wenige andere gleichen Kalibers gab! Das Talent ihrer Tochter war von den Ältesten bisher noch nicht eingestuft worden, aber Irene wurde das deprimierende Gefühl nicht los, daß es nicht den Magierstatus erreichte. Ivys Gegenwart ließ wohl die Talente anderer stärker werden; das war zwar ganz nett für die anderen, doch was nützte dies Ivy selbst? Wenn Ivy jedoch ihre eigenen Fähigkeiten würde verstärken können, was könnte aus ihr doch für ein Wesen werden! Aber das war nur ein närrischer Tagtraum.

Tagtraum? »Hallo Imbri!« sagte Irene und meinte, den Schweif der Tagmähre in Erwiderung ihres Grußes zucken zu sehen. Imbri war unsichtbar, und die wenigsten Menschen merkten es, wenn sie anwesend war. Sie kamen einfach nicht darauf, daß Träume jeder Art erst irgendwo formuliert und von irgend jemandem gebracht werden mußten. Traumdienst war oft eine sehr undankbare Aufgabe.

»Danke für den Traum, Imbri!« rief Irene etwas verspätet. Doch die Mähre war bereits verschwunden. Ein solches Wesen war stets unterwegs, weil es pünktlich alle Tagträume abzuliefern hatte, die so viele Leute träumten. Ein menschlicher Bote wäre nicht schnell genug gewesen, doch Pferde waren zum Laufen erschaffen.

Sie glitten bis zu dem Turm, wobei die Vogelpflanze immer noch scheute. Gereizt preßte Irene ihre Knie fester zusammen. Pflanzen waren meistens nicht sonderlich klug und wußten nicht immer richtig zu gehorchen, aber hier ging es schließlich um eine einfache Landung. Kein Grund, sich jetzt zu weigern.

Die Bein- und Fußwurzeln setzten auf – und bekamen keinen Kontakt. Die Vogelpflanze flog immer weiter in den Stein hinein. »Was?« fragte Irene, erstaunt, als ihre Beine plötzlich in der Brüstung verschwanden.

Dann waren sie auch schon drin. Das Schloß des Guten Magiers bestand ja nur aus Nebel! Sie gab dem Vogel ein Signal, worauf er schnell an Höhe gewann und aus der Finsternis emporschwebte, froh, die Sache hinter sich gebracht zu haben. Nun wußte sie, warum er gescheut hatte: Er hatte erkannt, daß hier unten irgend etwas nicht stimmte.

Irene spähte nach unten. Dort war das Schloß – genau wie vorher. »Eine Illusion!« rief sie. »Das Schloß existiert gar nicht!«

Doch dann überlegte sie es sich anders. »Es *muß* aber existieren! Ich brauche Humfreys Rat, für den Fall, daß Dor bei der Suchpartie Mist baut!«

Wieder ließ sie den Vogel vorsichtig hinabschweben. Wieder trafen sie auf das Schloß – und stießen ins Leere. Das Schloß des Guten Magiers war einfach nicht da.

»Wenn das Schloß hier nicht ist, muß es woanders sein«, entschied Irene. »Jedenfalls weiß ich, daß ich im richtigen Gebiet bin.« Denn sie war schon öfter hierher geflogen und kannte die Landschaft gut. Sie gab dem Vogel ein Zeichen, worauf er sich in Richtung Nordosten in Bewegung setzte.

Da fiel ihr plötzlich, völlig aus dem Zusammenhang gerissen, etwas anderes ein: Sie hätte die Mähre Imbri über die Vision befragen sollen! Schließlich war auch ihre Statue in der Vision aufgetreten. Vielleicht – aber nein, Imbri beförderte keine Alpträume mehr, also konnte dies auch nicht ihr Werk sein. Doch würde Irene sie bei der nächsten Begegnung danach fragen. Vielleicht wußte Imbri (oder konnte es herausbekommen), wer ihr die Vision gebracht hatte, aus welchem Grund, und was sie bedeutete.

Bald darauf erblickten sie ein weiteres Schloß. Sie glitten in die Tiefe, setzten auf – und stießen hindurch. »Noch eine Illusion!« rief Irene angewidert. Sie hieb nach dem Nebel, aus dem es bestand, doch ohne Erfolg; sie wünschte sich, noch einen Wassermelonensamen dabei zu haben, um ihn auszutrocknen. Dann lenkte sie ihr Reittier wieder in die Höhe.

Kurze Zeit später gelangten sie wiederum an ein Schloß, das sich erneut als Illusion herausstellte.

Irene stieß ein ziemlich undamenhaftes Wort aus. Erschrocken verlor die Paradiesvogelpflanze mehrere ihrer Tentakelfedern. Sie stammte aus einer Familie von Lebewesen, die sich mit weit hehreren Gefilden befaßten als jene, die mit diesem Wort beschrieben wurden, so daß sie entsprechend heftig schockiert war.

Irene wurde immer wütender, zügelte jedoch ihr Mundwerk. Der Vogel wurde langsam müde, und es hatte keinen Zweck, ihm auf diese Weise zuzusetzen. Sie mußte das richtige Schloß bald finden, bevor der Vogel dahinwelkte, denn sie besaß keinen weiteren Flugsamen. Ach, welche Gefahren schlampige Vorbereitung doch in sich barg! Hätte sie gewußt, was geschehen würde . . .

Vielleicht war die schreckliche Vision auch zu spät gekommen. Hätte sie sie früher gehabt, bevor sie Schloß Roogna verlassen hatte, so hätte sie ein paar wirklich fürchterliche Samen mitgenommen! Doch eine Vision, die nicht pünktlich kam . . .

Aber derartige Klagen nützten jetzt auch nichts mehr, und Irene war eine praktisch denkende Frau. Sie lenkte den Vogel zurück, während ein neuer Verdacht sie befiel. Gewiß, dort, wo das letzte Schloß zu sehen gewesen war, hatte es gar keins gegeben, es war verblaßt, sobald sie es verlassen hatte. Die Illusion bewegte sich ständig von einer Stelle zur anderen, um stets vor ihr zu erscheinen und sie damit in die falsche Richtung zu lenken. Sie hatte sie überrascht, als sie plötzlich kehrtgemacht hatte, doch damit hatte sie nicht mehr erreicht, als sich über das Wesen der Illusion Klarheit zu verschaffen. Zuerst mußte sie sie loswerden, bevor sie das echte Schloß aufspüren konnte.

Doch wie ließ sich eine Illusion beiseite schaffen? Ebensogut hätte man etwas forttragen können, was gar nicht da war.

Irene konzentrierte sich. Das Nichtexistente ließ sich offensichtlich nicht auslöschen, also mußte man die Sache anders angehen. Es hatte auch keinen Zweck, die Illusion erst loszuwerden, nachdem sie sie erblickt hatte. Sie mußte vielmehr die neuen Illusionen daran hindern, sich zu entwickeln, damit sie das richtige Schloß fand.

Sie schnippte mit den Fingern. Was, wenn sie die Illusion im ganz wortwörtlichen Sinn aufhielt, indem sie sie an einer Stelle festnagelte, so daß sie nicht mehr umherwandern konnte?

Sie holte einen Samen aus ihrem Beutel und lenkte die erschöpfte Vogelpflanze auf das dritte Phantomschloß. Es befand sich noch immer an Ort und Stelle, weil sie sich in ihrem Gesichtsfeld aufhielt. Offenbar verharrte die Illusion stets an ihrem Platz, solange jemand sie anschaute; anders hätte sie auch kaum Wirkung zeigen können. Das mußte man sich einmal vorstellen – eine Illusion, die verschwand, noch während man sie anschaute! Die würde sehr schnell an Glaubwürdigkeit verlieren. »Wachse!« befahl sie dem Samen und schnippte ihn fort.

Der Samen landete hüpfend und wuchs in Windeseile zu einer schlanken Augenweide heran. Die Augen der Weide richteten sich auf das Schloß, weil solche Pflanzen stets alles mögliche zu beobachten pflegten. Nun würde das Illusionsschloß wochenlang beobachtet werden, bis die Weide alt und welk geworden war und ihr Augenlicht verlor.

Irene flog weiter. Wenn die Sache funktionierte, würde die Illusion wie festgenagelt bleiben, weil jemand sie betrachtete.

Kurz darauf kam die Enttäuschung: Vor ihr war ja schon wieder ein Schloß! Sie hatte zwar noch einen Augenweidensamen dabei, aber was nutzte es, ihn zu pflanzen, wenn ihre List nicht funktionierte? Die Paradiesvogelpflanze wurde immer matter und konnte kaum noch die Höhe halten. Sie war eher dazu geschaffen, schön zu sein als stark. Sie stürzte auf die Phantombrüstungen zu.

Bumms! Sie krachten gegen die Mauer. Der Vogel stürzte im Spiralflug in die Tiefe und verlor dabei weitere Federblätter. Irene konnte sich gerade noch aufrichten, um auf beiden Beinen zu landen. Diese Illusion hatte ja Zähne! Jetzt besaß sie keine Flugtierpflanze mehr und konnte nicht . . .

Sie hieb sich mit der Handfläche gegen die Stirn. Das war doch überhaupt keine Illusion! Das war das richtige Schloß! Ihre Erbsenlist hatte funktioniert!

Während sie um den Schloßgraben ging, fischte sie in ihrem

Beutel nach einem Samen. Sie hatte das Schloß zwar trotz der Illusion gefunden, würde aber sicherlich noch ...

Ein lautes, dröhnendes Krächzen: Eine riesige Gestalt erhob sich aus einer Nische in der Schloßmauer und breitete die Flügel aus, die das halbe Sonnenlicht verdunkelten. Es war ein wirklich monströser Vogel.

Irenes Finger umklammerten krampfhaft einen der Samen. Sie war so überrascht, daß sie zu keiner anderen Bewegung mehr fähig war. So stand sie reglos da, den Samen zwischen Daumen und Zeigefinger, und beobachtete den Riesenvogel.

Der Vogel schwebte hinab, streckte ein Bein vor und packte sie mit seinen Klauen, um sie in die Luft zu heben. Das tat nicht weh, denn die Klauen waren wie schwere Metallstäbe, die sie gitterartig umklammerten, anstatt sie zu quetschen.

Endlich reagierte Irene. Sie schleuderte den Samen hinab und rief: »Wachse!« Doch sie wußte nicht einmal, um welchen Samen es sich dabei handelte.

Das war ein Rokh, der größte aller Vögel! Was hatte er mit ihr vor? Normalerweise machten Rokhs keine Jagd auf Menschen, denn sie brauchten größere Happen, um satt zu werden, genau wie Drachen und mundanische Elefanten.

Nachdem er in wenigen Sekunden eine schwindelerregende Höhe erreicht hatte, ging der Rokh nun wieder herunter. Er stieß in die Tiefe, zog einen kurzen Bogen und setzte Irene dicht über dem Boden ab. Dann stieg er mit einem mächtigen Windstoß seiner Flügel, der Irene mehrere Schritte zurücktaumeln ließ und ihre Frisur ruinierte, wieder in die Höhe.

»Vogelhirn!« schrie sie ihm erzürnt nach. »Daß dir doch eine Riesenfeder im Schnabel steckenbleibe!« Ausgerechnet jetzt mußte das passieren, wo sie doch gerade den Magier Humfrey aufsuchen wollte!

Plötzlich hielt sie inne, als sie begriff, was los war. Das war überhaupt kein Zufall, sondern es gehörte zu den Verteidigungsanlagen des Schlosses! Alle Besucher mußten erst drei Hindernisse überwinden, bevor sie ins Schloß gelangten, weil der Gute Magier Humfrey es nicht liebte, wegen irgendwelcher Kleinigkeiten belästigt zu werden. Wer mit ihm sprechen wollte, mußte beharrlich sein, bis er ins Innere des Gebäudes gelangte. Zumindest theoretisch. Humfrey war ein mundfauler Gnom von einem Mann, der alles auf seine Weise machte. Niemand verstand ihn wirklich, mit der möglichen Ausnahme seiner Frau, der Gorgone.

Doch Irene war Königin von Xanth. An sich hätte ihr diese unwürdige Behandlung erspart bleiben müssen! Die wandernde Illusion, der Rokh – das war etwas für das gemeine Volk.

Sie überlegte. Das gemeine Volk? Vorsicht vor königlichem Dünkel!

Schließlich war sie nur die Frau, die den König geheiratet hatte, und im Augenblick hatte sie ein persönliches Anliegen. Sie durfte sich keine Privilegien anmaßen, die nicht auch dem bescheidensten Bürger Xanths zugestanden hätten.

Nein, sie würde diese Herausforderungen schon in die Knie zwingen. Eine hatte sie bereits besiegt, nämlich die Illusion. Nun mußte sie sich mit der zweiten befassen.

Offensichtlich war es die Aufgabe des Rokh, alle Eindringlinge zu ergreifen und weitab vom Schloß wieder abzusetzen. Also mußte sie diesen Vogel ausschalten – aber wie? Der Rokh war viel zu kräftig, als daß eine Pflanze, wenn es nicht gerade ein Gewirrbaum war, ihn hätte mattsetzen können, und außerdem wollte sie ihm nicht weh tun. Schließlich hatte er sie ja auch nicht verletzt. Das hier war viel eher eine Art Spiel als ein Kampf.

Sie überprüfte den Inhalt ihres Beutels. Purpurzwiebeln – unbrauchbar. Sodamohn – nein. Nachtlilien – auch nicht.

Plötzlich hatte sie eine Idee. Sie hatte eine Rockgartenausrüstung dabei! Damit könnte es gehen.

In der Ferne hörte sie ein ekliges Geräusch. Sie verzog die Nase. Das war das Rülpsen eines Stinkhorns! Wahrscheinlich der Samen, den sie über dem Schloß abgeworfen hatte. Sie konnte das üble Signal dazu nutzen, das Schloß sofort zu orten.

Irene marschierte zum Schloß zurück. Das dauerte eine Weile, weil der riesige Vogel eine recht weite Strecke in der kurzen Zeit zurückgelegt hatte. Als sie wieder am Grabenrand stand, ließ sie den Samen auf den Boden fallen. »Wachsen!«

Die Rockgruppe blühte auf. Rockmoos überzog teppichartig den Boden, bunte, kristalline Steinröcke dehnten sich schillernd aus. Sand formte winzige Dünen, und kleine Bächlein sprangen hervor. Seltsame Musik erklang, die ganz entfernt an den Lärm aus der Juckbox der Zwillinge erinnerte, aber etwas härter war. Irene verstand die Rockmusik zwar nicht, aber das war ja auch nicht nötig.

Nun ließ sie eine Wasserlilie im Graben wachsen, die sofort eine Reihe widerstandsfähiger Blätter ausbreitete, auf denen sie das Wasser würde überqueren können. Sie machte sich sofort daran.

Im gleichen Augenblick erschien auch schon der Rokh, doch diesmal war sie vorbereitet. »Guck mal da, Vogel«, sagte sie. »Ein Rokhgarten.«

Der Vogel schaute und lauschte – und wäre fast in den Graben gestürzt. »Rook!« krächzte er.

»Richtig, Vogel – Rock«, pflichtete Irene ihm bei. »Gehört alles dir!«

Der Rokh setzte neben dem Garten auf und starrte ihn fasziniert an. Er legte den Kopf schräg und lauschte. Rokhs liebten Rockgärten! Irene wußte, daß der Vogel ihr keine Schwierigkeiten mehr machen würde. Sie schritt über den Graben. Vor ihr, das wußte sie, lag noch ein weiteres Hindernis. Die Steinmauern des Schlosses waren sehr imposant. Sie waren frisch und fest, anders als die des Zombieschlosses, und wurden von einem hölzernen Gittergerüst gestützt, obwohl sie das kaum nötig hatten. Kein normaler Sterblicher hätte diese Barrikade überwinden können, aber sie hatte ja für den Notfall eine Kletterpflanze dabei, falls das Vordertor verschlossen sein sollte.

Das Tor war aus massivem Holz. Höflich klopfte sie an. Keine Antwort. Nun klopfte sie unhöflich an, doch mit dem gleichen Mißerfolg. Sie suchte nach einem Türgriff oder einem Riegel – nichts. Sie drückte gegen das Tor – nichts. Es war nicht einmal ein Schloß zu sehen. Wahrscheinlich war das Tor von innen verriegelt. Das hatte sie erwartet. Es war ein ungewöhnliches Holz. Irene kannte viele verschiedene Baumarten, aber dieses hier war ihr unvertraut. Es wirkte fast so hart und fest wie Stein, war aber weder aus Steinahorn noch wars Eisenholz.

Na schön, dann mußte sie eben ihr Talent einsetzen. Sie holte einen Kletterpflanzensamen hervor und legte ihn an den Fuß der Mauer. »Wachse!«

Nichts geschah. Sie wich einen Schritt zurück, um den Samen zu begutachten, konnte ihn aber nicht finden. Merkwürdig. Das war ihr schon seit Jahren nicht mehr passiert. Anscheinend war der Samen schlecht.

Nun holte sie eine Kletterbohne aus dem Beutel und hielt den Samen in der Hand. »Wachse!«

Der Samen schrumpelte zusammen und verschwand.

Irene starrte ihre leere Hand an. Das war aber wirklich äußerst seltsam! Ihre Kletterbohne hatte sich doch tatsächlich in eine Nichtdiebohne verwandelt.

Versuchshalber setzte sie einen Feuerwerkssamen aus. Den hatte sie ebenfalls bei der Party der Zwillinge benutzen wollen: schade, daß das Fest so brutal unterbrochen worden war. Diese Pflanze würde ihr zwar nicht beim Ersteigen der Mauer behilflich sein, würde aber dazu dienen, ihr Talent zu überprüfen. »Wachse!«

Der Samen schrumpfte zusammen, bis er völlig verschwunden war. Es war nicht die leiseste Explosion zu hören. Der Samen hatte das genaue Gegenteil dessen getan, was er sollte.

Da begriff sie, was hier gespielt wurde. »Umkehrholz!« rief sie. »Sobald ich meine Magie einsetze, kehrt es sie ins Gegenteil um!« Ihr Schwiegervater Bink hatte ihr einmal von diesem Holz erzählt, das sich im Hinterland von Xanth fand. Offenbar hatte der Gute Magier etwas davon geerntet. Welch eine gerissene Maßnahme!

Doch wie sollte sie nun in der Nähe des Holzes etwas zum Wachsen bringen, was ihr helfen konnte?

Erneut musterte sie die Schloßmauer und das Tor. Irene war zwar eine gesunde Frau, aber diese steilen Mauern überstiegen ihre Kräfte. Ohne Hilfe konnte sie sie weder erklimmen noch niederreißen. Zwar könnte sie Steine und Fallholz sammeln, um eine Art Rampe zu bauen, auf der sie emporsteigen konnte, aber das würde viele Stunden dauern – während Ivy vielleicht gerade von einem Dschungelungeheuer aufgefressen wurde. Sie mußte *sofort* ins Schloß.

Humfrey hatte diese Herausforderung gestellt, und sie mußte

sie überwinden. Vielleicht mit Feuer? Ob sich das Holz in Brand setzen ließ? Nein, denn ihre Flammenliane würde sich nur selbst auslöschen, anstatt zu brennen. Sie wußte nicht, wie man ohne Magie ein Feuer entfachen konnte.

»'dammt!« fluchte sie und stampfte wütend mit dem Fuß auf. »Ich muß dieses dämliche Umkehrholz loswerden!«

Sie griff nach dem nächsten Holzgerüstabschnitt und versuchte, ein Stück herauszubrechen, doch ohne Erfolg. Nun verstand sie, wofür dieses Gerüst gedacht war – um zu verhindern, daß sie ihre Magie gegen die Mauer anwandte. Gerüst und Tor bestanden beide aus diesem Holz.

Vielleicht konnte sie sich ein Stück vom Schloß entfernen und etwas Nützliches wachsen lassen, mit dem sie die Mauer würde bezwingen können. Anscheinend hatte das Umkehrholz keinen Einfluß auf bereits fertiggestellte Zauber, denn der Paradiesvogel hatte keine Schwierigkeiten damit gehabt, bis er schließlich gegen die Wand geprallt war. Und das war ein rein physischer Zusammenstoß gewesen, kein magischer. Aber auch das würde Zeit in Anspruch nehmen, die sie nicht hatte.

Zwischen der Mauer und dem Schloßgraben wuchs natürliches Gras. Vielleicht war das ja immun gegen den Umkehrzauber. »Wachse!« sagte sie ihm.

Das Gras verschwand welkend in der Erde. Das war's dann wohl. Ihr Talent funktionierte zwar, aber in die falsche Richtung.

Was war denn dann mit dem Stinkhorn? Das hatte sie doch zum Wachsen gebracht! Nein – jetzt erblickte sie es: Es wuchs auf dem gegenüberliegenden Grabenufer, in einiger Entfernung von der Mauer.

Schade, daß ihr Talent es ihr nicht erlaubte, Pflanzen auch schrumpfen zu lassen, denn dann könnte sie es damit versuchen, und das Holz würde ihren Zauber umkehren, so daß . . .

Plötzlich leuchtete ein birnenförmiger Blitz in ihrem Kopf auf. Pflanzen schrumpfen? Das Umkehrholz stammte schließlich auch von einer Pflanze, nicht wahr? Wenn das Zeug noch lebte, was wahrscheinlich war, denn es besaß noch seine magische Kraft . . .

»Wachse!« befahl sie dem Umkehrholz.

Sofort schrumpfte das Holz zusammen, ihre Magie umkehrend. Die Gitterstäbe des Gerüsts wurden immer dünner, und das massive Tor tat es ihnen gleich und stürzte aus seiner Verankerung.

Irene schob die kläglichen Reste beiseite und betrat das Schloß. »Geschieht dir recht, Holz«, sagte sie ungnädig. »Hättest dich eben nicht mit jemandem anlegen sollen, der vom Magierkaliber ist.« Ihr Mann hatte ihr mehr als einmal vorgeworfen, immer das letzte Wort zu haben; dieser Vorwurf war berechtigt, und sie genoß es in vollen Zügen. Kein Wort war so schön wie das letzte!

Irene schritt die Eingangshalle entlang. Eine dichtverschleierte Frau kam auf sie zugeeilt. Es war die Gorgone, deren unverhüllter Blick jeden sofort zu Stein erstarren ließ. »Ach, Irene, ich bin ja so froh, daß Ihr es geschafft habt.«

»Ach, dann *wolltet* Ihr also, daß ich hereinkomme?« fragte Irene.

»Ihr wußtet, daß ich es bin? Warum habt Ihr dann nicht die Verteidigungsanlagen ausgeschaltet? Ich habe sie wahrscheinlich alle kaputtgemacht.«

»Das konnte ich nicht, das kann nur Humfrey!«

Irene war nicht in der Stimmung für Spielchen. »Und warum hat er es dann nicht getan? Wenn ich irgend etwas *nicht* wollte, dann war es, Zeit zu vergeuden!«

»Ach, es ist furchtbar! Ich weiß nicht, was ich tun soll! Ich wünschte, ich könnte es ändern, aber ich kann es nicht!«

»Was ändern?« fauchte Irene.

»Ach ja, das könnt Ihr ja noch gar nicht wissen«, sagte die Gorgone geistesabwesend.

»*Was* kann ich nicht wissen?« Die Sache war nicht nur ärgerlich, sie wurde auch langsam sonderbar, denn normalerweise war die Gorgone eine sehr vernünftige, beherrschte Frau.

»Ich muß es Euch zeigen. Kommt mit ins Spielzimmer.«

»Ins Spielzimmer? Hört mal, Gorgone, mein Kind . . .«

»Meins auch.« Die Gorgone hatte sich bereits daran gemacht, die Treppe emporzusteigen. Irene folgte ihr frustriert.

Das Spielzimmer war sehr hübsch, es besaß gepolsterte Wände und Böden und war voller bunter Spielzeuge. Mitten im

Zimmer saß ein Säugling in Windeln und knabberte an einer Drachenpuppe. Er schien ungefähr ein Jahr alt zu sein.

»Ich wußte gar nicht, daß Ihr noch ein zweites Kind habt«, bemerkte Irene überrascht.

»Habe ich auch nicht«, erwiderte die Gorgone grimmig.

»Aber das ist doch ganz offensichtlich Humfreys Sproß! Diese gnomartigen Züge . . .«

»Das ist nicht mein Kind.«

»Nicht . . .?« Irene spürte, wie ihr eine rebellische Röte sanft den Nacken emporstieg. Hatte Humfrey etwa mit einer anderen Frau ein Kind gezeugt und es seiner Frau übergeben, um es aufzuziehen? Dann war es wirklich kein Wunder, daß die Gorgone außer sich war! »Ich kann einfach nicht glauben . . .« Nicht einmal den Verdacht vermochte sie auszusprechen. »Humfrey ist viel zu brillant und ehrlich, um . . . deshalb bin auch hergekommen. Ich wollte ihn sehen und . . .«

»Ihr habt ihn gesehen.«

»Ich brauche seinen Rat!« platzte es aus Irene heraus. »Warum zeigt Ihr mir da sein Kind?« Dann biß sie sich auf die Zunge; das hatte sie doch gar nicht aussprechen wollen!

Doch die Gorgone reagierte kaum. »Das ist nicht Humfreys Baby. Ich kann Euch versichern, er würde mich niemals hintergehen.«

Nicht, wenn ihm seine Existenz als Wesen aus Fleisch und Blut anstatt aus Stein lieb ist! War es etwa *das*, was passiert war? Nein, das konnte doch nicht sein!

Irene furchte die Stirn. Das überstieg ihr Fassungsvermögen. »Was sagt Ihr da?«

»*Das* ist Humfrey!«

Irene mußte lachen. Doch als sie den ernsten Gesichtsausdruck der Gorgone unter ihrem Schleier wahrnahm, unterbrach sie sich. »Ich muß wohl einiges mächtig falsch verstehen!«

»Laßt es Euch vom Spiegel zeigen.« Die Gorgone holte einen magischen Spiegel hervor und lehnte ihn gegen eine Wand. »Wiederhole die Szene!« befahl sie.

Im Spiegel formte sich ein Bild: eine Dschungelszene. Ein tiefer Brunnen in einer Grube, dessen Wasser nicht floß, sondern an Ort und Stelle blieb. An seinem Rand war nur Sand zu erkennen; in einiger Entfernung war auch Bewuchs zu sehen, der einem merkwürdigen konzentrischen Muster folgte und weiter ab immer dichter wurde, bis er schließlich in der Ferne in hohen, ausgewachsenen Bäumen endete. Irgend jemand, dachte Irene, mußte sich eine Menge Mühe gemacht haben, dieses Gebiet zu säubern, um den Brunnen freizulegen, doch nun war die Vegetation wieder auf dem Vormarsch. Aber es war seltsam, daß sie nicht am dichtesten in der unmittelbaren Nähe des Wassers wuchs.

Ein Mann kam ins Bild geschlurft, alt und knorpelig und klein. »Humfrey!« rief Irene. »Wann kommt er denn endlich aufs Schloß zurück? Ich muß ihn unbedingt sofort sprechen!« Doch das Bild deckte sich nicht mit dem, was die Gorgone ihr soeben erzählt hatte. Wie erklärte sich das?

»Seht nur zu«, sagte die Gorgone mit angespannter Stimme.

Humfrey näherte sich mit übertriebener Vorsicht dem Bach. Er streckte eine an einem Stockende befestigte Flasche vor und entnahm dem Bach behutsam etwas Wasser. Als die Flasche gefüllt war, schüttelte er sie, so daß der Schnappverschluß einrastete.

»Gift!« rief Irene. »Das Gegenteil des Heilelixiers!«

»Falsch«, bemerkte die Gorgone.

Der Gute Magier schüttelte die Flasche, bis sie trocken war, und wickelte sie vorsichtig in ein riesiges Tuch. Dann zog er sich von dem Bach zurück, und das Bild des Spiegels folgte ihm.

Nun hatte er seinen fliegenden Teppich erreicht, auf dem sein Sohn Hugo saß, der genauso blöde aussah wie immer, vor sich einen Berg aus matschigem Obst. Die Sache mit Hugos minderwertigem Talent war jammerschade, dachte Irene. Ein wirklich hervorragendes Talent hätte die meisten seiner Benachteiligungen wettmachen können. Hugo versuchte es immer wieder, doch er konnte einfach kein heiles Obst herbeizaubern. Hugo mußte eine schlimme Enttäuschung für seine Eltern gewesen sein: so klein, so häßlich, so dumm und ohne jedes nützliche Talent – was sollte man dazu schon sagen?

Humfrey brauchte eine Weile, um den Stock zu verstauen. Er reichte Hugo die Flasche, wobei er eine Warnung aussprach – das Bild war zwar stumm, aber eindeutig –, um die Hände frei zu haben. Neben dem Jungen lag sein Beutel mit den Zaubern auf dem Teppich. Humfrey schleppte immer zahlreiche Zauber mit sich herum, wie Irene es mit Samen tat.

Der Stock, der anscheinend zusammengeschoben werden und eine kleinere Form annehmen sollte, klemmte. Mit einer irritierten Grimasse stemmte Humfrey ihn auf den Boden und drückte mit beiden Händen dagegen, um die teleskopartige Stange einzufahren. Nach und nach gelang es ihm, doch es dauerte seine Zeit, denn Humfrey war klein und alt, der Stock dagegen auf dem Höhepunkt seiner Widerstandskraft, die er auch weidlich zur Schau stellte. Er versuchte sein möglichstes, sich aus dem Griff des alten Mannes zu winden, wurde glitschig und machte den Versuch, wieder zu seiner vollen Höhe emporzuschießen, wenn Humfrey gerade versuchte, ihn fester zu packen. Doch schließlich hatte der Magier ihn zu einem Zylinder und schließlich zu einer Scheibe zusammengedrückt, die einer mundanischen Münze glich. Diese steckte er schließlich in die Tasche.

Plötzlich erbebte der Boden. Hugo legte die Hände über die Ohren, als wolle er sich vor dem entsetzlichen Geräusch schützen. Der Gute Magier Humfrey wirbelte herum, um sich der plötzlichen Bedrohung zu stellen. Das Bild des Spiegels schwenkte beiseite, und in ihm erschien . . .

»Der Spaltendrache!« schrie Irene entsetzt. »Dorthin ist er also geschlichen, nachdem er Schloß Zombie verlassen hat! Während ich nach Ivy suchte . . .«

Der Drache stürzte sich, Dampfwolken aus seinen Nüstern hervorspeiend, auf Humfrey und Hugo. Stumme Worte wurden geschrien, und der fliegende Teppich schwebte unvermutet in die Höhe. Hugo, der nicht angeschnallt war, verlor das Gleichgewicht und stürzte hinab. Der Teppich segelte in den Himmel empor und nahm Humfreys Zauberbeutel mit. Kurz darauf war er aus dem Gesichtsfeld verschwunden.

»Nein!« schrie Irene. »Jetzt hat er seine Magie verloren!«

Die Gorgone nickte grimmig. »Ich hätte dabeisein müssen«, sagte sie und berührte vielsagend ihren Schleier. »Männer sind ja manchmal so hilflos, wenn man sie allein läßt! Aber irgend jemand mußte ja auf das Schloß aufpassen, während er das Wasser vom Jungbrunnen holte.«

Das war ein neuer Schock für Irene. »Der Jung . . .!«

»Oh, das hätte ich nicht sagen sollen!« entgegnete die Gorgone peinlich berührt. »Das ist doch ein Geheimnis.«

Im Spiegel ging es munter weiter: Der Spaltendrache kam immer näher und bedrohte Mann und Junge. »Ein Geheimnis?« fragte Irene. Trotz der entsetzlichen Szene, die sich da vor ihren Augen abspielte, fesselte diese Offenbarung ihre Aufmerksamkeit. Im Laufe der Jahrhunderte hatten sehr viele Leute nach dem Jungbrunnen gesucht. Vielleicht hatten sie ihn nur nicht gefunden, weil er wie ein Teich aussah. Jeder, der achtlos von seinem Wasser trank, würde durch eine Überdosis Jugend außer Gefecht gesetzt werden. »Ist Euch eigentlich klar, was dieses Wasser für die Bewohner Xanths bedeuten kann? Mein Vater . . .«

Der Gute Magier brüllte gerade seinen Sohn an. Hugo fummelte stumpfsinnig an der eingewickelten Flasche herum. Das ganze Schauspiel schien eine halbe Ewigkeit zu dauern: nahender, dampfspeiender Drache, zurückweichender Mann, flaschenauswickelnder Junge.

»Versteht Ihr denn nicht, daß es ein Geheimnis bleiben muß?« fragte die Gorgone. »Humfrey nimmt ihn nur sehr vorsichtig in Anspruch, um nicht viel älter als hundert Jahre zu bleiben, und der Zombiemeister benutzt das Wasser, damit seine Zombies besser funktionieren. Er wußte noch aus alten Zeiten davon und hat es Humfrey erzählt. Früher war das mal ein richtiger Springbrunnen, aber im Laufe der Jahrhunderte ist er schwach geworden. Aber wenn ganz Xanth ihn benutzen sollte, würde niemand mehr an Altersschwäche sterben, und manche Dinge müssen einfach . . . na ja, dann wäre bald alles übervölkert . . .«

Irene richtete ihr Augenmerk wieder auf den Spiegel. Endlich gelang es dem Jungen, die Flasche auszuwickeln und den Verschluß zu öffnen. Den Anweisungen seines Vaters folgend, schwang er die Flasche in einem hohen Bogen herum, so daß das magische Wasser dem Drachen entgegenspritzte.

»Vorsicht!« rief Irene, als sie erkannte, welche Konsequenzen das haben konnte.

Das Wasser benetzte den angreifenden Drachen — der sofort

zusammenschrumpfte und immer jünger wurde. Und es traf auch den alten Mann.

Wie erstarrt sah Irene zu. Das Wasser der Jugend war eine Waffe, denn eine Überdosis konnte jedes Lebewesen seiner Erwachsenenkräfte und -fähigkeiten berauben. Offenbar mußte es nicht eingenommen werden, der bloße Hautkontakt genügte.

Doch ließen sich Waffen gleichermaßen gegen Feinde wie Freunde anwenden, und nun wurden Drache und Magier immer jünger und hilfloser.

Der Drache wurde zu einem viel kleineren Ungeheuer mit helleren grünen Schuppen und dichterem Dampf. Der Gute Magier wurde zu einem halbwegs gutaussehenden Gnom von etwa fünfzig Jahren, mit aufrechtem Oberkörper und voller Hauptbehaarung. Doch damit war der Prozeß noch nicht beendet: beide verjüngten sich unaufhaltsam weiter.

»Wahrscheinlich können wir von Glück reden, daß sie sich nicht bis ins Nichts verjüngt haben«, sagte die Gorgone. »Beide sind über hundert Jahre alt, sonst hätten sie es womöglich nicht überlebt. Ich habe einen Notzauber, den Humfrey zurückgelassen hatte, eingesetzt, um ihn wieder hierherzuschaffen . . .«

Der Magier verschwand aus dem Bild, während Hugo verwirrt und entsetzt zu weinen begann. Der Drachensäugling schüttelte sich, blickte sich um, breitete seine winzigen Flügel aus und jagte verängstigt davon.

Nun verblaßte das Spiegelbild, und Irene musterte erneut das Baby im Spielzimmer. »Das ist also tatsächlich Humfrey!« sagte sie atemlos.

Die Gorgone seufzte. »Ja, das ist er. Und Hugo ist immer noch da draußen. Anscheinend hat ihn das Wasser nicht getroffen, aber das ist auch so ungefähr das einzige Positive daran. Ich kann ihn mit dem Spiegel nicht erfassen, weil der auf Humfrey geeicht ist und ich nicht weiß, wie ich die Einstellung verändern kann. Und ich kann nicht einmal nach meinem verschollenen Sohn suchen, weil . . .«

Irene merkte, daß die Gorgone unter ihrem Schleier zu weinen begonnen hatte. Auch sie brauchte Hilfe.

»Kommt, setzt Euch erst einmal, dann besprechen wir, was

wir unternehmen wollen«, sagte Irene und nahm die Gorgone am Ellenbogen. »Mein Kind ist auch da draußen, deshalb bin ich auch gekommen.« Doch ihre Reise war anscheinend vergebens gewesen, denn von Humfrey konnte sie keine Hilfe mehr erwarten.

Bald darauf saßen sie in der Küche, dem bequemsten Ort für verheiratete Frauen, und tranken T's, die sie mit Honig süßten.

Irene erblickte einen Teller voller Käse. Ein Stück Käse war besonders riesig, mit einer scheckigen Rinde, und als sie danach griff, knurrte er bedrohlich. »Den solltet Ihr nicht nehmen«, warnte die Gorgone. »Das ist ein Gorgonzilla, ein Monsterkäse, der nur für Gorgonen wie mich geeignet ist. Versucht lieber diesen hier.« Und sie drehte den Teller, um Irene eine andere Sorte zu zeigen.

Irene nahm ein Stück und begann, vorsichtig zu kauen. »Schmeckt gut. Was ist das für einer?«

»Gorgon-zola. Den mache ich selbst. Ich starre ihn solange durch meinen Schleier an, bis er halb versteinert ist.«

Irene mußte lächeln. Das war wirklich ein nützlicher Aspekt des gefürchteten Gorgonentalents.

Doch nun machten sie sich an die eigentliche Besprechung. »Zunächst einmal brauchen wir einen guten Babysitter für Humfrey. Äh – ist eigentlich irgendein Hilfsmittel gegen magische Jugend bekannt?«

»Nur eins: die Zeit – genau wie bei den Opfern eines Liebesquells«, erwiderte die Gorgone traurig.

Das sah nicht sehr vielversprechend aus. »Aber meistens gibt es doch auch einen Gegenzauber«, meinte Irene. »Wenn es eine Substanz oder einen Zauber gäbe, der den Effekt umkehren könnte, so daß er schneller altert . . .«

»Humfrey ist der einzige, der wissen könnte, wo man so etwas findet«, sagte die Gorgone. »Und der ist jetzt ausgerechnet derjenige, der es eben *nicht* weiß.«

Eine unglückliche Ironie des Schicksals. Irene zuckte mit den Schultern und kaute weiter an ihrem Käse herum, unfähig, weitere Vorschläge zu machen.

»Aber ich muß Hugo unbedingt retten!« rief die Gorgone. »Habt Ihr nicht gesagt, daß jemand herkommen und auf Humfrey aufpassen könnte, während ich mich auf die Suche nach meinem Sohn mache?«

»Lacuna, die Tochter des Zombiemeisters, wäre dafür genau die richtige. Sie ist sechzehn Jahre und kann gut mit Kindern umgehen.«

»Ach ja, Lacuna, die kenne ich. Ein richtiger kleiner Satansbraten von einem Kind. Sie hat früher im ganzen Schloß mit ihrem Talent Nachrichten an die Wände gedruckt. Sätze wie: WAS DU HEUTE KANNST BESORGEN, DAS VERSCHIEBE NICHT AUF MORGEN. Im nachhinein ist das ja ganz lustig, aber damals war es doch ziemlich ärgerlich.«

»Ärgerlich?«

»Sie hat es an die Toilettenwand gedruckt.«

Irene mußte ein Kichern unterdrücken. »Da will ich lieber gar nicht erst fragen, was Hiatus alles mit der Toilette angestellt hat.« Hiatus' Talent bestand darin, aus Wänden und anderen Stellen Augen, Ohren, Nasen und Münder hervorwachsen zu lassen. »Lacuna hat auch auf Ivy aufgepaßt, und ich glaube nicht, daß es ihre Schuld war, daß Ivy ... der Spaltendrache ...« Es fiel ihr schwer, objektiv zu bleiben, aber die Zeit drängte eben. »Lacuna hat schon als Kind hier gelebt. Sie weiß, wie man sich Ärger vom Leib hält, und kennt sich hier gut aus. Sie wird auch nicht in den Zaubern des Guten Magiers herumschnüffeln. Ihr könnt Ihr ja besondere Anweisungen geben, und der Rest wird sich schon von allein einspielen. Dann seid ihr frei und könnt Euch guten Gewissens auf die Suche nach Hugo machen.«

Das dunkle Gesicht hinter dem Schleier hellte sich auf. Endlich hatte die Gorgone etwas Praktisches zu tun! »Warum bin ich nicht von selbst darauf gekommen?« rief sie.

»Wir müssen Lacuna sofort herbringen«, fuhr Irene fort. »Dieser wilde Urwald ist gefährlich für Kinder. Der Teppich ist verloren, und wir wissen nicht, wie wir mit Humfreys Zaubersammlung umgehen müssen. Gibt es noch eine andere Möglichkeit?«

Die Gorgone dachte nach. »Der Rokh«, sagte sie. »Er wir Euch jetzt gehorchen, weil Ihr an ihm vorbeigekommen seid. Der kann sehr schnell fliegen.«

»Das will ich gerne glauben«, sagte Irene. Der Gedanke behagte ihr zwar nicht sonderlich, doch mußte sie einsehen, daß es das beste war. »Ich muß zu Schloß Zombie zurück, um Dor zu berichten, was hier passiert ist, und danach muß ich nach Ivy suchen.«

»Ich werde Euch helfen!« sagte die Gorgone.

»Wir können zusammen gehen und gemeinsam suchen.«

»Nein, das nützt nichts. Euer Sohn befindet sich in der Nähe des Jungborns, während sich meine Tochter in der Nähe von Schloß Zombie aufhalten muß. Ich weiß zwar nicht, wie weit die beiden voneinander entfernt sind . . .«

»Ich auch nicht«, gestand die Gorgone. »Nur Humfrey weiß, wo sich der Jungborn befindet. Aber er muß irgendwo dort in der Gegend sein.«

»Und der Zombiemeister?« fragte Irene. »Ihr sagtet doch, er wisse . . .«

»Ja, vor achthundert Jahren hat er es gewußt. Aber während seiner langen Lebensspanne als Zombie hat er es wieder vergessen. Er wußte nur noch, daß er überhaupt existiert, und zwar ungefähr in jener Gegend. Daraufhin hat Humfrey ihn exakt geortet.«

»Aber Humfrey muß Euch doch wenigstens . . .«

Die Gorgone schüttelte traurig den Kopf. »Das war nicht seine Art.«

Nur zu wahr. Der Gute Magier war ein absoluter Knauser gewesen, was die Weitergabe von Informationen und Wissen aller Art anging, sehr zur Verstimmung anderer, selbst Könige.

»Da sowohl Ivy als auch Hugo in Gefahr sind«, sagte Irene, »müssen wir sie beide getrennt suchen. Ihr rettet Euer Kind, und ich rette meins – und beten wir darum, daß wir Erfolg haben.«

Die Gorgone willigte ein.

»Werdet Ihr im Dschungel zurechtkommen?« fragte Irene sie besorgt.

Die Gorgone griff wieder vielsagend an ihren Schleier. »Wer kann sich da schon mit mir anlegen?«

Wie wahr! Die Gorgone hatte weitaus weniger von Ungeheuern zu befürchten als andere Menschen. »Dann ist die Sache also abgemacht. Ihr überlaßt mir den Rokh, damit ich auf Schloß Zombie zurückkehren kann, dann bringt er Lacuna hierher und danach könnt Ihr Euch von ihm in die Gegend des Jungborns bringen lassen, was ungefähr nördlich vom Schloß sein muß, wie ich vermute. Denn in diese Richtung ist Humfrey davongereist, als er uns verließ.«

»Ja«, meinte die Gorgone. »Ach, Irene, Ihr habt mir so viel geholfen! Ich wußte überhaupt nicht, was ich tun sollte, bis ihr kamt!«

Irene tätschelte beruhigend ihre Hand. Doch in ihrem Inneren war sie alles andere als beruhigt. Sie war um Hilfe gekommen – und die hatte sie nicht gefunden. Zu ihrem eigenen war nun auch Humfreys Horror hinzugekommen.

3

Yak-Geschwätz

Ivy blickte sich um. Sie befand sich in einem netten Dschungel voller interessanter Dinge, also studierte sie jedes einzeln.

Sie bemerkte, daß sie irgend etwas in der Hand hatte, und um sich davon nicht ablenken zu lassen, steckte sie es in die Tasche.

Am allernächsten befand sich eine Pflanze, die wie eine Essiggurke roch, aber fast metallisch harte Zweige und Blätter aufwies. »Wer bist du?« fragte sie, doch die Pflanze antwortete nicht.

Ivy zog eine Schnute. Sie mochte keine Dinge, die nicht reagierten. Also ging sie weiter, auf der Suche nach etwas, was bereit war, mit ihr zu reden.

Sie hörte ein Geräusch im Unterholz und entdeckte ein großes, grasendes Tier. Es besaß Hörner wie eine Seekuh, einen Schweif wie ein Zentaur und seidige Haare, die an seinen Seiten herabhingen wie von einer schönen Frau. Alles in allem also ein seltsames, aus unterschiedlichen Teilen zusammengesetztes Geschöpf.

Doch Ivy war zu jung und zu unerfahren, um zu begreifen, wie seltsam dieses Tier eigentlich war, oder um richtig Angst vor ihm zu bekommen.

Sie schritt schnurstracks darauf zu und fragte: »Was bist du?« Sie hatte diese Frage stets als nützlich empfunden, weil die Dinge immer dann, wenn ihr Vater in der Nähe war, Antwort zu geben pflegten.

Das Wesen hob den Kopf und starrte sie mit einem großen, wunderschönen Auge an. »Ich hab schon geglaubt, du würdest mich nie fragen! Ich bin ein Yak, das geschwätzigste aller wilden Tiere. Wenn du nicht herausfinden kannst, wie du mich zum Schweigen bringst, werde ich dir das Ohr vom Kopf quasseln.«

Ivy legte eine Hand an ihr zartes kleines Ohr. Es wirkte recht sicher befestigt, deshalb entspannte sie sich. »Und wie bringe ich dich zum Schweigen?« Sie war recht zufrieden mit ihrer Fähigkeit, Fragen richtig zu formulieren; schließlich war sie noch nicht sehr groß. Aber sie hatte festgestellt, daß sie weitaus mehr konnte, als sie dachte, wenn sie nur fest genug daran glaubte. Sie hatte sich dazu entschlossen, daran zu glauben, daß sie wie ein Erwachsener reden konnte, und nun konnte sie es auch, jedenfalls fast. Doch das tat sie nicht in Gegenwart Erwachsener, denn die hatten oft ziemlich komische Vorstellungen davon, was ein Kind durfte oder nicht, was sie wiederum einige Vorsicht gelehrt hatte.

Der Yak schüttelte den Kopf. »Nicht so leicht, du süßes Menschenkind! Das ist das einzige, was ich dir nicht erzählen werde! Es gehört zu meinem Wesen, so lange zu reden, wie es ein empfängliches Ohr gibt, um mir zu lauschen – und in Notzeiten tut es auch ein gleichgültiges. Dabei ist es mir egal, wie andere dazu stehen mögen. Du kannst mich nicht zum Schweigen bringen, wenn du nicht weißt, wie das geht. Was sagst du nun?«

Ivy blickte zu ihm empor. »Du bist wirklich ein hübsches Tier. Du gefällst mir.«

Der Yak wirkte etwas verblüfft. »Dann bist du gar nicht verärgert?«

»Wieso? Du unterhältst dich mit mir. Das tun die wenigsten Leute. Die haben alle keine Zeit. Zum Glück wissen meine Eltern nicht, wie gut ich reden kann.«

Der Yak schien sich im Zweifel darüber zu sein, ob sie im

Scherz sprach oder nicht. Er ließ seine Hörner zucken. »Hm, na ja, *ich* habe jedenfalls Zeit. Ich habe nichts Besseres zu tun als zu reden. Ich würde lieber reden als essen.«

»Essen.« Ivy merkte, daß sie hungrig war. »Ich will was essen.«

»Gut, dann rede ich übers Essen. Aber zunächst müssen wir uns einander etwas förmlicher vorstellen. Wie nennt man dich denn?«

»Ivy. Ich bin König Dors Kind.«

Der Yak verzog die Mundwinkel zu einem toleranten Lächeln. »Aha, aus königlichem Geblüt! Dann hast du mit Sicherheit auch einen königlichen Geschmack!« Er ging auf ihr Gerede ein, ohne jedoch wirklich an ihre Herkunft zu glauben. »Was magst du denn?«

»Ivy dachte nach. »Schokoladenkuchen.«

»Darauf wäre ich nie gekommen! Zufällig gibt es hier in der Gegend einen Schokoladenteich, aber der mag es nicht, wenn man an ihm rumknabbert. Einmal hat ein Haufen Enten angefangen, an ihm rumzuknabbern, und da hat er gesagt . . .«

»Ich will doch auch niemandem weh tun«, sagte Ivy, der der Elch leid tat. »Jetzt weiß ich auch nicht mehr, was ich essen will.«

»Dann müssen wir eben ein bißchen herumforschen. Auf dieser Lichtung gibt es jede Menge saftiges Gras, magst du das?« Und zur Veranschaulichung nahm der Yak einen Mundvoll davon.

Ivy beugte sich vor und tat es ihm nach. Sie kaute einen Augenblick, dann spuckte sie es wieder aus. »Nein, das schmeckt mir zu sehr nach Spinat.«

»Es gibt auch Blattgrün«, meinte der Yak und reckte sich empor, um einen reichbeblätterten Zweig abzureißen. Ivy versuchte es mit einem Blatt. »Nein, schmeckt zu sehr wie Kohl.«

»Du bist aber schwer zufriedenzustellen!« jammerte der Yak erfreut. »Dann müssen wir uns eben noch weiter umsehen.«

Sie gingen den Weg zurück, den Ivy gekommen war. »Was ist denn das?« fragte sie und zeigte auf die metallische Pflanze mit dem Essiggurkengeruch, die sich eine Weile zuvor geweigert hatte, ihre Identität preiszugeben.

»Ach, das ist doch ein Panzer-Dill«, sagte der Yak. »Er bringt zwar die besten Panzer hervor, aber er stinkt nach dem Salzwasser, in dem sie eingelegt sind. Manche Wesen mögen den Geruch allerdings.«

Ivy verzog ihre süße kleine Nase. »Bäh!« Dann schritten sie weiter zu einer Pflanze, deren riesige Gliedmaßen in zarten Menschenhänden endeten. Jeder Finger war sorgfältig manikürt, und die Nägel waren hellrot lackiert. »Und was ist das?«

»Das ist natürlich eine Frauenfingerpflanze«, erwiderte der Yak. »Du hast doch Hände, dann könnt ihr euch die Hand geben, auf typische menschliche Weise, wenn du magst.«

Ivy versuchte es, und die nächstgelegenen Frauenfinger griffen nach ihrer Hand. Doch dann heischten auch die anderen Hände nach Aufmerksamkeit, indem sie mit den Fingern schnippten, so daß sie sie alle schütteln mußte.

Endlich zog sie sich zurück, entschlossen, das nächste Mal ein wenig vorsichtiger zu sein.

»Ah«, machte der Yak, nach vorne spähend, »da ist ja ein Fußball.«

Da rollte der Fußball auch schon heran. Es war eine Kugel aus Füßen, die alle Arten von Extremitäten aufwies: Drachenklauen, Vogelkrallen, Greifenpranken, Menschenfüße, Zentaurenhufe, Insektenbeine, und so weiter. Die trampelten alles nieder, wo sie hinkamen, so daß man an den Trampelpfaden leicht erkennen konnte, wo der Ball gewesen war – nicht aber, wohin er noch wollte. Bei so vielen Füßen konnte er sich sehr schnell voranbewegen und war schon bald wieder aus ihrem Gesichtsfeld verschwunden.

Doch erleichterte sein Pfad ihnen das Vorankommen, weil er weder Dornensträucher noch Fallgruben aufwies. Ivy war es egal, wohin er führte, solange sich dort interessante Dinge finden ließen.

Ivy entdeckte eine glitzernde Glaskugel, die so groß war wie zwei ihrer Fäuste; sie war nicht rund, sondern wies viele kleine flache Facetten auf. Sie verließ den Weg, um sie aufzuheben. Licht strahlte aus ihrem Inneren hervor, als sie sie in einen verirrten Sonnenstrahl hielt. »Was ist das denn?«

»Das ist ein sehr wertvoller Edelstein, wie er von Juwel, der

Nymphe, verteilt wird«, erklärte Yak. »Kristallisierte Kohle in Kugelform: ein sehr harter Ball. Genaugenommen, ein Schlagballdiamant.«

»Wofür ist der denn? Er ist hübsch!«

»Ach, damit spielen Leute dumme Spielchen, hauptsächlich Mundanier. Das sind seltsame Wesen und, wie ich vermute, keine besonders klugen. Sonst würden sie sich ein bißchen mehr für Magie interessieren, anstatt so zu tun, als gäbe es sie nicht. Was soll man schon zu einem Menschen sagen, der sich weigert, an Magie zu glauben?«

»Daß er seine Langeweile selber verdient hat.«

»Eine äußerst treffende Bemerkung!« Der Yak spähte nach vorn, offenbar hatte er etwas gehört. »Holla! Ich glaube, da höre ich gerade ein Spiel!«

Sie gingen auf das Geräusch zu. Zwei Zentauren waren mit irgend etwas beschäftigt. »Nein, das ist kein Schlagballdiamant, den sie da werfen. Das muß ein anderes Spiel sein.«

Was auch der Fall war. Die Zentauren hatten zwei hölzerne Pfähle in den Boden gerammt und schleuderten abwechselnd mit Ringen danach, die sie von einer nahegelegenen Ringelblume gepflückt hatten.

»Was spielt ihr da?« rief Ivy.

»Ringelpiez, natürlich«, erwiderte einer der beiden zerstreut.

Achselzuckend meinte der Yak: »Jedem Tierchen sein Pläsierchen. Die einen reden gerne, die anderen schmeißen gern mit Sachen rum.«

Ivy stimmte ihm zu, daß die Welt seltsam war. Dann gingen sie weiter.

So entfaltete das Land Xanth seine Wunder vor Ivys Augen, und das kleine Mädchen verbrachte den ganzen Nachmittag damit, sie zu erkunden, begleitet von den pausenlosen Kommentaren des Yak. Eine vorbeischleichende Milchschlange gab ihr eine Flasche Milch ab, um ihren Durst zu löschen, und sie pflückte einen Dauerlutscher von einem Dauerstrauch.

Plötzlich stolperte sie und landete am Fuß eines riesigen Baumes. Sie fühlte sich entsetzlich schlecht. »Ooch, äccch«, machte sie. »Was hat mich denn da getroffen?«

Der Yak sah auch nicht gerade froh aus, spähte aber umher,

um eine Antwort auf ihre Frage auszumachen. »Der Baum!« rief er dann schmerzerfüllt. »Das ist eine Quälföhre! Nichts wie weg!«

Ivy humpelte davon, und je weiter sie sich von dem Baum entfernte, um so weniger schlecht fühlte sie sich. Endlich gelangten sie wieder auf ihren alten Pfad und fühlten sich wieder wohl.

Doch nun brach bald die Nacht ein, und sie war müde. »Ich will ins Bett!« sagte sie und stutzte, als sie merkte, daß sie da gerade ein Sakrileg begangen hatte. Kein Kind wollte jemals freiwillig ins Bett. Also schränkte sie ihre Aussage etwas ein. »Denn ich will nicht, daß das Ungeheuer unter dem Bett sich einsam fühlt.«

»Dann solltest du nach Hause gehen«, meinte der Yak.

»Nach Hause?« fragte sie verwirrt. »Was ist das denn?«

Der Yak blickte sie verwundert an. »Dort, wo deine Mutter wohnt. Und dein Vater, der . . .« Der Yak hielt inne, um zu feixen.

». . . der König von Xanth. Wo du dich immer aufhältst, wenn du nichts Besseres zu tun hast. Wo dein Bett ist.«

Doch noch immer runzelte sie die kleine Stirn. »Wo ist das denn?«

Nun war der Yak verwirrt. »Soll das heißen, daß du das nicht weißt? Wieso kannst du dich an deine Mutter und an dein Bett erinnern, ohne von deinem Zuhause zu wissen?«

Ivy schüttelte konfus den Kopf.

»Wo bist du denn hergekommen, bevor wir uns getroffen haben?«

Sie dachte angestrengt nach. »Das weiß ich nicht mehr.«

»Wie kannst du denn dein Zuhause vergessen?« beharrte der Yak.

»Ich weiß es nicht.« Nun brach sie in Tränen aus.

Der Yak war beunruhigt. »Na, na, ich finde schon eine Bettwanze für dich. Die geben prima Betten ab.« Er blickte sich nach einer Bettwanze um.

Ein leiser, kaum merklicher Lufthauch durchzog die Luft. Ivy konnte sich ganz vage daran erinnern, sich in der Nähe von etwas Ähnlichem aufgehalten zu haben, aber es gelang ihr nicht ganz, es genauer zu bestimmen. Der Yak, mit seiner Suche beschäftigt, schritt direkt durch den Luftstrudel hindurch.

Plötzlich blieb er verblüfft stehen. »Was tue ich hier eigentlich?« fragte er, und sein Schweif zuckte.

»Du bist mein Freund«, sagte Ivy und unterdrückte ihr Schluchzen für eine Weile. »Du suchst nach . . .«

»Ich erinnere mich nicht an dich!« rief der Yak. »Ich erinnere mich an überhaupt nichts mehr. Ich bin verloren!« Beunruhigt galoppierte er davon.

Ivy starrte hinter ihm her. Anscheinend hatte sie nun doch eine Methode gefunden, ihn zum Schweigen zu bringen, aber sie war gar nicht zufrieden damit. Sie hatte ihren einzigen engen Freund verloren.

Ivy folgte dem Pfad in der Hoffnung, den Yak wieder einzuholen, doch der hatte sie vergessen und war bereits außer Sichtweite. Einmal meinte sie, ihn erblickt zu haben, doch das war nur der Schokoladenelch, der in die entgegengesetzte Richtung wanderte und nicht für sie stehen blieb.

Inzwischen wurde es immer dunkler, und die schönen Bäume wurden häßlich. Sie fing an zu laufen und stolperte über eine Wurzel, die sich ihr in den Weg gelegt hatte. Ivy scheuerte sich die Knie auf und hatte das ganze Gesicht voll Dreck.

Das war zuviel. Ivy setzte sich auf den Pfad und heulte. Schließlich war sie doch erst drei Jahre alt.

Irgend etwas hörte das Geräusch und kam, halb gleitend, halb stampfend, durchs Unterholz auf sie zu. Es hatte sechs Beine, grüne, metallische Schuppen, dampfte und war hungrig.

Ivy hörte es und blickte rechtzeitig auf, um in das entsetzliche kleine Gesicht des verjüngten Spaltendrachen zu starren.

4

Zora Zombie

Irene kochte vor Wut. Sie hatte, wie sich herausstellte, kostbare Zeit damit vergeudet, zum Schloß des Guten Magiers zu reisen, und nun verlor sie noch mehr. Natürlich hatte sie der Gorgone geholfen, und das war durchaus die Sache wert – aber was geschah derweil mit Ivy?

Sie musterte die kleine Pflanze, die sie in einer Tasche trug. Es war eine Miniaturvariante des Ivy-Efeus, die verzaubert worden war, um in magischer Verbindung mit Ivy zu stehen.

Solange die Pflanze gesund war, war Ivy ebenfalls gesund. Wenn die Pflanze welkte, bedeutete dies Probleme oder Krankheit. Wenn die Pflanze abstarb . . .

Irene schüttelte den Kopf. Die Pflanze war gesund, da erschien es sinnlos, sich darüber zu sorgen, was eventuell sein könnte. Sie wußte, daß ihrer Tochter nichts zugestoßen war, hatte es immer gewußt. Es war die Zukunft, die ihr Sorgen machte. Sie brauchte nur ihre Tochter zu *finden* – und zwar bald.

Der Rokh setzte sie auf Schloß Zombie ab. »Warte hier«, befahl sie ihm. »Es gibt noch einen Passagier für den Rückflug.«

Millie das Gespenst kam ihr entgegen, um sie zu begrüßen.

»Hört genau zu«, sagte Irene ohne große Vorrede, »der gute Magier Humfrey ist in ein Kind zurückverwandelt worden, und sein Sohn Hugo ist verschollen. Die Gorgone wird nach Hugo suchen, aber sie braucht einen Babysitter für Humfrey. Draußen wartet ein Rokh, um Lacuna auf Humfreys Schloß zu bringen. Habt Ihr etwas dagegen? Nicht? Gut. Dann sagt Lacuna Bescheid. Wo ist Dor?«

»Draußen, auf der Suche nach Ivy«, erwiderte Millie, von der plötzlichen Flut von Neuigkeiten etwas aus dem Konzept gebracht. »Sie sind alle draußen – aber es gibt so viel Dschungel abzusuchen . . .«

»Ich werde ihn schon finden«, sage Irene unwirsch. »Kümmert Ihr Euch darum, daß die Sache mit Lacuna klappt.« Dann eilte sie auch schon wieder hinaus und überließ die ältere Frau ihrer Verwirrung.

»Wo ist Dor?« fragte sie den nächsten Zombie.

Das fleckige Gesicht strengte sich an, eine Antwort zusammenzubringen. Eine Hand hob sich, um an der Nase zu kratzen, worauf diese abfiel. »Wwweeeer?« pfiff es aus dem Mund des Wesens.

»Mein Mann!« bellte Irene. »Dor. Der *König*, du Stumpfsinnbolzen! Wo ist der König?«

Endlich durchflutete eine verfaulte Erkenntnis das zerfressene Gehirn des Zombies. »Kkkhönnngg!« machte das Ding und zeigte mit einem Skelettfinger in Richtung Norden.

»Daaaannnk«, erwiderte Irene, die Sprache des Zombies imitierend, doch selbst diese kärgliche Situationskomik war für das Wesen vergeudet, dessen Hirn aus reinem Matsch bestand. Sie jagte gen Norden davon.

Kurz darauf begegnete sie einem Zentaur. Es war Chem. »Hallo, Irene!« rief die Stute.

Chem war ein paar Jahre jünger als Irene, aber Zentauren altern langsamer als Menschen, so daß sie jetzt auf dem Höhepunkt ihrer Geschlechtsreife stand. Nach menschlichem Maßstab entsprach ihr Alter in etwa dem von Hiatus und Lacuna.

»Oh, nein!« rief Irene, als sie erkannte, was geschehen war. »Dieser Zombie hat ›Chem‹ gemeint, anstatt ›König‹!«

Die Zentaurin legte die Stirn in Furchen. »Was ist denn los?«

»Ich suche meinen Mann.«

Chem lächelte. »Der ist im Süden von hier auf der Suche, zusammen mit Chet. Ich kann Euch zu ihnen bringen. Grundy meint, daß sich Ivy sowieso nicht hier in der Gegend aufhält.«

»Grundy?« fragte Irene verständnislos.

»Ich – Grundy der Golem«, erwiderte das kleine Wesen vom Fuß eines Baumstammes aus, indem es frecherdings so tat, als hätte Irene seinen Namen vergessen, anstatt nur erstaunt zu sein. Grundy tat selten etwas auf höfliche Weise, was sich auch unhöflich erledigen ließ, und er war stolz darauf, widerlich zu sein. Doch er war durchaus loyal und ein zuverlässiger Freund in Zeiten der Not. »Ich bin gekommen, um bei der Suche zu helfen. Chem bringt mich von Lichtung zu Lichtung, damit ich die örtliche Flora ausfragen kann.« Er rannte auf Chem zu, die sich vorbeugte, um ihn aufzuheben. Grundy war so klein, daß er mühelos auf ihre Handfläche paßte.

»Na schön, dann bring mich zu Dor«, sagte Irene und bestieg hinter dem Golem die Zentaurin. Sie hatte Grundy nie besonders gemocht, aber sie mußte eingestehen, daß er bei solchen Gelegenheiten recht nützlich sein konnte und daß es nett von ihm gewesen war, sich freiwillig dazu zu melden.

Chem galoppierte gen Süden davon, wobei sie Bäumen und Felsbrocken auswich. Zentauren liebten es, zu laufen, und das konnten sie auch recht gut. Schon bald hatten die drei König Dor erreicht.

Irene rasselte ihren Bericht über das Schicksal des Guten Magiers herunter. »Also muß ich wohl selbst nach meiner Tochter suchen«, schloß sie. Von Anfang an hatte sie gewußt, daß es Dor nicht gelingen würde, daß sie selbst es schaffen mußte. Warum hatte sie auch sonst die schreckliche Vision gehabt?

»Das ist nicht ganz folgerichtig«, erwiderte Dor mit seiner ärgerlichen männlichen Vernünftelei, »unser Durchkämmungsplan müßte früher oder später Erfolg . . .«

»Ich bin ihre *Mutter*!« schrie Irene und setzte damit alle anderen Argumente außer Kraft.

Wieder einmal bekam sein Gesicht den vertrauten Ausdruck männlicher Verwunderung und Resignation. »Na schön, wenn du auf Chem reiten willst und Grundy mitnimmst . . .«

Irene hatte eigentlich gar nicht daran gedacht, sich auf Dauer mit der Zentaurin zusammenzutun, und schon gar nicht mit dem Golem, aber die Idee war an sich ganz gut, vor allem, wenn dadurch Dors Zögern besänftigt wurde. Irene blickte Chem an, um festzustellen, ob sie dazu bereit war. Dem war natürlich so.

»Natürlich«, meinte Irene, als wenn sie das von Anfang vorgehabt hätte.

»Und nimm einen Zombie mit . . .«

»Einen Zombie?«

»Die kennen die Gegend gut«, erklärte er. »Und wenn ihr in Schwierigkeiten geraten solltet, kannst du ihn aufs Schloß zurückschicken, um eine Nachricht zu überbringen. Dann weiß der Zombiemeister, wohin er Hilfe schicken muß.«

»Und du hast auch nichts dagegen, daß ich gehe?« fragte Irene, nur um ganz sicher zu gehen, daß er *wußte,* daß er nichts dagegen hatte.

»Meine Liebe, ich weiß doch, daß du solche Sachen am besten auf deine Weise erledigst. Ich werde auf Schloß Roogna zurückkehren, mich mit Crombie beraten und das Waffenarsenal überprüfen. Solltest du Ivy nicht schon bald gefunden haben, wird sich darin bestimmt irgend etwas Nützliches auftreiben lassen. Jetzt, da Humfrey lahmgelegt ist, ist es wohl besser, wenn ich zu Hause bin, damit du weißt, wo du mich erreichen kannst. Immerhin müssen wir uns auch noch um die Sache mit den Vergessensstrudeln kümmern.«

Sie mußte zugeben, daß das einigermaßen einleuchtete. Sie hatte eigentlich mehr Widerspruch erwartet, doch anscheinend hatte er inzwischen gelernt, wie fruchtlos dergleichen war. Von Schloß Roogna aus würde es ihm zwar doch nicht gelingen, Ivy zu orten, denn obwohl Crombie der Soldat das Talent besaß, in die Richtung von allem zu zeigen, wonach man ihn fragte, war er inzwischen doch so alt und gebrechlich geworden, daß sein Talent nur noch sehr unzuverlässig funktionierte. Aber wenn Dor auf Schloß Roogna in Sicherheit war, würde sie sich nicht so viele Sorgen machen müssen, daß ihm auch nichts zustieß, und konnte sich dafür ihrer eigentlichen Aufgabe widmen. »Ich suche solange, bis ich Ivy gefunden habe«, versprach sie. »Es kann nicht lange dauern, so weit kann sie unmöglich weggegangen sein.«

»Das stimmt«, meinte Dor matt. Plötzlich begriff Irene, was sein wahres Motiv für sein Einverständnis war: Er fürchtete halb, daß Ivy wirklich in Schwierigkeiten steckte, und er wollte ein magisches Mittel ausfindig machen, um sich darüber Gewißheit zu verschaffen, ohne daß Irene sich noch mehr Sorgen zu machen brauchte. Er besaß selbst ein Ivy-Efeu, wußte also, daß das Kind gesund war – aber Ivys Verschwinden erwies sich schon jetzt als ernsteres Problem, als sie zunächst vermutet hatten. Wenn man an die Vergessensstrudel dachte, die durch das Land streiften und sich willkürlich Leute aussuchten . . .

Dor wollte ihr ihre Hoffnung so lange bewahren wie nur möglich. Gut, dann würde sie ihm auch seine lassen. Irene küßte ihn in stummem Dank für das, was er nicht ausgesprochen hatte, dann bestieg sie wieder die Zentaurin. »Du«, sagte sie zu dem nächsten Zombie, »komm mit.« Alles, um ihren Mann zufriedenzustellen, der sich solche Mühe gab, zu tun, was er für richtig hielt. Der Zombie würde zwar ein lästiger Begleiter sein, aber vielleicht würde sie Ivy ja schon bald finden, dann war das ohnehin nicht mehr so wichtig.

Die Zentaurin setzte sich in Bewegung, gefolgt von dem schlurfenden Zombie.

»He, Pflanzen!« rief Grundy. »Hat eine von euch ein kleines Mädchen gesehen, das heute nachmittag hier vorbeigekommen ist?« Das war alles nur für die anderen gedacht, denn die eigentliche Pflanzensprache war für menschliche Ohren weitgehend unhörbar und völlig unverständlich. Der Golem würde seine Frage im jeweiligen Dialekt sämtlicher Pflanzen und Tiere wiederholen, die ihm begegneten.

Nach einer Pause schüttelte Grundy den Kopf. »Hier nicht«, meldete er. »Aber das wußten wir ja schon. Ist wohl besser, wenn wir nochmals ums Schloß gehen, bis wir Ivys Spur aufgenommen haben.«

»Zeig uns mal eine Karte dieser Gegend«, sagte Irene zu Chem. »Dann können wir den besten Weg ausfindig machen, um das Schloß zu umrunden.«

Chem projizierte ihre Karte mitten in die Luft. Es war eine dreidimensionale Darstellung von Schloß Zombie und seiner Umgebung. Doch Teile davon waren unscharf. »Was ist denn mit deiner Karte los, Pferderumpf?« fragte Grundy auf gewohnt diplomatische Art.

»Ich kenne diese Gegend nicht«, erklärte die Zentaurin ohne jede Verärgerung. »Ich habe noch keine Zeit gehabt, sie zu erkunden, bevor der Drache hier eintraf. Ich muß die Gegend erst gesehen haben, bevor ich sie kartographieren kann.«

»Wozu ist dein Talent denn dann gut, Mährenhirn?« wollte Grundy wissen.

»Zum Beispiel dazu, daß ich mich nie verlaufe, Lumpenkopf«, erwiderte Chem ungerührt. Tatsächlich hatte Grundys Kopf ursprünglich aus Holz bestanden, und nicht aus Lumpen, aber es war eine passende Beleidigung. Jetzt war Grundy natürlich lebendig und besaß ein lebendes Gehirn. »Wenn ich mal irgendwo gewesen bin, habe ich diesen Ort auch auf der Karte. Auf diese Weise finde ich immer wieder zurück.«

Der Golem begriff, daß jede Beleidigung nur noch eine weitere nach sich ziehen würde, und machte sich wieder an die Arbeit. Im Uhrzeigersinn schritten sie um Schloß Zombie. Als sie drei Viertel der Strecke hinter sich gelegt hatten, spürte Grundy Ivys Fährte auf. Da sie eher einer Spiralbahn gefolgt waren als einer geraden Linie, befanden sie sich inzwischen bereits in einiger Entfernung vom Schloß.

»Dieser Panzer-Dill hier hat sie vorbeikommen sehen«, rief Grundy plötzlich. Er zeigte nach Osten. »In diese Richtung!«

Irene unterdrückte ihre Freude. Noch war die Suche nicht zu Ende.

»Seltsame Richtung«, meinte Chem. »Habt Ihr nicht gesagt, daß der Zombie sie nach Westen getragen hat?«

»Das stimmt!« meinte Irene, deren Freude angesichts dieser Überraschung ziemlich gedämpft wurde. »Sie kann unmöglich um das ganze Schloß herumgegangen sein!«

»Frag den Dill, wie Ivy angekommen ist«, sagte Chem zu Grundy.

Der Golem befragte die Pflanze, wobei er eine Reihe von Raschel-, Knarr- und Krachgeräuschen verwandte. Sie ist einfach vom Schloß aus hierhergekommen«, berichtete er. »Es sah nicht so aus, als sei sie sehr weit gegangen.«

Irene zögerte; sie befürchtete das Schlimmste. Sie wollte ihr verirrtes Kind so bald wie möglich wiederfinden, aber sie wußte auch, daß es in der Wildnis von Xanth unklug war, einem Rätsel ohne Mißtrauen zu begegnen. Wenn sie herausfinden könnte, wie es Ivy gelungen war, so weit zu gehen, hätte sie damit vielleicht zugleich einen wichtigen Hinweis darauf, welches Ziel sie ansteuerte.

»Wir sollten dieser Sache lieber nachgehen«, entschied sie. »Gehen wir zurück und finden wir heraus, wie Ivy hierhergekommen ist.«

»Ihr wißt doch, daß es schon sehr spät ist«, erinnerte Grundy sie. »Wenn die Nacht sie hier draußen erwischt . . .«

»Das weiß ich«, sagte Irene. »Und davor fürchte ich mich auch. Aber die Sache könnte wichtig sein. Die Lösung dieses Rätsels könnte aufschlußreich werden. Wie immer sie vom Westende des Schlosses zum Ostende gelangt sein mag, fest steht, daß sie dies an anderer Stelle vielleicht wiederholen könnte, während wir am falschen Ort nach ihr suchen.«

Der Golem zuckte seine winzigen Schultern. »Ist ja schließlich ihre Beerdigung.«

Irene mußte das Bedürfnis unterdrücken, das Männchen gegen den nächsten Gewirrbaum zu schleudern. »Frage du nur die Pflanzen«, sagte sie mit zusammengebissenen Zähnen.

Chem macht sich wieder auf den Weg in Richtung Schloß. Grundy befragte unterwegs die Vegetation. »Sie haben sie hier nicht gesehen«, berichtete er.

Die Gruppe verfolgte die Spur aufs neue und überprüfte sie sorgfältig. Der Zombie, der gehorsam hinter der Zentaurin hergeschlurft war, tat sein Bestes, um zu helfen, indem er zu beiden Seiten des Weges hinter die Büsche spähte.

Ivys Spur begann in der Nähe des Panzer-Dills. Die Pflanzen dort sagten, daß sie nach Westen weitergegangen sei, doch die Pflanzen im Westen konnten sich nicht an sie erinnern.

»Irgend etwas ist hier reichlich faul«, meinte Chem. »Sie kann doch nicht in Lücken reisen.«

Da entdeckte Irene etwas in einem nahegelegenen Feld. Es

war ein großes Tier. Für einen Augenblick verkrampfte sich ihre Brust, doch dann erkannte sie, daß es ein grasendes Geschöpf war, kein Fleischfresser. »Vielleicht hat das da – was immer es auch sein mag – Ivy gesehen«, sagte sie.

Chem blickte genauer hin. »Das ist ein Elch. Ein Vanille-, nein, ein Schokoladenelch. Ist harmlos.«

Sie begaben sich auf die andere Seite zu dem Tier, und Grundy befragte den Elch. Das Tier blickte sie mißtrauisch an. »Es will wissen, ob wir Enten sind«, erklärte Grundy angewidert. »Es mag nämlich keine Enten, die an ihm herumknabbern.«

»Sag ihm, es soll uns keine Ente auftischen«, sagte Irene.

Einen Augenblick später berichtete der Golem, daß der Elch ein Kind gesehen hatte, auf welches die Beschreibung Ivys zutraf, doch nicht hier. Sie hatte sich etwas weiter in Richtung Osten aufgehalten und war in die entgegengesetzte Richtung gegangen.

»Also noch weiter«, sagte Irene. »Wenigstens wissen wir jetzt, daß es ihr zu diesem Zeitpunkt noch gut ging. Wir werden auch gleich dorthin gehen. Im Augenblick möchte ich zunächst einmal wissen, warum ihre Fährte an dieser Stelle unterbrochen ist.«

Schließlich hatte Grundy zwei Grashalme ausfindig gemacht, von denen der östliche sich an Ivy erinnerte und behauptete, sie sei aus Westen gekommen, während der westliche Grashalm dies verneinte.

»So kommen wir nicht weiter!« protestierte Irene. »Einer dieser Halme muß doch lügen!«

»Nein, Gras kann das gar nicht«, sagte Grundy. »Dazu ist es nicht schlau genug.«

»Aber ihre Berichte widersprechen sich doch! Sie können doch nicht beide stimmen!« Nun kam Chems scharfsinniger Zentaurenverstand ins Spiel. »Doch -- wenn hier ein Vergessensstrudel vorbeigekommen sein sollte.«

»Ein Vergessensstrudel!« Das war natürlich die Antwort. Der hatte die Fährte verwischt, weil die Pflanzen, die von ihm betroffen wurden, sich an nichts mehr erinnern konnten, was zuvor geschehen war. »Aber das bedeutet . . .«

»Daß er auch Ivy berührt haben könnte«, beendete Chem Irenes Satz. »Ich hatte eigentlich gehofft, daß dies nicht der Fall sein würde.«

»Aber ohne Gedächtnis . . .« Die Vorstellung war entsetzlich, obwohl auch Irene schon darüber nachgedacht hatte. Sie hatte nur nicht daran glauben wollen. »Sich nicht einmal an die Gefahren erinnern zu können . . .«

»Vielleicht ist der Strudel auch vorbeigekommen, nachdem Ivy schon hier war«, meinte Chem. »Dann hat er ihr auch nichts anhaben können, sondern nur einen Teil ihrer Fährte ausgelöscht.«

»Ja . . .« stimmte Irene ihr erleichtert zu. »Vielleicht hat er sie auch nur leicht gestreift, so daß sie nur ein bißchen vergessen hat, zum Beispiel, wie sie nach Hause kommt.« Das hieß zwar, die Wahrscheinlichkeit ein wenig zu strapazieren, aber diese Theorie war besser als nichts; immerhin war sie möglich, gemahnte Irene sich selbst heftig. »Wir werden sie schon bald aufgespürt haben«, versicherte die Zentaurin.

»Ich will noch eine Sache versuchen«, warf Grundy ein. »Dieser Augapfelbaum dort drüben, östlich von der Vergessenslinie, hat bestimmt alles genau beäugt, was vorbeigekommen ist, vor allem dann, wenn es ein Kleid getragen hat. Vielleicht hat er gesehen, wie Ivy gekommen ist, und auch, daß sie sich nicht in der Bahn des Vergessensstrudels befand.«

»Gute Idee!« meinte Chem. »Frag ihn nur!«

Mit einem raschelnden Geräusch wandte sich der Golem an den Baum. Das Geäst des Baumes zuckte. Augengleiche Gebilde an seinen Zweigen zwinkerten, und er erwiderte das Rascheln.

Aufgeregt wiederholte Grundy seine Frage. Der Baum reagierte mit einem erheblichen Lärm aus Rascheln und Augenklappern.

Der Golem übersetzte es: »Der Augapfel meint, daß er vor vier Stunden diese Gegend genau beäugt und einen fliegenden Teppich erspäht hat, auf dem ein Beutel und ein Kind zu sehen waren.«

»Ein Teppich!« sagte Chem. »Das kann doch nur . . .«

»Humfreys Teppich!« rief Irene.

»Der muß in Ivys Nähe gelandet sein«, meinte Chem. »Diese Teppiche sind zwar ziemlich schreckhaft, aber sie kommen immer wieder zurück. Sie wissen eben nichts mit sich anzufangen. Aber warum ist er dann nicht zu Humfrey zurückgekehrt?«

»Der war doch schon fort!« erwiderte Irene. »Die Gorgone hat ihn nach Hause gezaubert. Hugo ist wahrscheinlich davongewandert, also hat der Teppich einfach nach ihm gesucht. Als er dann Ivy entdeckt hat...«

»Da ist er gelandet, um nachzusehen, ob sie sein Besitzer ist«, beendete Chem ihren Satz. »Und dann ist Ivy wahrscheinlich aufgestiegen, um auf ihm zu fliegen, weil es so viel Spaß macht.«

»Das sähe ihr ähnlich«, pflichtete Irene ihr grimmig bei. »Wenn sie sich erst einmal für etwas interessiert, dann kennt sie keine Gefahr mehr. Das hat sie von ihrem Vater.«

Die Zentaurin blickte Irene schräg von der Seite an, sagte jedoch nichts.

»Und außerdem hat sie einen Glücksbringer aufgehoben«, fügte Grundy hinzu. »Das hat der Augapfel auch gesehen.«

»Einen Glücksbringer?« fragte Irene. »Wieso ist sie dann von dem Vergessensstrudel erfaßt worden?«

»Das hat der Baum nicht gesehen«, meinte Grundy.

»Natürlich nicht! Die Strudel sind schließlich unsichtbar!«

»Aber vielleicht hat der Strudel sie verpaßt«, meinte Chem. »Wir wissen lediglich, daß er hier vorbeigekommen ist, vielleicht kurz nachdem sie hier war, aber es ist nicht sicher, daß er Ivy erwischt hat. Vielleicht hat der Glückszauber ihn abgewehrt oder seine Wirkung zumindest gemildert, je nachdem, wie stark er war. Wenn ihre weitere Spur zielstrebig verlaufen sollte, können wir davon ausgehen, daß der Strudel ihr nichts wirklich hat anhaben können.«

»Da bin ich mir nicht so sicher«, meinte Irene besorgt. »Die Dinge passieren eben nicht unbedingt so, wie es soll, zumindest nicht hier in Xanth. Dors Vater Bink...« Aber das war ein anderes Thema.

Bink hatte schon immer unglaublich viel Glück gehabt, auch ohne Glücksbringer.

»Wir wissen immerhin, daß der Strudel den Zombie erfaßt hat, der sie aus dem Weg des Spaltendrachen getragen hat«, sagte Chem und blickte zu dem Zombie zurück, der ihnen geduldig folgte. »Es muß hier immer noch eine ganze Reihe von Strudeln geben, die wahllos zuschlagen.«

»Möglicherweise sind die Strudel dem Drachen aus der Spalte gefolgt«, stimmte Irene ihr zu. »Der Drache ist wahrscheinlich gegen sie immun, weil er schon seit Jahrhunderten in der Nähe des Vergessenszaubers gelebt hat. Wenigstens wissen wir jetzt, wieso Ivy plötzlich auf die andere Seite des Schlosses gelangt ist. Sie ist einfach auf den Teppich gestiegen. Doch inzwischen ist sie wieder zu Fuß, denn der Teppich ist anscheinend davongeflogen, als sie hinuntergestiegen ist, und nun ist er verloren. Wir müssen sie unbedingt einholen, bevor . . .«

»Bevor die Nacht einbricht«, vollendete Chem diplomatisch Irenes Satz.

Nun folgten sie der Fährte noch schneller, und dem Golem gelang es, einer Frauenfingerpflanze, die sich mit Handsignalen verständigte, einen Bericht darüber zu entlocken, daß ein Menschenkind in Begleitung eines riesigen Tieres vorbeigekommen sei.

»Ein Tier?« fragte Irene beunruhigt.

»Vielleicht der Schokoladenelch«, schlug Chem vor.

Grundy befragte weitere Pflanzen und meinte schließlich: »Ein Yak. Die reden gern. Im allgemeinen sind sie recht harmlos, wenn sie einem nicht das Ohr vom Kopf quasseln. Was für ein Glück, daß sie ausgerechnet an ein solches Tier geraten ist.«

»Das war der Glücksbringer«, meinte Chem. »Offensichtlich hat sie ihn dabeigehabt, obwohl sie vielleicht nicht wußte, was er zu bedeuten hat.«

»Aber diese Glücksbringer wirken immer nur ein paar Stunden, wenn man sie benutzt«, warf Irene besorgt ein. »Sie verfügen nur über eine bestimmte Menge Kraft, und jeder Glücksfall läßt sie schwächer werden. Ivy muß schon eine Menge Glück hier draußen aufgebraucht haben, so daß der Glücksbringer bis zum Nachteinbruch seine Wirkung eingebüßt haben dürfte.«

Die Zentaurin blickte zum Himmel empor. »Wir haben

immer noch eine Stunde Zeit und sind schneller als sie. Wir werden sie schon finden.«

Während sie der Fährte weiterhin folgten, erscholl plötzlich ein drohendes Donnergrollen. Ein Sturm war in ihre Richtung unterwegs, und sie beeilten sich. Nun kamen sie an einer Quälföhre vorbei. Kurz dahinter endete die Spur plötzlich. Keine Pflanze konnte sich an irgend etwas erinnern.

»Noch ein Vergessensstrudel!« rief Irene.

»Vielleicht war es aber auch derselbe, der immer weiterwirbelt.«

»Diese Strudel scheinen nicht sehr groß zu sein«, meinte Chem. »Eigentlich müßten wir die Fährte auf der anderen Seite wieder aufnehmen können.«

Das Donnergrollen wurde immer lauter. Es klang wie die Wolke, welche Irene mit ihren Wassermelonensamen in ihre Schranken verwiesen hatte, und das konnte Ärger bedeuten. Unbelebte Gegenstände waren vielleicht nicht besonders schlau, dafür aber sehr nachtragend und stur.

Bald hatten sie die Fährte wiedergefunden – doch nur die des Yaks. »Lassen Yaks ihre Gefährten im Stich?« fragte Irene.

»Nicht, solange diese Gefährten noch dazu in der Lage sind, ihnen zuzuhören«, sagte Chem. »Freiwillig hört ein Yak nie auf, zu reden.«

»Klar, man muß eben wissen, wie man ihn zum Schweigen bringt«, warf Grundy ein.

»Und wie tut man das?« wollte Irene wissen.

Der Golem schüttelte seinen kleinen Kopf. »Das weiß niemand.«

»Ivy wußte es ganz bestimmt nicht, und selbst wenn sie es gewußt haben sollte, hat sie es bestimmt nicht angewandt. Sie liebt nämlich Gespräche.« Irene furchte die Stirn.

»Irgend etwas muß ihr zugestoßen sein«, meinte Grundy.

»Der Vergessensstrudel!« warf Chem hastig ein, bevor Irene sich noch weiter aufregen konnte. »Wahrscheinlich hat er den Yak berührt, und das Tier hat Ivy vergessen und ist davongewandert.«

Irene entspannte sich. »Ja, natürlich. Also müssen wir noch einmal die Fährte zurückverfolgen, um Ivys Spur zu suchen.«

Ein gewaltiges Donnergrollen ließ sie zusammenzucken, dann folgte ein Windstoß, und dann begann schließlich der Regen. Das war mit Sicherheit der Wolkenkönig, der sich mit der Feuchtigkeit des Abends aufgeladen hatte und eine ganze Schar von Wolken, die ihm untertan waren, mitbrachte. Nun zahlte er es Irene heim, und sie war nicht in der Lage, sich zu wehren. In stiller Wut biß sie die Zähne zusammen – sie liebte es nicht, von Wasserdampf gemaßregelt zu werden.

»Die Spur muß wohl ein wenig warten«, meinte Chem. »Solange der Sturm anhält, können wir sie nicht verfolgen.«

»Ja, das wird ein richtiger Regenguß«, meinte Grundy fröhlich. »Ich frage mich nur, wer diese Wolke da oben so wütend gemacht haben kann. Normalerweise schlagen sie nie grundlos zu.«

Grimmig holte Irene einen Samen aus ihrem Beutel und befahl: »Wachse!« Sofort keimte eine Regenschirmpflanze hervor. Ihre breiten Blätter überlappten einander und bildeten auf diese Weise einen wasserdichten Regenschutz. Schon bald war sie groß genug, um alle drei zu beschützen.

Das kam auch keine Sekunde zu früh, denn der Regen erwies sich wirklich als schrecklicher Guß. Knüppeldick prasselte er auf sie herab und tat sein Bestes, um von der Seite her an sie heranzukommen. Oh, war diese Wolke aber wütend! Irene mußte noch ein Mauerblümchen keimen lassen, um ihn abzumauern, doch bevor die Pflanze ihre volle Größe erreicht hatte, waren sie schon völlig durchnäßt. Alles in allem war es eine ziemlich ungemütliche Situation.

Der Zombie stand einfach neben dem Unterschlupf, da er seiner nicht bedurfte und wußte, daß man ihn unter dem Schirm nicht willkommen heißen würde. Der scharfe Regen riß ihm immer mehr Stücke vom Leib, doch irgendwie schien er nie an Körpermasse zu verlieren. Das war auch das Besondere an den Zombies: Ständig verloren sie ihr verfaultes Fleisch, und doch hatten sie immer genug zur Verfügung, um es verlieren zu können. Das gehörte zu den weniger appetitlichen Formen der Magie in Xanth. Doch Irene wußte, wie treu die Zombies Schloß Roogna im Laufe zahlreicher Krisen verteidigt hatten und wie entschlossen sie dazu bereit waren, das bißchen Leben, das sie ihr eigen nannten, dafür zu opfern. Zombies waren gute Leute, auch wenn sie ziemlich verrottet waren.

Noch immer prasselte der Regen auf sie herab, und sie stellten sich auf eine langwierige Belagerung ein. Offensichtlich hatte der Sturm vor, sie an diesem Ort über Nacht festzunageln. Das gefiel Irene überhaupt nicht; denn in der Nacht war die Wildnis am gefährlichsten. Vielleicht hoffte die Königswolke darauf, daß ihr irgend etwas Schlimmes zustoßen würde, während sie nicht fliehen konnte. Aber sie konnte unmöglich nach Hause zurückkehren, solange Ivy noch hier draußen war.

Irgend etwas mußte geschehen! Irenes Zähne klapperten vor Kälte. Die Wolke hatte bis hoch hinauf an den Himmel gegriffen, um eisigstes Wasser ausfindig zu machen. Irene nutzte das letzte, verblassende Tageslicht, um eine Kerzenblüte wachsen zu lassen, die sie mit einer kleinen Flammenliane entzündete. Das verschaffte ihr genügend Kunstlicht, um weitere Pflanzen wachsen zu lassen. Zwar weigerten sich die meisten Gewächse, ohne Sonnenlicht zu wachsen, doch mit ihrem Talent und ein wenig künstlichem Licht konnte sie dem durchaus nachhelfen.

So gelang es ihr, eine Handtuchpflanze keimen zu lassen, mit prächtigen trockenen Handtüchern für alle, so daß sie sich abtrocknen und die Kälte abwehren konnten. Nachdem sie sich hinter einem Schleierkraut entkleidet und sorgfältig abgetrocknet hatte, benutzte Irene eine Nadelkissenpflanze dazu, um mit ihren Nadeln zwei Handtücher festzumachen, in die sie sich gehüllt hatte. Bis zum Morgen mußten diese Handtücher als Kleidung genügen, erst dann würde sie eine Sonnenblume wachsen lassen können, um ihre normalen Kleider zu trocknen, sowie einen Frauenschuhstrauch, um ihre durchweichten Schuhe zu ersetzen. Ferner ließ sie eine Käsepflanze, eine Brotfrucht- und eine Schokoladenpflanze wachsen, bevor das letzte Naturlicht schwand. Das würde als Abendessen genügen. Sie befanden sich zwar in einer ziemlich jämmerlichen Lage, aber eine Nacht würden sie durchaus überstehen.

Irene hoffte, daß sich ihr Mann Dor nicht allzu viele Sorgen machte. Er schien der Meinung zu sein, daß sie allein nicht überleben könne; das gehörte zu den halbwegs bezaubernden männlichen Vorstellungen, welche er hegte. Sie vermißte ihn bereits, ihn, der bequem auf Schloß Roogna saß, mit trockenem Boden, umgeben von freundlichen Gespenstern und mit der ständigen Unterhaltung, welche ihm der magische Wandteppich bot.

Doch Ivy vermißte sie noch mehr. Dieses süße, unerfahrene Kind, das sich im Dschungel verirrt hatte! Ihr Kind! Am Rande des Kerzenscheinkegels erblickte sie den Zombie. Er sah ziemlich jämmerlich aus, wie er dort draußen herumstand. Natürlich sahen Zombies immer jämmerlich aus, da sie sozusagen stets mit einem Bein im Grabe standen. Doch irgendwie machte ihr dies zu schaffen. »Bist du hungrig?« fragte sie ihn.

»Hhunnggh?« fragte das Ding.

»Hungrig. Essen. Nahrung.« Irene reichte ihm ein Stück Käse, obwohl sie nicht wußte, ob diese Dinger jemals aßen.

Der Zombie streckte eine grandige Hand vor, um den Käse entgegenzunehmen. Irene mußte sich dazu zwingen, bei der Berührung nicht zusammenzuzucken. »Sssnn«, sagte das Wesen. »Ja, essen.« Irene machte es ihm vor, indem sie ein winziges Stück von dem Käse anknabberte, obwohl ihr Appetit inzwischen merklich nachgelassen hatte.

Der Zombie versuchte es. Zunächst brachen ihm drei Zähne aus, dann fiel ihm ein Stück von der Lippe ab. Der feste Käse bot den schwachen Kauversuchen dieses Geschöpfs erbitterten Widerstand.

»Das war wohl nichts«, meinte Irene und unterdrückte einen Magenkrampf. »Ich weiß wirklich nicht viel über Zombies.«

»Das tut keiner von uns«, warf Chem ein. »Sie sind anders als wir, aber das ist wohl eher eine alberne Untertreibung.«

»Das läßt sich schnell feststellen«, meinte Grundy, der wieder eine Gelegenheit witterte, Unfug anzurichten. »Ich kann mit den Dingern genauso einfach reden wie mit allem anderen, obwohl sie streng genommen ja nicht ganz lebendig sind. In diesem Punkt überlappen sich König Dors und mein Talent; er kann mit ihnen sprechen, weil sie nicht richtig lebendig sind, und ich kann es, weil sie nicht richtig tot sind.« Er lächelte in glücklicher Boshaftigkeit. »Welche intimen Geheimnisse wünscht Ihr denn mit diesem Zombie da auszutauschen?«

»Na ja . . .« Irene mußte plötzlich feststellen, daß ihre Neugier in bezug auf Zombies durchaus ihre Grenzen hatte. Es waren solche widerlichen Geschöpfe! Ein Teil des Horrors bestand darin, daß sie daran denken mußte, eines Tages vielleicht ebenfalls als solches Wesen wiederbelebt zu werden, sofern sie zufällig in der Nähe von Schloß Zombie sterben sollte. Der Tod war nie sonderlich komisch, und die Aussicht auf diese Art von Halb-Tod war noch schlimmer.

Aus der dunklen Feuchtigkeit außerhalb ihres Regenschutzes ertönte ein leises zischendes Grollen. »Ein Brache!« rief Grundy besorgt. »*Das* Geräusch kenne ich!«

»Hört sich eher wie ein Drache an, finde ich«, meinte Chem und zuckte nervös mit dem Schweif.

»Der Brache *ist* doch ein Drache, Pferdeschnauze«, erwiderte der Golem. »Er hat die Hörner eines Bison – das ist ein mythisches mundanisches Tier – und das Hinterteil eines ... na ja, sagen wir mal, daß er von hinten noch schlimmer ist als von vorn.«

»Drachen fressen Leute auf!« erinnerte Irene die anderen. »Im Dunkeln kann ich nicht viele Pflanzen wachsen lassen. Jetzt stecken wir in der Klemme!«

»Ihr solltet aber wenigstens *irgend etwas* wachsen lassen«, warnte Grundy sie. »Der Drache hat uns nämlich schon gewittert und ist viel zu groß und zu schnell, als daß wir vor ihm weglaufen könnten. Wir müssen ihn abwehren.«

»Mit Käsestücken vielleicht?« fragte Irene höhnisch. »Wir brauchen eine richtige Waffe, und ich bezweifle, daß mein Messer ...«

Chem nahm den Bogen von ihrer Schulter. »Wir brauchen ihn nur genau zu orten, dann erschieß ich ihn«, sagte sie.

»Das hat keinen Zweck, Pferdeschwanz«, widersprach der Golem. »Deine Pfeile würden ihn höchstens verärgern. Wir brauchen eine wirklich zähe Pflanze, zum Beispiel einen Boxbaum oder einen Greifer.«

»Nicht bei Nacht«, sagte Irene. »Bei diesen Lichtverhältnissen kann ich nur Nachtblümchen wachsen lassen.«

»Dann laßt eben Nachtblümchen wachsen!« rief Grundy. »Da kommt das Ungeheuer schon!«

Irene hörte das entsetzlichste Drachenrasseln, das ihr je

begegnet war. Sie war keine sonderlich schreckhafte Frau, aber das hier jagte ihr Angst ein. Benommen warf sie einen Samen auf den Boden. »Wachse!«

»Vielleicht könnten wir eine Menge Lärm machen und ihn verjagen«, schlug Chem vor.

»Geht nicht«, widersprach Grundy. »Wenn der Brache sich aus Angst zurückzieht, dann pustet er seine gesamten Abfälle aus. Oder einfacher ausgedrückt, er ko . . .«

»Erspar uns gefälligst deine Umgangssprache!« fauchte Irene. »Wir wissen schon, was gemeint ist!«

»Und zwar voll ins Gesicht seiner Verfolger«, fuhr der Golem mit einer gewissen Begeisterung fort. »Das Zeug stinkt nicht nur zum Himmel, es ist so stark, daß es Bäume in Brand setzen kann.«

»Aber wenn wir dem Ungeheuer nicht entfliehen und es nicht verscheuchen können . . .« sagte die Zentaurin mit verständlicher Besorgnis.

»Deshalb brauchen wir ja auch Irenes Kampfblumen. Irgend etwas, was den Brachen aufhält, ohne ihm wirklich Angst einzujagen, damit er friedlich von dannen zieht. Das ist es: Wir müssen ihn entmutigen, ohne ihn dabei zu reizen.«

»Na, dann viel Glück!« brummte Irene. »Schaut euch die mal an!« Sie schwenkte eine Kerze, um ihnen zu zeigen, was sie hatte wachsen lassen. »Meine Nachtblümchen!«

Da standen sie: mehrere zartgefärbte weibliche Nachtblümchen-Höschen, wie man sie bei Nacht oder unter großen Röcken zu tragen pflegte.

Grundy mußte sich Mühe geben, um nicht laut herauszuplatzen. »Hm, wenn wir die dem Brachen anpassen könnten . . .« sagte er. Es war offensichtlich, daß sich ein Feixen durch seinen Kopf wälzte und verzweifelt nach einem Ausgang in seinem Gesicht suchte.

Mit Blümchenhosen einen Drachen daran hindern zu wollen, sie zu bekleckern! Die Vorstellung war mehr als albern, hatte aber einen gewissen närrischen Charme. Ein Drache in Blümchenhosen! Das war beinahe so irrwitzig wie Irenes Vision von dem Drachen auf dem Podest.

Nun zeichnete sich der riesige gehörnte Kopf des Drachen

matt am Rand des Kerzenscheins ab. Die Flammen warfen züngelnde Schlaglichter auf die riesigen Zähne, doch ohne Erfolg. Irene erkannte sofort, daß dieser Drache viel zu groß war, als daß sie gegen ihn etwas hätten ausrichten können, auch wenn er weder Feuer noch Dampf spuckte. Sogar seine Augen besaßen Metallknochenlider, von den wahrscheinlich Chems Pfeile wirkungslos abprallen würden. Sie waren völlig hilflos. Irene schickte sich an zu schreien. Sie haßte zwar diese durch und durch nutzlose weibliche Reaktion, aber manchmal gab es dazu keine Alternative.

Der Drache kroch näher. Der Zombie stellte sich ihm in den Weg. »Schtoff!« rief er und spie dabei ein Stück Zunge aus. Das Sprechen fiel den Zombies nicht leicht.

Der Drache zögerte keinen Augenblick. Mit einem gewaltigen Schnappen zermalmte er den Zombie, aus dem stinkende Säfte hervorspritzten.

Der Drache hielt inne. Langsam zog sich ein Ausdruck des Mißfallens über seine Lefzen, ähnlich wie bei dem Spaltendrachen, als er die Stinkbombe zerkaut hatte. Dann spuckte der Drache den Zombie wieder aus. »Jäccch!« stöhnte er verständlicherweise. An zermalmten Zombies war ja auch wirklich nichts Leckeres.

Der Zombie landete unter dem Schirm, ein einziges Häufchen Elend. Der Drache machte kehrt und stampfte davon, um sich woanders eine etwas appetitlichere Mahlzeit zu suchen. Da er keine Angst hatte, stieß er auch keinen Zündelabfall ab, sondern verzog sich nur angewidert.

»Der Brache denkt, wir wären alle Zombies!« sagte Irene atemlos.

»Ihr seht auch aus wie einer«, meinte Grundy hilfsbereit. »Ein Zombie in einem Handtuch. Noch.«

Was wahrscheinlich stimmte. Irenes Haar war naß und klebte an Kopf und Körper, und die Handtücher hätte man auch für Lumpen halten können. In der Umgebung von Schloß Zombie gab es derart viele Zombies, daß eine solche Verwechslung nur zu natürlich war. Der Zombie hatte ihr Leben gerettet, indem er den Brachen abgelenkt hatte.

Doch um welchen Preis? Irene hatte zwar nicht viel für Zombies übrig, aber sie wußte das Opfer zu schätzen, das dieser hier für sie erbracht hatte. Sie kniete nieder, um den Zombie zu inspizieren. Das Geschöpf befand sich in einem traurigen Zustand – aber das war bei allen Zombies der Fall. Meistens mußte ein Zombie völlig auseinandergenommen werden, damit er funktionsuntüchtig wurde. Wenn dieser hier ein typisches Exemplar seiner Gattung war, bestand noch Hoffnung, daß er es überstehen würde. »Bist du . . .« fragte sie und zögerte, weil ihr die Worte ›tot‹ oder ›lebendig‹ unpassend erschienen. Zombies waren schließlich, wie Grundy richtig bemerkt hatte, weder das eine noch das andere richtig.

»Fffffee«, erwiderte das Ding matt.

»Es funktioniert ja noch!« rief Chem erstaunt.

»Sie sagt, es täte weh«, dolmetschte Grundy den Zombie.

»Natürlich tut es weh!« knurrte Irene. Nun wich ihre Gleichgültigkeit der Fürsorge, und sie grabschte nach einem freien Handtuch, um damit den Eiter, den Speichel und die Säfte abzuwischen, die den Körper bedeckten. »Schließlich ist sie gerade erst von einem Brachen zermalmt . . .« Irene brach ab. »*Sie*?«

»Klar, sie ist vom selben Geschlecht wie ihr beide«, erwiderte der Golem. »Wußtest Ihr das nicht?«

»Nein, das wußte ich nicht«, sagte Irene bestürzt. »Sie ist so . . . äh, so weit gediehen, daß es nicht sofort zu erkennen war.« Doch nun, da sie den Brustkorb des Wesens abwischte, mußte sie feststellen, daß es stimmte: Hier waren Überreste weiblicher Körpermerkmale zu erkennen.

Der Zombie versuchte sich aufzurichten. »He, das darfst du nicht!« protestierte Irene. »Du bist gerade fürchterlich von einem Brachen zermalmt worden. Dein . . . dein Blut ist rausgespritzt! Wahrscheinlich sind deine Knochen gebrochen! Du hast Glück, daß du überhaupt noch am . . . daß du dich noch bewegen kannst.«

»Ach, Zombies sind nicht totzukriegen«, meinte Grundy. »Die funktionieren durch Magie, nicht durch Biologie.«

»Mag sein«, entgegnete Irene grimmig, »aber diese hier hat uns gerade das Leben gerettet und ist noch nicht so weit zerfetzt, daß sie nicht Schmerz und menschliches Leid empfinden könnte. Wir müssen etwas für sie tun.«

»Das meine ich auch«, sagte Chem. »Aber was kann man denn überhaupt für einen Zombie tun?«

»Frag sie, Grundy«, sagte Irene.

»Und frag sie nach ihrem Namen«, fügte Chem hinzu.

Der Golem stieß eine Reihe klebrig-matschiger Laute und faulender Satzpartikel aus. Der Zombie reagierte mit Keuchen, Husten und Geräuschen, die sich anhörten, als würden Abfälle durch ein halbverstopftes Abwasserloch gezerrt.

»Sie heißt Zora«, meldete Grundy nach einer Weile. »Sie hat sich vor etwa fünfzehn Jahren das Leben genommen, weil ihre wahre Liebe unwahr war. Ihre Eltern haben ihren Leichnam zum Zombiemeister gebracht, und der hat sie wiederbelebt. Seitdem dient sie ihm.«

»Ja, aber wie können wir ihr helfen?« wollte Irene wissen. »Irgend etwas müssen wir doch für sie tun können!«

Der Golem stellte Zora weitere Fragen. »Das einzige, was Wesen ihrer Art dem Leben näher bringt, ist die Liebe«, dolmetschte er. »Irgendein lebendiger Mann muß sie wahrhaft lieben, um das Böse wiedergutzumachen, welches ihr der Mann angetan hat, der sie nicht geliebt hat. Dann würde sie beinahe menschlich sein, solange seine Liebe vorhält.

Chem stieß einen Pfiff aus. »Das ist schwierig! Niemand liebt Zombies. Die meisten Männer ziehen junge und, äh, ganze Frauen vor.«

»Ja, ich weiß«, meinte Irene. »Das war ich auch mal. Und dann habe ich geheiratet.« Sie lächelte. »Na schön, dann müssen wir versuchen, Zora Zombie irgendwie zu helfen. Sie hat es jedenfalls verdient!«

Irene legte dem Zombiemädchen die Hand auf die knochige Schulter, diesmal ohne sich zu ekeln, und half ihr beim Aufrichten. Schon bald hatte sich Zora so weit erholt, wie das für einen Zombie möglich war, stand auf und stolperte auf ganz normale Weise umher. Sie trat hinaus in den Regen, wo sie sich anscheinend am wenigsten unwohl fühlte.

»Wenn ich irgend etwas für dich tun kann . . .« rief Irene ihr nach.

»Ich glaube, das habt Ihr bereits«, murmelte Chem.

»Was habe ich?«

»Etwas für sie getan, indem Ihr ihr etwas menschliche Wärme entgegengebracht habt. Deshalb ist sie auch so schnell wieder auf den Beinen. Und wenn diese Behandlung fortgesetzt wird, wird es mit ihr vielleicht noch besser.«

Irene war bestürzt, als sie daran dachte, mit wieviel Verachtung sie die Zombies immer behandelt hatte. Ob das jemals wiedergutzumachen war?

Nun ja, das würde sie wohl noch erfahren.

»Ich schätze, wir sollten jetzt mal schlafen«, sagte sie. »Im Augenblick können wir sowieso nichts unternehmen, und hier sind wir wahrscheinlich auch nicht unsicherer als anderswo.«

5

Zeitian

Der kleine Spaltendrache besaß nur einen Bruchteil seiner Erwachsenengröße und war kaum dreimal zu groß wie Ivy. Doch davon abgesehen war er ein richtiger Drache mit sechs Beinen, einem sehnigen Schwanz, einem Flügelpaar, das zu klein zum Fliegen war, und einem furchteinflößenden Kopf voller Zähne. Seine Schuppen waren metallisch, von recht hübschem, schillerndem Grün, und seine Schwanzspitze war scharf und spitz wie ein Messer.

Der Drache beäugte Ivy sabbernd. Er stieß einen Strahl aus reinem, sauberem weißem Dampf aus. Größere Lebewesen waren für den Drachen nun leider keine realistische Beute mehr, aber Ivy war klein und lecker. Er freute sich schon auf diesen Happen.

Ivy blickte dem Drachen ins aufgesperrte Maul. In kindlicher Freude klatschte sie in die Hände. »Schön!« rief sie entzückt. »Ein Spielgefährte!«

Der Drache stutzte. Seine Erinnerung an sein Erwachsenenleben war zwar ausgelöscht worden, doch sein ohnehin weitaus wichtigerer Instinkt sagte ihm, daß dies eigentlich nicht der rechte Empfang war, wie man ihn von einem einsamen Menschenwesen gleich welcher Größe hätte erwarten dürfen. Wie sollte er darauf reagieren?

Ivy schritt furchtlos auf ihn zu. »Mein eigener kleiner Hausdrache!« rief sie. »Und so schön grün, wie Mammis Haare! Ein Freund und Begleiter, der mich immer beschützt, wenn ich mal Angst habe.« Sie tätschelte die häßliche Schnauze. »Was für ein hübsches Wesen!«

Der Drache war alles andere als beruhigt. Genaugenommen sah er sich vor ein furchtbares Dilemma gestellt: Sollte er jagen, fliehen oder kämpfen? Keines der Signale paßte in die ihm vertrauten Muster. Nie hatte ihn jemand hübsch genannt oder seine Schnauze getätschelt. Also verharrte er reglos und unternahm vorläufig nichts. Nervös stieß er etwas Dampf aus.

»Schöner Dampf!« meinte Ivy. »Du bist ein richtiger Dampfer! Ich werde dich Stanley nennen.« Dann wiederholte sie: »Stanley Dampfer. Du bist einfach wunderbar!«

Ivy gab sich einem schlichten, aber subtilen Prozeß der Identifikation und der Übertragung hin. Zunächst einmal war sie ein Geschöpf der Liebe, denn in ihrer Familie hatte die Liebe stets vorgeherrscht, so daß sie natürlich auch dasselbe ausstrahlte. Ferner wußte sie, wie Männer Frauen behandelten, weil sie dies bei ihrem Vater und ihrer Mutter beobachtet hatte. König Dor stellte Königin Irene auf ein Podest. Zwar beschwerte Irene sich häufig darüber, aber insgeheim war sie darüber doch recht glücklich. Ivy hatte viele Stunden darauf verwandt, Schloß Roogna nach diesem Podest abzusuchen, doch anscheinend war es unsichtbar, genau wie die Gespenster. Endlich begriff sie, daß es ein magisches Podest war, wie das Ungeheuer-unter-dem-Bett, das nur sie sehen konnte. König Dor konnte Königin Irene auf ein Podest stellen, das kein anderer sehen oder fühlen konnte, und Irene konnte nicht heruntersteigen, so sehr sie sich auch darüber beklagen mochte. Es war eben ein besonderer Zauber, den er zu verhängen wußte. Ivy mochte Zauber, deshalb hatte sie versucht, ihr eigenes unsichtbares Podest zu errichten, auf welches sie ihre Freunde stellen konnte. Zwar hatte sie es mit viel Fleiß endlich zustandegebracht, aber es fehlte ihr noch ein passender Freund dazu. Krach der Oger war doch etwas zu groß, um darauf zu passen.

Aber nun hatte sie einen geeigneten Freund gefunden, und so stellte sie Stanly darauf. Er war wirklich der liebste aller kleinen Drachen, die sie kannte.

Wie Ivys Mutter fühlte auch Stanley sich nicht so recht wohl auf seinem Podest; doch ebenfalls wie Ivys Mutter war er auch nicht völlig unglücklich darüber. Podeste hatten ihre Vorteile, und dieses hier war gerade richtig für seine Größe. Das lag wohl auch an Ivys Talent der Verzauberung. Egal, welche Eigenschaften oder Fähigkeiten ein Wesen in ihren Augen haben mochte, durch sie wurden sie stets stärker betont, wurde es mächtiger, stärker und gut. Als sie bemerkt hatte, wie gut ihre Mutter Pflanzen wachsen lassen konnte, hatte sie es plötzlich noch viel besser gekonnt. Als Ivy dem freundlichen, geschwätzigen Yak begegnet war, war das Geschöpf noch freundlicher und hilfsbereiter geworden. Und nun sah Ivy, wie hübsch und nett Stanley in Wirklichkeit war.

Stanley litt unter einer vorübergehenden Verwirrung, wie es ganz normal für Lebewesen war, die sich plötzlich und unverhofft auf einem Podest wiederfanden. Er hatte nicht gewußt, daß er Stanley hieß. Er hatte nicht gewußt, daß er wunderbar war. Und schon gar nicht hatte er gewußt, daß er hübsch war. Da kam Ivys Magie voll zum Tragen, denn es war ein Zauber vom Kaliber eines Magiers, die Art von Macht, die nur wenige Sterbliche jemals begreifen; und so wurde der Drache genau das, als was sie ihn sah: ein attraktiver und treuer Freund und Spielkamerad, und ein Schoßtier. Wie so viele männliche Wesen vor ihm erlag er dem Zauber eines kleinen weiblichen Geschöpfs, ohne so recht um ihre Magie zu wissen. Er merkte nicht, daß er eine entscheidende Schlacht verloren hatte; er hatte nicht einmal gewußt, daß eine Schlacht im Gange gewesen war. Weil seine angeborenen Instinkte ihm für diese Rolle keine Verhaltensmuster vorzugeben vermochten, mußte er statt dessen Ivys annehmen. Er war genau das, was sie haben wollte.

Weil sie war, was sie eben war, nämlich ein Wesen voller Liebe, Unschuld und unbewußter Macht, hatte Ivy in einem einzigen Augenblick das schrecklichste aller Ungeheuer Xanths gezähmt – den Spaltendrachen. Das hatte noch nie jemand geschafft. Manche Menschen würden es vielleicht für ein Wunder halten, doch das war es nicht; es war lediglich ein frühes Indiz für Ivys herausragendes Talent, das jenem ihres Großvaters Bink verwandt war.

»Du mußt aber harte Schuppen haben!« sagte Ivy und klopfte auf Stanlys Halsschuppen; nun waren sie metallhart. »Und so schön bunt!« Worauf die Farben immer intensiver zu leuchten begannen, so daß Stanley nun so hübsch war, daß er ein argloses Betrachterauge mühelos hätte blenden können. »Ach, du bist so ein *lieber* Drache!« Sie umarmte seinen Hals und küßte sein grünes Ohr.

Wie betäubt ließ der Drache es über sich ergehen.

»Und dein Dampf ist so schön heiß«, fuhr sie fort. Stanley stieß einen Dampfstrahl hervor, der nun tatsächlicher heißer war als alles, was er bisher hervorgebracht hatte.

Ivys Aufmerksamkeit wandte sich schon bald wieder von ihm ab, denn sie war schließlich nur ein kleines Mädchen mit einer sehr geringen Aufmerksamkeitsspanne. Sie brauchte sie auch kaum. »Ich habe Hunger! Du nicht?«

Stanley bestätigte mit einem Kopfnicken, daß er ebenfalls hungrig sei, wobei seine Halsschuppen dunkelten. Genaugenommen fühlte er sich jetzt geradezu ausgehungert.

»Dann müssen wir etwas zu essen suchen«, beschloß Ivy. »Zum Abendessen.« Sie blickte sich um.

Stanley seufzte heimlich. Schließlich war Ivy selbst der appetitlichste Happen, den man sich nur denken konnte, doch schon der bloße Gedanke daran ließ ihn zusammenzucken. Aber solange er dabei war und Wache hielt, würde niemand sie jemals vertilgen!

In der Nähe stand ein Krebsapfelbaum, an dem eine ganze Anzahl reifer Krebse hingen. »He, die schmecken bestimmt lecker«, sagte sie und griff nach einem davon. Doch der Krebs schnappte mit seinen riesigen Scheren nach ihr, und sie zog hastig die Hand zurück.

Trotzdem sahen die Krebse fürchterlich lecker aus. »Ich weiß was!« Sie war immer sehr stolz auf sich, wenn ihr etwas einfiel. »Mami kocht die Krebse immer in heißem Wasser. Dann schnappen sie nicht nach einem. Und Pfefferschoten tut sie auch hinein.«

Aber sie hatte kein heißes Wasser, ja nicht einmal kaltes, und schon gar keine Pfefferschoten, um es zu erhitzten. Ivy dachte nach und hatte schon bald die Lösung gefunden. »Stanley, wir können sie mit deinem heißen Dampf kochen. Dann können wir beide sie essen.«

Stanley blickte den Krebsapfelbaum an und verstand nicht, worum es ging. Er brauchte Krebse nicht erst zu dampfen, er konnte sie mühelos roh verschlingen.

»Ach, komm schon«, ermunterte Ivy ihn. »Ich weiß doch, daß du klug genug bist!« Der Drache mußte feststellen, daß er tatsächlich klüger war, als er geglaubt hatte. Nun verstand er, warum sie das wollte: Denn *sie* konnte Krebse eben nicht roh und ungekocht vertilgen.

Stanley stellte sich vor dem Baum auf und ließ einen Strahl zischenden Dampfes hervorschießen. Er erwischte einen Krebs, dessen grünliche Schale sofort zu einem hellen Apfelrot reifte, bis das Wesen schließlich vom Baum fiel. Ivy nahm den Krebs auf -- und ließ ihn wieder fallen, denn er war sehr heiß. Dann nahm sie ihn erneut mit einem Zipfel ihres efeugrünen Kleids auf. Er roch köstlich.

Doch sie wußte nicht, wie sie die Schale aufbrechen sollte, weil sie keinen Nußknacker dabei hatte. Da erblickte sie Stanleys glitzernde Zähne und hatte erneut eine Idee. »Du kannst sie aufbrechen!« rief sie.

Sie steckte dem Drachen den gekochten Krebs in den Rachenwinkel, dort, wo die Kauzähne waren. Stanley biß langsam zu, bis die Schale zerbrach. Dann öffnete er wieder das Maul, und sie nahm den Krebs heraus. Dieses Problem war gelöst.

Sie zupfte das Fleisch aus der Schale und kaute munter. »Ja, schmeckt wirklich sehr gut«, meinte sie. »Koch dir doch auch welche, Stanley.«

Achselzuckend dampfte Stanley mehrere Krebse ein und schlang sie hinunter, samt Schalen. Er stellte fest, daß sie so auch ganz gut schmeckten. Er hatte seinen Horizont erweitert: nun wußte er, wie man gekochtes und rohes Fleisch ißt. Bald darauf waren Drache und Mädchen satt.

Doch nun drängte die Nacht immer störrischer. »Mami hat mich wohl noch nicht gefunden, und Papi hat was wichtigeres zu tun«, meinte Ivy sorglos. Sie wußte, daß Königin Irene auftauchen würde, wann es ihr paßte. Allerdings vergaß die Frau nur selten die Zubettgehzeiten. »Wir müssen uns eine schöne Schlafstelle suchen.«

Der Drache schlief natürlich normalerweise immer dort, wo er dazu Lust hatte, denn kein anderes Wesen wagte es, ihn anzugreifen. Aber jetzt war er viel kleiner und unerfahrener als früher, und die drohende Finsternis schüchterte auch ihn ein. Wie konnte er dem Ungeheuer-unter-dem-Bett entkommen, wenn er gar kein Bett hatte, auf das er sich legen konnte? Wenn Ivy also meinte, daß es notwendig sei, eine geeignete Schlafstelle zu finden, mußte das wohl stimmen.

So wanderten sie weiter auf der Suche nach einem passenden Ort. Endlich fanden sie einen riesigen Baum, den zu umrunden Ivy eine Menge Zeit gekostet hätte, so dick war sein Stamm und so hoch ragten seine Wurzeln aus dem Boden. Sein Blattwerk war sehr dicht, eine undurchdringliche Masse, die sich am Boden fast waagerecht ausdehnte. »Da oben sind wir in Sicherheit«, meinte Ivy. »Aber wie kommen wir dort hinauf?«

Sie hatten Glück, denn hinter dem Baum gab es einen Kranich. Der Vogel besaß lange, dünne Beine und einen langen, dünnen Hals sowie einen langen, dünnen Schnabel.

Es war ein großer Vogel, dessen Kopf, wenn er ihn hob, im Blattwerk des Baums verschwand. Er war damit beschäftigt, Steine vom Boden hinauf ins Blattwerk zu hieven, wobei er seinen Kopf mit langsamen, sorgfältigen Bewegungen hob und senkte.

Ivy vergeudete keine Zeit und fragte sofort: »Herr Kran, könnten Sie uns nich' vielleicht auf den Baum heben? Ich will Ihnen auch was dafür geben, nämlich . . .« Sie hielt inne und suchte nach etwas Passendem, denn sie wußte, daß man jemandem, der einem einen Gefallen tat, auch einen Gefallen erweisen mußte. Sie entdeckte eine Metallscheibe in ihrer Tasche und holte sie hervor. »Das da.«

Der Kranich schielte auf die Scheibe, die im letzten verblassenden Sonnenlicht glitzerte. Der Kran war angenehm angetan, denn er liebte glitzernde Dinge. Er nahm die Scheibe an, dann hakte er seinen Schnabel in Ivys Kleiderband und hob sie hinauf ins Blattwerk. Ihr schwindelte ein wenig von der plötzlichen Höhe, aber sie griff geistesgegenwärtig nach den Ästen und kletterte hinauf.

Der Kran senkte den Schnabel wieder und beförderte Stanley am Schwanz in die Höhe. Bald leistete er ihr auch schon Gesellschaft, und das war auch gut so, weil sie nicht gern allein im Dunkeln war.

Oben in der Baumkrone war es dunkel, aber es gab jede Menge weiche Blätter, aus denen Ivy sich ein bequemes Lager zurechtlegte. Auch der Drache baute sich ein Nest und kringelte sich zusammen, wie es seine Art war. Kurz darauf waren sie eingeschlafen.

In der Nacht tobte ein entsetzlicher Sturm, aber das Laubwerk hielt den Regen ab, so daß Ivy und Stanley nicht naß wurden und kaum etwas davon merkten. Beide waren sie froh, hoch oben im Trockenen zu sein; denn es gibt kaum etwas Gemütlicheres, als vor einem Unwetter geschützt zu sein.

Am Morgen dauerte es eine Weile, bis Ivy wieder wußte, wo sie war. Da erblickte sie Stanley, ihren Hausdrachen. »Stanley!« rief sie erfreut und knuffte ihn. »Du bist ein *lieber* Drache!«

Das Spaltendrachenbaby erwachte mit einem erstaunten Dampfstrahl und zuckte mit dem Schwanz. Sein mittleres Beinpaar rutschte durch das Laub, und er mußte ein wenig krabbeln, um wieder sicheren Halt zu finden. Das hier war schließlich ein Baum. Aber er war ja auch viel netter als früher geworden.

»Ich mag diesen Baum«, entschied Ivy. »Bleiben wir hier oben!« Stanley, der entdeckt hatte, daß er sich gerne von süßen kleinen Mädchen knuffen ließ, willigte ein.

Ivy erblickte ein paar Früchte und Nüsse in Reichweite, die sie pflückte und zum Frühstück aß. Stanley hegte zwar Zweifel über den Wert einer derartigen Ernährung, aber als sie ihn drängte, es ihr gleichzutun, verschlang er einen Haufen roter Pfefferschoten, die ihm in der Tat köstlich schmeckten.

Nun machten sie sich daran, den Baum zu erforschen. Alles war grün zugewachsen, so daß der Baum ein kleiner Urwald für sich war, doch wies der Bewuchs ein erkennbares Muster auf. Die Zweige führten größtenteils in die Höhe, und weiter oben wurden die Laubschichten dichter und fester. Er war beinahe wie ein riesiges Haus mit vielen Stockwerken, Wänden und Brüstungen und schien kein Ende nehmen zu wollen.

Schließlich waren sie auf der höchsten Stufe angelangt, wo die Sonne herabschien und das Laub so dicht verflochten war, daß sie gefahrlos auf ihm spazierengehen konnten. Die bunte Baumkrone war fast völlig flach, nur vereinzelte Äste ragten wie Hügel aus der Ebene empor, und das Ganze glich eher einer Landschaft als einem Baumwipfel.

Es gab auch einige große Einzelblätter, die aus dem Laubwerk hervorragten und schwarze Muster aufwiesen. Das nächstgelegene trug die Aufschrift WILLKOMMEN IN BAUMHEIM, und darunter stand auf einem kleineren Blatt HALTET EURE UMWELT SAUBER. Ivy war zu jung, um lesen zu können, und der Spaltendrache hatte es nie gelernt, so daß sie diese Blätter links liegen ließen.

Vor ihnen befand sich eine Reihe von Blattkäfigen, in denen seltsame Tiere hausten. Das Zeichen-Blatt an dem ersten Käfig trug die Aufschrift GIGAMEISEN. Ivy erblickte mehrere riesige, merkwürdige Insekten, deren Körper an Ameisenlöwen erinnerten. Stanley beäugte sie interessiert. Eine der großen Ameisen schnappte mit ihren Zangen nach dem Drachen, und Stanley antwortete mit einer Dampfschwade. Die Ameise wedelte mit ihrer langen Antenne, und Stanley zuckte mit dem Schwanz. Mundanische Ungeheuer waren ihm immer suspekt; die waren einfach nicht natürlich.

Der nächste Käfig trug die Aufschrift MAM-MOTTEN. Darin befanden sich die größten Nachtfalter, die Ivy je gesehen hatte, mit pelzigen Antennen und zusammengefalteten dunklen Flügeln. Sie schienen zu schlafen, obwohl es doch hellichter Tag war.

Im nächsten Käfig erblickten sie eine MAXI-MAUS, die an einem großen Käsestück knabberte, das mit kleinen roten Kästchen, Zahlenkolonnen und Maßangaben versehen war. Nach einigen weiteren Käfigen entdeckte Ivy schließlich auch IMMENS-CHEN, ogergroße Männer.

Ivy blieb stehen. Sie fand es nicht richtig, Menschen, gleich welcher Art, einzusperren, und da ihr Gehirn noch klein war, hatte es diesen Gedanken sehr schnell in Handlungsanweisungen übersetzt: »Stanley, laß uns diese Wesen befreien.«

Willig ließ der Drache einen heftigen Dampfstrahl hervorschießen, der das Blattschloß des IMMENS-CHEN-Käfigs zum Schmelzen brachte, so daß die Käfigtür aufschwang und die Immens-chen erfreut hinausströmten.

Nun machten Stanley und Ivy sich daran, auch die anderen Käfigschlösser zu zerschmelzen. Bald darauf waren alle eingesperrten Wesen frei und jagten so wild umher, daß Ivy und Stanley an den Rand des Baum-Heims zurückwichen, von wo sie auf einen Nachbarbaum sprangen, in der Hoffnung, daß es dort weniger hektisch zugehen würde. Doch bereits als sie auf einem der geraden, weit ausladenden Äste landeten, ertönte überall ein Klingeln wie von kleinen Glöckchen, das sich zu einem ohrenbetäubenden Lärm steigerte. Ein Messingschild am Stamm – sofern sie es hätten lesen können – trug die Inschrift: SCHELLENBAUM.

Im nächsten Augenblick umrundete eine Gruppe von buntgekleideten Gestalten mit Pfeifen, Pauken und Trompeten den buntgeschmückten Stamm. Eine Musik-Band. Mehr noch, es waren viele Bänder, rote, weiße und gestreifte, die alle auf ihren Instrumenten trommelten und pfiffen, was das Zeug hielt.

Ivy und Stanley sahen dem Treiben eine Weile zu, da sie der bunte Aufzug faszinierte. Aber das Leben ist nicht nur ein Schützenfest, und so sprangen sie, als sie genug davon hatten, auf den nächsten Baum hinüber. Das war, wie auf einem bedruckten Blatt zu lesen war, eine DATENPALME, deren Wedel alle Tage des Jahre darstellten. In kleinen Erdkelchen wuchsen Tageslilien, die aber stets nur einen Tag blühten, so daß man immer genau wußte, welches Datum man hatte. In der Mitte befand sich eine große Jahrhundertpflanze, deren dicke, lange grüne Blätter sich kugelförmig ausbreiteten und an den Seiten und Spitzen Dornen aufwiesen.

In der Mitte der Jahrhundertpflanze war etwas wirklich Faszinierendes zu erkennen – eine weitere Pflanze mit geraden Stengeln, die mit vielen kleinen runden, hellen Blättern bewachsen waren, die im Licht der Sonne wie Goldmünzen glänzten. »Ooooh, wie schön!« rief Ivy. »Davon will ich eine!«

Sie versuchte, an die Münzenpflanze heranzukommen, doch die Dornen der Jahrhundertpflanze waren ihr im Weg. Sie waren sehr kräftig, so daß sie sie nicht einfach beiseite biegen konnte. Stanley war ihr behilflich, indem er jeden Dorn andampfte, bis er weich und geschmeidig war und Ivy an ihm vorbeikam. Doch das ging sehr langsam, weil es sehr viele Dornen waren. Stanley mußte immer bei ihr bleiben, weil die Dornen sofort wieder hart wurden, sobald sie beiden sich an ihnen vorbeigeschlichen hatten. Stanley versuchte, ein Blatt abzukauen, aber dessen Säfte glichen dem eines Zombie, und so hörte er schnell wieder auf, bevor ihm schlecht wurde. So schlängelten und krabbelten sie voran durch das dichte Laubwerk, wobei Stanley sehr viel Dampf von sich gab, bis sie schließlich am Ziel angekommen waren.

Ivy griff nach einer Münze, ein unschuldiges Lächeln des Entzückens auf ihren Gesichtszügen. Doch kaum hatten ihre kleinen Finger das goldene Blatt berührt, als die Pflanze einen Lichtblitz von sich gab, der Mädchen und Drachen in ein gespenstisches Licht hüllte. Es war ein Leuchten, wie Ivys Mutter es in ihrer Vision geschaut, aber nicht verstanden hatte, weil es eben nur ein unwichtiger Bestandteil der Vision gewesen war.

Die beiden erstarrten auf der Stelle, wurden zu lebenden Statuen, bewegten sich nicht mehr und hörten auf zu atmen.

Sie waren einer der unspektakulärsten, aber mächtigsten Pflanzen Xanths zum Opfer gefallen, die alles beherrschte und fast jedes lebende Wesen zu Fall brachte: dem Zeitian.

6

Xanthippe

Am Morgen hatte sich der Sturm verzogen, hatte sich aber so gründlich an Irene gerächt, daß sämtliche Spuren verschwunden waren. Die ganze Vegetation war so mitgenommen, daß sie sich an nichts mehr erinnern konnte, was am Tag zuvor geschehen war. Die Spur war also durch und durch kalt und feucht.

Darüber hinaus war die Sonne recht lax und durchdrang die Wolkenschichten nur sehr schwach, so daß Irene ihre Kleider nicht richtig trocknen konnte. Also ließ sie neue Blümchenhosen und Pantoffeln wachsen und fertigte sich aus trockenen Handtüchern einen Rock und eine Jacke, die sie zurechtschnitt und entsprechend knöpfte. Zwar fühlte sie sich darin nicht sehr behaglich, dennoch ging sie tapfer ans Werk und hieß Grundy, für alle Fälle sämtliche Pflanzen der Umgebung zu befragen. Doch keine von ihnen erinnerte sich an Ivy.

»Es fällt mir zwar sehr schwer, es auszusprechen«, fing Chem an, »aber . . .«

»Dann sprecht es gefälligst auch nicht aus!« fauchte Irene. Sie wußte, was die Zentaurin sagen wollte – daß irgend jemand Ivy an sich gerissen und mitgenommen hatte, so daß sie das kleine Mädchen möglicherweise nie wiedersehen würden.

Doch der Efeu war immer noch grün; Ivy war also noch gesund, und Irene würde nicht eher ruhen, bis sie sie gerettet hatte.

Stundenlang suchten sie die Gegend ab. Einmal wurden sie von einem Greif erspäht, der hinabschwebte, um sich die Gruppe genauer anzusehen. Greife gehörten zu den gefürchtetsten Lebewesen der Wildnis, weil sie den Körper eines Löwen und die Flügel eines Adlers besaßen und ständig hungrig und grausam waren. Doch Irene gab ihm keine Chance. Sie warf blitzschnell einen Boxholzsamen auf den Boden und befahl ihm, zu wachsen.

Die Pflanze wurde zu einem kleinen Baum mit zahlreichen harten, hölzernen Knorpeln. Mit diesen Knorpeln drosch sie boxend auf den Greif ein. Der Boxbaum war sehr aggressiv und liebte den Hautkontakt. Nach wenigen Attacken machte sich der Greif aus dem Staub.

Endlich spürte Grundy etwas auf. »Diese Ankerpflanze hier hat sie gesehen! Sie läßt sich nur schwer aus dem Boden reißen, deshalb hat der Regen ihr auch nicht das Gedächtnis wegspülen können. Aber . . .«

»Aber was?« rief Irene und rannte zu ihm.

»Aber sie hatte einen Begleiter«, sagte der Golem zögernd. »Und zwar nicht den Yak.«

»Aber es geht ihr doch gut!« sagte Irene, als wollte sie den Golem dazu auffordern, zu wagen, das Gegenteil zu behaupten.

»Ja, schon. Aber dieses Wesen, dem sie da begegnet ist . . .«

»Es hat sie nicht angegriffen!« erwiderte Irene stur. Ihr Efeu bestätigte es ihr.

»Nicht direkt . . .«

»Vielleicht sollte *ich* ihn besser ausfragen . . .« erbot sich Chem.

Doch Irene wollte jetzt nichts mehr von Zentaurenvernunft hören. Die ungemütliche Nacht mit ihren körperlichen und seelischen Belastungen hatte ihren Geduldsfaden erheblich verkürzt, zumal Geduld noch nie gerade eine ihrer Stärken gewesen war. »Raus damit, Knotenkopp! Was für ein Wesen?«

»Hört sich an wie der Spaltendrache.«

Jetzt reagierte Irene. Sie war auf alles gefaßt gewesen, auf alles – nur nicht darauf! Sie taumelte zurück und verlor beinahe das Bewußtsein. Chem griff nach ihr und stützte sie ab. »Der – Spalten...?«

»En miniature«, warf Grundy hastig ein. »Ihr erinnert Euch doch noch, daß Ihr uns erzählt habt, wie er mit Jugendelixier überschüttet wurde und immer jünger und zu einem Baby wurde wie Humfrey?«

»Aber der Spa... der Spa... der Spaltendrache!« keuchte Irene.

»Das übelste Ungeheuer in Xanth! Egal, wie groß er gerade sein mag!«

»Ja, eben der.«

Irene beherrschte sich mühsam. »Was ist passiert?«

Grundy befragte die Ankerpflanze. »Sie haben sich miteinander angefreundet«, berichtete er in zweifelndem Ton. »Sie sind zusammen fortgegangen.«

»Der Spaltendrache hat keine Freunde!« konterte Irene. »Das ist ein Einzelgänger. Der frißt alles, was er erwischen kann.«

»Das kann nicht ganz stimmen«, sagte Chem. »Wenn er nicht gerade unsterblich sein sollte, muß er Eltern gehabt haben und wird sich fortpflanzen müssen. Also muß er auch so etwas wie Gesellschaft kennen. Und jetzt ist er verjüngt worden. Vielleicht ist er ja doch unsterblich, sofern er regelmäßig den Jungborn in Anspruch nimmt, aber das bezweifle ich. Wie dem auch sein mag, wahrscheinlich fühlte er sich jetzt einsam, wie es jedes Kind in einer solchen Lage täte.«

»Ein schönes Kind!« knurrte Grundy laut.

»Aber Kinder sind wirklich anders als Erwachsene«, beharrte die Zentaurin. »Sie sind leichter zu beeindrucken, offener...«

»Da ist es wohl wahrscheinlicher, daß der Drache zufällig mal satt war und sie sich lieber für die nächste Mahlzeit aufgespart hat«, bemerkte Grundy in seiner üblichen beruhigenden und hilfreichen Art.

Chem zielte mit einem Vorderhuf nach dem Golem, traf jedoch daneben. Irene, die sich gerade Hoffnungen zu machen begonnen hatte, daß ihr Kind vielleicht doch in Sicherheit sein könnte, zuckte wieder zusammen. Der Spaltendrache war eine gerissene, heimtückische Kreatur und viel schlauer als der

Durchschnittsdrache. »Dann sollten wir sie möglichst bald einholen!« sagte sie grimmig.

Doch die Spur war alles andere als heiß. Als sie an das Baum-Heim gelangten, war dieses zu sehr damit beschäftigt, sich mit einer Unzahl großer Käfer oder wilder Tiere herumzuplagen, die sich in seinem Laubwerk tummelten, und gab Grundy keine Antwort. Anscheinend waren die Käfer erst vor kurzem freigelassen worden, denn sie richteten ein wahres Chaos im oberen Geäst an. Das Gras am Fuß des Baumes war vom Regen völlig ausgewaschen worden, und so mußten sie immer weiterziehen und konnten nur hoffen, zufällig auf eine Pflanze oder einen Baum zu stoßen, der sich an ein Kind und einen kleinen Drachen erinnerte.

So erreichten sie das Gebiet jenseits der Gewittergrenze, wo der Regen nicht gewütet hatte, doch auch hier war keine Spur auszumachen. Irene war zu stur, um zuzugeben, daß sie die Fährte gänzlich verloren hatten und wahrscheinlich in die völlig falsche Richtung gingen. Ihre Tochter *mußte* einfach irgendwo dort draußen sein!

Sie kamen in eine kahle Gegend von gelblicher Tönung, wo die normalen Bäume seltsamen, dickstämmigen Gewächsen wichen, aus denen lange dünne, grasähnliche Blätter mit aufrechten Stacheln hervorwuchsen, die am oberen Ende weißliche Blüten trugen. Grundy befragte eines von ihnen und erfuhr, daß es ein Grasbaum mit der Bezeichnung Xanthorrhoea war.

Das ist aber interessant!« meinte Chem. Zentauren interessierten sich doch geradezu chronisch für ungewöhnliche Fauna und Flora. »Die Xanthorrie ist eine der primitivsten, ursprünglichsten Pflanzen Xanths, wie ihr Name ja auch schon sagt.

»Xanth-Horrie?« fragte Irene. »Von denen habe ich keinen Samen in meiner Sammlung.«

»Vielleicht solltet Ihr Euch welche zulegen. Wenn ich nicht irre, gilt dieses Gewächs als Baum der . . .«

»Hexen«, sagte eine neue Stimme. Irene drehte sich um und erblickte eine bläßliche, gelbliche alte Frau. Der Grasbaum hatte ihre Aufmerksamkeit abgelenkt, so daß sie sie nicht hatte kommen sehen. »Was macht ihr da in meinem Garten?«

»Ich suche ein Kind«, erwiderte Irene knapp. »Habt ihr sie gesehen? Drei Jahre alt, möglicherweise in Begleitung eines kleinen Drachen ...«

»Ach so«, meinte die Hexe. »Vielleicht weiß ich etwas über die beiden. Gehören sie Euch?«

»Meine Tochter«, erwiderte Irene. »Wo ist sie? Ich muß sie unbedingt wiederhaben, bevor ...«

Die Hexe blickte Irene ins Gesicht. Es war eine häßliche alte Vettel, bucklig und schmutzig, mit einer Warze auf der Nase. »Geht dort drüben in meine Hütte und schließt Euch im Käfig ein«, sagte sie.

Irene versuchte, dieser lächerlichen Anweisung zu widersprechen, merkte aber, wie irgend etwas sie dazu zwang, zu gehorchen. Das Talent der Hexe war die Soforthypnose oder vielleicht auch etwas, das noch stärker war.

Irene schritt zur Hütte, trat hinein, entdeckte den Käfig und schloß hinter sich die Tür. Sie hörte, wie das Schloß schnappend einrastete.

Nun, da sie getan hatte, was die Hexe von ihr verlangte, ließ der Zwang nach. Irene hatte sich wieder unter Kontrolle, aber nun war sie eingesperrt, und die hölzernen Käfigstäbe waren zu dick, als daß sie sie hätte zerbrechen können. Sie hatte zwar ein Messer dabei, doch es würde recht lange dauern, bis sie einen dieser Stäbe durchgesägt hatte.

Egal, damit kam sie schon klar! Sie ließ einen Samen auf den Boden fallen. »Wachse!«

Der Samen keimte fröhlich. Es war ein Feuerfarn. Kurz darauf hatte sie den Käfig in Brand gesetzt und brachte mehrere Holzstäbe zum Lodern.

Während sie in der dem Feuer gegenüberliegenden Ecke zusammengekauert wartete, blieb sie nicht untätig. Sie ließ eine Krakenpflanze wachsen, von der sie wußte, daß sie ihr gehorchen würde. Wenn die Hexe in die Hütte kommen sollte, würde sie selbst plötzlich zur Gefangenen werden. Als weitere Vorsichtsmaßnahme ließ Irene noch ein Keulenmoos wachsen, um besser gerüstet zu sein.

Wenige Minuten später betrat die Hexe die Hütte. Der Krake schlang seine Arme um sie, und Irene bedrohte sie mit einer

Keule. »So, du widerwärtiges Wesen, und jetzt will ich von dir wissen . . .«, fing sie an.

Die Hexe blickte ihr gelassen in die Augen. »Legt die Keule beiseite und befehlt Eurem Wesen, mich freizulassen.«

»Ach herrje!« fluchte Irene. »Den Hypno-Blick habe ich ganz vergessen!« Aber sie legte die Keule gehorsam beiseite und befahl der Tintenfischpflanze, die Hexe loszulassen. Sie besaß eine gewisse, wenn auch eingeschränkte Macht über die Pflanzen, die sie wachsen ließ, obwohl sie bei den aggressiveren Arten doch noch sehr vorsichtig sein mußte. Ein Gewirrbaum ließ sich beispielsweise von niemandem viele Befehle erteilen. Sie beschloß, der Hexe sofort den Rücken zuzukehren, sobald der Zwang nachließ, um nicht wieder von ihr hypnotisiert zu werden.

Doch bevor dies geschehen konnte, hatte die Hexe sie schon wieder hypnotisiert. »Setzt Euch, Frau. Hört mir zu.«

Irene setzte sich auf einen wackeligen alten Schemel und hörte der Hexe, kochend vor Wut, zu.

»Ich will mich zunächst einmal vorstellen«, fing die Hexe an. »Ich bin Xanthippe, die böse Hexe der Wildnis. Ich pflege Umgang mit den Xanthorrien-Bäumen, den Ur-Pflanzen Xanths, wie der Name schon sagt. Ihr habt mein Grundstück unbefugt betreten und befindet Euch jetzt in meiner Gewalt.

Ich sehe, daß Ihr selbst eine Zauberin seid, und das bereitet mir größere Freude, als Ihr ahnen könnt, dennoch bleibt Ihr meinem Willen untertan. Denn ich habe Eure Tochter.«

Irene konnte nichts erwidern, weil ihr befohlen worden war, nur zuzuhören. Doch die Nachricht wirkte wie ein Stromstoß, und sie beugte sich aufmerksam vor.

»Sie und der kleine Drache sind Gefangene meiner Zeitian-Pflanze«, fuhr die Hexe fort. »Auch sie haben mein Revier unbefugt betreten und eine Menge Unheil angerichtet, bevor sie festgesetzt wurden. Sie werden auf alle Zeit verzaubert bleiben, es sei denn, ich lasse sie frei. Zumindest aber werden sie dort ein Jahrhundert bleiben müssen, je nachdem, was zuerst kommt.« Sie musterte Irene nachdenklich. »Oh, natürlich, bei Eurer Macht über Pflanzen könntet auch Ihr sie freisetzen – aber ich allein weiß, wo mein Zeitian versteckt ist und wie er bewacht wird. Ich kann Euer Kind vernichten lassen, bevor Ihr es retten könnt. Wenn Ihr es also wiederhaben wollt, dann wird dies nur geschehen, wenn ich das will – und nur zu meinem Preis.«

Nun war Irene fähig, etwas zu erwidern. »Ihr habt den Nerv, meine Tochter als Geisel zu nehmen? Wißt Ihr, wer ich bin?«

»Nein«, erwiderte die Hexe. »Wer seid Ihr denn?«

Irene erkannte plötzlich, daß diese alte Vettel womöglich noch schlimmer zu handhaben sein würde, wenn sie erführe, daß sie die Königin von Xanth in ihrer Gewalt hatte. Da war es wohl besser, sie darüber nicht aufzuklären. »Ich bin – Irene. Was muß ich tun, um mein Kind wiederzubekommen?«

Wieder blickte die Hexe sie zufrieden an. »Das ist die richtige Einstellung! Ihr scheint mir eine prächtige, gesunde junge Frau mit guten magischen und einigen praktischen Fähigkeiten zu sein. Letzteres sieht man auch daran, wie Ihr Eure Kleidung aus Handtüchern gefertigt habt. Ihr solltet eine ausgezeichnete Frau für meinen Sohn abgeben, und Euer Talent würde sich auch gut mit meinem ergänzen.«

Irene war entsetzt. »Eine F – F...« Sie brachte das Wort nicht über die Lippen. »Aber ich bin *verheiratet*! Ich habe ein Kind! Deshalb bin ich doch hier draußen und suche danach!«

»Ich will ja auch eine Frau, die gebärfähig ist. Ich will, daß mein Sohn sich häuslich niederläßt und eine Familie gründet. Daß er unter den Einfluß einer kompetenten Frau gerät, die eine erwiesene Gebärerin ist. Ihr werdet schon genügen.«

»Ich werde *überhaupt nicht* genügen!« fauchte Irene. »Ihr könnt mich vielleicht fünf Minuten lang zu etwas zwingen, aber Ihr werdet mich nie dazu bringen, auf immer bei einem Mann zu bleiben, den ich nicht liebe!«

»Es gibt vieles, was eine kluge Frau mit einem Mann in fünf Minuten machen kann, mit oder ohne Liebe«, bemerkte Xanthippe. »Ich kann dafür sorgen, daß Ihr es tut, und am nächsten Tag wieder – so oft, wie es nötig ist. Und wenn Ihr dann erst einmal das Kind meines Sohnes tragt, werdet Ihr vielleicht nicht mehr so begierig darauf sein, ihn zu verlassen.«

Irene war erneut von der Direktheit und Skrupellosigkeit der Hexe schockiert. »Das ist doch nicht möglich!«

»Ich kann Euch versichern, daß es sehr wohl möglich ist. Was glaubt Ihr denn, wie ich *meinen* Sohn bekommen habe?«

Ja, wie auch sonst! Selbst in ihrer Jugend mußte Xanthippe viel zu häßlich gewesen sein, um einen Mann zu bekommen. Doch ihre Magie konnte jeden Mann dazu bringen, ihr zu gehorchen.

Irene versuchte es wieder. »Ich meine, mein Mann würde . . .«

»Was würde er wohl tun, wenn er erführe, daß Ihr das Kind eines anderen ausgetragen hättet?« wollte die Hexe wissen.

Darüber dachte Irene lieber nicht nach, also ließ sie es bleiben. »Das kann doch nicht Euer Ernst sein! Sobald Ihr mal nicht aufpaßt, vernichte ich Euch!«

»Und was passiert dann mit Eurer Tochter, die ich in meiner Gewalt habe?« fragte die Hexe. »Ihr bekommt sie erst zurück, wenn ein Nachkomme unterwegs ist.«

»Ein Nachkomme!« Irene fiel es schwer, auch nur die Ungeheuerlichkeit des teuflischen Plans zu begreifen. »Nie werde ich . . .«

»Bisher habt Ihr Eure Tochter nicht finden können. Könnt Ihr es jetzt vielleicht?«

Irene schwieg. Der Gedanke, Ivy unnötig in Gefahr zu bringen, war ihr unerträglich. Sie durfte es nicht wagen, die Hexe auszuschalten, bevor sie Ivy in Sicherheit gebracht hatte.

»Ich werde Euch meinem Sohn Xavier vorstellen«, sagte Xanthippe. »Vielleicht gefällt er Euch. Nicht, daß das von Bedeutung wäre, aber es würde Euch die Sache möglicherweise leichter machen. Folgt mir.«

Wie betäubt folgte Irene der Hexe. Sie hegte keinerlei Pläne mehr, Xanthippe direkt zu schaden, denn die hatte Ivy als Geisel und war im Augenblick Herrin der Lage.

Xanthippe führte sie zu einem Orangenbaum. Der Stamm und die Blätter waren orangefarben, so daß er leicht zu erkennen war. Chem Zentaur war an ihm festgebunden, mit einer Kette, die an einem ihrer Hinterhufe befestigt war. Grundy Golem steckte in einem winzigen Maschendrahtkäfig. Die Hexe hatte die ganze Truppe gefangengenommen, mit Ausnahme des Zombiemädchens.

»Wartet hier«, sagte Xanthippe. »Ich werde Euch meinen Sohn zuführen.«

Und Irene mußte gehorchen.

»Geh doch und weich deinen Warzenzinken ein, du Vettel!« rief Grundy ihr aus dem Käfig zu.

Die Hexe ignorierte ihn und schritt zu einer verfallenen Scheune hinüber.

»Hat sie Euch hypnotisiert?« fragte Irene die Zentaurin.

Chem nickte grimmig. »Ich habe mir die Kette sogar selbst angebracht«, gestand sie. »Ich konnte ihr nicht widerstehen, obwohl ich mir alle Mühe gegeben habe. Und Grundy ist auch freiwillig in den Käfig gestiegen. Sie hat uns einfach in die Augen gestarrt . . .«

»Ich weiß. Schade, daß die Gorgone nicht dabei war.«

Grundy bog sich vor Lachen, obwohl Irenes Bemerkung durchaus ernstgemeint war. Sie hätte die Gorgone tatsächlich dabei haben können, wenn sie das nur gewußt hätte . . .

Doch sie hatten nicht viel Zeit, um sich auszutauschen. »Was ist mit Zora Zombie geschehen?« fragte Irene.

»Die Hexe hatte keinen Erfolg bei ihr«, erklärte Chem. »Ich glaube, Zombieaugen sind nicht mehr intakt genug, um sich hypnotisieren zu lassen; oder ihr Gehirn, ich weiß es nicht. Sie ist einfach fortgewandert. Sie kann ja sowieso nichts ausrichten.«

»Wahrscheinlich nicht«, meinte Irene und prüfte die Kette, mit der die Zentaurin gefesselt war. Sie war viel zu stark, als daß Irene sie aus eigener Kraft hätte zerreißen können, aber mit der richtigen Pflanze wäre es durchaus möglich.

»Schnell, laßt irgend etwas wachsen, damit wir fliehen können«, rief Grundy. »Bevor die alte Schachtel zurückkommt. Sie hat Euch zwar befohlen, hier auf sie zu warten, aber sie hat nichts davon gesagt, daß Ihr uns nicht helfen dürftet.«

Das stimmte – im Prinzip. »Ich kann nicht«, antwortete Irene niedergeschlagen. »Sie hat Ivy als Geisel.«

»Oh, das ist aber wirklich schlimm«, meinte Chem. »Was will sie denn von uns?«

Bevor Irene Antwort geben konnte, kehrte die Alte zurück. Hinter ihr folgte ein Hippogryph, auf dem ein junger Mann saß – offenbar der Sohn der Hexe.

Das bemerkenswerte an Mann und Tier war, daß beide dieselbe Farbe aufwiesen, nämlich ein Goldgelb. Der Hippogryph hatte das Vorderteil eines Greifs, mit einem großen goldenen Raubvogelkopf und prächtigen gelbgefiederten Schwingen, die er dicht an den Körper angelegt hatte. Seine hintere Körperpartie war pferdisch, mit kräftigen Pferdemuskeln und einem blitzenden gelben Schweif. Auch der Mann war gelb, zumindest seine Kleidung, mit wehendem blonden Haar und Bart und einer Hautfarbe, die beinahe wie poliertes Gold glänzte. Eigentlich wirkte er ziemlich attraktiv.

»Was für eine Kreatur!« hauchte Chem in unwilliger Bewunderung. Irene war sich zwar nicht ganz sicher, welches der beiden Wesen die Zentaurin meinte, aber sie vermutete, daß es das Pferdegeschöpf war.

Nun war die Gruppe bei ihnen eingetroffen. »Sitz ab, Xavier«, sage Xanthippe. »Ich möchte dir eine Frau vorstellen.«

»Och, Mami«, sagte der Mann. »Xap und ich wollten doch gerade eine Runde fliegen!«

»Du undankbarer gelbbäuchiger Tropf!« kreischte die Hexe mit einem plötzliche Zorn, der Irene um so mehr erstaunte, als er in scharfem Kontrast zu ihrem bisherigen Verhalten stand. »Steig gefälligst ab!«

Xavier, ganz der gehorsame Sohn, zog eine Grimasse und saß ab. Er schien Mitte Zwanzig zu sein, und seine bronzenen Muskeln traten kräftig hervor. Irene war insgeheim erstaunt, daß eine so häßliche Frau wie Xanthippe einen derart prachtvollen Sohn wie Xavier hervorgebracht hatte. Das mußte aber ein Prachtkerl von einem Mann gewesen sein, den sie sich da als Vater geangelt hatte! Aber wieso auch nicht? Sie konnte sich ja die Besten aussuchen. Was menschliches Fleisch anging, hatte die Hexe offenbar einen ausgezeichneten Geschmack. Dieser Gedanke ließ Irene erröten, denn schließlich hatte die Hexe ja auch *sie* ausgesucht, um – egal.

»Siehst du diese Frau da?« fragte Xanthippe und zeigte auf Irene. »Gefällt sie dir?«

Xavier würdigte Irene kaum eines Blickes. »Na klar, Mama«, meinte er. »Wenn sie diese Handtücher nicht anhätte, wäre sie richtig hübsch. Kann ich jetzt fliegen gehen?«

»Noch nicht, mein Sohn. Schau dir mal ihren Körper an.

Prächtige Beine, prächtiger Vorbau, prächtiges Gesicht. Ist doch wirklich was Feines, oder?«

»Klar, Mami, wenn man den Typ mag. Kann ich jetzt . . .?«

»Halt's Maul, du Trottel!« schrie die Hexe ihn an, und der kräftige Jüngling wirkte eingeschüchtert.

»Hast du aber eine spitze Zunge, Oma!« rief Grundy aus seinem Käfig.

»Ich kann sie dazu zwingen, die Handtücher abzunehmen, damit du sehen kannst, wie . . .« fuhr Xanthippe in ihrem vernünftigen Tonfall fort.

»Och, nö, Mami, ist doch viel zu viel Mühe. Ich und Xap wollten doch gerade . . .«

»Ich glaube, sie wäre dir eine gute Ehefrau«, sagte die Hexe mit Entschiedenheit zu ihrem Sohn.

»Och, Mami, ich will doch gar keine Frau! Ich will nur fliegen.« Xavier drehte sich wieder zu seinem Reittier um und wollte aufsteigen. Irene war unschlüssig, ob sie erleichtert oder entrüstet sein sollte, weil der Jüngling sich so offensichtlich nicht für sie interessierte. *So* alt war sie ja nun auch wieder nicht!

»Erstarre, du erbsenhirniges Scheusal!« schrillte Xanthippe, und Xavier erstarrte prompt. »Du wirst diese Frau heiraten, diese, wie heißt sie doch gleich . . .«

»Irene, du alte Glucke!« rief Grundy ihr hilfsbereit zu.

»Halt's Maul, du erbsenhirniges Scheusal!« fauchte Irene ihn voller halbvollkommener Wut an.

»Diese Frau Irene«, fuhr die Hexe fort. »Das ist eine gute Partie für dich. Sie ist eine Pflanzenzauberin, hat Temperament und ist gebärfähig.«

»Och, Mami, ich verstehe doch nichts davon . . .«

»Du brauchst auch nichts zu verstehen! Diese Frau hat Erfahrung. Ich gebe ihr nur einen Befehl, dann erledigt sie den Rest schon von allein. Du wirst sehen, es ist ganz leicht, ja sogar angenehm. Danach kannst du dann fliegen gehen.«

Abgesehen von dem Schrecken, den diese Situation in sich barg, mußte Irene über die Naivität des jungen Mannes staunen. Wußte er wirklich so wenig über die Tatsachen des Lebens? Doch dann erinnerte sie sich, daß Dor zu Anfang fast genauso unschuldig gewesen war. Männer wußten nur selten so viel über das Leben, wie sie meinten. Vielleicht war Xavier sich seiner Unwissenheit lediglich mehr bewußt als andere.

»Och, Mami, ich will aber *jetzt* fliegen!« protestierte er. »Kann das nicht warten, bis wir mal einen Regentag haben oder so was?«

Regentag! Irene biß sich auf die Zunge. Das würde noch fehlen, daß die unversöhnliche Wolke sie wieder auskundschaftete und diesen Tag Wirklichkeit werden ließ!

Die Hexe sah sich vor ein Problem gestellt. Offensichtlich wollte sie nicht zu hart mit ihrem attraktiven Sohn umspringen oder ihn auch nicht allzu abrupt in die Tatsachen des Lebens einweihen. Irene bemerkte, daß Xanthippe ihre magische Kraft nicht gegen Xavier einsetzte, sondern sich statt dessen auf ihre Überredungsgabe verließ. Sie schien wirklich etwas für ihn zu empfinden und wollte für ihn nur, was sie für das beste hielt. Das war zwar keine Entschuldigung für ihre Gefühllosigkeit gegenüber anderen, aber es zeigte doch immerhin, daß sie nicht durch und durch schlecht war. Irene hätte mehr Mitgefühl für sie hegen können, wenn nicht ihr eigenes Schicksal dabei auf dem Spiel gestanden hätte.

Nun versuchte es Xanthippe mit einem anderen Druckmittel. »Dein Hengst braucht auch eine gute Gefährtin. Ich würde ihn mit dieser Zentaurenstute paaren, wie heißt sie doch noch . . .«

»Chem, altes Haus«, half Grundy ihr.

»Halt's Maul, du Dämlack!« schnappte Chem und peitschte heftig mit ihrem Schweif.

»Mit dieser Stute Chem«, beendete die Hexe ihren Satz. »Sie ist zwar noch jung, aber Zentauren sind kluge Tiere. Sie wird ein prächtiges Fohlen zur Welt bringen. Vielleicht hat es das Hirn eines Menschen und die Schwingen eines Greifs. Wär das nichts?«

Der Greif, alles andere als dumm, wich nervös zurück und breitete seine prächtigen Schwingen halb aus. Er wollte nicht mit einer Zentaurin gepaart werden!

»Och, Mami«, sagte Xavier. »Jetzt hast du Xap erschreckt! Er will kein Fohlen haben! Können wir nicht lieber fliegen gehen?«

»Nein das könnt ihr nicht, du Stumpfsinnsbolzen!« quietschte die Hexe. »Ich werde euch beide mit diesen prächtigen Weibern paaren. Ich will erst Großmutter geworden sein, bevor ich die Löffel abgebe. Also, fangen wir endlich an damit!«

Irene, der die ganze Sache einen gewaltigen Schock versetzt hatte, hatte bisher geschwiegen. Nun erkannte sie, daß sie und der Hexensohn vielleicht doch die eine oder andere Sache gemeinsam hatten. »Xanthippe, Xavier *will* einfach nicht heiraten, schon gar nicht eine alte, verheiratete Frau wie mich. Ihr könnt Euren Sohn doch nicht zu einer solchen Bindung zwingen und gleichzeitig hoffen, daß er Euch danach noch liebt.«

»Er wird tun, was ich sage!« keifte die Hexe.

»Vielleicht. Aber damit werdet Ihr ihn Euch entfremden, und sobald Ihr dahingeschieden seid, tut er nur noch, was er will. Seht Ihr denn nicht ein, daß das nicht gutgeht? Er will mich nicht, und ich will ihn nicht. Solche Sachen funktionieren nie, wenn sie nicht freiwillig passieren. Liebe könnt Ihr mit Eurem Blick jedenfalls nicht erzwingen. Ihr habt wirklich dabei nichts zu gewinnen, aber sehr viel zu verlieren.«

»Och, ich weiß nicht«, meinte Grundy. »Ein kluges, beherztes, goldenes Enkelkind, das fortpflanzungsfähig ist und einem viel Freude . . .«

Chem, die ihm am nächsten stand, stampfte mit einem Huf auf das Käfigdach des Golem. Es klang wie ein kleiner Donnerschlag. Der Golem verstand den Wink und verstummte.

»Ach herrje, ich kann doch nicht solange warten, bis er von selbst drauf kommt!« jammerte die Hexe. »Er will nichts als fliegen! Eine Frau und eine Familie würden ihn etwas seßhafter und gesetzter machen.«

»Och, Mami, ich will aber nicht . . .«

»Sei still, du Idiot von einem Kind!« schrillte Xanthippe.

»Jawohl, gib's ihm, Vettel!« rief Grundy.

Irene dachte verzweifelt nach, um einen Ausweg aus dieser Situation zu finden. Die Hexe mochte zwar nicht ganz klar im Kopf sein, aber sie verfügte über Macht. »Vielleicht könnte ich ja etwas anderes für Euch tun«, schlug sie vor. »Ich könnte Euch einen hübschen Baum züchten, mit Pflanzen, die sonst Jahre brauchen, bis sie reifen . . .«

»Bäume habe ich zu Hunderten!« sagte die Hexe. »Ihr habt

nichts, was Ihr mir geben könnt, nur Euren Körper für meinen Sohn.«

»Dann hole ich ihm eine Nymphe!«

»Nymphen pflanzen sich nicht fort. Das sind Spielgefährtinnen, aber keine Gebärerinnen. Er hat schon genug Zeit verspielt.«

Da war etwas dran. Irene zermarterte ihr Gehirn, um auf etwas anderes zu kommen, was dieser so einseitig festgelegten Hexe zusagen könnte, doch ohne Erfolg.

»Es muß doch irgend etwas geben!« sagte Chem. Auch ihr Schicksal hing schließlich an einem seidenen Faden. »Hexen brauchen immer irgendwelche seltsamen Dinge für ihre Sammlung.«

»Das einzige, was ich außerdem noch haben will, könnt Ihr mir nicht beschaffen«, erwiderte die Hexe barsch. »Aber als Paarungspartner für meinen Sohn und sein Reittier kommt Ihr mir wie gerufen!«

»Versuch's doch einfach mal mit uns«, sagte Chem. »Vielleicht erlebt Ihr ja eine Überraschung.«

»Ja, versuch's doch mal mit ihnen, du altes Schlachtschiff«, pflichtete Grundy ihr bei.

»Sei still, du lumpiger Lumpenlump!« fauchte die Hexe ihn an. »Ich will es doch gerade mit ihnen versuchen! Xavier, komm und stell dich vor dieser Frau auf, damit ich ihr befehlen kann . . .«

»Ich meinte doch die andere Dienstleistung!« rief Chem.

»Hübsche Wortwahl, Mährenmähne«, bemerkte Grundy.

»Was wollt Ihr denn noch haben?« rief Irene, Chems Faden aufnehmend.

»Och, Mami will sonst gar nichts . . .« fing Xavier an.

»Still, du Holzbirne!« fauchte Irene.

Xanthippe überlegte. »Also schön. Ich werde die andere Sache erwähnen, damit Ihr seht, wie nutzlos es ist, darüber auch nur nachzudenken. Mein ganzes langes, zorniges Leben lang habe ich mir gewünscht, drei Samen vom Baum der Samen zu bekommen . . .«

»Samen!« rief Irene. »Bei Samen kenne ich mich aus!«

Die Hexe hielt inne und blickte sie einmal mehr abschätzend

an. »Ja, das tut Ihr wohl! Ihr habt ein Händchen für Pflanzen. Aber die Samen, die ich meine, sind keine gewöhnlichen Samen, und ich bezweifle ernsthaft . . .«

»Was ist denn das für ein Baum der Samen?« fragte Chem, die weitaus vorsichtiger war als Irene, eine undefinierte Verpflichtung unbesehen einzugehen. »Ich glaube, ich habe noch nie davon gehört.«

Irene erkannte, daß es wirklich ein sehr seltener Baum sein mußte, wenn nicht einmal die hochgebildeten Zentauren davon wußten. Immerhin hatte Chem fast ganz Xanth kartographiert.

»Er befindet sich auf dem Berg Parnaß, verborgen in der analphabetischen Wildnis«, erklärte die Hexe. »Nur der Hippogryph weiß, wie man von hier dorthin kommt. Und außerdem wird der Baum von dem Simurgh bewacht.«

»Der Simurgh! Das ist doch der weiseste Vogel, den es je gegeben hat!« erklärte Chem. »Der hat schon dreimal die Vernichtung des Universums erlebt und verfügt über das Wissen aller Zeiten. Ich wußte gar nicht, daß er in Xanth geblieben ist; ich dachte, er sei schon vor Jahrhunderten davongeflogen. Ach, wie gerne würde ich ihn einmal sprechen, und wenn es auch nur für eine Stunde wäre!«

»Was mich zum zweiten Teil meines Wunsches bringt«, sagte Xanthippe. »Ich möchte eine Feder von seinem Schwanz. Diese Federn besitzen magische Eigenschaften und können Wunden heilen. Aber der Weg zum Berg Parnaß ist derart gefährlich . . .«

»Dieser Baum der Samen«, sagte Irene. »Was für Samen hat er denn?«

»Alle Samen, die von allen wilden Pflanzen hervorgebracht werden, die es gibt«, sagte die Hexe, und ihre hinterlistigen alten Augen wirkten plötzlich sehr verträumt. »Der Samen meines eigenen Baum-Heims ist auch vor Jahrhunderten von dort gekommen.«

»Alle Samen, die es nur gibt!« hauchte Irene. »Ach, wie gern würde ich diesen Baum einmal sehen!«

»Dort kommt Ihr nicht hin«, meinte die Hexe. »Der Parnaß wird von der Python bewacht, die jeden verschlingt, der auch nur einen Fuß auf den Berg setzt. Seit Jahrzehnten hat sich niemand, der auch nur über einen Funken Intelligenz verfügt, auf den Parnaß mehr gewagt.«

»Wir sind aber nicht so klug«, bemerkte Grundy. »Wir könnten es versuchen.«

Da hatte der großmäulige Golem direkt einmal recht! »Ich will Euch einen Handel vorschlagen«, sagte Irene. »Wir besorgen für Euch die drei Samen und eine Feder, und im Gegenzug gebt Ihr mir mein Kind zurück und laßt uns ziehen.«

Xanthippe schüttelte den Kopf.

»Das ist mir zu riskant. Möglicherweise kehrt Ihr nie mehr zurück.«

»Aber natürlich kehre ich zurück, um mein Kind zu holen!« rief Irene.

»Nicht, wenn Ihr unterwegs den Tod findet.«

Oh. Das war nicht ganz von der Hand zu weisen. Und doch – wenn die einzige Alternative darin bestand, sich unfreiwillig mit dem Sohn der Hexe paaren zu müssen ...

»Wir werden es versuchen«, entschied Irene. »Wir werden Euch die Feder und die Samen verschaffen. Wenn wir nicht zurückkehren, dann habt Ihr verloren. Aber wenn wir doch zurückkehren sollten, so werdet Ihr die Gegenstände haben, die Ihr schon besitzen wolltet und auf andere Weise nicht bekamt.«

»Alles oder nichts, alter Runzelsack«, warf Grundy ein.

»Ich weiß ja nicht ...« sagte Xanthippe.

»Dann verratet uns doch einfach nur, wie wir zum Parnaß kommen.«

»Das kann ich nicht«, sagte die Hexe. »Nur der Hippogryph kennt den Weg, und nur mein Sohn kann dieses Untier zähmen und lenken.«

Irene erkannte einen weiteren Grund, weshalb Xanthippe halbwegs auf die Gefühle ihres Sohnes Rücksicht nahm. Xavier hatte in der Tat ein Druckmittel in der Hand. Xap könnte sehr gefährlich werden, wenn ihn nicht jemand zügelte.

»Also müssen Xav und Xap eben mitkommen, du Vogelscheuche«, sagte Grundy. »Das ist doch kein Problem.«

Irene schnitt eine Grimasse. Kein Problem? Wenn sie eines nicht wollte, so war es eine allzu große Nähe zu dem Sohn der Hexe; und sie bezweifelte auch, daß Chem sonderlich auf die

Gesellschaft des Hippogryph erpicht war. Und doch schien dies der einzige Weg zu sein, der zum Parnaß führte, und der Parnaß wiederum war der einzige Weg, der sie aus ihrer mißlichen Lage führen konnte. Wenn sie also erst den Parnaß bezwingen mußte, um ihr Kind unversehrt zurückzubekommen, dann würde sie es eben tun. »Diesmal hat Grundy recht«, pflichtete Irene ihm zögernd bei. »Sie müssen mitkommen.«

»Was soll das heißen« ›diesmal‹?« rief Grundy.

»Halt's Maul, du Blödmann!« fauchte Chem und hielt ihren Vorderhuf drohend über seinen Käfig.

»Xavier und Xap können vorangehen, und wir folgen . . .« fing Irene an, dann verstummte sie plötzlich, als sie den Zombie sah. Zora kam gerade auf sie zu; sie schien etwas in der Hand zu tragen.

Irene seufzte still. Zora hatte sie ganz vergessen! Natürlich durfte sie das Zombiemädchen nicht vernachlässigen, das sie vor dem Ungeheuer der Nacht gerettet hatte. Und doch würde Zora auf dieser Reise nur ein Hindernis sein.

Das Zombiemädchen kam herangeschlurft. Sie hielt das Ding, das sie in der Hand hatte, Irene entgegen. Es war eine Schuppe von einem Fisch oder Reptil, das anscheinend bei einem Kampf oder im Laufe eines Unfalls abgebrochen war. »Spantsch«, sagte sie, und blies dabei ein Stück ihres Kehlkopfes fort.

»Dieses Zombiemädchen gehört zu uns«, sagte Irene zu der Hexe. Sie war entschlossen, das Rechte zu tun, auch wenn es ihr keinen Spaß machte. »Sie muß mit uns kommen.«

»Wie soll sie denn reisen?« fragte Xanthippe. »Der Hippogryph ist sehr schnell. Nur die Zentaurin wird sein Tempo halten können, selbst wenn Xap am Boden bleibt.«

»Also reitet sie auch auf dem Gryph, Rotschnauze«, sagte Grundy.

»Och, Mami, Xap will aber keine lebende Leiche mit sich rumschleppen!« protestierte Xavier.

Doch der Gedanke, die Samen endlich zu bekommen, hatte inzwischen von Xanthippes Vorstellungskraft Besitz ergriffen.

»Das geht schon«, entschied die Hexe. »Der Gryph kann auch noch einen weiteren Reiter vertragen. Bringt mir meine

Feder und die Samen, dann werde ich euer Gör von meinem Zeitian befreien.« Sie berührte Chems Huffessel und befreite die Zentaurin. Dann öffnete sie auch Grundys Käfig.

»Welche drei Samen wollt Ihr denn eigentlich haben?« wollte Irene wissen.

»Die Saat des Zweifels, der Zwietracht und des Krieges«, sagte die alte Hexe voller Schaffensfreude.

»Zweifel, Zwie . . .« Irene zuckte erschrocken zusammen. »Ihr meint doch wohl nicht wirklich . . .«

»Wollt Ihr Eure Tochter nun zurückhaben oder nicht?« fragte Xanthippe mit einem runzligen Feixen.

Chem trabte herbei, um Zora hinter Xavier auf den Hippogryph zu setzten. Weder der Mann noch sein Hengst wirkten sonderlich erfreut über ihre Begleiterin, doch die Hexe brachte sie mit einem giftigen Blick zum Schweigen. Irene hoffte nur, daß das Zombiemädchen gut genug reiten konnte, um nicht herunterzufallen.

Der Hippogryph hob ab, und zwar ganz wörtlich. Er breitete seine Flügel aus und schwang sich in die Lüfte empor. Fast wäre Zora herabgerutscht, doch im letzten Augenblick schlang sie ihre verfaulten Arme um Xavier und blieb fest im Sattel – soweit man bei einem Zombie von fest reden kann. Irene lächelte inwendig und fragte sich, wie der goldene junge Mann wohl auf diese Umarmung reagieren würde.

Nun setzte sich Chem trabend in Bewegung, um dem Hippogryph zu folgen.

Sie mußte sich mächtig anstrengen, um Schritt zu halten. »Ein ganz schön gesundes Tier!« sagte sie beeindruckt.

Irene mußte ihr zustimmen. Die Hexe mochte zwar eine schrille und skrupellose Vettel sein, und ihr Sohn war möglicherweise ein muskulöser Dummkopf, aber der Hippogryph war ein phänomenales Exemplar seiner Gattung. Trotz des Gewichts zweier Reiter segelte er empor, als sei er allenfalls so schwer wie eine Feder. Greife waren ja schon sehr beeindruckend, aber der Hippogryph war noch beeindruckender, weil er den Körper eines Pferdes hatte und nicht den eines Löwen.

Endlich hatte Xap sich orientiert und glitt in Richtung Südosten davon. Chem folgte, wobei sie einige Schlenker machte, um besseres Galoppgelände ausnutzen zu können. »Habt Ihr bereits erkannt, was Zoras Fund zu bedeuten hat?« fragte sie im Laufen.

»So eine blöde Fischschuppe?« fragte Grundy abfällig. »Typisch für so ein Wesen mit einem Matschhirn, zu glauben, daß die von Wert wäre.«

»Nein, es war eine kleine, helle Drachenschuppe«, berichtigte die Zentaurin ihn. »Zoras Hirn muß aus einem Matsch recht guter Qualität bestehen, denn immerhin hat sie erkannt, was wichtig ist. Ich kenne mich ein wenig in der Fauna Xanths aus, so daß ich die verschiedenen Schuppentypen mit unbewaffnetem Auge auseinanderhalten kann. Die Schuppe, die sie beigebracht hat, gehört zu dem Spaltendrachen, allerdings ist sie zu klein. Also muß sie von dem verjüngten Drachen stammen.«

»Und der verjüngte Drache ist bei Ivy!« rief Irene. »Ob Zora sie gefunden hat?«

»Auf jeden Fall muß sie Spuren von ihnen entdeckt haben«, meinte Chem. »Deshalb hat sie Euch auch die Schuppe gebracht. Sie versuchte, ›Spalte‹ zu sagen. Ich hoffte die ganze Zeit, daß die Hexe es nicht merken würde.«

Grundy schlug sich mit seiner winzigen Hand auf die Stirn. »Hat sie auch nicht! Ich habe es schließlich auch gehört und nicht verstanden!«

»Sollten wir auf dieser Mission scheitern und es überleben, kann uns Zora vielleicht immer noch helfen, Ivy zu retten!« sage Irene erheblich erleichtert.

»So sieht es aus«, pflichtete Chem ihr bei. »Aber wir sollten trotzdem unser Bestes geben. Wir sind eine Verpflichtung eingegangen, und möglicherweise läßt sich Ivys Fährte nicht so leicht verfolgen, selbst mit diesem Hinweis – und außerdem würde ich wirklich gerne einmal den Simurgh kennenlernen.«

»Aber diese Samen! Zweifel, Zwietracht, Krieg! Wie soll ich derartig schlimme Dinge einer solchen Person übergeben? Denkt doch nur einmal an den Schaden, den sie damit anrichten kann!«

»Darauf weiß ich auch keine Antwort«, gab die Zentaurin zu. »Ich glaube, wir müssen der Sache ihren Lauf lassen.«

Irene nickte zögernd. Sie hatte eingewilligt, Xanthippe die Samen zu bringen, und sie hielt ihre Versprechen stets, selbst wenn sie es bereute. Ihr Vater, König Trent, hatte ihr beigebracht, wie wichtig so etwas war.

7

Hugo

Ivy war eine kleine Magierin, auch wenn man sie noch nicht als solche erkannt hatte. Ihr magisches Talent gehörte zu jener seltenen Sorte, die alle normalen Grenzen sprengte und Auswirkungen zeitigte, die nirgendwo außerhalb Xanths glaubwürdig gewesen wären. Dies war das Geschenk des Dämons X(AN)th, dessen gewaltige Magie das Land Xanth durchdrang, obwohl sich der Dämon für die Angelegenheiten Xanths überhaupt nicht interessierte. Auf Bitten von Chems Mutter, Cherie Zentauer, hatte der Dämon den Nachkömmlingen Binks und seiner Frau Chamäleon den Magierstatus verliehen. Deshalb war ihr Sohn Dor ein Magier, der von Geburt an dazu bestimmt gewesen war, König von Xanth zu werden, und ihre Enkelin Ivy war ebenfalls eine Magierin mit ähnlicher Bestimmung. Doch hatte sich der Dämon nicht die Mühe gemacht, irgend jemanden darüber zu informieren, es war ihm lieber, daß alle Beteiligten dies im Laufe der Zeit selbst herausfanden.

In der ganzen bewegten Geschichte Xanths war es stets höchst riskant gewesen, sich mit Magiern anzulegen. Die Vettel Xanthippe hätte das wissen müssen, doch sie war nicht auf der Höhe ihrer Zeit und wußte auch nicht, mit wem sie sich da abgab. Dafür würde sie mit Sicherheit büßen.

Ivy war von dem Zeitian gefangen und mit seiner Zeitlosigkeit hilflos gemacht worden. Es gab nur drei Möglichkeiten, dieser Falle zu entrinnen: Eine allgemeine Vernichtung, die das gesamte Gebiet zerstörte, die Befreiung durch die Hexe selbst oder das Warten auf das Erblühen der Jahrhundertpflanze. Die Vernichtung war nicht ratsam, denn dadurch würden sowohl Ivy als auch Stanley, zusammen mit dem Zeitian und einem großen Teil von Xanth und Mundania, ebenfalls zerstört werden. Was die Hexe betraf, so wollte sie das Kind erst dann freilassen, wenn sie eine Feder und drei mächtige Samen erhalten hatte, und darauf zu hoffen war auch nicht sonderlich sinnvoll; denn die Chancen, daß sie diese Gegenstände erhielt, waren denkbar gering.

Und die Jahrhundertpflanze würde noch dreiundneunzig Jahre brauchen, bevor sie erblühte.

Doch Ivy war eine Magierin, was eine sexistische Definition eines weiblichen Magiers war. Ihre Macht bestand darin, die Qualität der sie umgebenden Dinge zu verstärken. Obwohl sie also von dem Zeitian verzaubert worden war, wirkte sie auf ihre merkwürdige Weise wiederum auf diesen ein. Die Zeitlosigkeit des Zeitians konzentrierte sich in ungewöhnlichem Maße – und dies beeinflußte die Jahrhundertpflanze, in welcher er ruhte. Die Jahrhundertpflanze glaubte, sie würde im Tempo von zweiundfünfzig Wochen pro Jahr altern, plus oder minus ein bis zwei Tage; oder, sollte dies nicht zutreffen, zumindest mit zwölf Monaten pro Jahr. Doch die Intensivierung der Zeit in der Nähe des Zeitians verzerrte und krümmte die Umwelt auf eine Weise, die allenfalls ein brillanter mundanischer Experte in eine Theorie hätte fassen können, und tatsächlich alterte die Jahrhundertpflanze im Augenblick im Verhältnis von einem Jahr pro Minute.

So dauerte es nur dreiundneunzig Minuten, bis Ivy nach der Berührung durch den Zeitian Gewalt über diesen erlangt hatte. Die Jahrhundertpflanze vollendete ihren Zyklus und erblühte. Sie ließ einen Mittelstengel emporschießen, der sich verzweigte und Blüten zu tragen begann. Das tat er direkt unterhalb des Zeitians, denn dieser befand sich im Mittelpunkt der Pflanze. Die Hexe hatte den Zeitian dort plaziert, weil sie wußte, daß er hier hundert Jahre lang nicht gestört werden würde. Bis dahin würde sie sich selbst nicht mehr für ihn interessieren – und tatsächlich hatte sie sieben Jahre lang auch recht gehabt. Für Menschen, die so alt waren wie Xanthippe, war Zeit sehr wichtig.

Doch nun wuchs der Stengel der Blume in die Höhe und trug den Zeitian mit sich. Der Stengel kümmerte sich nicht um das verzauberte Mädchen und den Drachen, auf die er nicht eingerichtet war. So wurde im Laufe der Zeit der Kontakt zwischen Zeitian, Mädchen und Drache unterbrochen. Es war nur eine kleine Zeitianpflanze, und ihr Wirkungskreis war begrenzt; das war möglicherweise ein Segen, denn sonst hätte ganz Xanth mitsamt einem Teil von Mundania eine Zeitbeschleunigung erfahren, was wiederum andere Komplikationen nach sich gezogen hätte. Sobald der Kontakt unterbrochen war, endete auch der Zauber der Zeitlosigkeit.

Ivy und Stanley erwachten gemeinsam. Sie gähnten und reckten sich nicht, weil sie ja nicht geschlafen hatten. Ihnen erschien es vielmehr, als sei keine Zeit verstrichen. Sie waren nicht einmal um dreiundneunzig Minuten gealtert, da der Zeitian nicht alle Dinge in gleichem Umfang beeinflußte, schon gar nicht Magierinnen und ihre Begleiter. Sie bemerkten nicht, wie die Sonne in den eineinhalb Stunden am Himmel weitergehüpft war, denn diese befand sich augenblicklich zufällig hinter einer Wolke.

»He!« beschwerte sich Ivy. »Gerade wollte ich mir eine hübsche Scheibe holen – und da ist sie einfach davongeschossen, so daß ich sie nicht mehr erreichen konnte! Das war aber gar nicht nett von ihr!«

Der Drache stimmte ihr dampfschnaubend zu. Er mochte es nicht, wenn seine Freundin unglücklich war. Er versuchte, den Blumenstengel emporzuklettern, um ihr die Scheibe zu holen, doch der Stengel war zu schmal für ihn, um einen richtigen Halt zu bekommen, und zu hart und zäh, als daß er ihn hätte herabziehen können.

»Ach, mach dir nichts draus, Stanley«, sagte Ivy verschnupft. »Ich wollte sie sowieso nicht wirklich haben.« Das war die sogenannte Saure-Trauben-Technik, und bei dieser Gelegenheit erwies sie sich als äußerst angemessen. »Ich mag diese großen Bäume nicht mehr; klettern wir wieder hinunter.«

Stanley war zufälligerweise selbst ein Bodengeschöpf, so daß er nur zu froh war, Ivys Wunsch entsprechen zu können. So kletterten sie in die Tiefe, bis sie die Köpfe aus dem unteren Teil des Laubdachs hervorstrecken und auf den Boden blicken konnten.

Doch nun standen sie vor einem Problem. Denn sie befanden sich zu weit oben, um gefahrlos hinunterspringen zu können, und der massige Stamm des Baums ragte glatt und senkrecht empor, so daß sie an ihm nicht leicht hinabklettern konnten.

»Wir müssen um Hilfe rufen. Wenn eine Damsell um Hilfe ruft, kommt immer irgend jemand vorbei.« So war das jedenfalls bisher immer gewesen. »Ein Ritter in schimmernder Rüstung, glaube ich.«

Stanley hatte da zwar so seine Zweifel, aber da er nicht auf Rettungen spezialisiert war, überließ er Ivy die Handhabung dieser Sache.

Ivy atmete kurz und tief ein und schrie: »HILFE!«

Kurz darauf rührte sich auch etwas weit unten. Es war eine Person, die offensichtlich kam, um sie zu retten. Ivy war entzückt.

Sie spähte hinab, ihrem Wohltäter sehr gewogen, wer oder was er auch immer sein mochte. Tatsächlich, der Ritter war ein gutaussehender junger Mann mit einem intelligenten Gesichtsausdruck. Er schien seine schimmernde Rüstung zurückgelassen zu haben, aber vielleicht lag das auch daran, daß es zu warm war; das spielte jetzt keine Rolle. Sofort verliebte sie sich in ihn, denn genau das war es ja auch schließlich, was gerettete Damselln in der Gegenwart von Drachen taten.

Nun war es Zeit, sich vorzustellen. Solche Dinge mußten dem Protokoll entsprechend durchgeführt werden. »Hallo, Ritter-ohne-Rüstung, wie heißt Ihr?«

Der Retter blickte zu ihr empor. »Hugo«, sagte er nach kurzer Denkpause.

»Ich bin Ivy. Das hier ist Stanley. Er ist ein Drache«, sagte sie, die Formel damit vollendend. »Hilf uns beim Absteigen, gutaussehender junger Mann!«

Hugo überlegte aufs neue. Die Wahrheit war, daß man ihn noch nie für sonderlich schlau gehalten hatte, und ganz bestimmt nicht für gutaussehend, so daß er sich nicht sicher war, was dies zu bedeuten hatte. Er blickte an seinen Kleidern hinab, die schmutzig und zerfetzt waren. Doch irgendwie wirkten sie nicht ganz so unpassend, wie er es erwartet hatte. Natürlich wußte er nicht, daß Ivys Talent an ihm bereits wirksam wurde. Sie hielt jeden, der zu ihrer Rettung herbeieilte, für ein Muster an Intellekt und gutem Aussehen und Tapferkeit schon von Natur aus, so daß er all diese Attribute auch tatsächlich annahm, ob es ihm nun gefiel oder nicht.

In der Tat begann sein trüber Verstand sich zu erhellen und zu funktionieren wie nie zuvor. Er mußte ihnen dabei helfen, vom Baum zu klettern. Wie sollte er da am besten vorgehen? »Etwas, worauf sie fallen können«, sagte er. »Etwas Weiches. Wie, zum Beispiel, ein Haufen matschiger Früchte!«

Doch davon war Ivy nicht so recht überzeugt. »Ich mag keine matschigen Früchte.«

»Oh.« Hugo dachte noch mal nach. Eigentlich mochte er selbst auch keine matschigen Früchte. Leider war das alles, was er hervorzuzaubern imstande war. Er blickte um sich.

Er hatte Glück. »Eine Bettwanze!« rief er, als er ein schlafendes Exemplar dieser Gattung in der Nähe entdeckte.

Ivy erinnerte sich daran, daß der freundliche Yak gesagt hatte, daß es in dieser Gegend Bettwanzen gäbe. »Ach, wie schön!«

Hugo eilte zu der bezeichneten Stelle, packte die Wanze am Kopfteil und zerrte sie zu dem Baum hinüber. Die Wanze schleppte ihre vier kleinen Rollfüße nach, verhielt sich aber ansonsten passiv; sie war wirklich nicht für Bewegung konstruiert. Es war ein gutes Exemplar, denn sie verfügte über ausgezeichnete Federn und dicke Kissen.

Ivy stimmte der Auswahl zu. Sie ließ sich fallen und stürzte sich mit einem kleinen Freudenquieken auf die Matratze. Es gab kaum etwas Schöneres für ein Kind, als auf eine wirklich weiche und fedrige Matratze zu springen, auch wenn das Ungeheuer unter dem Bett sich dann über den Lärm und die Schwingungen zu beschweren pflegte. Aber dieses Bett besaß kein Ungeheuer, deshalb war alles in Ordnung.

Sie hopste einige Male auf und ab, dann stieg sie von dem Bett, damit der Drache ihr folgen konnte. Das tat er auch. Doch Stanley war noch nie zuvor auf ein Bett gesprungen und war darin nicht so geübt wie Ivy. Er überschlug sich Schwanz-über-Schnauze und verfehlte die Matratze beim zweiten Aufprall. Doch dieser Sturz erfolgte aus geringer Höhe, und er war ein zähes Geschöpf, so daß er sich nicht weh tat. Allerdings schlug er sich dabei eine Schuppe ab. Na schön, mußte er eben im Laufe der Zeit eine neue nachwachsen lassen; die Stelle würde zwar eine Weile etwas empfindlich sein, doch ein Drache war es gewohnt, mit solchen Unannehmlichkeiten zu leben.

Hugo musterte den Drachen mit einer gewissen Besorgnis. Er hatte einen ganzen Tag und eine Nacht damit verbracht, sich vor Ungeheuern zu verstecken, und dieser hier war nun ganz bestimmt eins, auch wenn es sehr klein war. Zudem war er sich sicher, daß er es schon einmal irgendwo gesehen hatte.

Der Drache für seinen Teil schätzte das Erscheinen eines weiteren Menschen auch nicht sonderlich. Bisher hatte er Ivy ganz für sich gehabt. Offensichtlich mochte sie diesen Jungen, und das bedeutete, daß Hugo ein Rivale um ihre Aufmerksamkeit war.

Nachdem Stanley sich endlich bereitgefunden hatte, Ivys Aufmerksamkeit anzunehmen, wollte er sie nun auch nicht mit irgend jemandem teilen müssen. Also knurrte er und erhitzte ein wenig Dampf, wobei sich seine Grünfärbung vertiefte. Man konnte ja nie wissen, wann sich so ein schöner Bauch voller Dampf als nützlich erweisen würde.

Hugo seinerseits bereitete sich schon innerlich darauf vor, ein paar wirklich matschige Früchte herbeizuzaubern; denn wenn man die für irgend etwas benutzen konnte, dann dafür, sie Ungeheuern entgegenzuschleudern. Tropfende Ananas war besonders schön.

Ivy spürte mit der instinktiven Sicherheit, die Frauen aller Altersstufen eigen ist, daß hier ein Problem vorlag. Mit instinktiver Raffinesse reagierte sie, um der Situation die Schärfe zu nehmen. »Zankt euch nicht!« rief sie. »Ihr beide müßt miteinander auskommen, denn ihr seid beide meine Freunde. Hugo ist mein menschlicher Freund . . .« Als Hugo dies hörte, geriet er erneut ins Staunen. »Und Stanley ist mein drachiger. Also seid ihr auch miteinander befreundet.«

Weder der Junge noch der Drache waren von ihrer Logik ganz überzeugt – aber auch dies war typisch für solche Situationen. Ivy wollte es auf diese Weise haben, und weil sie sie als Freunde sah, waren sie auch welche. Es wäre nicht fair gewesen zu behaupten, daß es eine sehr reibungslose Freundschaft war, aber sie genügte. Wie immer war die Zauberei eine wirklich wunderbare Sache.

»Und jetzt müssen wir nach Hause«, entschied Ivy. »Wo sind denn deine Eltern, Hugo?« Sie war noch nie auf Humfreys Schloß gewesen und wußte auch gar nicht, daß Hugo der Sohn des berühmten Guten Magiers von Xanth war.

Hugo dachte nach. »Mein Vater ist ein großes Baby, und das Gesicht meiner Mutter läßt Leute zu Stein erstarren«, verkündete er.

»Meins auch«, meinte Ivy. »Vor allem dann, wenn ich unartig gewesen bin. Wo wohnst du denn?«

Wieder mußte Hugo nachdenken. Er war es nicht gewöhnt, so schlau zu sein, so daß er sich erst einmal orientieren mußte. Doch hatte er einen recht ordentlichen Orientierungssinn, wenn er sich bequemte, ihn zu benutzen.

»Dort entlang«, sagte er und zeigte grob in Richtung Nordosten.

»In Ordnung. Dann gehen wir in diese Richtung.« Sie hatte nicht daran gedacht, ihn zu fragen, wie weit es war. Und keinem von ihnen kam in den Sinn, daß es günstiger gewesen wäre, in Richtung Westen auf Schloß Zombie zuzugehen.

Ivy setzte sich in Bewegung, also taten Stanley und Hugo es ihr gleich.

Sie gelangten in einen tiefen, dunklen Teil des Waldes, wo das Sonnenlicht keinen Einlaß fand und der Wind sehr kalt pfiff. Ivy war etwas nervös, denn sie mochte keine dunklen, kalten Orte, doch sie ging unentwegt weiter. Auch die anderen gingen unentwegt weiter.

Schon bald waren sie müde, denn sie waren ja alle sehr jung und lange Fußmärsche nicht gewöhnt, und so ruhten sie sich auf einem feuchten Baumstumpf in der Finsternis aus. »Ich habe Hunger«, sagte Ivy. »Wie bekommen wir jetzt etwas zu essen?«

»Nun, ich könnte etwas frisches Obst herbeizaubern«, meinte Hugo, »Aber . . .«

»Oh, herrlich! Ich liebe frisches Obst!« Das war doch etwas ganz anderes als die matschigen Früchte, die sie haßte.

»Aber es ist nicht sehr gut.«

Ivy weigerte sich, dies zu glauben. »Ich weiß, daß alles, was du tust, gut ist, Hugo, weil du so ein gutaussehender, wunderbarer, talentierter Mann bist. Du wirst schon die vollkommene Frucht herbeibringen. Nicht dieses matschige Zeug, mit dem Erwachsene Säuglinge bestrafen.«

Da war etwas dran. Doch Hugo hatte weniger Vertrauen in seine Fähigkeiten als sie. »Es wird dir nicht gefallen«, warnte er sie und zauberte einen Apfel herbei.

Der Apfel erschien in seiner Hand. Es war eine prächtige, große, rote, frische, feste Frucht und sah absolut köstlich aus. Hugo starrte sie erstaunt an. Alle seine früheren Äpfel waren eher wie eine Art Apfelmus geworden, das sich in einem Sack aus runzeliger Schale aufzuhalten schien. Was war nur schiefgelaufen?

»Prima!« rief Ivy und nahm den Apfel an, während Hugo wie erstarrt vor ihr stand. Sie öffnete ihren kleinen Mund und nahm einen großen Biß. Der Apfel krachte richtig gesund.

»Wndrbr!« sagte sie mit vollem Mund. »Bring uns doch noch mehr davon!«

Hugo schüttelte seinen Kopf, als sei er eine Pfeife, die ihren Tabakrest loswerden wollte. Ungläubig zauberte er eine Banane herbei. Sie erschien in seiner Hand, groß und fest und gelb. Erst wollte er sie schälen, doch da versagte sein Unglaube, so daß er sie statt dessen dem Drachen anbot.

Stanley hatte erst seit der Begegnung mit Ivy gelernt, frisches Obst zu mögen, und dies war die erste Banane, der er begegnete. Er setzte sie auf dem Boden ab und bedampfte sie. Die Frucht wurde gekocht, platzte auf und verströmte einen wunderbaren Duft. Der Drache entschied, daß er sie mochte, und verschlang sie ganz. Die Schale war zwar nicht ganz so gut zu kauen wie Knochen, aber es genügte.

Hugo, der inzwischen Mut gefaßt hatte, zauberte eine Pflaume hervor. Sie schien genauso gut zu sein wie all das andere Obst. Er atmete tief durch und nahm einen kleinen Bissen davon. Die Frucht war saftig und schmeckte vorzüglich. »Das verstehe ich nicht«, sagte er. »Sonst ist mein Obst immer so verfault wie ein Zombie.«

»Zombies sind lustig«, sagte Ivy. »Die kennen alle möglichen Spiele, zum Beispiel Eins-zwei-drei-wo-ist-mein-Grab? und Such-den-Sarg.«

So hatte Hugo die Sache zwar noch nie betrachtet, aber er mußte zugeben, daß es stimmte.

»Du bist ein guter Zauberer«, fuhr Ivy überzeugt fort. Was er in ihrer Gegenwart natürlich auch war.

Danach genoß Hugo seine neuerworbene Macht und zauberte Obst in üppigen Mengen herbei, so daß sie alle davon schmausen konnten. Er brachte einen ganzen Haufen Fleischtomaten für den Drachen hervor, weil Stanley Fleisch bevorzugte, wenn er welches bekommen konnte. Zum ersten Mal in seinem Leben fühlte Hugo sich allen Problemen gewachsen.

Nun machten sie sich erneut auf die Reise, wenn auch in einem etwas langsameren Tempo, weil die Landschaft dunkler und furchterregender war und ihre Beine müde. Weil sie nichts anderes zu tun hatte, schweifte Ivys Aufmerksamkeit ab, und sie dachte an zu Hause, an Schloß Roogna mit seinem magischen Wandteppich, der Szenen aus der sagenumwobenen Geschichte Xanths zeigte. Sie dachte auch an die freundlichen Gespenster des Schlosses. An Millie dachte sie nicht wie an ein Gespenst, weil Millie schon lange vor Ivys Geburt wieder zum Leben erweckt worden war, aber der spaßige Jordan war immer noch da. Jordan hatte dabei geholfen, Xanth vor der Nächstwelle zu retten, so hatte man ihr erzählt, und nun hatte er natürlich einen sehr guten Ruf und durfte ab und zu bei ihr babysitten, wenn ihre Eltern nicht da waren. Es war erstaunlich, um wieviel interessanter ein Zuhause werden konnte, wenn man nicht dort war!

Plötzlich rief Hugo: »He – Imbri ist da!«

»Wer?«

»Die Tagmähre. Zu Hause bringt sie mir ständig Tagträume.«

»Ist sie eine Zentaurin?«

»Nein, natürlich ein Pferd. Ein mysthisches Tier mit dem Vorderteil eines Seepferds und dem Hinterteil eines Zentauren. Früher war sie mal eine Nachtmähre und brachte den Schlafenden böse Träume. Doch inzwischen ist sie eine Tagmähre und bringt gute Tagträume. Ich mag sie sehr, denn sie besucht mich sehr oft, wenn ich einsam bin, und sagt nie etwas Böses zu mir – daß ich zum Beispiel mein Zimmer aufräumen oder mich hinter den Ohren waschen soll. Aber ich hätte nicht gedacht, daß sie mich auch hier draußen im Dschungel findet.«

»Oh, ich glaube, sie hat mich gefunden. Können wir auf ihr reiten?«

»Nein, du Dummian. Es ist doch ein Phantompferd.«

Ivy hatte den Begriff ›Dummian‹ noch nie zuvor gehört, weil er bei ihr zu Hause nicht benutzt wurde, und so hielt sie ihn für ein Kompliment, denn auf diese Weise pflegten Ritter in schimmernder Rüstung ja zu geretteten Damselln zu sprechen.

Halb errötete sie vor Freude. »Kann sie unseren Eltern sagen, wo wir sind?«

»Meinem Vater vielleicht. Wenn er einen Zauber benutzt, kann er auch mit Mähren sprechen. Aber der ist ja jetzt ein Baby.«

»Oh.« Ivy verstand diese Floskel nicht so recht, also ignorierte sie sie.

»Aber ich kann ein wenig mit ihr sprechen, weil sie mir so viele Träume bringt. Manchmal verbringe ich ganze Tage allein auf meinem Zimmer, und Imbri leistet mir Gesellschaft.«

»Kann sie uns den besten Weg nach Hause zeigen?«

»Das weiß ich nicht. Ihre Aufgabe ist es, Träume zu bringen. Ansonsten ist sie sozusagen unsichtbar.« Hugo konzentrierte sich. »Nein, sie sagt, daß sie uns nicht zeigen darf, wohin wir gehen müssen. Aber sie rät uns auch, vorsichtig zu sein, weil vor uns etwas ganz Schreckliches liegt.«

»Etwas Schreckliches?« fragte Ivy besorgt. »Oh, ich mag keine schrecklichen Dinge!«

Der Drache war da anderer Meinung: Er liebte schreckliche Dinge! Er spitzte die Ohren und machte Dampf in seinem Bauch.

»Genau – Stanley wird uns beschützen!« sagte Ivy glücklich. »Der kann gegen alles kämpfen!« Sie tätschelte den heißen, schuppigen Kopf des kleinen Drachen, und weil sie es sagte, schien die Sache fast möglich zu sein.

Sie gingen weiter. Tatsächlich geschah etwas Schreckliches. Zunächst glaubte Ivy, daß es das Ungeheuer unter dem Bett sei, doch seine Hände waren weder groß noch hornig oder schwielig, also konnte es das nicht sein. Es besaß eine Unzahl Käferbeine und -fühler und -flügel, sowie eine riesige, fürchterliche Maske als Gesicht.

»Ein Käferbär!« rief Hugo entsetzt.

Wenn dieses Ungeheuer auf irgendeine Weise mit dem anderen Käfer verwandt gewesen sein sollte, dem sie begegnet waren, nämlich der Bettwanze, dann ließ es sich dies jedenfalls nicht anmerken. Für ein Ungeheuer war es nicht sonderlich groß, aber es brauchte es auch nicht zu sein, denn es spezialisierte sich darauf, Kinder zu schnappen, vor allem unartige. Da Unartigkeit aber von Natur aus ein Bestandteil der Kindheit war, drohte jedem lebenden Kind vor ihm Gefahr.

Der Käferbär schritt auf Ivy zu, die genau wußte, daß sie unartig war, weil sie sich verirrt hatte. Mit seinen Käferaugen starrte er sie bösartig an, und seine Käferzangen öffneten sich sabbernd.

Ivy stieß einen Schrei aus, und dies nicht nur, weil sie eine Damsell in Not war, von der man dergleichen erwartete. Vor Drachen fürchtete sie sich eigentlich nicht wirklich; das waren ferne, erwachsene Wesen, mit Ausnahme von Stanley, der ihr Freund war. Aber der Käferbär war von ihrer Größe, und er war ihr sehr nahe gekommen; er wußte ganz genau, wie er ihr Angst und Schrecken einzujagen hatte. Je näher er kam, um so größer und schlimmer wurde er.

Hugo zauberte eine reife Tomate herbei und schleuderte sie dem Ungeheuer entgegen. Sein Zielvermögen war besser als gewöhnlich, weil Ivy daran glaubte, daß Ritter gut zielen konnten, und so zerplatzte die Tomate auf dem Gesicht des Käferbärs. Dadurch wurde seine Häßlichkeit allerdings nur wenig gemildert. Ungerührt kam das Ding näher, um mit haarigen Käferarmen nach ihr zu greifen.

Nun trat Stanley in Aktion. Er zielte mit seiner Schnauze, pumpte Druck, bis sein Sicherheitsventil nur so pfiff, und ließ einen sengenden Strahl überheißen Dampfes hervorschießen. Der Dampf traf das schreckliche Maskengesicht und wurde von ihm abgelenkt. Doch die Hitze und die Feuchtigkeit waren derart stark, daß das Gesicht des Käferbärs zu schmelzen begann. Bunte Farbstreifen hinter sich herziehend, wich das Ding zurück.

Stanley nahm die Verfolgung auf, wobei er einen neuen Dampfstoß hervorpumpte. Da suchte der Käferbär vollends das Weite, und schon bald war er verschwunden.

»Ach, Stanley, du bist ja so wunderbar!« rief Ivy, und umarmte seinen Hals. Sie polierte das Podest aufs neue. Es war jetzt ein Stückchen höher und schöner, wenngleich noch immer unsichtbar. Der Drache entdeckte einmal mehr, daß er es liebte, von süßen kleinen Mädchen umarmt zu werden, und das Podest war eigentlich ein ganz guter Ort, auf dem man seine Lorbeeren ausruhen konnte. Er stieß ein leises, schnurrendes Grollen aus. Es machte Spaß, Damselln von käferäugigen Ungeheuern zu befreien.

Hugo war jedoch nicht ganz zufrieden. Er war der Auffassung, daß Stanley mehr Aufmerksamkeit erhielt, als der Drache eigentlich verdient hatte. Genaugenommen war er sogar ein bißchen eifersüchtig.

Nun aßen sie etwas von Hugos herbeigezaubertem Obst und machten sich mit noch größerer Zuversicht wieder auf den Weg. Immerhin hatten sie einen Gegner bezwungen!

Bald kamen sie in hügeliges Gelände, und der Dschungel wurde dünner. Als sie einen einigermaßen steilen Hügel bestiegen, keuchte der Drache, wie es seine Art war, auf ganz natürliche Weise, doch Hugo und Ivy fingen ebenfalls an zu keuchen.

»Ach, ist das heiß!« beschwerte sich Ivy. Tatsächlich hatte die Luft eine ganz normale Temperatur; es war vielmehr Ivy, der heiß war. Schließlich gelangten sie in ein nebliges Gebiet.

»Ach, laßt uns ausruhen«, sagte Ivy. »Meine Beine sind weich wie Nudeln!« Auch die anderen waren froh, sich ausruhen zu dürfen.

Doch das sollte nicht lange vorhalten. Irgend etwas lauerte

hinter dem Nebel, und es war nichts Angenehmes. Sie konnten es zwar nicht sehen oder hören, waren sich seiner Anwesenheit aber dennoch bewußt. Stanley feuerte einen Dampfstrahl in seine Richtung ab, doch ohne Wirkung zu zeigen.

Da grollte Donner, was sie noch nervöser machte. Diesmal befanden sich Ivy und Stanley nicht in der Sicherheit des Baum-Heims, so daß sie Gefahr liefen, naß zu werden. Das bekümmerte Ivy weitaus mehr als Stanley.

Ein Blitzstrahl schlug in einen nahegelegenen Fels ein. »Ach, das mag ich aber gar nicht!« sagte Ivy und sprang auf.

Sie eilten vor dem Donner und den Blitzen davon, immer bergauf.

Atemlos gelangten sie endlich auf den Gipfel.

Sie blickten sich um. Der Gipfel des Hügels war wie eine Insel, die aus einem Wolkenmeer hervorragte. Wo sie auch hinschauten, überall erblickten sie die gleiche, wellige, weiße Oberfläche. In gewisser Weise war es ganz hübsch. Ivy verstand es, hübsche Anblicke zu schätzen, denn so war sie erzogen worden.

»Glaubst du, daß Imbri uns einen Tagtraum bescheren wird, daß wir mit einem fliegenden Teppich auf dieser Insel gestrandet sind und sie nie wieder verlassen können, bevor der Nebel sich senkt, so daß wir hier auf alle Zeiten verloren sind und immer nur Obst essen müssen?« fragte Ivy.

Hugo zuckte mit den Schultern. »Das bezweifle ich«, sagte er. Doch irgend etwas verschwand, wie der Schweif eines Pferdes zuckt, so als sei ein Tagtraum in letzter Sekunde wieder verblaßt, ehe er wirksam wurde.

Doch da schwebte eine kleine graue Wolke von der oberen Wolkenschicht herab und formte sich zu einem bösartigen Gesicht unter einer spitzen Krone. Das Gesicht öffnete den Mund, und ein leises Donnergrollen erscholl.

Da erschien auch schon die Tagmähre. Diesmal konnte Ivy sie deutlich erkennen. Es war ein schwarzes Pferd, kaum mehr als ein Schatten, mit flammender Mähne und einem ebensolchen Schweif.

»Sie will wissen, wer, zum Teufel, du bist«, sagte ein Zentaur in Ivys Kopf.

Überrascht und verwirrt von der Entwicklung, gab Ivy keine Antwort.

»So redet Imbri mit einem«, erklärte Hugo. »Sie gibt dir einen Traum, und die Traumgestalt spricht. Imbri kann nicht selbst sprechen, weil sie ein Pferd ist. Aber die Traumgestalten können es. Du mußt einfach nur antworten.«

Ivy war froh, daß Hugo so klug war und über all solche Dinge Bescheid wußte. »Dem Zentauren?«

»Nein, Dummian, der Wolke! Imbri dolmetscht sie.«

Ivy errötete wieder, als sie das Kompliment vernahm. Das war ihr alles ganz neu, aber sie glaubte, daß wohl alles mit rechten Dingen zuging. Es war nett von der Mähre Imbri, ihnen so zu helfen.

»Ich bin Ivy«, sagte sie zu der Wolke. »Und wer bist du?«

Die Wolke hielt einen Augenblick inne, dann verfinsterte sich ihr Gesicht, und sie ließ ein weiteres Donnergrollen erschallen. Ivy fürchtete sich ein bißchen, versuchte aber, sich nichts anmerken zu lassen. Sie war sich nicht ganz sicher, daß Stanley dieses Ding würde verscheuchen können.

»Er meint, daß du eigentlich den König der Wolken erkennen müßtest, wenn du ihm begegnest, und daß du dich vor ihm in Ehrfurcht verneigen mußt«, sagte der Traumzentaur. Ivy senkte verlegen den Kopf und bohrte einen Zeh in die Erde. Verzweifelt versuchte sie sich zu überlegen, was wohl ›in Ehrfurcht verneigen‹ bedeuten mochte.

»Das ist schon besser«, meinte der Zentaur. »Die Wolke erkennt an, daß du dich vor ihr verneigst. Es ist seine Majestät Cumulo-Fracto-Nimbus, der Herr der Lüfte. Er meint, daß du ihn an irgend jemand erinnerst, den er nicht mag – an eine Frau mit grünem Haar.«

Ivy erkannte, daß damit wohl ihre Mutter Irene gemeint war. Sie wollte die Wolke schon fragen, wo sie sie gesehen hatte, als Hugo das Wort ergriff. »Ach, Fracto ist doch nichts als ein schäbiger Nebelfetzen«, sagte er verächtlich.

Die Wolke hörte das und bedurfte anscheinend keiner Übersetzung. Sie plusterte sich purpur-schwarz auf. Aus Seiner Majestät Nase schossen Blitze hervor, von einem rülpsenden Donnergrollen gefolgt und einem prasselnden Sprühregen.

Hugo mußte beiseite springen, um nicht versengt zu werden. Anscheinend waren Wolken sehr empfindlich, was Schimpfnamen anbelangte.

»Wie wagst du es, den Herrn der Lüfte als Nebelfetzen zu bezeichnen!« dolmetschte der Traumzentaur. »Er ist Fracto der König, eine echte Gewitterwolke!«

»Heiße Luft«, knurrte Hugo mit unvermutetem Witz. Dafür waren Ritter bekannt.

Die Wolke lief so schwarz an, daß sie schon fast ein Schwarzes Loch wurde.

Sie spie einen derartigen Nebelschauer hervor, der mit Donnergrollen vermengt war, daß sie sich dabei beinahe selbst umgestülpt hätte.

»Oh, jetzt hat Hugo ihn aber wirklich gereizt!« sagte der Traumzentaur. »Der König der Wolken ist äußerst hitzig und von stürmischem Gemüt. Flieht, bevor er zuschlägt!«

»Aber dort unten ist doch noch mehr Donner!« protestierte Ivy.

Der Fractokönig rüstete sich, um Hugo richtig anzuvisieren. Nun sah er aus wie ein riesiger Amboß. Doch bevor er einen vernichtenden Donnerschlag hervorhämmern konnte, trat Stanley vor und schoß ihm einen heftigen Dampfstrahl in sein schwammiges Hinterteil.

Jedes andere gewöhnliche Ungeheuer wäre bei einer solchen Behandlung mit einem Schmerzensgebrüll emporgeschossen, doch der Dampf schien nur wenig Wirkung zu zeigen. Wolken bestanden aus Wasser, genau wie der Dampf des Drachen; und so verstärkte der Strahl nur noch Fractos Kraft.

Da hatte Ivy einen Geistesblitz. »Hugo!« rief sie. »Zauber ein paar Früchte herbei!«

Hugo zauberte eine Wassermelone und schleuderte sie der Wolke entgegen. Cumulo-Fracto-Nimbus wich zurück, doch dann erkannte er, daß er es nur mit einer Frucht zu tun hatte und nicht mit einer Pflanze. Also kehrte er wieder zurück. Als die Melone, ohne Schaden anzurichten, durch die Wolke fiel und auf den Boden aufprallte, hatte ihre Feuchtigkeit die Kraft der Wolke nur noch verstärkt.

»Nein, Hugo«, erklärte Ivy, »einen Granatapfel!«

Hugo begriff sofort, worauf sie hinauswollte, denn Ritter waren geschickte Strategen. »Ja, das kann ich!« rief er. Ein riesiger fester Granatapfel erschien in seiner Hand. Noch bevor Fracto seinen nächsten Lichtblitz ausspucken konnte, schleuderte Hugo ihm die Frucht entgegen.

Der Granatapfel verschwand im Maul der Wolke im selben Augenblick, als der Lichtblitz hervorschoß. Die beiden prallten aufeinander – und der Granatapfel explodierte.

Es war eine entsetzliche Explosion: Sie riß den König in tausend Stücke. Seine Teile schossen kugelförmig auseinander, Blitzsplitter schauerten in die Tiefe, und Donner krachte zu Boden, um schließlich zu verstummen.

»Oooch, du hast ihn vernichtet!« rief Ivy und kaute nervös an einem Finger. Sie war nicht an Gewalt gewöhnt.

»Auf solche Weise kann man keine Wolke vernichten«, sagte der Traumzentaur. »Fracto ist eine Art Dämon. Er wird sich wieder zusammenballen, und dann wird er schlimmer sein als vorher, schon in wenigen Minuten. Flieht!«

Ivy sah, daß das stimmte. Schon jetzt zogen sich kleine Wolkenfetzen wieder zusammen, bildeten größere Teile, alle mit Zacken aus Fractos Krone bewehrt. Hier waren sie nicht mehr in Sicherheit!

»Zauber ein paar frische Kirschbomben!« rief Ivy Hugo zu.

»Klarer Futzki«, stimmte der Junge ihr mit der ausgezeichneten Grammatik des typischen Ritters zu. Sofort erschien ein Haufen Kirschen in seinen Händen. Er schnippte eine davon an die Nordostseite ihrer Insel, und als die Bombe explodierte, wurde der Wolkenteppich zerfetzt. Zwar begann er sofort wieder damit, sich zu schließen, doch anscheinend war ihm vorübergehend die Kampfkraft entzogen.

Hugo marschierte hinab, indem er den Weg mit Explosionen freimachte. Sobald Donner drohte, warf Hugo ihm eine Kirsche entgegen, und sofort löste sich alles in einer Explosion auf.

Es dauerte nicht lange, da kamen sie wieder aus dem Nebel hervor. Die Wolke hatte genug durchgemacht, schwebte in den Himmel empor und verschwand in einer grauen Masse.

Ivy war von ihrem gemeinsamen Sieg entzückt. »Du hast Fracto besiegt!« rief sie. »Ach, Hugo, laß mich dich belohnen!«

Sie warf die Arme um ihn und pflanzte einen fetten Kuß auf sein linkes Ohr, wie es ihre Art war. Dem Jungen war seine Belohnung sehr recht. Es war das erste Mal, daß er sich jemals eine solche verdient hatte. Fast begann er, daran zu glauben, daß er doch zu etwas taugte.

Stanley wäre vielleicht etwas anderer Meinung gewesen, und sein Podest erschien ihm nun doch ein wenig überbevölkert, aber er war so froh, die Wolken hinter sich gelassen zu haben, daß er es vorzog, dieser Meinung nicht näher nachzugehen. Im übrigen gefielen ihm die Kirschen, das war genau seine Art von Obst. Und dieser Granatapfel auch – ein richtiger Fetzer!

So schritten sie weiter durchs Tal, und der Dschungel blieb unverändert gefährlich. Wenn überhaupt einmal Schatten zu sehen waren, wurden sie immer länger. Es wurde offensichtlich, daß die drei einen sicheren Ort brauchten, wo sie sich zur Nacht niederlegen konnten.

Stanley beschnüffelte den Boden. Für ein Reptil hatte er eine ausgezeichnete Witterung. Schnaubend nahm er eine Spur wahr und folgte ihr, wobei Ivy und Hugo hinter ihm hergingen.

Das Tal verengte sich an dieser Stelle und wurde zu einer Art Schlucht. Plötzlich öffnete sich die eine Wand der Schlucht in ein Loch – eine große Höhle. Im Dämmerlicht sahen sie, daß es sich um einen prächtigen trockenen Ort handelte, aus dem warme Luft emporstieg. Das schien genau die Art von Unterschlupf zu sein, nach dem sie gesucht hatten.

Sie traten ein, entdeckten einen bequemen Vorsprung und holten ein paar duftende Zweige herein, um sich bequeme Nester zu bauen. Hugo zauberte verschiedene Arten von Obst herbei, und so schmausten sie fröhlich und warfen die Samen auf den unten liegenden Boden. Dann legten sie sich im Dunkeln schlafen.

Mitten in der Nacht erschien etwas Großes und Schweißiges am Höhleneingang. Sie konnten es nicht sehen, aber der Boden erzitterte von seinem Schritt, und die Luft stank nach seinem Körpergeruch. Plötzlich wachgeworden, kauerten sich die drei Reisenden in ihren Nestern zusammen. Sie mußten erkennen, daß sie ihr Lager ausgerechnet im Heim eines Ungeheuers aufgeschlagen hatten!

Das Monster entdeckte sie nicht. Es hatte irgend etwas mitgebracht, offensichtlich ein totes Tier. Sie hörten das Zermalmen des Fleisches und der Knochen, während es seine Beute vertilgte. Dann ließ sich das Wesen fletschend am Höhleneingang zu Boden sinken und begann zu schnarchen. Das Geräusch hörte sich an wie das ferne Röhren einer Sphinx mit Verdauungsbeschwerden.

Nun waren sie in der Höhle des Ungeheuers gefangen, und mit anbrechender Dämmerung würde das Monster sie erkennen können. Wie sollten sie sich aus dieser Klemme befreien?

8

Tisi, Alec & Meg

Sie reisten in Richtung Südosten, in das Gebiet des Unbekannten Xanth hinein. Chem war entzückt, denn sie hatte sich der Aufgabe verschrieben, alle Gebiete der Halbinsel zu karthographieren, die sie erreichen konnte, vor allem dann, wenn dies noch nie zuvor geschehen war. In regelmäßigen Abständen projizierte sie ihre Karte, fügte neue Landschaftsmerkmale ein und markierte ihre Route mit einer säuberlichen gepunkteten schwarzen Linie.

Grundy wiederum irritierte sie, wie es von ihm auch nicht anders zu erwarten gewesen war, indem er an Kleinigkeiten herummeckerte. »Deine doofen Linienpünktchen verdecken die wichtigsten Merkmale«, sagte er und wies auf einen Abschnitt der Linie. »Dieser Punkt hier hat sich voll auf eine Tigerlilie gedrückt!« Mit dem Finger zeigte er auf die erwähnte Pflanze.

»Geschieht ihr recht«, konterte Chem, »sie hat im Vorbeigehen nach meinem Schweif geschnappt!«

Irene hielt wieder Ausschau nach dem fliegenden Hippogryph. Sie fürchtete fast, daß das Tier völlig verschwinden könnte, aber Xavier nahm den Auftrag seiner Mutter offensichtlich ernst und hielt sich an die Abmachung.

»He, die ist aber hübsch!« sagte Grundy und beugte sich vor, um eine kleine Pflanze auf einem nahegelegenen Erdhügel zu ergrabschen.

»Rühr sie nicht an!« rief Irene warnend.

Natürlich gehorchte der Golem nicht.

»Iiieeek!« machte die Blume und entwand sich seinem Griff.

Verblüfft starrte Grundy sie an. »Was war das denn?«

»Ich hab' dir doch gesagt, du sollst diese Rühr-mich-nicht-an nicht berühren«, sagte Irene. »Es sind empfindliche Gewächse, die sich nicht gerne von tolpatschigen Nichtsnutzen begrabschen lassen.«

Der Golem wollte etwas erwidern, besann sich aber eines Besseren.

Die ungewöhnliche Flora fesselte ihre Aufmerksamkeit, aber das beruhte zum Teil auf Gegenseitigkeit: Unweit von ihnen erblickte Irene einen Bleistiftbaum, der emsig damit beschäftigt war, sich Notizen auf einer Papierpflanze zu machen. Irene mußte lächeln: Für diese Pflanzen war der Anblick eines Zentauren, einer Frau und eines Golems offensichtlich eine Aufzeichnung wert. Die Besucher waren den Pflanzen ebenso fremd wie umgekehrt. Allerdings wären solche Notizen gar nicht nötig gewesen, weil hier jede Menge Vergißmeinnicht wuchsen, die sich an dieses Ereignis schon erinnert hätten.

Am Rande des Feldes, an dem sie nun vorbeikamen, jagte eine Spinnenlilie gerade hinter einer Schmetterlingsblume her, während Silberglöckchen warnend läuteten. Das erschreckte eine Zebrapflanze, die gerade an einem Unglückskleeblatt knabberte. Hühnermais gackerte, als das Zebra vorbeigerannt kam, und eine Neugierblume drehte den Stengel, um zu sehen, was los war.

Sie mußten sich langsam dem Baum der Samen nähern, dachte Irene; denn all diese ungewöhnlichen Pflanzen mußten aus Samen erwachsen sein, die aus einer ungewöhnlichen Quelle entsprungen waren. Der Gedanke an diesen Baum erregte sie. Sie würde versuchen, die drei bösen Samen für die Hexe zu beschaffen, doch sie hoffte auch darauf, dabei ein paar exotische Exemplare für ihre Sammlung zu ergattern. Schließlich würden ihr sämtliche Samen der Wildnis zur Verfügung stehen!

Als sie wieder tief in den Dschungel hineingerieten, griff Grundy nach einem Federfarn; mit Sicherheit wollte er damit irgendeinen Kitzelunfug anstellen, doch eine Fächerpalme wedelte die Feder beiseite. Grundy klatschte nach ihr, aber sie wich zurück und legte ihre Finger eng an den Leib. So traf der Golem nur eine daneben stehende Passionsblume, die ihm auch prompt eine Dornenkrone aufsetzte. Was der Golem dabei von sich gab, als er die pieksende Krone von seinem Kopf pulte, war nicht zu verstehen, weil er sich dabei der Pflanzensprache bediente, aber eine Schamlilie errötete, als sie ihn hörte, eine Trompetenlilie blies zum Rückzug, eine Feuerblume gab einen Salutschuß ab, und ein Nimmerleinskraut verwelkte.

Sie machten halt, um etwas zu sich zu nehmen, weil Reisen hungrig machte. Xap und Xavier landeten; wenn ihnen Gesellschaft auch nicht zusagen mochte, galt dies doch nicht für Nahrung, und sie wußten, daß sie während der Rast das Zombiemädchen wenigstens für kurze Zeit loswurden.

Irene ließ eine Puddingsapfel-, eine Honig- und eine Schweizerkäsepflanze für Xavier, Chem und sich selbst wachsen: Xap bekam einen roten Pfefferschotenstrauch, und Grundy durfte sich an einer echten Nichtdiebohne erfreuen.

Langsam brach der Abend an. »Wie weit ist es noch?« fragte Irene.

»Och, Xap könnte es in einer knappen Stunde schaffen«, erwiderte Xavier fröhlich. »Aber Ihr werdet wohl etwas länger brauchen.«

»Ja«, erwiderte Chem kurz angebunden. Es war nicht zu übersehen, daß der lange Marsch durch das abwechslungsreiche Gelände sie ermüdet hatte. Für derlei Ausflüge waren Flügel weitaus besser geeignet.

»Dann schlagen wir wohl besser unser Lager auf«, meinte Grundy, »und machen uns morgen früh auf den Weg zum Parnaß.«

»Ja, ich glaube, das wird das beste . . .« Plötzlich erstarrte Irene vor Entsetzen.

Dort, am Fuß eines Faßkaktus, lag der zerschlagene Körper eines Kindes! Es sah aus wie ein Mädchen, und Irene erkannte mit schrecklicher, übelkeiterregender Sicherheit, wer es sein mußte, denn das Haar des Kindes hatte einen grünen Schimmer . . .

War ihre Vision – etwa Wirklichkeit geworden?

Sie zwang ihre widerstrebenden Gliedmaßen, sich in Bewegung zu setzen, und rannte auf den Körper zu – doch plötzlich war nichts mehr zu sehen. Der Waldboden wirkte völlig unberührt.

»Was habt Ihr denn?« fragte Chem besorgt. »Ich habe nichts Ungewöhnliches wahrgenommen.«

»Es muß mein . . . mein Fehler gewesen sein«, sagte Irene mit schwacher Stimme. »Ich habe . . . Ivy gesehen. Sie war . . . sie sah tot aus!«

»Aber Euer Efeu wirkt doch noch ganz gesund«, meinte die Zentaurin. »Dann kann es auch nicht Eure Tochter gewesen sein.«

»Ja, natürlich«, stimmte Irene ihr bei und griff nach dem Efeu. »Das hätte ich mir auch sagen müssen. Aber das Kind hatte grünes Haar . . .«

»Ach so, das ist der Doppelgänger«, sagte Xavier. »Schenkt ihm keine Beachtung, Fräulein.«

»Der was?« fragte Irene verwirrt.

»Der Doppelgänger. Bei uns zu Hause hängt er ständig rum. Ich sag' doch, den solltet Ihr nicht beachten, hat überhaupt nix zu sagen.«

Chem peitschte nervös mit dem Schweif. »Dann wird es wohl so sein, Xavier. Aber was ist denn das, ein Doppelgänger? Eine Erscheinung?«

»Nö. Das ist, wenn man eine lebende Person sieht, nur daß man sie eben tot sieht. Mami mag den Doppelgänger. Das entspricht ihrem Sinn für Humor.«

»Das kann ich mir denken«, brummte Grundy.

»Die Person, die man dabei sieht – ist die denn auch wirklich am Leben?« fragte Irene, deren Entsetzen langsam von ihr wich.

»Na klar, Irene«, sage Xavier. »Macht doch keinen Spaß, jemandem einen echten Toten vorzugaukeln.«

»Wenig Spaß!« rief Chem erzürnt.

»Ich mag den Doppelgänger ja auch nicht«, gestand Xavier.

»Früher, als Xanth noch neu war, bedeutete das den Tod, wenn man ihn sah. Heute heißt es nur noch Pech. Mami mag Pech, aber ich nicht.«

Irene warf dem jungen Mann seitlich einen Blick zu. Trotz seiner Zurückgebliebenheit mochte sie ihn jetzt besser als vorher. »Ihr kommt wohl nicht gut mit Eurer Mutter aus?«

»Och, schon. Sie sagt mir, was ich tun soll, und ich tu's, damit sie mich nicht mit ihrem Bösen Blick malträtiert. Aber fliegen tu ich lieber.«

Das konnte Irene ihm gut nachempfinden. Jeder normale Mensch würde alle Möglichkeiten wahrnehmen, um vor der Hexe zu fliehen. »Danke für die Informationen über den Doppelgänger«, sagte sie. »Das ist mir eine wirkliche Erleichterung.«

»Na ja, Ihr seid ja auch ein wirklich hübsches Mädchen, echt hübsch, auch wenn Mami das behauptet«, erwiderte er, als täte es etwas zur Sache.

Irene dachte darüber nach, was dieses kleine Kompliment zu bedeuten hatte. Trotz des Widerstandes, den er seiner Mutter entgegengebracht hatte, hatte er es aus freien Stücken ausgesprochen. Es gefiel ihr nicht übel, im Alter von achtundzwanzig Jahren noch als ›hübsches Mädchen‹ bezeichnet zu werden. Ihre Mädchenjahre waren längst verstrichen, und manchmal vermißte sie sie. Vor einem Dutzend Jahren war sie eine Angeberin gewesen, die andere ständig geärgert hatte; aber obwohl es ihr peinlich war, daran zu denken, mußte sie sich eingestehen, daß es eine Menge Spaß gemacht hatte. Wenn also jemand dies in ihr sehen wollte, hatte sie nicht wirklich etwas dagegen. Auch wenn er ein dummer Herumtreiber war und sie die treue Frau ihres fernen Mannes und die Mutter eines wunderbaren Kindes. Also benahm sie sich ein wenig keck und erwiderte das Kompliment: »Und Ihr seid ein gutaussehender Bursche.«

»Ach, fangt bloß nicht mit diesem Quatschgesäusel an!« sagte er angewidert.

Irene mußte insgeheim lächeln. Xavier war wirklich noch im tiefsten Inneren ein Junge! Die Hexe mußte ihn sehr gründlich behütet haben.

Grundy kicherte, obwohl er rein theoretisch gar nicht zugehört hatte.

Xavier zog eine Grimasse. »Vielleicht sollte ich mal ein Mißverständnis aus dem Weg räumen«, meinte er. »Ich brauche keine Hilfe von Mami, um zu begreifen, was man mit Nymphen macht, wenn es dazu kommen sollte. Es ist nur, daß eine Ehe viel zu wichtig ist, um sie leichtfertig einzugehen. Ich will mir meine Frauen selbst aussuchen – und wenn ich es tue, dann für immer. Mami versteht das nicht, aber vielleicht könnt Ihr es ja begreifen.«

Irene erkannte staunend, daß er weitaus vernünftiger sein konnte, als sie geglaubt hatte. »O ja, vollkommen«, stimmte sie ihm zu. »Und ich wünsche Euch auch alles Gute.«

»Und das gleiche gilt für Xap. Er weiß auch, was er will. Er hat einfach nur bisher keine Gryphin gefunden, die ihm gefällt.«

Irene schwieg. Sie war zufrieden, die Sache dabei zu belassen. Alles in allem war es doch nicht so übel, mit diesen beiden männlichen Wesen zu reisen.

Sie ließ ein hübsches Baumhaus wachsen und einige Kissenkakteen als Unterlage – es war die Sorte, deren Stachel so weich waren, daß sie einen höchstens ein bißchen kitzelten. Dann fegte sie das Haus mit einem eigens dafür schnellgezüchteten Strauchbesen aus. Xavier sah mit unverhohlener Bewunderung zu. »Das könnt Ihr wirklich gut«, rief er.

»Muß ich ja wohl«, murmelte Irene. »Ist schließlich mein Talent.« Dann fragte sie, um sein ihr etwas zu persönlich werdendes Interesse abzulenken: »Und was habt Ihr für ein Talent, Xavier?«

»Och, ich blitze in der Gegend rum«, meinte er nonchalant. »Ist nichts Besonderes.«

»So, so, Ihr blitzt also rum«, wiederholte Irene, ein wenig verständnislos.

»Aber nie bei Freunden«, erklärte er. »Ich mag Leuten nicht weh tun. Aber wenn ich jage oder so, oder wenn ein Ungeheuer es auf mich abgesehen hat ...« Er zuckte lakonisch mit den Schultern.

Das klang nach einer Waffe, und Irenes Interesse wuchs. Sie befanden sich tief im Innern des unerforschten Xanth, und jederzeit konnten Ungeheuer auftauchen. Xavier war anscheinend bereits früher durch diese Gegend gereist und fürchtete sich nicht davor, also mußte seine Blitzerei wirkungsvoll sein. Natürlich war der Hippogryph auch ein beachtlicher Schutz, so daß er sein Talent möglicherweise überhaupt nicht brauchte. »Könnt Ihr mir das mal vorführen?«

»Schätze, schon.« Er blickte um sich. »Seht Ihr diese Kobrapflanze dort drüben, die gerade ihre Zähne ins Bein der Stute schlagen will?«

Erschrocken folgten Irenes Augen seinem Blick. Tatsächlich, die Pflanze reckte gerade ihren flachen Stengel empor, und zwei Dornenfänge glitzerten aus der Blüte hervor. Wenn eine Kobrapflanze ihre Haube derart ausbreitete, war es angeraten, möglichst schnell das Weite zu suchen. Doch Chem unterhielt sich gerade mit Xap, und Grundy diente ihnen als Dolmetscher. Chem wollte eine gut zu kartographierende Strecke ausmachen, die zum Parnaß führte, damit der Berg nicht länger unerschlossen blieb. Sie nahm die gefährliche Pflanze nicht wahr, und Irene fürchtete sich, sie durch einen Zuruf zu warnen, weil dies möglicherweise sofort den Angriff ausgelöst hätte. Es war eine höchst delikate Situation. »Ja, ich sehe sie«, murmelte Irene.

Xavier zielte mit seinem rechten Zeigefinger auf die Pflanze. Plötzlich schoß etwas mit Lichtgeschwindigkeit (oder möglicherweise sogar etwas schneller) aus dem Finger hervor – und ein Blitz traf den gereckten Kobrakopf. Die Pflanze zischte und brach zusammen, giftigen Saft verströmend.

»Aber . . .« stammelte Irene. »Damit könnt Ihr ja jemanden töten!«

»Klar, alles, jederzeit. Aber ich tue Lebewesen nicht gerne weh. Ich meine, die haben schließlich auch Gefühle und so, genau wie ich. Deshalb fliege ich einfach nur mit Xap rum und blitze Wolken an. Denen schadet das nichts, müßt Ihr wissen, und mir hilft es, mein Zielvermögen zu schärfen. Das macht Spaß. Allerdings gibt es da eine Wolke, König Fracto, die das gar nicht mag; der blitzt dann zurück. Xap hat dabei mal ein paar Schwanzfedern eingebüßt -- na ja, er hat ja eigentlich keine Schwanzfedern, aber jedenfalls hat er ihn an derselben Stelle getroffen. Fracto sucht immer Streit.«

»Ich glaube, ich bin ihm schon mal begegnet«, sagte Irene,

die sich an die Wolke erinnerte, mit der sie auf der Reise zum Schloß des Guten Magiers zu tun gehabt hatte. »Ist ein mieser Kerl.«

»Den zu blitzen macht mir nichts aus. Aber einen Vogel würde ich nicht blitzen.«

Oder einen Menschen, hoffte sie. »Das ist sehr gut, Xavier«, sagte sie vorsichtig. »Natürlich wollt Ihr keinen freundlichen Lebewesen weh tun.«

Er blickte sie genauer an.

»He, Ihr seid aber *wirklich* hübsch, Fräulein! Ihr habt 'ne Figur wie 'ne Nymphe.«

Und dabei hatte er ihr gesagt, er wisse, was man mit Nymphen tat! Anscheinend hatte er, obwohl er sich gegen den Einfluß seiner Mutter stemmte und entschlossen war, selbst seine Wahl zu treffen, Irene noch nicht aus seiner Auswahl ausgeschlossen. Sie konnte es sich nicht erlauben, daß er sich auf solche Weise für sie zu interessieren begann. Selbst wenn er noch unschuldiger sein mochte, als er selbst behauptete, war es eine Tatsache, daß unschuldige Jünglinge in der Regel nicht auf alle Zeiten unschuldig blieben. »Ich bin eine alte, verheiratete Frau, die auf der Suche nach ihrem Kind ist«, sagte sie schnell.

»Och, Euer Kind werdet Ihr schon unversehrt wiederbekommen«, meinte er beruhigend. »Schade, daß Mami Euch gefangengenommen hat, wie sie es mit jedem tut, sonst hättet Ihr den Knirps wahrscheinlich schon längst gefunden.«

Was wohl sehr wahrscheinlich war, dachte Irene trübselig. Die Ablenkung durch die Reise zum Parnaß hatte ihre Sorge zwar etwas gelindert, weil Prioritäten nun mal zuerst kamen, aber sie wußte genau, daß sie keine ruhige Minute mehr finden würde, bevor sie Ivy wiederhatte.

Wichtig war auch, was sie über Xavier erfahren hatte. Vor diesem Gespräch wäre sie nicht darauf gekommen, daß dieser Hinterwäldler gefährlich werden könnte. Doch er war ein kräftiger Mann mit einem tödlichen Talent, und sein Reittier war eines der mächtigsten Lebewesen Xanths. Wenn er das Temperament seiner Mutter geerbt haben oder sich aus irgendeinem Grund gegen Irene wenden sollte . . .

Irene befand sich auf Messers Schneide: Sie konnte es sich

nicht erlauben, Xavier allzu freundlich oder gar feindselig werden zu lassen. Es würde das beste sein, wenn er mit Xap davonflog, sobald sie den Parnaß erreicht hatten.

Chem drehte sich um und kam zu ihnen, Grundy mit sich tragend. »Xap meint, daß zwischen uns und dem Parnaß ein ziemlich schlechtes Gelände liegt«, sagte sie. »Er kann zwar darüber hinwegfliegen, aber ich nicht, also muß ich es erst auskundschaften. Dann kann ich eine sichere Route ausfindig machen. Er sagt, daß unweit von hier ein Hügel ist, von dem aus man den Berg sehen kann; es ist eine gute Stelle, um eine Karte von dem dazwischenliegenden Gelände anzulegen. Wenn wir sofort losgehen, sind wir noch vor Einbruch der Dunkelheit dort. Wenn Ihr nichts dagegen habt, Irene ...«

»Was? Wollt Ihr etwa, daß wir alle mitkommen?« fragte Irene enttäuscht.

»Ich kriege das Baumhaus nicht fertig, nachdem es dunkel geworden ist ...«

»Nein, allein bin ich viel schneller«, widersprach die Zentaurin.

»Aber Ihr seid müde ...«

»Nicht mehr.«

»Mich braucht Ihr wohl nicht dabei zu haben, oder?« fragte Grundy. »Ich will mich nämlich mal ausruhen.«

»Ja, natürlich bleibst du hier«, sagte Chem und lächelte undurchsichtig. »Auf diesem Ausflug brauche ich keinen Dolmetscher.«

»Prima«, sagte Grundy und sprang ab.

»Aber seid Ihr denn sicher, daß Ihr ... daß Ihr ... mit so einem ... Wesen gehen wollt?« fragte Irene besorgt.

Wieder dieses undurchdringliche Lächeln. »Ja, das bin ich.«

Irene hegte plötzlich einen erstaunlichen Verdacht, als sie den kräftigen Hippogryphen betrachtete. Xap war wirklich ein Prachtexemplar seiner Gattung, gefiedert und schimmernd-muskulös. Ob Chem vielleicht ganz gerne eine Weile mit ihm allein verbringen wollte? Unmöglich! Und doch waren Zentauren Kreuzungen, genau wie Hippogryphe, mit denen sie durch ihre pferdische Herkunft verwandt waren. Chem hatte bisher keinen geeigneten Zentauren gefunden, und Xap kein weibliches Exemplar seiner Gattung. Konnte Chem denn wirklich ein Fohlen wollen, das fliegen konnte?

Irene wandte sich lieber anderen Dingen zu. Das hier ging sie gar nichts an. »Ich glaube, wir werden hier schon allein zurechtkommen, bis Ihr zurück seid. Wir brauchen jedenfalls eine geeignete Marschroute zum Parnaß.« Unter anderem, fügte sie lautlos hinzu.

»Ausgezeichnet.« Chem machte kehrt und trabte zu Xap zurück. Sie schien tatsächlich ihre Müdigkeit abgeschüttelt zu haben. Dann galoppierten die beiden davon und waren schon bald aus dem Gesichtsfeld verschwunden.

Irene schüttelte den Kopf. »Und ich dachte, ich würde Zentauren verstehen!« sagte sie bei sich. Anscheinend waren die Paarungsvorstellungen der Hexe doch nicht ganz auf taube Ohren gestoßen.

Xavier starrte hinter den beiden her. »Da brat mir mal einer einen Greif! Sie hat ihn richtig auf den Boden gezogen! Ich dachte, er mag keine Bodenstuten!«

»Man sollte Stuten nie unterschätzen«, murmelte Irene. Sie staunte zwar noch immer über diese Entwicklung, wies sich aber selbst darauf hin, daß es sich bisher nur um Spekulation handelte. Möglicherweise deutete sie ja alles völlig falsch.

Sie wünschte Chem das Beste, was immer die Zentaurin im Schilde führen mochte, aber nun beunruhigte ihre eigene Lage sie um so mehr. Sie war jetzt praktisch allein mit einem Mann, der Löcher in Leute blitzen konnte. Natürlich konnte sie Pflanzen wachsen lassen, um sich davor zu schützen, aber das wollte sie erst tun, wenn es wirklich unumgänglich war. Jetzt, da sie darüber nachdachte, ließ die Art, wie Xavier die Kobrapflanze geblitzt hatte, ihr etwas mulmig werden. Dagegen würde sie schon ziemlich große Kaliber aufbieten müssen!

Natürlich waren Grundy und Zora Zombie auch noch da, aber Chem wäre ihr eigentlich lieber gewesen. Doch die Zentaurin hatte ihre eigenen Sorgen, sofern das nicht etwas zu hart formuliert war.

Das Baumhaus war fast fertig. Wenn Ivy dabeigewesen wäre, dachte Irene, wäre seine Einrichtung schon längst vollbracht gewesen. Ihre Kraft ließ nach, wenn ihre Tochter nicht dabei war. Dies würde zwar nie kritisiert werden, war aber doch bemerkbar. Zeit hatte sie noch genug, denn der Tag war noch nicht ganz verblaßt. Sie würde etwas Schwertfarn um den Fuß des Stamms pflanzen, um nächtliche Raubtiere abzuhalten. Zwar würde der Farn bei Nacht nicht mehr weiterwachsen, aber das war auch nicht nötig: Jeder, der einen Fuß auf ihn setzte, würde einen Hieb abbekommen.

Jetzt mußte sie sich mit dem Problem des Schlafens befassen. Bisher war sie zu sehr abgelenkt gewesen, um darüber nachzudenken. Eigentlich hatte sie insgeheim gehofft, daß die Reise zum Parnaß in wenigen Stunden oder vielleicht im Laufe eines Tages ihr Ende finden würde. Das war offensichtlich dumm von ihr gewesen. Also mußte man unterwegs lagern, was eigentlich auch nur Routine war. Das Haus hatte Platz für vier. Aber wenn diese vier eine Frau, ein Golem, ein Zombie und ein fremder Mann waren ...

Doch sie konnte einige Vorsichtsmaßnahmen ergreifen. Sie kletterte ins Innere des Baumhauses und pflanzte einen Affenkäfig-Baum. Da sie allein den Verschluß kannte, würde auch nur sie ohne Mühe in seinen Käfig hineingelangen – und wieder heraus. Am Eingang des Käfigs brachte sie etwas Sägefarn zum Keimen. Der würde nicht an ihr herumsägen, dafür aber an anderen, so daß sie nun innerhalb des Baumhauses ein einigermaßen sicheres, abgetrenntes Zimmer besaß, ohne die Sache gleich an die große Glocke hängen zu müssen. Mit Pflanzen ließ sich eine Menge anfangen, wenn man das Talent besaß und über etwas Voraussicht verfügte ...

Sie sprang wieder ins Freie und hob den Kopf, als sie ein Geräusch vernahm. Es hörte sich an wie das Kreischen einer verwundeten Hydra.

Xavier lauschte ebenfalls dem Lärm. »He, das gefällt mir aber gar nicht«, sagte er. »Möglicherweise eine Schar Harpyien. Wenn sie zu nahe kommen, muß ich sie blitzen.«

Jetzt war Irene froh über sein Talent, denn die Töne waren wirklich haarsträubend. Bisher hatten sie Glück gehabt und waren auf keine wirklichen Gefahren gestoßen; das schien sich nun zu ändern.

»Der Lärm kommt immer näher«, meinte Grundy. »Irene,

Ihr solltet mal lieber schnell eine Pflanze dagegen wachsen lassen.«

Doch es wurde auch immer schneller dunkel, was ihre Fähigkeiten beeinträchtigte. Und solange sie die Gefahr nicht genau kannte, die es abzuwehren galt, konnte sie keine geeigneten Samen aussuchen – und bis dahin war es möglicherweise schon zu spät. »Ich glaube, wir werden uns wohl auf Xavier verlassen müssen«, sagte sie zögernd. Nicht, daß sie am Können oder am Mut des jungen Mannes zweifelte; sie liebte einfach nur nicht die Vorstellung, von einem anderen Mann als ihrem Gatten abhängig zu sein.

Das Gekreische kam immer näher. Das waren keine Harpyien, entschied Irene, aber möglicherweise etwas Ähnliches. Da erschienen auch schon drei Gestalten in der Dunkelheit – alte Frauen mit Kapuzenmänteln, die in gereiztem, schrillem Ton einander anraunzten.

»Wenn ich es nicht besser wüßte«, murmelte Xavier grimmig, »würde ich schwören, daß das meine Mutter Xanthippe ist. Aber die ist gelb, und es gibt sie auch nur einmal.«

Im letzten Dämmerlicht waren ihre Gesichter zu erkennen. »Fiese Hunde«, meinte Grundy.

Das war durchaus wörtlich aufzufassen: Die Gesichter der drei Kreaturen waren stark hündisch, mit hervorstehenden Schnauzen, pelzigen Ohren und blutunterlaufenen, seitlich am Kopf befindlichen Augen. Lange rote Zungen fuhren zwischen den Kreischlauten über Hundefänge, als wollten sie sie für die nächste Anstrengung befeuchten.

Doch das war noch nicht das Seltsamste an diesen Frauen. Ihr Haar wand sich in Locken wie Schlangen um ihren Körper, und ihre nackten Arme und Beine waren so dunkel, daß sie so gut wie kein Licht reflektierten; während ihre Kleider sich nun doch nicht als Mäntel, sondern als riesige, fledermausartige Flügel herausstellten. Jede der Frauen trug eine Art Stock mit sich, von dem zahlreiche Riemen herabhingen. »Da seid ihr ja, ihr undankbaren Wichte!« kreischte eines der Wesen, als es sie entdeckte. »Wir werden euch die Sünden schon aus dem Leib geißeln! Bereitet euch auf einen qualvollen Tod vor!«

»Nein, wartet!« rief Irene beunruhigt. Wenn es doch nur

hellichter Tag wäre, daß sie über ihre vollen Kräfte verfügen könnte! Sie fühlte sich so schutzlos. »Wer seid ihr, und warum belästigt ihr unschuldige Reisende?«

»Unschuldige Reisende!« wiederholte die hündische Vettel schrill, und sie hörte sich schlimmer an als eine Harpyie. »Du, Mädchen, willst unschuldig sein, die du deiner einsamen Mutter der Zauberin an die dreißig Jahr' nur Kummer und Sorgen gemacht hast und sie jetzt gar noch vernachlässigst? Welch' Illusion soll sie noch weben, auf daß sie ihr das Wissen um den Giftzahn deiner Undankbarkeit verschleiere? Wer soll sie trösten, wenn sie, einsam und allein, stirbt, da ihre Tochter sie mit ihrer Gleichgültigkeit meuchlings metzelt?«

Irene wich zurück, wie von einem Peitschenhieb getroffen. Das war die letzte Art von Attacke, mit der sie gerechnet hatte, und sie traf grausam genau ins Schwarze. Sie hatte ihre alternde Mutter tatsächlich vernachlässigt. Woher konnte diese gehässige Hundefrau das wissen?

»Sprich nicht in solchem Ton zu dieser Dame, du erbärmlicher Spuk!« rief Xavier zornig. »Sie hat euch eine Frage gestellt. Wer, zum Hades, seid ihr?« Er hob einen Finger, bereit, die Alte mit einem Blitz zu vernichten.

»Und du, du Rotzjunge von einem Sohn!« kreischte die zweite Alte und kam mit hoch erhobener Geißel auf ihn zu. »Wann hättest du deiner Mutter jemals gehorcht, ohne daß sie dir den Zauber ihres Blickes androhen mußte, etwas, von dem du genau wußtest, daß sie es nur ungern tat? All diese zwanzigundein Jahre hat sie sich abgeplagt, um dich großzuziehen – und wie hast du es ihr gedankt, du liebloser, gefühlskalter Flegel? Was hast du getan, als sie ihren Stolz für dich bezwang, um dir Nichtsnutz eine andere Frau zuzuführen, auf daß du sie heiratest, seßhaft wirst und dich nützlich machst? Weißt du auch, welch Leid sie ertragen muß, während du die Pflichten eines rechten Lebens in den Wind schlägst, um *fliegen zu gehen*?«

Xavier wich ebenso heftig zurück, wie Irene es getan hatte, mit einem erstarrten, von Schuldgefühlen gepeinigten Gesichtsausdruck, während sein Finger wie erlahmt herabsank. Die Vettel hatte ihn mit ebensolcher Genauigkeit ins Innerste getroffen, wie es ihrer Gefährtin bei Irene gelungen war. Woher konnten die das nur alles wissen?

Doch jetzt meldete sich Grundy zu Wort. »Ihr reißt das Maul ja ganz schön weit auf, ihr Lumpenomas!« rief der Golem. »Aber ich kenne euch! Ihr seid die Furien, die jeden, der euch begegnet, des Elternmordes zeihen wollen! Aber mich kriegt ihr nicht! Ich kenne eure Namen – Tisiphone, Alecto und Megaera! Ihr seid die Töchter der Mutter Erde, so alt wie die Welt selbst. Ihr nennt euch selbst die Gütigen, aber das ist gelogen! In Wirklichkeit seid ihr die Tückischen! Ihr seid Wesen des Hasses und der üblen Vergeltung. Doch mich könnt ihr nicht des Muttermordes zeihen, weil ich nämlich nie eine Mutter hatte! Ich wurde aus Stöcken und Tuch gefertigt und durch Magie belebt, um schließlich durch eine noch gewaltigere Magie zum wahren Leben zu finden. Was sagt ihr dazu, ihr Hundsgesichter?«

Das waren also die sagenumwobenen Furien! Irene hatte geglaubt, daß es Xavier sein würde, der die Gruppe verteidigte, doch jetzt stellte sich heraus, daß es Grundy war, der sich gegen diese Weiber am besten zu wehren wußte.

Mit drohend erhobener Geißel trat nun die dritte Furie vor. »Golem, glaubst du etwa, du seist deinem Schöpfer nichts schuldig, weil du nicht geboren wardst? Was waren denn deine Stöcke und Fäden wert, bevor der Gute Magier dich belebte? Welchen Dank hast du ihm für dieses unschätzbare Geschenk des Bewußtseins erwiesen? Bist du nicht im selben Augenblick, da du erwachtest, geflohen? Hast du dich nicht geweigert, eben jene Aufgaben zu erfüllen, für welche du erschaffen wurdest? Hat dein Vergehen ihn nicht viele wertvolle Tage Arbeit vergeuden lassen, um andere Wege zu suchen, mit Tieren und Pflanzen zu sprechen, damit er sein hehres Werk vollenden konnte? Bist du nicht erst zurückgekehrt, als du feststelltest, daß es niemanden deiner Art gab, so daß du wirklich werden wolltest? Erst dann kehrtest du zurück, um zu dienen, als Lohn für die Antwort des Magiers, die er dir ohnehin nie schuldig war, sondern dir aus der Güte seines Herzens heraus bescherte! Doch hat dich das etwa berührt? Hat dir jemals ein anderer etwas bedeutet, außer du dir selbst? Wie oft hast du den Magier beschimpft, indem du ihn einen Gnom hießest? Wie vielen anderen Unschuldigen hast du mit deinem Schandmaul Schmerzen zugefügt? Wie oft hast du durch schändliche Entstellung gegen deine Dolmetscherpflicht verstoßen und damit jenen, die dir vertrauten, Schaden zugefügt? Wo warst du, als der Gute Magier deiner bedurft hätte, um den Spaltendrachen vor dem Elixier der Jugend zu warnen? In der Kindheit deines Bewußtseins kam er dir stets zu Hilfe; doch welchen Dienst erwiesest du ihm in seiner eigenen Kindheit? Hat er nicht hinreichend Grund, den Tag zu verfluchen, da er dich erschaffen und dir Bewußtsein und freien Willen verlieh? Oh, krümme du dich nur vor Scham, du armseliges Gewürm, denn wohlverdient wird diese Geißel dein nichtsnutziges Fell gerben!«

Tatsächlich krümmte Grundy sich zusammen, weil die Furie mit ihren Beschuldigungen seinen empfindlichsten Punkt mit entsetzlicher Gerechtigkeit getroffen hatte. Es waren drei schreckliche Kreaturen der Vergeltung, deren Worte ebenso vernichtend waren wie ihre Waffen. So stürzten sie sich auf die drei Gezüchtigten, mit Geißeln, die bereit schienen, mehr als nur äußerliche Wunden zu bewirken. Irene wußte nun, daß keine ihrer Pflanzen diese schrecklichen alten Weiber aufhalten konnte, deren Stimmen die Klagen aller vernachlässigten Eltern wiedergaben, und daß Xaviers Blitze gegen sie nichts würden ausrichten können. Selbst Grundys sarkastische Zunge war hier völlig hilflos! Noch nie hatte sie erlebt, wie der Golem derart drastisch und treffend zurechtgewiesen wurde! Und denndoch waren auch Xavier und sie selbst gemaßregelt und gedemütigt worden!

Nun wichen sie alle drei zurück – Irene, Xavier und Grundy. In wenigen Augenblicken würden die Geißeln auf sie einschlagen, und irgendwie wußte Irene genau, daß sie vergiftet waren. Schon durch ihre bloße Berührung würde das Blut in Strömen zu fließen beginnen und unvorstellbare Pein erzeugen; die Wunden würden schwären und nimmermehr heilen, bis die Opfer nur noch wimmernd um einen sauberen und ehrlichen Tod flehen konnten. Jetzt erinnerte sich Irene auch an die Geschichten, die davon erzählten, wie die Furien unartige Kinder zu bestrafen pflegten; es galt schon als unglücksbringend, auch nur ihre Namen auszusprechen, Tisi, Alec und Meg – die drei Schrecken der Schuld, der Trauer und des Leidens! Und das schlimmste war, daß Irene nicht einmal mit Sicherheit behaupten konnte, daß diese grausame Bestrafung gänzlich ungerecht war. Sie hatte immer geglaubt, daß andere Menschen für ihre Gefühllosigkeit büßen sollten und dafür auch büßen würden, doch nie war ihr bewußt geworden, daß sie ebenso schuldig war wie diese und eine ähnliche Behandlung verdient hatte.

Sie stolperte über eine Wurzel und stürzte rücklings zu Boden, unfähig, noch weiter zurückzuweichen. Tisi stellte sich vor ihr auf, die Hundeschnauze vor Speichel lechzend, mit tierhaftem Atem, der wie feuriger Nebel wirkte. Die schwarzen Flügel waren halb ausgebreitet, und die Geißel war hoch zum vernichtenden Hieb gereckt, die Riemen hungrig nach ihrem Blut dürstend.

Doch noch schlimmer als diese körperliche Bedrohung war die seelische. Irene erkannte, daß sie niemals ihrer Mutter würde mitteilen können, wie wichtig sie, die Zauberin Iris, ihrer Tochter gewesen war – und immer noch war! Nie würde Irene die Chance haben, diese Jahre der Vernachlässigung wiedergutzumachen. Das war der grausamste Teil der Bestrafung – die Unmöglichkeit jeglicher Vergebung.

Oh, Iris, liebste Mutter, verzeih mir! rief sie tief in ihrem Herzen, als die Geißel auf ihr Gesicht zuschoß, wohl wissend, daß ihr Flehen nie erhört werden würde. Sie besaß nicht einmal mehr den Willen, ihr Gesicht beiseite zu wenden; sie war verloren.

Doch die Geißel traf ihr Ziel nicht. Erschrocken angesichts dieser unerwarteten Verschonung, blickte Irene auf – und erblickte eine Gestalt, die sich der Furie in den Weg gestellt hatte.

Es war das Zombiemädchen! Zora hatte den Hieb abgefangen, der für Irene bestimmt gewesen war. Streifen ihres verfaulten Fleisches hingen, von der Geißel abgerissen, von ihrem Leib, doch das Zombiemädchen schien es kaum zu spüren. Schließlich verloren Zombies ständig Fleischfetzen.

Tisi blickte in Zoras verfaultes Gesicht und wich zurück. »Du bist untot!« kreischte sie. »Ich kann dich nicht bestrafen! Das

Gift vermag dir nichts anzuhaben, die Geißel kann dich nicht verletzen, die Wahrheit deinen Geist nicht sengen!«

Zora wandte sich an die nächste Furie, Alec, und fing nun auch den Hieb auf, der für Xavier gedacht gewesen war. Die zweite Vettel wich ebenfalls zurück, unschlüssig, wie sie mit einer Untoten verfahren sollte. »Selbst wenn du am Leben wärest, ich könnte dich nicht geißeln!« protestierte die Furie. »*Du* hast deine Eltern nie im Stich gelassen!«

Dann rettete Zora auch Grundy, indem sie ihn aus dem Weg zerrte und Megs Hieb empfing, wobei sie noch mehr Fleisch verlor. »Das ist unrecht, das ist unrecht!« heulte Meg empört. »Du hast mehr gelitten, und noch dazu aus weniger Grund, als jedes lebende Wesen! Dem vermag ich kein Leid hinzuzufügen!«

Doch nun scharten sich die alten Weiber wieder zusammen, um sich einmal mehr daranzumachen, ihre Opfer zu bestrafen. Das Zombiemädchen hatte sie zwar unerwartet überrumpelt, doch wenn sie ihr Vorgehen aufeinander abstimmten, war sie hilflos gegen sie.

»Pffffuiii! Pffffuiii!« rief Zora und verlor ein Stück von ihrer Lippe. Für einen Zombie wirkte sie plötzlich sehr lebhaft. Im allgemeinen waren die Gefühle von Zombies ebenso verkümmert wie ihre Körper. »Dieschhh ghörrnnnn nnnncht euchhh!« Die drei gewaltigen Furien zögerten, eingeschüchtert von dem Tadel der untoten und geistig unbefleckten Frau. Sie besaßen weder körperliche noch moralische Macht über sie.

Die drei steckten einmal mehr die Köpfe zusammen und berieten sich miteinander in unverständlichem Gekläffe und Geheul. Dann, nachdem sie sich auf eine neue Taktik geeinigt hatten, drehten sie sich zu ihren Opfern um und hoben den linken Arm, als wollten sie etwas werfen.

»Achtung!« schrie Grundy. »Das ist ein Fluch! Diese ekligen Frauenzimmer wollen einen . . .«

Da senkten sich die drei Arme auch schon im Wurf. Irene und Xavier duckten sich und prallten mit den Schultern zusammen. Zora warf sich zurück und versperrte mit ihrem Leib erneut die Sichtverbindung zwischen den Furien und ihren Opfern.

Um sie herum schien ein leiser Windhauch plötzlich das Gras

in Bewegung zu setzen. Irene fand sich auf dem Boden wieder, in halber Umarmung mit Xavier und dem Körper des Zombiemädchens, der beide berührte.

Wieder waren die heimtückischen Furien in ihrem Vorhaben gescheitert. Ihr Fluch hatte Zora getroffen statt ihrer eigentlichen Ziele. Doch offenbar konnte jeder der Vetteln nur einen einzigen Fluch schleudern; denn sofort machten sie kehrt und verschwanden, in ihre Flügelmäntel gehüllt. Die furchtbare Belagerung war beendet.

Irene stand auf und klopfte sich den Staub vom Leib. Das war wirklich äußerst knapp gewesen! Sie sah, das Xavier Zora anstarrte, als hätte er sie noch nie im Leben gesehen. »D ... d ... Zom ... sie hat den Schlag aufgefangen, der für mich bestimmt war!« rief er ungläubig.

»Ja, zweimal«, stimmte Irene zu. »Und für mich auch. Zombies sind immun gegen körperlichen Schmerz, und man kann ihnen nur sehr schwer Verletzungen zufügen. Sie sind untot, wiederbelebte Leichname von Menschen, die mal lebendig waren. Sind überhaupt keine schlechten Leute, sofern man sich dazu bringen kann, sie näher kennenzulernen.« Sie sprach dabei ebensosehr für sich wie für ihn.

Zora schien sie nicht zu hören, als sie sich mehr oder weniger aufrichtete. Die Wirkung des Fluchs war ihr zwar nicht anzumerken, aber sie mußte entsetzlich sein.

»Was muß das für eine Frau gewesen sein, als sie noch lebte!« meinte Xavier bewundernd. »Besser als jeder einzelne von uns!«

»Wahrscheinlich. Ich kannte sie nicht, als sie lebte. Aber aus dem, was die Furien gesagt haben, schließe ich, daß sie ein makelloses Leben geführt und daß ihr jemand grausames Leid zugefügt hat, jemand, der ihrer nicht würdig war.«

»Ein Mann!« sagte Xavier grimmig. »Ein ekler Tropf!«

»Ja.« Zora schwankte, und Irene nahm ihren schlaffen Arm, um sie zu stützen. »Bist du in Ordnung, Zora?«

»Flllchhh ...« erwiderte das Zombiemädchen.

»Ja, du hast den Fluch für uns abgefangen. Was war es denn für einer?«

»Das kann ich Euch sagen«, sagte Grundy und stand auf. »Ich habe ihn nämlich mit abgekriegt.«

Irene begriff, daß das Zombiemädchen Grundy nicht auch noch hätte schützen können, weil der hinter ihr gestanden hatte. Und doch wirkte er nicht weiter betroffen. »Ist es... vielleicht können wir ihn neutralisieren...«

»Es ist ein Unglücksfluch«, erklärte der Golem. »Es wird etwas Schlimmes passieren, was das Opfer dazu bringt, sich zu wünschen, es wäre tot. Ich habe das Gekreische verstanden, daher weiß ich auch, was sie vorhatten.«

»Wir werden dich davor schützen!« sagte Irene.

Grundy schüttelte seinen kleinen Kopf. »Ich bezweifle, daß das möglich ist, nachdem der Fluch mich erwischt hat. Ich kann nur hoffen, daß Ihr eine Möglichkeit findet, ihn zu beenden, nachdem er zugeschlagen hat. Und das Zombiemädchen wird gleich zweimal unter ihm leiden müssen, weil sie ja Eure beiden Flüche abgefangen hat.«

Daran hatte Irene noch nicht gedacht. Natürlich ließ sich ein Fluch nicht so einfach abschütteln wie ein Fetzen Fleisch! »Was könnte einen Zombie denn dazu bewegen, sich zu wünschen, tot zu sein?« fragte sie.

»Das weiß ich auch nicht«, sagte Grundy. »Aber ich schätze, das werden wir schon früh genug merken, sobald das Unglück eingetroffen ist.«

Was nur zu wahrscheinlich war. Irene blickte Zora mit einer Mischung aus Bedauern und Verwirrung an. Das Zombiemädchen war wirklich eine sehr nette Person gewesen, nein, war es noch immer, die sich, ohne zu fragen für andere geopfert hatte. Doch welche Strafe mußte sie nun für ihre Güte bezahlen?

Irene schob den Gedanken vorläufig beiseite, weil sie ohnehin nichts daran ändern konnte. Sie überprüfte das Baumhaus. »Laßt uns jetzt schlafen. Xap und Chem werden bestimmt nicht sehr früh zurückkehren.«

Xavier stimmte ihr wortlos zu. Anscheinend war er sich noch unschlüssig, wie er dazu stehen sollte, daß jemand anders seinen Hippogryph ebenfalls zu zähmen wußte. Möglicherweise war ihm das nicht sonderlich lieb.

»Für Euch ist auch Platz im Haus, Zora«, sagte Irene. »Könnt Ihr eine Leiter emporklettern?«

Das Zombiemädchen zögerte. Sie war in einem schlechten

Zustand, selbst für einen Zombie, weil die Furien ihr schlimm zugesetzt hatten. An den gegeißelten Stellen trat der blanke, verfaulte Knochen hervor, und ihr Kleid war so zerfetzt, daß es bei jeder anderen Frau als unanständig gegolten hätte. »Brrrccch knn Uknnnft ...« fing sie an.

»Ihr braucht keine Unterkunft?« fragte Irene. »Wollt Ihr lieber draußen bleiben, weil Euch das so besser gefällt, oder – weil Ihr und Euresgleichen sonst in der Regel drinnen nicht willkommen seid?« Zora stand einfach da und versuchte nicht einmal, zu antworten.

»Ihr habt mir und meinen Freunden schon zweimal geholfen«, sagte Irene entschieden.

»Möglicherweise habt Ihr mir sogar das Leben gerettet – vor dem Brachen und den Furien. Es wäre unrecht, wenn ich Euch nun behandelte wie ...« Sie brach ab, weil sie nicht ›*wie einen Zombie*‹ sagen wollte.

»Wißt Ihr, es ist gerade dunkel geworden«, warf Xavier ein. »Ich kann sie kaum erkennen. Sie sieht ein bißchen schlank und schattig aus, aber das ist nicht halb so schlimm. Und der Geruch ist auch zu ertragen. Riecht eigentlich eher wie Erde.«

Als Kompliment war das zwar nicht gerade eine Spitzenleistung, aber Irene erkannte, daß der Jüngling es gut meinte. Er hatte eben nur noch nicht viel Erfahrung in derlei Dingen, was ja auch angesichts seiner Herkunft und Erziehung nicht weiter verwunderlich war.

»Die Geißel hätte mich in Stücke gehauen«, bemerkte Grundy, »und zwar wortwörtlich. Es gibt wirklich Schlimmeres, als neben einem Zombie schlafen zu müssen.«

Irene wandte sich wieder an Zora. »Dann kommt doch mit ins Baumhaus zu uns. Wenn Ihr nicht im Freien seid, werden Eure Wunden auch schneller heilen. Ihr braucht doch auch Schlaf, oder?« Das war zwar nur geraten, aber es war Irene wichtig, diese Geste zu machen. Vielleicht war es eine Übertragung eines Teils ihrer Schuldgefühle gegenüber ihrer Mutter Iris – oh, in diesem Punkt hatten die Furien wirklich den Nagel auf den Kopf getroffen! –, aber es war durchaus auch die reine, schlichte Dankbarkeit. Dieses Zombiemädchen war kein widerliches Ding mehr, das es allenfalls zu dulden galt, und es war auch nichts Böses – Zora war vielmehr zu einer Freundin geworden – und sie war nicht die schlechteste.

Zora nahm die Einladung schließlich an und schlurfte zur Leiter, die ins Baumhaus führte. Sie versuchte, emporzuklettern, doch durch die Peitschenhiebe war ihr Körper versehrter als sonst, und so glitten ihre ungeschickten, skeletthaften Hände immer wieder von den Sprossen ab. Irene zuckte zusammen, als sie die Peitschenwunden sah und daran denken mußte, daß ihre Haut beinahe genauso ausgesehen hätte. Offensichtlich schwächte das Gift der Geißeln selbst die Genesungskräfte eines Zombis.

Xavier stellte sich hinter sie, legte seine Hände auf Zoras etwas schwammige Hüfte und hob sie empor. Wieder mußte Irene staunen, wir kräftig dieser Mann doch war. Obwohl er sich nicht im geringsten anzustrengen schien, schwebte das Zombiemädchen empor wie eine Feder. So gelang es Zora, die Leiter hinaufzukommen und oben ihr Gleichgewicht auf Händen und Knien zu finden. Dann verschwand sie im Innern des Baumhauses, wobei sie einige Hautfetzen verlor.

»Ich habe noch nie eines von diesen Dingern angefaßt«, murmelte Xavier, halb zu sich selbst. »Nicht mit den Händen, meine ich. Natürlich hat sie sich beim Ritt auf Xap an meiner Hüfte festgehalten, aber ich hab' sie einfach ignoriert, als wäre sie ein Mülleimer, den man irgendwo ablädt. Aber jetzt, nachdem sie sich für mich hat auspeitschen lassen – wenn *ich* an ihrer Stelle getroffen worden wäre, würden jetzt wohl *meine* Hautfetzen herunterhängen.« Er schüttelte den Kopf. »Mir hat noch nie jemand einen Gefallen getan, den ich nicht erwidert hätte. Aber wie gibt man jemanden das Geschenk des Lebens zurück, wenn er – ich meine, sie hat ihr Leben doch schon verloren, bevor ich sie überhaupt kannte.« Er ballte die Fäuste in einer Verzweiflung, die Irene nur zu gut kannte. Er war ein anständiger Mann, der vor einem unlösbaren Problem stand. »Ist gar nicht so schlimm, sie anzufassen. Auch nicht schlimmer als die Eingeweide einiger Ungeheuer, die ich getötet habe. So was anzufassen – ich meine, das hat doch gar nix zu bedeuten. Geht doch viel eher darum, wie man dazu steht. Wiegen tut sie jedenfalls nicht gerade viel.«

Auf seine grobschlächtige, aber ehrliche Weise gab Xavier Gefühlen Ausdruck, wie sie Irene in ähnlicher Form ebenfalls insgeheim gehegt hatte, beinahe zu ihrer Schande. Seine Einschätzung glich der ihren. Es gab keine schlimmeren Vorurteile in ganz Xanth als jene, die man Zombies gegenüber hegte, und Irene hatte sie bisher wider besseres Wissen geteilt.

Doch wenn Zombies auch nicht richtig lebendig sein mochten, waren sie deshalb aber auch nicht richtig tot. Sie besaßen Gefühle und kannten so etwas wie Loyalität und Tapferkeit, wie Zora so dramatisch bewiesen hatte. Zora hatte mehr gegeben und weniger dafür verlangt als alle anderen auf dieser seltsamen Reise.

»Sie ist ein anständiger Mensch«, sagte Irene, obwohl sie wußte, daß diese Untertreibung so groß war, daß man sie schon obszön hätte nennen müssen.

»Ja. Ein Jammer, daß sie tot ist.«

Und das war die eigentliche Tragödie dabei: Wie konnte man etwas einer Person entgelten, die gar nicht lebte? Das war die Mauer, an der alle frommen Vorstellungen erbarmungslos zerschellten.

Irene kletterte ins Baumhaus und stieg in ihre Affen-Puzzle-Kammer. Xavier und Grundy legten sich ebenfalls zur Ruhe.

Irene lag wach im Dunkeln. Das Zombiemädchen gab tatsächlich einen Geruch von sich wie fauliges Laub oder ein kleiner Tierkadaver, den man in der Sonne hatte liegenlassen. Aber Xavier hatte recht: Es war nur halb so schlimm; erst recht, wenn man daran dachte, was Zora getan hatte.

9

Parnaß

Am Morgen waren Xap und Chem wieder da. Irene hatte sie zurückkommen hören, hatte es aber vorgezogen, keine Fragen zu stellen. Schließlich ging es sie wirklich nichts an. Deshalb war sie auch so höllisch neugierig!

Vielleicht war es ja nur ihre Einbildung, dachte Irene, aber im Dämmerlicht des Morgengrauens sah Zora schon besser aus. Die Peitschenwunden hatten sich geschlossen, so daß keine Knochen mehr zu sehen waren, das Fleisch hing ihr nicht mehr in Fetzen vom Leib, und ihre Augen schienen wieder normal sehen zu können. Anscheinend taten ein warmer Unterschlupf und etwas Ruhe auch einem Zombie ganz gut.

Aber was wußte sie auch schon über diese Wesen? Witze wie: Wie viele Zombies braucht man, um eine Glühbirne zu pflanzen? Sie hatte die Pointe vergessen, war sich aber sicher, daß sie sie inzwischen nicht mehr komisch finden würde. Und außerdem ging es um einen anderen Punkt, wie sie sich erinnerte: menschliche Zuneigung und Wärme. Das sollte das einzige sein, was einem Zombie helfen konnte – und das einzige, was nur wenige Zombies, wenn überhaupt einer, jemals erhielten. Doch hatten alle sie nach der Begegnung mit den Furien in ihre

Gruppe aufgenommen. Vielleicht hatten sie auf diese Weise ja doch wenigstens einen Teil ihrer Schuld beglichen.

Irenes ursprüngliche Kleider waren inzwischen getrocknet, so daß sie sich nicht mehr mit Handtüchern und anderen Ersatzmitteln zu behelfen brauchte. Das hob ihre Laune merklich. Sie ließ Milchkraut und Eierpflanzen zum Frühstück wachsen, für diejenigen, die hungrig waren. Xap und Chem hatten keinen Hunger; wahrscheinlich hatten sie in der Nacht während des Ritts gespeist.

Chem projizierte ihre Karte. »Hier ist der Berg Parnaß«, erklärte sie und wies auf ein großes Gebiet mit unregelmäßigen Konturen. Es war, als würde man es von oben aus der Luft betrachten. »Er hat zwei Gipfel. Derjenige, zu dem wir wollen, liegt hier im Süden. Dort leben die neun Musen; da drüben ist die Orakelhöhle, aber die werden wir umgehen, um zu dem Gipfel zu gelangen, wo der Baum der Samen wächst. Es ist ein ziemlich steiler Aufstieg, aber wir werden es schon schaffen, wenn nicht . . .«

Irene gefiel dieses Zögern nicht. »Wenn nicht – was?«

»Wenn nichts dazwischen kommt«, meinte Chem.

»Was könnte denn dazwischen kommen?«

»Na ja, Xap meint, daß auf dem anderen Gipfel des Parnaß Dinge sind, die – aber diese Bergseite werden wir ja auch nicht bereisen . . .«

»Trotzdem sollten wir uns gut vorbereiten«, versetzte Irene. »Vor allem, wenn man an den Fluch denkt.« Sie hatte Chem von den Ereignissen des Vorabends berichtet. »Was Grundy und Zora berührt, berührt auch uns, weil wir ja als Gruppe reisen. Also erzählt uns schon, was dort oben auf dem anderen Gipfel lauert.«

»Dazu muß ich wohl etwas länger ausholen«, meinte Chem entschuldigend. Anders als manche andere Zentauren liebte sie es nicht, ihre gewaltige klassische Bildung zur Schau zu stellen.

»Spuck's schon aus, Pferdefuß«, sagte Grundy. »Wenn irgendwas Schlimmes kommt, erwischt es sowieso mich als ersten.«

»Der Orakelschrein wurde ursprünglich von dem Python bewacht, der über ein genaues Wissen um die Fehler der Menschen verfügte. Aber dieses riesige Reptil wurde angegriffen, schwer verletzt und vertrieben. Er hat nur deswegen überlebt, weil er auf den anderen Gipfel des Parnaß fliehen konnte, wo der Baum der Unsterblichkeit stand, von dem er ein Blatt verzehrt hat. Jetzt kann der Python nicht mehr in die Orakelhöhle zurückkehren, aber er ist das weiseste aller Reptilien und würde alles tun, um wieder zurück zu können. Deshalb schleicht er auch in der Gegend herum, auf der Suche nach einem Zugang. Wenn wir in sein jetziges Revier geraten sollten . . .«

»Das werden wir nicht«, sagte Irene entschieden. »Nicht, wenn wir Eure Karte haben, um uns zu führen. Was noch?«

»Die Mänaden. Das sind die wilden Weiber des Weins. Sie führen rituelle Tänze am Nordhang durch und reißen alles in Stücke, was ihnen in die Finger gerät, um es aufzufressen. Früher haben sie mal dem Gott der fruchtbaren Felder gedient, aber die alten Götter sind inzwischen fort, und nun dienen die Mänaden niemandem mehr, außer dem Baum der Unsterblichkeit, der sie am Leben und jung erhält.«

»Klingt nach Nymphen«, bemerkte Xavier.

»Mit denen sind sie möglicherweise verwandt, aber ihr Charakter gleicht eher dem von Harpyien oder Ogerinnen. Das sind Raub- und keine Beutewesen, obwohl sie nackt und schön sind.«

»Ich verstehe«, sagte Irene stirnrunzelnd. Sie neigte dazu, gegenüber jungen, schönen nackten wilden Frauen eine närrische Eifersucht zu hegen. Früher war sie zwar selbst einmal – doch diesen Gedanken verscheuchte sie lieber. »Also machen wilde Frauen die Hänge des Parnaß unsicher. Dann werden wir denen eben auch aus dem Weg gehen.« Und ob!

»Das ergibt dann folgende sichere Route«, fuhr Chem fort und zeigte eine gestrichelte Linie auf ihrer Karte. »Wir müssen sie strikt einhalten, wenn wir gefahrlos weiterreisen wollen. Zu schade, daß Ihr Xap nicht dazu verwenden könnt, um sofort zum Baum der Samen zu fliegen. Aber der Simurgh erlaubt es niemandem, sich dem Parnaß durch die Luft zu nähern, weil gelegentlich Drachen und Greife einen Überfall wagen. Ein Hippogryph gleicht im Flug entfernt einem Greif, deshalb kann Xap dort auch nicht gefahrlos herumfliegen. Höchstens ein kleiner Vogel könnte es riskieren. Xap kann es zwar so ziemlich mit jedem Flugwesen aufnehmen, das ihm nur begegnen könnte, aber der Simurgh ist doch etwas anderes.«

»Das will ich gerne glauben«, meinte Irene, deren Neugier hinsichtlich dieses berüchtigten Vogels immer stärker wurde.

»Wir müssen uns dem Gipfel langsam nähern, und zwar zu Fuß, damit der Simurgh genug Zeit hat, uns zu studieren und zu merken, daß wir keine Invasoren sind, sondern Reisende mit einem ernsten Anliegen.«

»Der Parnaß scheint aber reichlich wählerisch zu sein«, bemerkte Irene.

»Ja. Dort leben sehr ausgesuchte und seltene Wesen. Wir müssen uns ihren Regeln beugen, sonst kommen wir überhaupt nicht weiter. Deshalb konnte die Hexe Xanthippe auch nicht selbst dorthin, der Simurgh hätte sie sofort als das erkannt, was sie ist, und sie niemals in die Nähe des Baums der Samen gelassen.«

»Diese Mission hätte ich mir auch nie freiwillig ausgesucht«, pflichtete Irene ihr grimmig zu. »Aber wir müssen tun, was getan werden muß.«

So machten sie sich auf den vom Chem vorgezeichneten Weg. Zora ritt wieder hinter Xavier auf Xap, während Irene und Grundy auf Chem saßen. So trabten sie gen Südosten, diesmal allerdings etwas schneller als am Vortag, weil Chem die Gegend bereits erkundet hatte.

Die beiden Halbpferde mußten eine ganz schön interessante Nacht verbracht haben, dachte Irene. Xap sprach zwar nur in Krächzern, aber Chem schien ihn mühelos verstehen zu können, und er verstand sie auch seinerseits. Irene war immer noch überrascht, daß Chem einem Nicht-Zentauren ein solches Interesse entgegenbrachte, doch andererseits waren Menschen ja ebenfalls Nicht-Zentauren, und mit denen pflegte sie ständigen Umgang.

Nach einer Weile gelangten sie an den Fuß des Parnaß. Der Dschungel hörte plötzlich auf, wie aus Ehrfurcht gegenüber dem großen Berg. So hatten sie freie Sicht. Der Parnaß besaß tatsächlich zwei Gipfel; auf jedem davon, halb verborgen im Nebel, stand ein großer, weitverzweigter Baum. Den Baum der

Unsterblichkeit auf dem Nordgipfel würden sie meiden, denn der Jungborn hatte schon zuviel Unheil angerichtet, und seine Magie war mit Sicherheit mit der des Baumes auf dem Nordgipfel verwandt.

»Sieht ja nicht nach viel aus«, brummte Grundy.

»Hoffentlich behältst du recht«, sagte Chem. »Ich will nur mit dem Simurgh sprechen, mehr nicht. Und Irene will die Samen holen.«

Sie überquerten einen Kanal am Fuß des Berges. Es war ein trockenes, mit Steinen gefülltes Bachbett, das für Hufe nicht sehr bequem war, weshalb Xap seine Schwingen ausbreitete und einen kurzen Flug auf die andere Seite riskierte, während Chem sorgfältig ein Bein vor das andere setzte. Doch trotz aller Vorsicht rutschten und rollten die Steine ständig unter ihren Tritten ab, was sie noch langsamer werden ließ.

»He, Weichfuß, ich such dir mal einen festen Weg!« sagte Grundy ungeduldig. Er sprang hinab und begann damit, gegen die Steine zu drücken, um ihre Festigkeit zu prüfen.

Da machte er plötzlich einen Satz zurück. »He, da hat mich was gebissen!« rief er wütend, während eine kleine Schlange schnell davonschlich.

»Der Python war es ja wohl kaum«, warf Irene ein. Der Golem berührte sein kleines Bein, schien aber sonst nicht sonderlich beeinträchtigt zu sein.

Chem versteifte sich und stemmte ihre vier Hufe fest in den Boden. »Diese Schlange sieht mir aber sehr nach einer Dipsas aus! Hoffentlich irre ich mich.«

»Das verfluchte Biest hat mich gebissen!« wiederholte Grundy und hielt sich das Bein fest.

»Was ist denn eine Dipsas?« fragte Irene die Zentaurin, die sich nun vorsichtig wieder auf den Weg machte.

»Ein verfluchtes Biest«, wiederholte Chem nachdenklich Grundys Bemerkung.

»Das ist möglicherweise keine Floskel.«

»Das begreife ich nicht«, sage Irene verärgert.

»He, hat mal jemand was zu trinken?« fragte der Golem.

»Dann war es also *doch* eine Dipsas!« sagte Chem plötzlich entsetzt. »Ich hatte gehofft, ich hätte mich geirrt, oder der üble

Ruf diese Schlange sei übertrieben. Ihr Biß erzeugt beim Opfer einen unstillbaren Durst.«

Plötzlich ging Irene ein Licht auf. »Der Fluch der Furien!«

»Genau«, sagte die Zentaurin. »Ihr habt mir ja von ihnen erzählt. Der Biß der Dipsas scheint ins Bild zu passen.«

»Ich sterbe vor Durst!« rief Grundy. »Kann mir jemand mal schnell einen See suchen?«

Irene blickte sich um. »Dort hinten ist ein Bierfaßbaum.« Sie stieg ab und bahnte sich ihren Weg durch das trügerische Geröll des Bachbetts, wobei sie nervös Ausschau nach Schlangen hielt. Nun begriff sie auch, weshalb der Bach ausgetrocknet war: die magische Schlange hatte durch ihre Bisse alle Wesen dieser Gegend dazu gebracht, solange zu trinken, bis der Bach erschöpft war. Schade, daß sie das nicht vorher bemerkt hatten!

Mit ihrem Messer stach sie ein Loch in die Rinde des Baums, und gelbes Bier spritzte hervor. Das war vielleicht nicht gerade die beste denkbare Flüssigkeit für Grundy, aber es war genug davon da, um selbst hundert Golems von ihrem Durst zu befreien.

Grundy kam herbeigerannt und begann, gierig zu trinken.

Irenes Erstaunen wuchs immer mehr, als sie sah, wie der Golem einfach nicht mehr zu trinken aufhörte. Sein Leib schwoll an wie eine Wassermelone, doch er hielt nicht inne.

Endlich war das Faß leer, und der Bierstrom versiegte. »Mehr! Mehr!« schrie Grundy, obwohl er bereits aus allen Kleidern platzte. Noch nie hatte Irene einen kleineren und dickeren Mann gesehen. »Ich sterbe vor Durst! Hicks!«

Das war ja unglaublich! Mit Flüssigkeit allein war dieser Durst wohl nicht zu löschen. »Ich weiß auch nicht mehr weiter.«

»Ich vertrockne!« schrie Grundy, und ein Knopf platzte von seinem Kleid. »Ich wünschte, ich wäre tot!«

Das war natürlich ein weiteres Indiz für den Fluch. »Wir brauchen keine Flüssigkeit, wir brauchen ein Heilmittel«, sagte Irene. »Sonst trinkt Grundy noch so viel, bis er platzt.«

Chem hatte inzwischen das Bachbett überquert und befand sich in Sicherheit auf dem Parnaß. »Wenn ich mich richtig erinnere, ist die einzige Kur dagegen ein Schluck aus einer Heilquelle, und ich weiß nicht, wo...«

Xap krächzte.

»Er sagt, der Weinquell der Mänaden würde jeden Durst löschen«, übersetzte die Zentaurin. »Der ist nicht sehr weit von hier.«

»Aber der muß doch...«

»Ja, am Nordhang des Parnaß.« Chem nickte grimmig.

»Genau dort, wo wir nicht hinwollen.« Irene seufzte. »Aber Grundy wird sonst entweder an Austrocknung sterben oder platzen. Das dürfen wir dabei nicht vergessen!« Tatsächlich war der Golem gerade damit beschäftigt, den Pflanzenbewuchs des Bachbetts auszukauen, um ihm ein paar Tropfen Wasser abzuringen.

Irene ließ einen Samen zu Boden fallen und befahl ihm zu wachsen. Kurz darauf blühte eine Wasserhyazinthe auf, die vor Wasser nur so anquoll. Der Golem packte ihre Blätter und Blüten und stopfte sie sich in den Mund, doch auch das half ihm nicht lange. Seine geschwollenen Gliedmaßen wirkten bereits eingefallen – wie ausgetrocknet.

»Jetzt müßte Fracto die Wolke hier erscheinen«, murmelte Irene. »Grundy würde sie einfach auffressen.«

»Vielleicht können Xap und ich ihn zum Weinquell bringen«, erbot sich Xavier.

»Aber Xap kann doch hier nicht fliegen!« protestierte Chem, um das Wohlergehen des Hippogryph besorgt.

»Nö, aber er kann auch ganz gut galoppieren.«

»Das stimmt«, sagte Chem mit einem rätselhaften Lächeln. »Vielleicht sollten wir uns trennen und uns weiter oben am Berg wieder treffen, wenn Grundy kuriert ist.« Sie projizierte ihre Karte. »Der Quell müßte ungefähr hier sein«, sagte sie und ließ ihn auf der Karte aufleuchten. Der Hippogryph hatte ihr wirklich sehr viel über die Geographie dieser Gegend verraten! »Wenn Ihr diesem Weg folgt...« Die gestrichelte Linie kroch vorwärts, um die Leuchtspur zu schneiden. »... dann könnt Ihr weiter bergauf auf uns treffen – nämlich hier.«

»Mir gefällt dieser Gedanke nicht, die Gruppe zu teilen«, meinte Irene. »Aber wahrscheinlich haben wir im Augenblick wirklich keine andere Wahl. Wir können Grundy nicht verdursten lassen, und Xap kann den Mänaden wohl am besten aus dem Weg gehen.«

Also entschieden sie sich zögernd für Chems Plan. Zora stieg vom Hippogryph, und Grundy nahm ihren Platz ein. Xap galoppierte um die Nordbiegung des Berghangs davon.

»Da reiten sie dahin, drei halbwegs tapfere und närrische Männer«, murmelte Chem, während Zora hinter Irene aufsaß.

»Wollen hoffen, daß wir halbwegs vernünftige und vorsichtige Frauen unsere Mission durchführen können«, meinte Irene.

Sie machten sich an den Aufstieg. Der Parnaß war kein leicht zu besteigender Berg: Risse, Kluften, Höhlen und Löcher erschwerten das Vorankommen. Die Vegetation war auch sehr seltsam. Merkwürdige Samen waren hier gekeimt, wahrscheinlich stammten sie vom Baum der Samen. Es gab unglaublich viele Papierbäume und Tintenpflanzen, und Sekretärvögel huschten in scheinbar sinnloser Emsigkeit hin und her. Irene fragte sich, was für eine natürliche Rolle eine solche Gesellschaft innerhalb des Gesamtgefüges von Xanth spielen mochte, doch sie kam zu keinem Ergebnis. Der Parnaß schien ziemlich stark mit sich selbst beschäftigt zu sein, und seine Angelegenheiten waren ohne großen Bezug zur Außenwelt.

Vor ihnen erscholl ein lautes, unheilverkündendes Zischeln. Chem bremste mit allen vier Hufen gleichzeitig und bohrte sie tief ins Erdreich. Der Weg führte durch eine kleine Schlucht, deren Hänge mit Geröll bedeckt waren, so daß es nicht ratsam schien, ihn zu verlassen. Doch sie traute dem Geräusch nicht. Chem riß den Bogen von der Schulter und legte einen Pfeil ein. Wie alle Zentauren war auch sie eine ausgezeichnete Bogenschützin. Dann setzte sie sich langsam wieder in Bewegung.

Hinter einer Biegung erblickten sie eine monströse Schlange. Ihr Kopf war etwa halb so groß wie Irene, und sie hielt ihn aufrecht, auf Menschenaugenhöhe, während ihr sehniger Leib sich hinten um eine weitere Biegung schlängelte.

»Der Python!« wisperte Irene voller Entsetzen. »Was macht der denn hier?«

»Ich bin die Nemesis und das Entzücken aller Frauen allenthalben«, zischte die Schlange. »Ich machte die erste Frau erröten und Scham empfinden ob des Verlangens, welches ich in ihr zu wecken verstand. Ich werde die letzte aller Frauen besitzen, auf daß sie ein Kind gebäre. Verneigt euch vor mir, ihr schwächlichen Kreaturen!«

Das war mehr als eine gewöhnliche Schlange! Irene wollte protestieren, doch der schreckliche Blick des Python ließ sie erstarren. Auch Chem scharrte unruhig mit den Hufen, ebenfalls im Bann des Schlangenblicks. In diesen riesigen Augen schien das finstere männliche Wissen aller Ewigkeit enthalten zu sein, zusammen mit allen Verheißungen und Drohungen, so unersättlich wie der Durst des Golem, das sie noch lange vor seiner Sättigung vernichten würde; und doch waren weder Irene noch Chem dazu fähig, den Bann zu lösen.

Der Python kam mit geschmeidigen Bewegungen auf sie zugeschlichen und hielt sie mit seinem hypnotischen Blick fixiert. Die blaßrote Zunge fuhr hervor. Schon bald würde sich dieses furchterregende Maul öffnen und die grausamen Fänge preisgeben . . .

»Wwwaaasshhh?« fragte Zora und verlor dabei einen Teil ihres Kehlkopfes, wie es häufig geschah, wenn sie sich etwas heftiger ausdrückte. Als Irene keine Antwort gab, reckte das Zombiemädchen den Hals, um verständnislos an der Zentaurin vorbei nach vorne zu blicken.

Dann rutschte sie halb, halb kletterte sie hinab, richtete sich auf und schlurfte vorwärts. Sie baute sich vor Chem auf, als der Kopf der Python sie eben erreichte. »Pfffuuuiii, Sssslannnnggg!« rief sie.

Einen kurzen Moment starrten Zombie und Python einander in die Augen. Nun war es die Schlange, die erstarrte, denn der Blick eines erregten Zombies war unbeschreiblich scheußlich.

Irene und Chem wurden aus ihrer Trance gerissen, weil Zora den Blickkontakt zum Python unterbrochen hatte. Die Erinnerung an ihre Faszination entsetzte Irene und widerte sie an, doch hatte die Sache auch einen gewissen unterschwelligen Reiz. Obwohl sie genau gewußt hatte, daß der hypnotische Blick der Schlange ihr Verderben bedeutete, hatte sie ihn doch nicht aus vollem Herzen abwehren wollen. Hatte sie etwa einen Selbstzerstörungstrieb, oder gehörte das einfach nur zum Zauber dieses Dings?

Die Zentaurin wirbelte so schnell herum, daß Irene unwillkürlich nach ihrer schlanken Menschenhüfte griff, um nicht herunterzufallen. Chems großes Hinterteil schwang herum, um sowohl das Zombiemädchen als auch den Python zu rammen und gegen die Felswand zu drücken.

»Zora packen!« rief Irene, als sie das Zombiemädchen taumeln sah.

Chem ergriff Zora am Arm und riß sie an sich. Halb trug sie, halb zerrte sie sie hinter sich her, während sie den Weg hinabrannte, vor der Gefahr fliehend. Hinter ihnen peitschte der riesige Schlangenkörper das Gestein und löste eine Geröllawine aus, die ihn zu ersticken drohte.

Doch Irene wußte, daß das Ungeheuer schon bald die Verfolgung wieder aufnehmen würde. Der Python war zwar abgewehrt, aber nicht besiegt worden; das war keiner Frau möglich. Sie griff in ihren Samenbeutel, auf der Suche nach etwas, was das Reptil aufhalten konnte. Sie hatte zwar einen Gewirrbaumsamen dabei, doch würde der zu lange zum Wachsen benötigen – ah! Da war ja auch ein Igelpflanzenbaumsamen. Sie schleuderte ihn auf den Boden. »Wachse!«

Der Igel keimte und stieß Stacheln hervor, die in alle Richtungen zeigten. Nun sah er aus wie ein überdimensionales Nadelkissen. An dem würde niemand so schnell vorbeikommen!

Doch als sie zurückblickte und die Augen mit der Hand abschirmte, um nicht vom Blick der Schlange getroffen zu werden, sah sie, wie der Python mühelos an dem Igel vorbeiglitt. Die Pflanze hatte nicht genug Zeit gehabt, um groß genug zu werden und die ganze Schlucht zu versperren.

Hm. Sie holte zwei weitere Samen hervor. Der erste war Falschhopfen; als sie ihn zum Keimen brachte, zerteilte er sich in ein Dutzend winziger Känguruhs, die wie wild herumzuhopsen begannen. Natürlich waren sie nicht wirklich, denn Känguruhs waren mythische Tiere, die es in Xanth nicht gab. Als der Python nach einem von ihnen schnappte, traf er nur auf Blätter und Stengel. Doch stellte das immerhin eine Ablenkung dar, welche das aggressive Reptil ein wenig aufhielt.

Als nächstes warf sie einen Alaunsamen aus. Der sah zwar

nicht nach viel aus, aber wenn sie etwas Glück hatten, würde die Schlange ihn ebenfalls verschlingen, um ihn aus dem Weg zu schaffen.

Das tat der Python tatsächlich. Die Alaunwurzel wurde aus dem Boden gerissen und zu Stücken zermalmt, wobei ihre Säfte nur so spritzten.

Irene lächelte. Alaun hatte eine ganz besondere magische Wirkung auf lebendiges Fleisch. Es war nämlich adstringierend.

Das Maul des Python begann zu schrumpfen, als das weiche Gewebe in seinem Inneren sich zusammenzog. Doch das harte Gewebe, wie beispielsweise das Gebiß, schrumpfte nicht. Wenige Augenblicke später war der Schlangenkopf völlig verzerrt, und das Fleisch spannte sich eng um die Knochen. Erschrocken riß der Python den Kopf hoch und versuchte, die Wurzel auszuspucken, doch er bekam sie nicht mehr aus seinem Magen heraus, der sich eng wie ein Geldbeutel zusammengezogen hatte. Verzweifelt versuchte das Reptil es mit der entgegengesetzten Taktik und verschluckte die Wurzel.

Irenes Lächeln wurde immer hämischer. Alaun war auch ein Brechmittel. Einen Augenblick später erbrach sich die große Schlange, so gut sie es durch ihren engverschnürten Hals und ihr zusammengezogenes Maul konnte. Die Alaunwurzel zu verschlucken war wirklich das schlimmste, was sie nur hatte tun können!

Das gewährte ihnen genug Aufschub, um stehenzubleiben und Zora richtig aufsitzen zu lassen. »Ihr habt uns schon wieder gerettet«, sagte Irene zu ihr.

»Ich frage mich, was der Unglücksfluch für einen Zombie für Auswirkungen haben mag«, bemerkte Chem. »Es kann nichts Gewöhnliches sein, kein Schlangenbiß oder Sturz . . .«

»Möglicherweise zeigt der Fluch überhaupt keine Wirkung«, wagte Irene zu vermuten. »Für uns wäre es ein Unglück, verletzt zu werden oder zu sterben, aber ein Zombie ist bereits tot oder halbtot. Viele Leute würden das als schlimmstes Unglück ansehen, nämlich ein Zombie zu werden, aber das ist Zora ja schon.« Sie wandte sich zu dem Zombiemädchen um. »Was bedeutet dir Unglück?«

»Ncchhhhtsss«, erwiderte Zora.

»Nichts«, stimmte Irene ihr zu. Also hatte sie recht gehabt: Zora litt bereits unter dem schlimmsten aller Unglücksfälle. Der Fluch war folglich bedeutungslos.

Aber ganz sicher konnte man sich da nie sein.

»Ich glaube, wir sind dem Python entkommen«, sagte Chem. »Aber jetzt bewegen wir uns in die falsche Richtung, nämlich bergab.«

»Wir müssen vorher auch schon in die falsche Richtung geritten sein«, versetzte Irene. »Wahrscheinlich sind wir zu weit nach Norden abgekommen und dabei ins Revier des Python gelangt.«

»Nein, wir sind genau auf Kurs geblieben«, widersprach Chem. »Der Python befindet sich gerade auf dem Südgipfel. Wahrscheinlich versucht er, auf diese Weise in sein ursprüngliches Gebiet zurückzukehren. Damit haben wir nur nicht gerechnet. Es ist schon lange her, seit er verbannt wurde, und solche Dinge ändern sich eben.«

»Na gut, dann wissen wir es eben jetzt«, sagte Irene. »Ich habe keine Lust, noch einmal diesem Blick zu begegnen. Wir müssen also einen anderen Weg bergauf suchen. Vielleicht können wir dann oberhalb der Schlange wieder auf unsere geplante Strecke einschwenken, damit die Jungs uns finden.«

Chem projizierte ihre Karte. »Wir können an der Orakelhöhle vorbei«, sagte sie. »Das ist kein allzu großer Umweg.«

So machten sie sich auf den Weg. Das Gebirge wurde immer zerklüfteter, bis sie schließlich an Erdrisse und Spalten gelangten, aus denen betäubende Dämpfe emporstiegen. Hastig ritten sie weiter, um nicht mehr als nötig davon abzubekommen. »Das Orakel atmet die Dämpfe ein und macht dann verrückte Prophezeihungen, die immer wahr werden, wenn ich mich recht erinnere«, bemerkte Chem. »Aber das können wir auf unserer Mission wirklich nicht gebrauchen.«

»Allerdings nicht«, pflichtete Irene ihr bei. »Mag ja sein, daß die Herrschaften auf dem Parnaß sich gerne von den Dämpfen verrückt machen lassen, aber wir sind da vernünftiger.« Sie hoffte nur, daß das auch stimmte.

Sie umgingen das Höhlengebiet und gelangten in eine etwas flachere Gegend. Schon bald waren sie wieder ganz in der Nähe ihres ursprünglichen Wegs. Da sie keine Hufspuren Xaps erblickten, schritten sie langsamer weiter, damit die Männer sie einholen konnten, wenn sie auf ihren Pfad stießen.

Da ertönte Geschrei im Norden. »Ich glaube, das bedeutet neuen Ärger«, sagte Chem grimmig.

Bisher hatte der Parnaß ihnen nur Unannehmlichkeiten bereitet! »Die Mänaden«, meinte Irene. »Sie jagen hinter ihrer Beute her. Wir hätten uns eigentlich denken müssen, daß die Männer den Weinquell nicht anzapfen können, ohne seine Bewacherinnen auf sich aufmerksam zu machen.« Aber es war mutig von ihnen gewesen, es zu versuchen, wie sie sich selbst eingestehen mußte.

»Wir können uns nicht verstecken, bevor wir wissen, ob Xap, Xavier und Grundy nicht Hilfe brauchen.«

Irene warf einen Blick über die Schulter. »O weh, der Python verfolgt uns wieder!«

»Habt Ihr irgendeine geeignete Pflanze zur Verfügung?« fragte die Zentaurin nervös. »Ich mag es nicht, gleich zwischen zwei Scheußlichkeiten eingekeilt zu sein.«

Irene blickte in ihren Beutel. »Langsam gehen meine Vorräte zur Neige, aber die hier müßten genügen.« Sie schleuderte mehrere Samen auf den Boden. »Wachst!«

Hastig keimten Pflanzen empor und verteilten sich in einem relativ weitem Umkreis.

»Was sind das denn für welche?« fragte Chem und blickte vor und zurück.

»Etwas, um beide Gefahren abzulenken, wie ich hoffe — Horenhunde und Schlangenwurz.«

Chem musterte die zornigen Hunde- und Schlangenköpfe auf den Pflanzenstengeln. »Stellen die für uns nicht eine mindestens ebenso große Bedrohung dar wie für unsere Feinde?«

»Nein, Schlangenwurz beißt nur Schlangen, und Horenhunde beißen nur ...«

Da erblickten sie den Hippogryph, der mit mächtigen Bewegungen bergauf galoppierte, von einer Horde nackter Frauen verfolgt. Sie waren jung und gesund und, ja, das auch, nymphenhaft, mit prachtvollen, festen Beinen, schmalen Hüften und üppigen Brüsten. Aber ihr Haar war auch struppig und zerzaust, und ihre Augen blickten wild, während aus ihren verzerrten roten Mündern unflätige Worte hervorsprudelten. Einige von ihnen trugen etwas in den Händen, das rohen Fleischbrocken glich.

Der Python, der sich von seiner Alaunkur anscheinend inzwischen einigermaßen erholt hatte, war mit gierigem Züngeln langsam näher geschlichen. Jetzt erhellte sich sein Gesichtsausdruck noch weiter. Seine Kiefer mahlten, und Geifer sabberte aus seinem Maul. Er schoß auf die Mänaden zu.

»Ich bin mir nicht sicher, was hier schlimmer ist, die männlichen oder die weiblichen Bedrohungen«, sagte Irene, halbwegs fasziniert.

»Wir sollten besser davongaloppieren!« sagte Chem und setzte ihren eigenen Vorschlag sofort in die Tat um.

Auf ihrem Weg bergauf holten sie Xap ein und rannten Seite an Seite weiter, bis sie die Verfolger abgeschüttelt hatten. Dann blieben sie stehen und blickten sich um.

Der Python und die Mänaden waren sich, so schien es, nicht sonderlich grün. Die Riesenschlange biß auf eine Frau nach der anderen ein, während die wilden Frauen mit Zähnen und Krallen auf sie einhackten und ihr blutige Fleischstücke aus dem Leib rissen. Die Schlange kam nicht dazu, irgendwelche Happen zu verschlingen, aber den Mänaden erging es nicht besser, weil der Reptilienkörper viel zu schnell auf und ab peitschte, als daß sie ihn mühelos hätten auffressen können. Es schien eine einigermaßen ausgewogene Schlacht zu sein – das frauenvertilgende Ungeheuer gegen die männerverschlingendsten aller Frauen. Gelegentlich begann die eine oder andere Frau zu erstarren, vom entsetzlichen Blick des Pythons gebannt, doch schon stellten sich dann drei ihrer Gefährtinnen dazwischen und durchbrachen den Zauber wieder.

In der Zwischenzeit hatten sich auch der Schlangenwurz und die Horenhunde ans Werk gemacht und schnappten wahllos nach allem, was sich bewegte, wodurch das Blutbad noch verschlimmert wurde. Die Sache wurde richtig ernst! Irene merkte, wie sich ihr der Magen umdrehte, und sie mußte das Gesicht abwenden.

»Der Parnaß ist ein ziemlich rauhes Gebiet, vor allem für

seine Bewohner«, sagte Grundy, womit er ihr aus der Seele sprach. Doch der Golem schien das Schauspiel zu genießen.

Da fiel ihr wieder etwas ein. »Grundy! Bist du wieder gesund?«

»Ich glaube schon.« Der Golem machte eine Rülpspause. Er sah wieder ganz normal aus, und seine Aufgedunsenheit war verschwunden. »Dieser Weinquell hat es wirklich in sich!«

»Es war alles ganz still, bis er getrunken hat«, berichtete Xavier. »Dann sind die Damselln erschienen . . .«

»Die Damselln!« wiederholte Irene. »Das sind keine Damselln, sondern Lud-, äh, schlechte Frauen.«

»Och, ich weiß nicht«, meinte Grundy. »Was man so hört, können wilde Frauen durchaus Spaß machen.«

Irene unterdrückte eine Erwiderung, weil sie merkte, daß der Golem sie nur ärgern wollte. Er war wirklich wieder normal!

». . . und sie schrien und wedelten mit ihren Krallen«, fuhr Xavier fort. »Ich wollte diese fantastischen Geschöpfe nicht blitzen, weil sie doch vom sanften Geschlecht sind . . .«

»Sanft? Wohl kaum!« protestierte Irene und sah mit an, wie wieder ein blutiges Stück Fleisch in hohem Bogen über das Getümmel geschleudert wurde.

»Wie Ihr ja auch«, schloß Xavier. »Ich mag es eben nicht . . .«

»*Ich* soll wie eine Mänade sein, eine wilde Frau?« kreischte Irene empört. Doch dann mußte sie lachen, als ihr klar wurde, daß sie gerade genau wie eine Mänade reagiert hatte.

»Sanft«, erklärte Xavier, »und schön.« Er blinzelte sie von der Seite an. »Vielleicht hat Mami ja doch recht gehabt . . .«

»Machen wir uns jetzt wieder auf den Weg«, sagte Irene hastig.

Sie machten sich erneut an den Anstieg, und der Lärm des Gemetzels hinter ihnen verstummte allmählich. Bald wurde der Weg immer steiler, bis sie zum Südhang des Berges überwechseln mußten.

Endlich erblickten sie eine Art Palast, der in den Hang eingelassen war. Er besaß zwar keine hohen Türme, dafür aber reichverzierte Säulen und Bögen mit Steinornamenten, die Tiere und Menschen darstellten. Das war alles andere als ein primitives Versteck, sondern ein hochzivilisierter Ort.

In einem kleinen Hof vor dem Palast saß eine Frau an einem

Tisch. Neben ihr stand eine geöffnete Bücherkiste. Sie trug eine bodenlange weiße Robe und schien von einem guterhaltenen mittleren Alter zu sein – es war die Art von Figur, wie Irene sie einmal abzugeben hoffte, wenn die Zeit sie irgendwann in diese Altersklasse zwang.

Als sie die Gruppe wahrnahm, hob die Frau den Kopf. »Kann ich Ihnen helfen?« fragte sie völlig ruhig. Sie sprach mit einem kultivierten Akzent, und ihre Stimme war leise, klang aber durch und durch kompetent.

Irene saß ab und begab sich zu dem Tisch, unsicher, ob sie dieses Angebot ohne Mißtrauen annehmen durfte. Die Mänaden hatten schließlich auch wie Nymphen ausgesehen, aber sich kaum wie welche benommen. Wenn das hier eine weitere Falle sein sollte – doch sie entschloß sich, es zu wagen. »Wir suchen den Baum der Samen und den Simurgh«, erklärte sie. »Wir können keinen Pfad entdecken, der nach oben auf den Gipfel führt.«

Die Frau nickte. Sie hatte lockiges, dunkles Haar, das säuberlich zurückgesteckt war, und eine elegante gerade Nase. »Und wer sind Sie?« fragte sie mit mildem Interesse.

»Ich bin Irene, und das hier sind meine Freunde Chem, Zora, Grundy, Xavier und Xap.«

»Ach, dann sind Sie ja die gegenwärtige Königin von Xanth!« rief die Frau erfreut. »Wie nett von Ihnen, uns mit Ihrem Besuch zu beehren!«

Irene war verblüfft. »Woher wißt Ihr das?«

»Ich bin Klio, die Muse der Geschichte. Natürlich bin ich mit allem vertraut, was für mein Gebiet von Belang ist.«

»Die Muse der Geschichte!« rief Chem aufgeregt und kam näher. »Die die Sage vom magischen Land schreibt?«

Klio verneigte höflich ihr Haupt. »Einige davon, Zentaurin. Als letztes habe ich die Episode von der Nachtmähre und der Rettung Xanths vor der Nächstwelleninvasion abgehandelt. Ihre Artgenossen sind vorzügliche Kunden für derlei Berichte. Der Gute Magier natürlich auch.«

»Nicht mehr«, murmelte Irene finster.

»Er wird sich schon wieder erholen. Dafür wird Ihre Freundin sorgen«, sagte die Muse und warf einen Blick auf Zora.

»Wird er?« fragte Irene ungläubig. »Aber es gibt doch kein schnell wirkendes Mittel gegen die Jugend . . .«

»Aber ihr Talent wird das kompensieren, verstehen Sie?«

Irene starrte Zora an. »Ihr Talent? Aber sie ist doch ein . . .«

Klio legte eine Hand an den Mund. »Ach je, das steht ja erst in einem zukünftigen Geschichtstext! Wir haben eine lange Herstellungszeit, und da verliere ich manchmal den Überblick. Ich hätte es wohl nicht erwähnen sollen.«

Ein *zukünftiger* historischer Text? Das war aber eine hochkarätige Magie! Wie konnte Zora Zombie etwas mit dem Guten Magier zu tun haben, den sie doch noch nicht einmal kannte?

»Sind die anderen Musen auch hier?« fragte Chem. »Kalliope, Erato, Urania . . .«

»Das sind sie«, bejahte Klio. »Hier ist unser Heim, der Berg Parnaß, die Heimat der Künste, der Wissenschaften und der Erinnerungen. Die anderen ruhen gerade, aber Sie können sie kennenlernen, wenn Sie wollen. Wir hatten nie vor, uns von der Öffentlichkeit abzusondern, wenngleich eine gewisse Abgeschiedenheit gelegentlich recht förderlich sein kann.«

Chem schüttelte bedauernd den Kopf. »Wenn ich erst einmal anfange, mit den Musen zu sprechen, dauert es Jahre, bis wir zu einem Ende finden, und ich habe Dringlicheres zu tun. Also muß ich mich wohl damit begnügen, Eure Heimstatt auf meiner Karte einzutragen. Würdet Ihr uns vielleicht sagen, wie wir zum Gipfel des Parnaß gelangen?«

»Ich muß Ihnen bedauerlicherweise mitteilen, daß es dorthin keinen leichten Weg gibt«, erwiderte Klio. »Talent allein genügt nicht mehr. Die wenigsten talentierten Wesen schaffen es. Sie werden von dem Python oder den Mänaden verschlungen, entweder wörtlich oder bildlich.«

»Das haben wir auch feststellen müssen«, warf Irene ein. »Und man hat uns auch gesagt, daß es gefährlich sei, zu fliegen. Aber ich muß meine Tochter Ivy retten, und dafür muß ich zunächst drei Samen vom . . .«

»Ivy?« fragte Klio. »Lassen Sie mich Thalia herbeiholen.« Sie erhob sich, wandte sich graziös um und schwebte dem Palasteingang entgegen.

»Wer ist Thalia?« fragte Irene.

»Die Muse der Komödie«, murmelte Chem. »Und der Pflanzenkultur.«

»Der Pflanzenkultur! Damit kann ich etwas anfangen! Aber . . .«

Klio kehrte mit Thalia zurück. Die zweite Muse trug eine breit lächelnde Gesichtsmaske und einen Hirtenstab. Ihr Haupt war mit einem Efeukranz geschmückt.

»Ich weiß von der Zauberin«, sagte Thalia sofort. »Aber warum suchen Sie Ivy hier, wo sie sich doch in der Höhle des Zyklopen befindet?«

»In der Höhle des Zyklopen!« wiederholte Irene bestürzt. »Ich dachte, die Hexe Xanthippe hätte sie in ihrer Gewalt!«

»Nicht mehr«, erwiderte Thalia. »Xanthippe hatte bereits die Macht über sie verloren, als Sie in ihrem Auftrag aufbrachen. Wirklich eine komische Ironie!« Sie hielt sich kurz die lachende Maske vors Gesicht.

»Dann war also alles – umsonst?« fragte Irene stammelnd. »Hat die Hexe mich reingelegt?«

»Keineswegs«, erwiderte Thalia. »Xanthippe glaubte, Ivy in ihrer Gewalt zu haben. Aber niemand, der nur ein gewöhnliches Talent besitzt, kann eine Magierin lange gefangen halten. Ivy und der Drache sind auf eine Weise entkommen, wie es nur ein solches Wesen bewerkstelligen kann. Allerdings werden die beiden schon bald in einer schlimmeren Klemme stecken. Insofern ist Ihre Reise hierher nicht vergebens.«

»Ich muß sofort zurück!« rief Irene.

»Wir würden ohnehin nur zu spät kommen«, warf Chem ein. »Vielleicht gibt uns der Simurgh einen nützlichen Rat, denn dieser Vogel weiß ja alles.«

»Ja, wir tauschen uns auch oft mit dem Simurgh aus«, stimmte Thalia ihr zu.

»Ach, das ist mir alles zuwider!« sagte Irene und stampfte mit dem Fuß auf. »Ich will Ivy zurückhaben, sonst nichts!«

»Leichter ist es, ganz Xanth zu retten«, murmelte Klio.

»Was soll das denn nun schon wieder heißen?« bellte Irene.

Warum sprach Thalia von Ivy eigentlich als einer Magierin? Und was meinte Klio mit ihrer Bemerkung über die Rettung Xanths? Irene hatte das scheußliche Gefühl, daß das nicht einfach nur eitles Geschwätz war. Aber anscheinend durften die Musen zwar gelegentlich Hinweise über Zukunft und Vergangenheit geben, aber nie die volle Wahrheit offenbaren. »Wie kommen wir möglichst schnell zum Gipfel des Parnaß?«

Thalia dachte nach. »Manche lassen sich von einem Buch beschwingen.« Sie zeigte auf einen violetten Band, der sich aus der Kiste erhob und vor ihnen in der Luft schweben blieb. »Aber diese Methode ist riskant, weil niemand weiß, welches Buch zu solchen Höhenflügen fähig ist.«

Irene musterte das schwebende Werk. Es wirkte sehr klein und unsicher. »Ich habe keine Lust, mich diesem Ding anzuvertrauen, selbst wenn der Simurgh diese Art von Höhenflügen dulden sollte. Ich würde wahrscheinlich sehr bald abstürzen.«

»Das tun die meisten«, pflichtete Thalia ihr bei. »Erst haben sie hochtrabende Hoffnungen, dann stürzen sie in die Tiefe, vor allem dann, wenn das allgemeine Klima ungünstig ist. Manche schaffen es mit massiver Unterstützung.« Doch ihr allzu fröhliches Lächeln wies darauf hin, daß dies in diesem Fall auch keine Lösung zu sein schien. »Manchen gelingt es durch schieres Glück. Aber der einzige vernünftige Weg ist der der Geduld und Beharrlichkeit.«

»Wir haben aber keine Zeit!« protestierte Irene.

Thalia schritt in einem kleinen Kreis umher. »Dann müssen Sie es wohl mit dem beschwerlichsten Weg versuchen. Bei Ihnen dürfte der Efeu diesmal genügen.« Sie nahm den Efeukranz ab und setzte ihn auf die Klippe am Rande des Tempels. »Ich darf meine Kraft nicht zugunsten eines Reisenden einsetzen, aber Sie dürfen es mit Ihrer tun.«

Irene begriff, worauf sie hinauswollte. »Wachse!« befahl sie dem Efeu.

Der Efeu wuchs heftig. Schon bald machten sich seine Schößlinge daran, die Oberfläche des Steilhangs zu überziehen, wurden immer dichter und ragten schließlich bis zum Gipfel empor.

»Aber Xap und ich können daran nicht emporklettern!« protestierte Chem. »Unsere Hufe . . .«

»Ich werde Euch die Feder mitbringen«, sagte Irene. »Ihr könnt hier unten warten und Euch mit den Musen unterhalten.

Wir müssen ohnehin den gleichen Weg zurückkommen, dann treffen wir uns wieder.«

»Das wird wohl das beste sein«, meinte die Zentaurin ohne großes Bedauern. Sie hatte zwar den Simurgh aufsuchen wollen, aber sie war ebenso begierig darauf, mit den Musen zu sprechen, und der Aufstieg war ihr völlig unmöglich. Die Spezialisierung, die aus ihrer Rasse ausgezeichnete Läufer gemacht hatte, machte sie auch zu schlechten Kletterern. »Ich glaube aber, daß Zora es auch nicht versuchen sollte.«

Irene blickte Zora an und dachte an das, was die Muse über sie gesagt hatte. Zora sah zwar schon erheblich erholt aus, aber hier ging es ja auch nicht um eine kurze Kletterpartie in ein Baumhaus! »Ja, das wäre für sie wohl zu beschwerlich.«

»Aber *ich* kann es schaffen!« sagte Grundy eifrig. Er hatte recht: Sein geringes Körpergewicht und sein fester Griff verschafften ihm erhebliche Vorteile. Zu schade; Irene hätte es vorgezogen, wenn sie auf seine frechen Bemerkungen hätte verzichten können, zumal diese den Simurgh möglicherweise in Rage bringen würden.

Als der Efeubewuchs dicht genug geworden war, machten sich Irene, Xavier und Grundy an den Aufstieg. Sie fanden genügend Halt in dem sich verzweigenden Bewuchs. Wie es einer Muse geziemte, war dies eine sehr luxuriöse und kräftige Efeusorte.

Der Aufstieg war kein Zuckerschlecken, aber Irene war mit Pflanzen vertraut, vor allem mit dieser Art, und sie erinnerte sich ständig selbst daran, daß sie es für ihre Tochter tat. Natürlich war Ivy nicht mehr in der Gewalt der Hexe, doch je früher sie diese Mission beendete, um so eher konnte sie sich auf den Weg machen, um Ivy zu retten. Die Musen hatten gesagt, daß die Mission nicht vergebens sei, und anscheinend wußten sie, wovon sie sprachen.

Grundy hatte keinerlei Schwierigkeiten, weil er ohnehin ständig an irgendwelchen Dingen emporzuklettern pflegte. Und Xavier war von größter Kraft und Ausdauer, er schien die geringe Anstrengung der Kletterpartie geradezu zu genießen. So kamen sie gut voran.

Endlich flachte der Berghang in Gipfelnähe etwas ab, und sie konnten die Kletterpflanze loslassen, wenngleich Irene dafür Sorge trug, daß sie sie jederzeit ergreifen konnte, falls sie abstürzen sollte. Sie wandte den Blick zurück und blickte in die Tiefe. Ein Schwindelgefühl überkam sie. *Blicke nie zurück*, dachte sie, *wenn du auf dem Gipfel bist.*

Dann drehte sie sich wieder um – und erblickte den Baum.

Der Baum der Samen war einfach riesig. Seine Wurzeln hatten sich in den kuppelförmigen Berggipfel gegraben, sein Stamm ragte massiv empor, und seine Äste schienen ganz Xanth bedecken zu wollen. Das Laubwerk war außerordentlich vielseitig, weil dies der Baum aller Pflanzenarten war und er Samen sämtlicher existierender Gattungen hervorbrachte. Für Irene war es der wunderbarste Baum, den es nur geben konnte.

Sie blickte nach Norden, auf den zweiten Gipfel des Parnaß, und machte dort den Baum der Unsterblichkeit aus. Aus dieser Entfernung wirkte er ziemlich klein, aber sie war davon überzeugt, daß er mindestens ebenso groß war wie der Baum auf ihrem Gipfel.

Sie wandte sich wieder dem Baum der Samen zu. Dort, auf einem hochgelegenen großen Ast hockte der Simurgh, ein Vogel von der Größe des Rokh, dessen Federn wie Schleier aus Licht und Schatten waren und dessen gekrönter Kopf wie Feuer aussah. Er bewegte sich und breitete halb seine gewaltigen Schwingen aus, und sie wirkten wie Nebelschwaden über einem Berg.

»Was für eine Kreatur!« hauchte Xavier bewundernd.

Da hatte er durchaus recht. Irene war darauf vorbereitet gewesen, daß der Simurgh einen beeindruckenden Anblick bieten würde, doch das hier überstieg alle Erwartungen: diese Größe, diese Schönheit! Es war überwältigend. Wenn der Baum der Samen ein Monarch unter den Bäumen war, so war der Simurgh ein Monarch unter den Vögeln.

»Ich werde versuchen, mit ihm zu sprechen«, sagte Grundy nervös. »Ist schließlich meine Aufgabe.«

BEMÜHE DICH NICHT, GOLEM.

Irene blickte sich erschrocken um und bemerkte, daß Xavier das gleiche tat, während es Grundy buchstäblich umhaute. »Das ist der Vogel!« rief er und setzte sich wieder auf. »Der Simurgh spricht zu uns!«

WAS IST EUER BEGEHR? fragte der Simurgh, und seine Stimme erklang in ihrem Geist.

Weder Grundy nach Xavier wußten irgend etwas zu sagen. Irene war es, die mit einem Auftrag unterwegs war, und da sie die einzige anwesende Frau war, war sie auch die natürliche Anführerin.

Sie schluckte schwer und begann zu sprechen. »Als erstes brauchen wir eine Fe . . .«

EINE WAS? fragte der ungeheure Vogel.

»Eine . . .« fing Irene wieder an.

WER HAT EUCH DAS IN DEN KOPF GESETZT, STERBLICHE?

Die Art, wie er das Wort ›Sterbliche‹ aussprach, war alles andere als beruhigend; das Leben war nicht unbedingt sehr lang . . . Eingeschüchtert erwiderte Irene: »Die . . .«

DAS HÄTTE ICH MIR GLEICH DENKEN KÖNNEN! DIESE HEXE XANTHIPPE IST SCHON IMMER EINE DIEBIN GEWESEN, DIE ES STETS NACH ALLEM VERLANGTE, WAS IHR NICHT ZUSTAND.

»He, Federhirn, beleidige bloß nicht meine Mutter!« protestierte Xavier in der sturen Art seines Geschlechts.

Der Simurgh richtete ein gigantisches, strahlendes Auge auf ihn. Das schüchterte Xavier offensichtlich ein, doch er verteidigte seine Position so tapfer, wie er nur konnte. Die Verurteilung durch die Furien hatte ihm schwer zugesetzt; nun stand er für seine Mutter ein.

WILLST DU ES HERAUFBESCHWÖREN, LECKERER MANN? Diesmal lag die Betonung auf ›leckerer‹.

»Hm, na klar«, erwiderte Xavier nervös. »Hab' schließlich nie was für meine Mutter getan, also wird es mal Zeit, daß ich . . .«

DU HAST DIE LEKTION DER ALECTO GELERNT, projizierte der Simurgh. NUN WILLST DU EIN GEHORSAMER SOHN WERDEN.

»Wird wohl so sein«, gab Xavier zu. »Ich weiß ja, daß ich nicht viel hergebe, und ich bin auch nicht mit allem einverstanden, was Mami so treibt, aber sie hat immerhin versucht, mir das Beste zu geben, und ich glaube, es ist nie zu spät für einen

Neuanfang. Diese alten Vetteln – äh, ich meine die drei Furien – waren gar nicht so dumm, nicht? Deshalb will ich . . .«

ES IST GUT, SEINE ELTERN ZU EHREN, SELBST WENN DER GEGENSTAND DES RESPEKTS SEINER NICHT WÜRDIG IST, projizierte der Simurgh. ES IST GUT, ZU HEIRATEN UND SESSHAFT ZU WERDEN. DOCH IRRT DEINE MUTTER IN EINER HINSICHT: ES IST DIR NICHT GESTATTET, EINE FRAU ZU NEHMEN, DIE BEREITS VERGEBEN IST.

Xavier blickte Irene an, die sich dabei ertappte, wie sie aus irgendeinem unerfindlichen Grund errötete. Der Simurgh konnte Gedanken lesen; was hatte ihm Xaviers Geist wohl offenbart? Der junge Mann wirkte verstört. »Das darf ich nicht? Aber Mami hat doch gesagt . . .«

SUCHE DIR EINE ANDERE FRAU.

»Äh, jawohl, mein Herr, ich . . .«

»JAWOHL, MEINE DAME«, berichtigte der Vogel ihn. NUR EIN MANN ERKENNT NICHT, DASS ES DIE FRAUEN SIND, WELCHE DEN SAMEN BEHÜTEN.

»Jawohl meine Dame«, wiederholte Xavier eingeschüchtert. »Eine andere Frau suchen.«

DANN WIRST DU XANTHIPPE DIE FEDER BRINGEN. Der Simurgh ließ einen Flügel zucken, und eine winzige Feder stob hervor und flog auf sie zu. Als sie näher kam, wurde sie immer größer: Was an einem riesigen Vogel klein aussah, war im Vergleich zu anderen nicht unbedingt ebenso klein. Hastig griff Xavier danach. Die winzige Feder war halb so groß wie ein ausgewachsener Mann. Sie glitzerte und war wunderschön: sie besaß sämtliche Farben und keine.

Xavier steckte sie in seinen Gürtel, wo sie wie ein Schwert herabhing. »Besten Dank auch, Madam. Ich . . .«

UND DU? projizierte der Simurgh, wobei er sich an Irene wandte. WAS HAT DIE HEXE DIR NOCH AUFGETRAGEN; UND WARUM HAST DU EINGEWILLIGT?

»Sie – ich glaubte, sie hielte meine Tochter gefangen . . .« sagte Irene. Sie kam sich vor wie eine Fünfjährige, die vor der Großmutter aller Großmütter stand und versuchte, ihre Narretei zu rechtfertigen. »Jetzt brauche ich die Samen wohl nicht mehr mitzubringen, weil . . .«

WELCHE SAMEN?

»Die Samen des . . .«

WAS??? Der Vogel breitete seine Schwingen aus und erhob sich halb von seinem Ast, wobei helle und dunkle Nebelblitze von dem Geschöpf ausgingen.

»Oooh, jetzt hast du die Sache aber versiebt, Grünhose!« murmelte Grundy.

KEIN STERBLICHER WAGT ES, DIE SAAT DES ZWEIFELS, DER ZWIETRACHT UND DES KRIEGES ZU BESITZEN! donnerte der Vogel im Geiste.

»Ja, meine Dame«, stimmte Irene mit schwacher Stimme zu. Sie war erleichtert, denn sie hatte immer schon ihre Zweifel gehabt, derart mächtige Samen einer solchen Person in die Hand zu geben.

»Warum denn nicht, Vogelhirn?« fragte Grundy, der inzwischen seine alte Frechheit wiedergewonnen hatte.

»Halt's Maul!« fauchten Irene und Xavier mit einer Stimme.

EINE INTERESSANTE FRAGE, meinte der Simurgh. Offenbar schien dem Wesen die Bezeichnung ›Vogelhirn‹ nichts auszumachen, da sein Vogelhirn wahrscheinlich das mächtigste Hirn in ganz Xanth war. MÖGLICHERWEISE HAT DIE HEXE DIESE SAMEN VERDIENT.

»Nein, das ist doch wirklich nicht nötig . . .« fing Irene an.

SIE SOLL SIE ERHALTEN, entschied der Vogel. Er machte einen Satz auf seinem Ast, daß der ganze Baum erzitterte. Mehrere Früchte fielen herab und rollten auf Irene zu. Als sie näher kamen, wurden sie immer schneller und hüpften über die im Wege liegenden Hindernisse. Irene sah besorgt zu, weil sie fürchtete, daß sie ihr entwischen könnten.

Die drei Früchte kamen in ihrer Nähe zum Liegen und zerbarsten. Ihre Samen platzten hervor. Einer traf Grundy voll in der Magengrube und warf ihn erneut um. Ein weiterer schoß auf Xaviers Kopf zu; instinktiv streckte er die Hand aus und fing ihn auf. Der dritte Samen prallte in Irenes Schoß.

»Zweifel«, sagte Xavier unsicher und reichte ihr den Samen. Seine Konturen waren unscharf, und er ließ sich nur schwer bestimmen.

»Zwietracht«, fuhr Grundy in zänkischem Ton fort und gab

den Samen an sie weiter. Er besaß scharfe Dornen, die es schwer machten, ihn anzufassen, ohne sich dabei zu verletzen.

»Und Krieg«, beendete Irene in drohendem Ton die Reihe und betrachtete den Samen. Er glich einer pilzförmigen Wolke.

Sie verstaute die Samen sorgfältig in einer Tasche und konnte nur hoffen, daß der Simurgh im Recht war, sie ihr auszuhändigen. Denn sie wußte, wie schlimm sie mißbraucht werden konnten.

UND DIESE SIND FÜR DICH, GUTE FRAU, projizierte der Simurgh. SOVIEL DU FANGEN KANNST. Der Vogel breitete die Schwingen aus, erzeugte mit seinem Flattern ein Geräusch wie ein Donnergrollen, erhob sich kurz und ließ sich wie ein Stein auf den Ast zurückfallen. Der Baum der Samen erbebte so heftig, daß sein gesamtes Blattwerk an Konturenschärfe verlor.

In einer sich ausdehnenden Kugel prasselten Samen, von ihren Früchten bereits gelöst, durch die Luft. Es war eine dichte Wolke, die das Licht der Sonne vorübergehend auslöschte, Irene schrie auf, halb vor Freude, halb vor Entsetzen: Freude, weil ihr dies Gelegenheit gab, wundervolle neue Samen zu sammeln, Entsetzen, weil sie erkennen mußte, daß es ihr nur gelingen würde, sich allenfalls einen winzigen Bruchteil der riesigen Samenmenge anzueignen.

Grundy öffnete den Mund, um etwas zu sagen – und verschluckte unversehens einen Samen. Das ließ ihn verstummen.

Irene hob ihr Kleid hoch, um so viel aufzufangen, wie sie nur konnte. Samen prasselten auf ihren Leib und glitten in die Mulde ihres Kleides hinab – eine erbärmlich winzige Auswahl, und doch von unschätzbarem Wert.

Einen Augenblick später hörte der Hagelschauer auch schon wieder auf. Benommen blickte Irene um sich. Auf dem Gipfel war keiner der Samen mehr zu sehen, und sie wußte, daß sie wohl für immer verloren waren. Doch ihr Kleid war prall gefüllt mit Samen aller Art und Gestalt: Viele sahen aus wie winzige Staubkörner, andere glichen Schneeflocken; wiederum andere erinnerten an Sand, manche an Baumwollblüten und winzige Kapseln. Sie waren von jeder nur erdenklichen Farbe und Größe und Beschaffenheit. Manche erkannte sie, etwa die

Delftbeere (winzige Teetassen), die Fliegerwurzel (mit winzigen Flügeln und Propellern), Gummi (kleine Blasen hervorbringend), Pfauenschwertlilien (mit hübschen, gespreizten Schweifen) und Dumpffarn (mit unglücklichem Ausdruck); doch viele andere waren ihr unvertraut. Was war denn das hier für eine Pflanze, deren Samen aussahen wie zwei gekreuzte Knochen, oder die hier, die wie eine Haarnadel aussah? Sie würde sie zu Hause auf Schloß Roogna in den alten Bestimmungsbüchern nachschlagen müssen, bevor sie es wagen durfte, sie wachsen zu lassen. Welch ein fabelhafter Schatz!

»Ihr solltet Euch sehen können!« rief Grundy. »Samen in Eurem grünen Haar, Samen in Euren Pantoffeln, Samen zwischen Euren Tit . . .« Er bemerkte ihren giftigen Blick und verbesserte sich hastig: ». . . in Eurem Ausschnitt.«

Nun sah sich Irene vor ein neues Problem gestellt. »Wie soll ich die denn alle transportieren?« fragte sie. »Ich kann doch mein Kleid nicht loslassen!« Doch wenn sie das täte, würde alles herunterrutschen, und sie ahnte, daß sie alles verlieren würde, was hier den Boden berührte. Der Simurgh hatte ihr zwar ein Geschenk gewährt, aber er hatte es ihr dabei nicht leicht gemacht: Sie durfte nur jene Samen behalten, die sie einfangen – und halten – konnte.

»Ich helfe Euch«, sagte Xavier galant. Er begann, Samen aus ihrem Haar zu picken und in ihr ausgebreitetes Kleid zu tun. Als er tiefer griff, mußte sie ihn abwehren.

»Danke, Xav, die anderen werde ich schon selbst heraussuchen, sobald es geht.« Sie hatte auch so schon genug Probleme, als daß sie auch noch dulden konnte, daß er zwischen ihren Brüsten nach Samen herumfischte, während sie mit hochgehobenem Kleid dastand und ihre Hände nicht freibekam. Zwar hatte er eingewilligt, sich eine andere Frau zu suchen, aber es hatte keinen Sinn, ihn auch noch in Versuchung zu führen.

Nun hatte sie die meisten Samen beisammen – aber ihre Hände waren noch immer blockiert. Was sollte sie tun? Der Gedanke, auch nur einen der Samen zu verlieren, war ihr unerträglich, denn vielleicht wäre dies der wertvollste von allen gewesen. Neben ihrem Mann und ihrer Tochter waren Samen das wichtigste, was sie im Leben kannte. Sie mußte sie *alle* retten!

»Wie wollt Ihr denn nun herunterklettern?« fragte Xavier.

Herrje, genau das war ja das Problem! Da stand sie nun mit ihren Reichtümern und war von ihnen gefangen.

Sie seufzte. Die Samen hatten oberste Priorität. Sie atmete mehrmals nicht allzu tief durch und drehte sich schließlich Xavier zu. »Xav, würdet Ihr bitte mein Kleid lösen? Der Verschluß ist an der Hüfte.«

Der junge Mann sperrte den Mund auf. »Aber nein, Fräulein! Das geht doch nicht! Der große Vogel hat mir befohlen . . .«

»Er hat Euch befohlen, mit keiner Frau anzubändeln, die bereits vergeben ist«, konterte Irene. »Das ist ein ausgezeichneter Rat, und ich bin durch und durch vergeben, also braucht Ihr Euch darüber keine Sorgen zu machen. Deshalb bitte ich Euch nun als Freund, der sich eine andere Frau suchen wird und demzufolge mir gegenüber keinerlei Absichten hegt, mir dabei behilflich zu sein, diese Samen nach Hause zu transportieren. Dazu muß ich sie aber in mein Kleid wickeln, und *dazu* wiederum muß ich es ausziehen. Da ich meine Hände nicht benutzen kann, müßt Ihr und Grundy mir dabei helfen. Es ist also alles in bester Ordnung.« Sie hoffte nur, daß sie alles richtig ausgedrückt hatte und dabei nicht errötet war. Das hier war keine Situation, die sie ihrem Mann gerne erklärt hätte.

Xavier überlegte. »Hm, na schön, wird wohl so sein. Aber recht ist es bestimmt nicht.«

»Der Verschluß ist an der Seite. Löst ihn vorsichtig und wickelt das Kleid langsam auf, damit keine Samen verloren gehen.«

»Na klar doch, Fräulein.« Der junge Mann fummelte an ihrer Hüfte herum. Er ging alles andere als geschickt dabei vor, aber das taten Männer ja nie. »Ihr habt aber wirklich einen äußerst strammen . . .«

»Paß bloß auf!« warnte Grundy ihn grinsend.

». . . Verschluß«, beendete Xavier seinen Satz. Anders als der Golem, hatte er seinen ursprünglichen unschuldigen Gedanken nicht umformulieren müssen. Dann hatte er den Verschluß endlich gelöst und wickelte das Kleid auf.

Grundy stieß einen Pfiff aus. »Schau sich doch nur mal einer diese . . .« Wieder wurde er von Irenes unheilverkündendem

Blick unterbrochen. ». . . Fesseln an«, korrigierte er sich etwas lahm.

»Ihr habt einen Samen in Euren . . .« sagte Xavier. »Ich meine, in dem Band von Euren – dem grünen . . .«

»Das nennt man Höschen, Trollkopf«, sagte Grundy, bevor Irenes Blick ihn lähmen konnte. »Noch nie hat menschlich Aug' dies erspäht!«

»Laßt den Samen, wo er ist«, befahl Irene ruhig. »Grundy, du machst den Knoten fest.«

Grundy kletterte auf den nun entstandenen Beutel und gehorchte. Da der Golem ursprünglich einmal aus Holz und Stoff bestanden hatte, verstand er, worauf es ankam. Sein Knoten würde halten. Nun war der Beutel fertig, und kein einziger Samen war verlorengegangen.

Jetzt pickte Irene den Samen aus ihrem Höschenband.

»Immer noch die gleiche wie früher«, meinte Grundy unschuldig.

»Wird die nicht mal langsam alt?«

»Meine Höschen passen zu meinem Teint«, sagte Irene mit etwas, von dem sie hoffte, daß es Humor war. »Und jetzt wollen wir endlich wieder den Berg verlassen.« Sie drehte sich um und musterte den Stamm des Kletterefeus.

Noch ein Problem. Jetzt hatte sie einen großen, sperrigen Sack, den sie beim Klettern tragen mußte, und er war nicht eben leicht. Sie konnte ihn zwar in einer Hand halten, aber sie brauchte zwei Hände, um hinabzuklettern. Sie durfte es nicht riskieren, den Beutel hinabzuwerfen, weil er beim Aufprall mit Sicherheit platzen würde, und dann wären die Samen verloren. Was sollte sie tun?

Xavier erkannte das Problem. »Ich kann den Beutel für Euch tragen, Fräulein. Für mich ist er nicht sehr schwer.«

Irene blickte ihn nachdenklich an. Er war zwar noch immer ein stattlicher, muskulöser Mann, doch auch er würde beide Hände für den Abstieg brauchen. Wäre der Sack etwas weniger sperrig gewesen, hätte er ihn vielleicht mit den Zähnen festhalten können, doch das stand außer Frage.

Zum Glück wußte Grundy eine Antwort. »Einer von euch steigt ein Stück hinab, dann reicht ihm der andere von oben den

Sack. Danach wechselt ihr euch ab. Wird ein Weilchen dauern, aber es müßte gehen.«

»Klar geht das!« sagte Xavier und wandte den Blick von Irenes Oberkörper ab. Er kletterte über den Felsvorsprung und packte den Efeu, bereit, hinabzusteigen. Als er ein Stück geklettert und nur noch sein Kopf zu sehen war, packte er mit festem Griff der linken Hand die Kletterpflanze und streckte die Rechte empor. »Gebt ihn an!« rief er.

Bevor sie in die Tiefe stieg, blickte Irene noch einmal den Baum der Samen und den monströsen weisen Vogel an. »Lebt wohl, Simurgh, und vielen Dank!« rief sie.

LEBT WOHL, GUTE FRAU, erwiderte der Vogel. UND VERGESST NICHT, WELCHE SAMEN IHR BEI EUCH TRAGT.

Wohl kaum! Diese Samen stellten einen Reichtum dar, der ihre Vorstellungskraft beinahe überstieg!

Irene machte sich an den Abstieg, wissend, daß sie wahrscheinlich nie wieder einem Wesen wie dem Simurgh begegnen würde.

10

Zyklopenauge

Am Morgen spähten Ivy, Hugo und Stanley über den Rand ihres Vorsprungs, das Schlimmste befürchtend. Ihre Befürchtung erwies sich als richtig: Vor dem Höhleneingang lag ein schlafendes Ungeheuer.

Sie musterten den Rest der Höhle auf der Suche nach einem anderen Ausgang, doch ohne Erfolg.

»Ob wir uns an dem Ungeheuer vorbeischleichen können?« fragte Ivy. »Bevor es aufwacht?«

Hugo beäugte das Monster genauer. Es war humanoid, haarig und riesig. Zwischen ihm und der Wand des Höhleneingangs war keine einzige Lücke frei. »Dann müßten wir über seine Beine steigen«, sagte er. »Ich glaube nicht, daß es dann noch lange weiterschlafen würde.«

»Vielleicht geht es ja bald von allein weg«, meinte Ivy.

Doch noch während sie sprach, rollte sich der Riese auf die andere Seite, so daß sein entsetzlich häßliches Gesicht ihnen zugekehrt war, und öffnete sein Auge.

»Ohhh«, machte Hugo.

Es war ein passender Kommentar, denn nun hatte der Riese sie erblickt. »Ho!« rief er mit einer Stimme wie marmorierter

Donner und kletterte auf die Beine. Der Höhleneingang war hoch genug, um etwa zweieinhalb gewöhnliche Menschen einzulassen, die übereinander standen, jeder auf dem Kopf seines Untermanns, doch der haarige Schädel des Riesen hatte Mühe, oben nicht anzustoßen. »Zwerge in Höhle!« brüllte das aufgesperrte Maul.

»Los, rennt davon!« rief Hugo, einer plötzlichen Eingebung folgend.

Sie versuchten es. So glitten und krabbelten sie über den Boden – doch die einzige Richtung, in die sie fliehen konnten, war der Höhleneingang, und dort versperrte das Ungeheuer ihnen mit mächtigen haarigen und knorrigen Beinen den Weg. Sein riesiges Auge schien zu blitzen, während es sie musterte, und die gigantische Holzkeule, die aus dem Stamm eines mittelgroßen Eisenholzbaumes gefertigt worden war, schwebte drohend in der Höhe. So wichen die drei wieder zurück.

Doch der Riese folgte ihnen, indem er mit der Keule nach ihnen stach. »Was tut ihr in Höhle?« brüllte er so laut, daß sich Sand von der Höhlendecke löste und herabrieselte.

Ivy war zwar entsetzt, wußte aber, daß ihre Freunde tapfer waren. »Wir müssen gegen ihn kämpfen!« erklärte sie. »Wir zwingen ihn dazu, uns ziehen zu lassen.«

Hugo wechselte einen ungläubigen Blick mit Stanley. Die Logik der Frauen war unergründlich! Dann musterte er Ivy verständnislos. »Gegen ihn kämpfen?«

»Bewirf ihn mit Obst!« ermunterte sie ihn.

»Aber mein Obst ist doch faul!«

»Nein, ist es nicht!«

Da erinnerte er sich. »Stimmt ja, ist es gar nicht mehr! Aber faules Obst ist auch gut genug dafür.« Er zauberte eine überreife Tomate herbei und schleuderte sie dem Riesen entgegen. Sie traf ihn etwa auf mittlerer Leibeshöhe und bespritzte das grobe Tierfell, das ihn bekleidete, mit tropfendem Tomatenmark.

»Und du, Stanley! Mit deinem superheißen Dampf kannst du ihm die Zehen rösten!« feuerte sie den Drachen an.

Der feuerte wiederum seinen Dampf an. Er war jetzt wirklich superheiß, und der kleine Drache merkte, wie sein Mut zurückkehrte. Wenn Ivy glaubte, daß er etwas gegen den Riesen bewirken konnte, konnte er es vielleicht tatsächlich. Er spannte seine Muskeln an, richtete seine Schnauze zielgenau aus und ließ einen sengenden, glühendheißen Dampfstrahl entweichen, der den schwieligen, warzigen linken großen Zeh des Riesen erhitzte.

Der Riese blieb stehen; es dauerte einen Augenblick, bis er bemerkte, daß hier irgend etwas nicht ganz stimmte. Schließlich war es sehr weit von seinem Zeh bis zum Kopf, und der Schmerz brauchte seine Zeit, um sich durch seine schlecht gepflegten Nervenbahnen emporzukämpfen. Der betroffene Zeh begann nach verkochendem Fleisch zu duften.

Der Riese schnüffelte. Er fuhr sich mit einer langen, schlabbrigen Zunge über die Lippen. Das roch aber lecker!

Dann durchstieß der Schmerz endlich den Schlamm, der die letzte Nervenbahn blockierte, und erreichte das Schmerzzentrum.

Wieder brüllte der Riese laut auf. Stalaktiten nahmen die Schwingungen auf und vibrierten wie Stimmgabeln, und der Windstoß seines Gebrülls blies den Drachen um, so daß er einen Purzelbaum vollführte und seine Zielgenauigkeit beeinträchtigt wurde. Der Rest seines Dampfstrahls schoß als senkrechter Geysir in die Höhe und versiegte schließlich.

Hugo warf eine weitere Frucht – diesmal eine überreife Wassermelone. Weil sie zu schwer war, konnte er sie nicht weit genug werfen, und so fiel sie dem Riesen auf den Zeh und kühlte ihn.

Ivy mußte einsehen, daß sie nicht sonderlich weit gekommen waren. »Denk dir was aus, Hugo!« rief sie. »Du bist doch so klug!«

»Bin ich das?« Hugo hatte Schwierigkeiten, das zu glauben, vor allem früh am Morgen. Doch er entdeckte, daß er tatsächlich klüger war, als er geglaubt hatte, und so dachte er sich etwas aus. »Kirschen!« rief er. Immerhin hatten sie sich im Kampf gegen Fracto recht gut bewährt.

Er schleuderte dem Riesen Kirschen entgegen, die mit hübschen roten Explosionen um ihn herum zu knallen begannen, doch waren sie zu klein, um einem Ziel von dieser Größe etwas anhaben zu können.

»Ein Granatapfel!« sagte Hugo. Auch der hatte sich als sehr wirkungsvolles Obst erwiesen. So auch diesmal: Die Explosion setzte das Tierfell des Riesen in Brand. Der Riese, in der Schmerzwahrnehmung nun schon geübter, reagierte wesentlich schneller als beim ersten Mal und hüpfte wild umher, wobei er mit Faust und Keule nach den Flammen schlug.

Im Laufe dieses Tuns beugte sich das Ungeheuer vor. Einen Augenblick lang blickten Riese und Drache einander in die Augen.

Stanley ließ einen Dampfstrahl hervorschießen, der das Auge voll in der Mitte traf.

»Auuuuuu!« schrie der Riese und klappte die Hände vors Auge, wobei seine Keule zu Boden fiel. »Ungh! Weh!«

»Jetzt können wir fliehen!« rief Hugo froh. »Stanley hat ihn geblendet!«

»Oh!« rief Ivy aus. Sie blieb stehen und musterte die Tränen, die zwischen den Fingern des Ungeheuers hervorquollen. »Armes Ding!«

»He, wir müssen los!« sagte Hugo. »Bevor er uns wieder den Weg versperrt.«

»Aber sein Auge!« erwiderte sie. Sie empfand Mitleid für jeden, der aus gegebenem Anlaß weinte. »Was, wenn es nun nicht besser wird?«

»Na und? Wen kümmert es denn schon, was einem gemeinen alten Ungeheuer passiert?«

Ihre Oberlippe versteifte sich rebellisch. »*Mich* kümmert das! Ich wollte ihm nicht wirklich weh tun!«

Hugo wechselte einen verblüfften Blick mit dem Drachen, dem auch ein gewisser Ekel nicht fehlte. Sie empfanden diese weibliche Empfindsamkeit als ebenso unverständlich wie das Magierinnentalent. »Willst du dem Monster etwa auch noch helfen?«

»Na ja, wenn er es doch nötig hat«, meinte Ivy. »Vielleicht nur so lange, bis sein Auge wieder heil ist.«

»Ja, und dann frißt er uns auf!« sagte Hugo.

Das konnte Ivy nicht mit Sicherheit widerlegen, also ignorierte sie die Bemerkung lieber. Sie wandte sich dem Riesen zu, der nun schweigend dastand und mit dem Augenlid klimperte, unter dem riesige Tränen hervorkullerten. »Tut es sehr weh, Riese? Das tut mir leid.«

Der Riese wirkte ebenso überrascht wie Hugo und Stanley. »Ich? Sprichst du mit mir?«

»Siehst du hier vielleicht noch irgendwelche anderen fetten, furchterregenden, einäugigen, haarigen Riesen herumstehen?« fragte Hugo sarkastisch.

»Im Augenblick sehe ich gar nichts«, meinte der Riese und rieb sich mit einer schwieligen Faust das Auge.

»Nicht, das darfst du nicht!« rief Ivy, die sich an die Mahnungen ihrer Mutter erinnerte. »Damit reibst du nur noch mehr Schmutz ins Auge, und alles wird noch schlimmer.«

Sofort hielt der Riese inne. Anscheinend pflegte er auf die Stimme weiblicher Autorität zu reagieren. »Tut weh, wird aber heilen«, sagte er. »Ist früher schon schlimmer verbrüht worden und auch geheilt.«

»Das freut mich«, sagte Ivy. »Wir wollten dir nicht richtig weh tun. Wir wollten nur fliehen, damit du uns nicht auffrißt.«

»Warum ihr nicht gleich gesagt?« wollte der Riese wissen. »Ich nicht fresse Leute! Zu klein, schmeckt schlecht! Ich euch lasse gehen.«

»Das glaube ich dir nicht«, erwiderte Hugo.

»Ich nur gefragt, was macht in Höhle«, bemerkte der Riese, und sein Auge blinkte. »Warum gebt keine Antwort?«

Nun tauschten Ivy und Hugo Blicke aus, dann sahen sie Stanley an, der nur mit dem ganzen Körper wogengleich zuckte. »Daran haben wir wohl nicht gedacht«, gestand Ivy. »Wir haben einfach geglaubt, daß du – na ja, wir sind doch noch Kinder, weißt du.«

Endlich war das Auge des Riesen wieder klar, wenn es auch noch einen roten Rand aufwies und ziemlich wäßrig war. Er setzte sich mit einem dumpfen Aufprall nieder, der den Boden erschütterte. »Ich weiß nicht, sonst nicht geschrien. Gibt Affen hier, kommen rein, klauen Knochen . . .«

»So etwas würden wir nie tun«, sagte Ivy hastig. »Wir haben bloß eine sichere Schlafstelle gebraucht. Wir wußten ja nicht, daß es deine Höhle ist.« Sie lehnte sich vertraulich vor. »Dort draußen gibt es nämlich Ungeheuer, mußt du wissen.«

»Natürlich gibt es die«, stimmte der Riese ihr zu. »Ist auch gut. Esse ich nämlich.«

»Ich traue ihm nicht«, sagte Hugo.

»Hugo traut dir nicht«, sagte Ivy zu dem Riesen.

»Na, ich traue ihm auch nicht!« erwiderte der Riese mürrisch. »Er meine Uniform in Brand setzen!«

»Ich bin sicher, daß es Hugo leid tut.«

»Tut es mir nicht!« rief Hugo. »Das war schließlich Krieg!«

»Oh, das ist was anderes«, sagte der Riese. »In Liebe und Krieg – alles gerecht.«

»Jawohl!« meinte Hugo etwas besänftigt. »Das sagt meine Mutter auch immer.«

»Sie weiß. Mütter wissen. Welche Bombe hast du verwendet?«

»Einen Granatapfel.« Hugo zauberte einen weiteren hervor und hielt ihn in der Hand. »Ich zaubere nämlich Früchte herbei.«

»Das gutes Talent«, sagte der Riese. »Wünschte, ich würde Magie machen.«

»Warum vertragen wir uns nicht alle und werden Freunde?« schlug Ivy vor, denn sie war ein freundliches Kind.

Der Riese lachte. »Wirkliche Menschen keine Freunde von Zyklopen!« protestierte er.

»Warum nicht?«

Das brachte ihn etwas aus dem Konzept. Nun, da sie ihn dazu gebracht hatte, darüber nachzudenken, erschien ihm die Freundschaft durchaus vernünftig.

»Tradition, nehme ich an.«

»Wir sind viel zu jung, um etwas über Tradition zu wissen«, bemerkte Ivy.

»Oh. Na gut. Freunde werden. Monster teilen.« Der Zyklop griff durch die Höhle und zerrte den toten Greif hervor, den er in der Nacht mitgebracht hatte. Er hatte ihn zur Hälfte aufgegessen, aber es war noch jede Menge übrig.

Ivy wich zurück. »Der klebt ja richtig!«

»Blut«, erklärte der Zyklop. »Schmeckt gut. Ich lecke ihn für euch ab. Dann er schön sauber.«

»Nein danke«, sagte Ivy und erinnerte sich dabei wieder an

ihre Manieren. »Ich glaube, ich habe doch keinen Hunger.« Sie blickte um sich. »Aber vielleicht möchte Stanley etwas.«

Der Drache willigte sofort ein. Der Zyklop riß dem Greif ein Hinterbein ab und warf es Stanley vors Maul, worauf der Drache glückselig hineinbiß.

»Möchtest du vielleicht etwas Obst?« fragte Hugo, der sich ein wenig vernachlässigt vorkam. »Ich kann noch etwas herbeizaubern.«

Der Zyklop beäugte den Granatapfel. »Äh, danke, aber das nicht gut für Zähne und brennt auf Zunge.«

»Oh, nein, das habe ich nicht gemeint«, sagte Hugo und setzte den Granatapfel vorsichtig ab. »Ich meine ganz normales Obst.« Und zauberte ein Bündel Bananen herbei, das er dem Riesen anbot.

Das Auge des Zyklops weitete sich. »'nanen! Schon seit Jahrzehnten nicht gefuttert! Mehr davon?«

»Na klar. Alles, was du willst.« Hugo, froh, sein neu verbessertes Talent unter Beweis stellen zu können, zauberte für den Riesen, Ivy und sich selbst eine Menge Obst herbei, von dem sie nach Herzenslust schmausten.

Nach dem Essen erzählten sie sich gegenseitig Geschichten. Ivy berichtete davon, wie sie mit einem Zombie spazierengegangen war, auf einem Teppich geflogen und einen Spaziergang mit einem Yak unternommen hatte. Hugo beschrieb, wie er aus Versehen das Wasser der Jugend auf seinen Vater und den Spaltendrachen gespritzt hatte und davongelaufen war, als sein Vater verschwand, bis er Ivy begegnet war und die Reise mit ihr fortgesetzt hatte. Die beiden erklärten, wie sie sich dem kleinen Drachen angeschlossen hatten, von dem sie inzwischen wußten, daß er der frühere Spaltendrache war, der aber inzwischen Stanley hieß, und wie sie den Käferbär und König Fracto die Wolke bekämpft hatten.

»König Cumulo-Fracto-Nimbus?« fragte der Zyklop. »Kenne ich, diesen Luftkopf! Mag ihn nicht!« Und dann erzählte er seine eigene Geschichte.

Sein Name war Brontes, und zusammen mit seinen Brüdern Steropes und Arges hatte er einst zu den Kräften der Luft gehört. Sie waren Kinder von Himmel und Erde und hatten für ihren Vater Donnerkeile geschmiedet. Doch dann war der Himmel auf sie eifersüchtig geworden, hatte ihnen ihre Kraft genommen und sie verbannt. Ihre Mutter, die Erde, hatte sie in ihrem Reich aufgenommen, konnte aber nicht mehr für sie tun, weil sie nicht so stark war wie ihr Vater; außerdem liebte sie den Himmel. »Wird manchmal stürmisch«, hatte sie zwar zugegeben, »aber hat so schöne blaue Augen. Außerdem brauche ich den Regen, den er mir schickt.«

Also hatte Brontes sich hier in dieser verborgenen Höhle eine lange Zeit versteckt, hatte es nicht gewagt, bei Tag hinauszugehen, weil er den Zorn seines Vaters, des Himmels, fürchtete, und seine Macht des Donnerns hatte sich der Emporkömmling Wolkenkönig Fracto angeeignet, der früher einmal nur ein kleiner Nebel gewesen war. Brontes war allein; was ihm am meisten fehlte, das war die Gesellschaft seiner Brüder, aber er wußte nicht, wo sie waren, und wagte es nicht, sich zu weit von seiner Höhle zu entfernen, um nicht im Freien erwischt zu werden, wenn einer derselben Donnerkeile, die er in seiner Jugend zu schmieden geholfen hatte, auf die Erde geschleudert wurde.

»Ach, das ist aber eine traurige Geschichte!« rief Ivy. »Wir müssen dir unbedingt helfen, deine Brüder wiederzufinden.«

»Wie denn«, fragte Brontes, den der Vorschlag interessierte, obwohl er keine sonderlichen Hoffnungen in ihm zu wecken vermochte. Denn seine Brüder waren schon seit langem verschollen.

»Alles, was man braucht, ist eine positive Einstellung«, sagte Ivy fröhlich. »Wenn ich glaube, daß ich etwas tun kann, zum Beispiel gut sprechen, dann versuche ich es – und siehe da, ich kann es plötzlich. Als Hugo wirklich versucht hat, gutes Obst herbeizuzaubern, da funktionierte es. Und Stanley konnte plötzlich heißeren Dampf hervorbringen, als er es versuchte. Wenn du also wirklich versuchen solltest, deine Brüder zu finden, würde es dir bestimmt gelingen.«

»Ich habe doch schon versucht, sie zu finden, seit wir verbannt wurden!« rief Brontes. »Warum sollte es dann jetzt plötzlich klappen?«

Wie üblich, ignorierte Ivy, was sie nicht beantworten konnte. Das war eine sehr wirkungsvolle Taktik. »Du hast ein so schö-

»Der Drache frißt alles, besonders Menschen«, sagte die Frau. »Außerdem bin ich gar kein Mensch. Ich bin ein Koboldmädchen.«

Ivy furchte die Stirn. »Aber Kobolde sind doch häßlich!«

»Die Mädchen nicht«, sagte Hugo. »Mein Vater sagt, daß die Koboldmädchen hübsch sind, und er weiß ungefähr alles, also muß es stimmen.«

»Nur der Gute Magier weiß alles«, behauptete die Frau.

»Sag' ich doch.«

Wieder blickte sie ihn erstaunt an. »Ja, die Koboldmädchen sind wirklich hübsch, und die Koboldmänner sind häßlich«, stimmte sie ihm nach einem Augenblick zu. »Das ist auch einer der Gründe, weshalb ich meinen Stamm verlassen habe, um die Liebe zu suchen. Bist du ganz sicher, daß der Drache nicht beißt?«

Ivy wandte sich an Stanley. »Beißt du etwa Koboldmädchen?«

Der Drache stieß eine kleine Dampfwolke aus, ohne sich festzulegen.

»Siehst du – er hat sowieso keinen Hunger«, sagte Ivy. »Er hat einen schönen Greifenknochen zerkaut und . . .« Sie zuckte mit den Schultern, weil sie nicht mehr wußte, ob Stanley diesmal etwas Obst verzehrt hatte.

Die Frau entspannte sich ein wenig. »Eine gute Mahlzeit.«

Doch dann versteifte sie sich wieder. »Hat dieser Drache den Greif etwa selbst getötet?«

Ivy lachte. »Ach, nein! Das war ein Kadaver, den der Zyklop Stanley gegeben hat, nachdem er ihm sein Auge bedampft hat.«

»Der Zyklop!« rief die Frau und wäre beim Zurückweichen beinahe gestolpert.

»Du verstehst das miß«, sagte Hugo. »Wir sind mit dem Zyklop befreundet. Aber er verläßt seine Höhle nie bei Tag.«

Wieder entspannte die Frau sich. »Ihr seid aber ungewöhnliche Leute!« Sie streifte sich ihre feinen Haarsträhnen aus dem Gesicht. »Oh, ich bin ausgehungert!«

Hugo zauberte eine Handvoll Himbeeren herbei. »Wir haben jede Menge Obst.«

»Seit gestern habe ich nichts Vernünftiges mehr gegessen!« rief die Frau, als sei dies eine hochwichtige Nachricht.

»Dann setz dich und iß und erzähl uns deine Geschichte«, lud Ivy sie ein. »Ich bin Ivy, und das hier ist Hugo.«

Das Koboldmädchen nahm die Himbeeren an und setzte sich vorsichtig auf einen moosbewachsenen Stein. »Ich bin Gloria, die Tochter von Kotbold, dem Häuptling der Nordhangkobolde. Meine Geschichte ist sehr traurig«, fuhr sie fort. »Sehr traurig.«

»Oh«, sagte Ivy. »Aber ich mag keine traurigen Geschichten. Könntest du sie nicht schön machen?«

»Vielleicht wird sie ein schönes Ende finden«, meinte Gloria.

»Au ja!« Und dann lehnte Ivy sich zurück, um zuzuhören, während Hugo weiteres Obst für ihre neue Bekannte herbeizauberte.

11

Saat des Schreckens

Irene war von Zweifeln befallen. Zuerst befürchtete sie, daß sie während des Abstiegs und des ständigen Hin- und Herreichens den Samenbeutel verlieren würde; als dies nicht geschah, rechnete sie damit, daß sie den Halt verlieren und in die Tiefe stürzen würde. Dazwischen war sie nervös und dachte an den Eindruck, den sie wohl auf die anderen machen mußte, wie sie so in ihrer Bluse und ihrem grünen Höschen den Efeu hinabkletterte.

Doch sie schafften es ohne Zwischenfälle. Unten warteten Xap und Chem und Zora, zusammen mit einigen der Musen.

Sobald sie mit ihren Samen in Sicherheit war, ließ Irene eine Kleiderpflanze und ein neues Paar Frauenschuh wachsen, um sich wieder richtig anzuziehen. Doch damit tauschte sie nur eine Sorge gegen die andere. Wo war Ivy inzwischen? Hatte der Zyklop sie aufgefressen? Nein, natürlich nicht, denn die kleine Efeupflanze war immer noch gesund. Doch es würde immer noch ein bis zwei Tage dauern, bis sie zurückgekehrt war, es sei denn, es gelang ihr, eine neue Flugpflanze wachsen zu lassen und auf ihr zurückzufliegen. Doch dann würden weder Chem noch Zora Zombie mit ihr zurückkehren können, und sie brauchte diese Freundinnen. Außerdem würde keine ihrer Flugpflanzen die zusätzliche Last des Samenbeutels ertragen. Da war es besser, zurückzureiten, wie sie hergeritten war, auch wenn der Zeitverlust sie schmerzen mochte.

Und was, wenn sie dem Python wieder begegnen sollten oder den Mänaden? Zwischen ihr und ihrem Kind lauerten zahllose Gefahren!

Irene nahm sich zusammen und überprüfte ihren neuen großen Beutel voller Samen. Sie pickte ein paar vertraute Samen heraus sowie ein paar unvertraute, für alle Fälle. Sie hatte so viele von ihren gewöhnlichen Samen verbraucht, daß sie sich auf ihren ursprünglich mitgenommenen Vorrat allein nicht mehr verlassen konnte.

Die Musen waren freundliche, zivilisierte, intelligente Frauen, und Irene hätte es normalerweise genossen, bei ihnen zu bleiben, doch hatte sie keine Zeit für Plaudereien. Jeder Verzug hätte Ivys Schicksal besiegeln können! Auch so war vielleicht nicht mehr genügend Zeit vorhanden. Alles war so unsicher! »Begeben wir uns auf den Weg!« schnappte sie.

Die anderen schauten sie zwar schief an, wandten jedoch nichts dagegen ein. Hastig entboten sie den Musen Lebewohl und machten sich auf den Weg.

Dennoch war Irene erregt. Was, wenn Chem stolperte und sich vielleicht dabei ein Bein brach? So vieles konnte noch schiefgehen!

Grundy blickte zu ihr zurück. »Stimmt irgend etwas nicht, Irene?« fragte der Golem. »Ihr seht erschreckt aus.«

»Halt's Maul, du kleiner Lumpensack!« fauchte sie ihn an.

»Aber er hat Euch doch nur gefragt, ob . . .« begann Chem.

»Du auch, Pferdehintern!« sagte Irene.

Verletzt schwieg die Zentaurin. Noch nie hatte Irene so mit ihr geredet, und schon gar nicht grundlos.

»Die Samen!« rief Xavier. »Der große Vogel hat uns aufgetragen, immer daran zu denken, was sie bedeuten!«

Plötzlich fiel alles ins Bild. »Zweifel, Zwietracht und Krieg!« rief Irene. »Seit ich sie bekommen habe, werde ich von Zweifeln geplagt!«

»Und das ist keineswegs alles«, brummte Grundy mißmutig.

Irene begriff, daß es nicht genügte, nur die Ursache ihres Problems zu erkennen. Sie mußte auch eine Möglichkeit finden, um die üblen Wirkungen der Samen zu neutralisieren.

»Wir könnten sie ja abwechselnd bei uns tragen«, meinte Xavier hilfreich. »Dann ist es für den einzelnen nicht so schlimm.«

Trotz ihres Zweifels, ihrer Reizbarkeit und ihrer wachsenden Neigung zur Gewalttätigkeit sah Irene ein, daß der Vorschlag durchaus seinen Wert hatte. Dieser Tölpel war eigentlich ganz schön schlau. Sie reichte Grundy den Samen des Zweifels, den Samen der Zwietracht an Xavier und den Samen des Krieges an Zora. Sie wollte nicht, daß die beiden Reittiere sie bekämen; sie waren für den Transport zu wichtig, und außerdem wäre Xavier wohl zu gefährlich geworden, hätte er etwa kriegerische Gelüste entwickelt.

Kaum hatte sie den Samen abgegeben, fühlte Irene sich auch schon erleichtert. Nun kehrten Selbstsicherheit, Vertrauen und Ausgeglichenheit zu ihr zurück. Sie würden es schon schaffen.

»Unterwegs lauern eine Menge schlimmer Dinge auf uns«, meinte Grundy. »Vielleicht sollten wir doch lieber eine andere Strecke wählen.«

Das war der Samen des Zweifels. Es war hilfreich, darum zu wissen; sie konnte den Golem dadurch besser ignorieren.

»Komm schon, Xap, geh schon gerade«, sagte Xavier irritiert. »Die ganze Zeit holperst du durch das Gelände, du Vogelschnauze!«

»Laßt euch nicht vom Samen der Zwietracht beherrschen!« warnte Irene.

»Halt dein Maul, du mittelalterliche Schnalle!« fuhr er sie an.

Irene spürte, wie ihr die Röte den Nacken und das Gesicht emporstieg. Zwar wußte sie, was ihn dazu bewegte, so zu sprechen, dennoch mußte sie sich sehr beherrschen, um nicht wütend zu antworten.

Unheilwitternd blickte sie das Zombiemädchen an, das nun wieder hinter Xavier saß. Zora wirkte so ruhig, wie es nur ein Zombie sein konnte. Anscheinend schienen die Samen die Untoten nicht weiter zu beeinflussen. »Gebt euren Samen Zora!« rief Irene. »Sie kann damit umgehen.« Wenigstens hoffte Irene das.

Gesagt, getan. Nun schien das Problem gelöst zu sein.

Eines erkannte Irene nun – diese Saat des Schreckens würde Xanthippe nur wenig nützen! Deshalb hatte der Simurgh sich wohl auch dazu entschlossen, sie der Hexe überbringen zu lassen.

Nun, da die Samen unter Kontrolle waren und sie um ihren Reiseweg wußten, müßten sie eigentlich gut vorankommen. Irene war wieder einigermaßen zuversichtlich. Mit etwas Glück . . .

Doch das Glück war nicht mit ihnen. Der Python lag zusammengeringelt mitten im Weg. Die riesige Schlange sah ziemlich zerschunden aus, und es fehlten ihr auch einige Schuppen, doch schien sie den Angriff der wilden Frauen überlebt zu haben. Sie hob ihren tödlichen Kopf, und das riesige Maul sperrte sich auf.

»Wir sind noch nicht vom Parnaß runter!« knurrte Xavier.

Schnell holte Irene ihren neu ergatterten Drachensamen und warf ihn vor den Python. »Wachse!« rief sie.

Sofort begann der Samen heftig zu keimen – doch gleichzeitig geschah etwas mit Irenes Kopf. Sie legte die Hand aufs Haar – und entdeckte, daß dort Pflanzen wuchsen. Sie hatte drei Samen übersehen, die in ihrem Haar steckten, und ihr Kommando hatte sie zum Wachsen gebracht! Normalerweise wuchs immer nur der Samen, auf den sie ihre Aufmerksamkeit richtete, weshalb auch nicht der ganze große Samenbeutel zu keimen begonnen hatte; doch gab es auch einige Nebenwirkungen, und Samen, die sich in Kontakt mit ihrem Körper befanden, konnten auf diese Weise ebenfalls zum Wachsen bewegt werden, wenngleich in langsamerem Tempo. Nun wuchs ein Garten in ihrem Haar.

Doch was noch schlimmer war – es hatte sich ein weiterer Samen in ihrem Ausschnitt verborgen. Nun wuchs er in ihrer Bluse und kringelte sich um eine unaussprechliche Stelle. Sie steckte hastig die Hand in den Ausschnitt und fischte nach der Pflanze.

»Was ist denn das für ein Ort!« rief eine verächtliche Stimme aus ihrem Kleid. »Sind das nun Berge, Pyramiden oder Sandsäcke?«

Schlimmer und schlimmer! Das war ja ein Spitzzungenwegerich! Sie mußte sie unbedingt erwischen und hervorziehen, bevor die anderen etwas merkten.

»Ich habe ja schon von gemütlichen Örtchen gehört«, sagte die Zunge und schlabberte ein wenig in der Gegend herum. »Aber das hier ist wirklich zuviel! In diesem ganzen Käsekuchen kriege ich ja nicht eine Wurzel richtig geerdet!«

Endlich bekam Irene die Zunge mit der Hand zu packen. Sie war schleimig und glitschig, doch sie riß sie heraus. Das Ding flatterte ein wenig in ihrer Hand herum, konnte sich jedoch nicht aus eigener Kraft befreien.

»Was habt Ihr da denn?« fragte Xavier und musterte sie.

»Was geht dich das an, du Sohn einer Hexe?« verlangte die spitze Zunge zu wissen. Hastig warf Irene sie fort. Sie landete in einem Busch Elefantengras, das mit wütendem Trompeten reagierte. »Ach, schieb dir deinen Rüssel wohin!« sagte die Zunge.

Jetzt blickte Grundy sie an. »He, Ihr habt ja Euer Haar fixiert.«

Wieder berührte Irene ihr Haar. Die Zunge hatte sie abgelenkt, doch nun galt ihre Aufmerksamkeit den drei anderen Pflanzen. Sie erkannte sie schon durch die bloße Berührung: eine Tausendfüßlerpflanze, ein Liebesfeuerwurz und ein Vogelnestfarn.

Der Python zischte und glitt vor, anscheinend war er es müde, darauf zu warten, daß die Gruppe sich in Bewegung setzte. Der halbwüchsige Drachenbaum schnappte nach ihm. Ihr Haar würde noch eine Weile warten müssen!

Xap bäumte sich auf und trabte voran, auf einen Kampf erpicht. Irene grabschte nach einem anderen Samen – diesmal nach einer Schneeballpflanze. »Wachse!« sagte sie zu ihr und warf sie in das aufgesperrte Maul des Pythons. Natürlich schluckte das Reptil den keimenden Samen sofort herunter.

Einen Augenblick lang geschah überhaupt nichts, die Pflanze wuchs noch. Da wurde der riesigen Schlange plötzlich kalt. Ein Teil ihres Körpers lief blau an. Sie sperrte das Maul wieder auf, und eisiger Nebel trat hervor. Auf den oberen Fängen bildeten sich Eiszapfen. Der Drachenbaum stürzte sich auf die erkaltete Schlange, biß jedoch nur auf Eis. Es würde noch eine Weile dauern, bevor das Geschöpf wieder auftaute. Unbelästigt konnten Xap und Chem an ihm vorbeitraben. Diese Gefahr war gebannt!

Doch da kam schon die nächste. Die Mänaden, die anscheinend immer noch hinter dem Python her waren, kamen den Weg emporgestürzt. Ihre Augen waren blutunterlaufen, ebenso wie ihre Krallen; einiges von dem Blut stammte wohl von ihnen selbst, denn viele von ihnen humpelten. Doch sie waren heimtückisch wie eh und je.

Irene fischte nach einem passenden Samen. Der Samen keimte auf ihren Befehl noch in der Luft und fuhr blaue Lappen und silbrige Stengel aus. Dann trug er goldene Scheibenfrüchte, die im Sonnenlicht glitzerten. Hell leuchtende Steine erschienen und schmückten die Schlingpflanzen.

Die Mänaden kreischten auf und stürzten sich auf die Früchte. Sie rissen die goldenen Münzen ab und schleuderten sie der Gruppe entgegen. Sie warfen die blauen Lappen in die Luft.

»Was ist denn das für eine Pflanze?« fragte Grundy.

Irene blickte genauer hin und stöhnte. Sie hatte ja den falschen Samen geworfen! »Das ist eine Zasterizie!«

»Diese Wesen vom Parnaß lieben das Geld aber«, bemerkte der Golem. »Schaut nur, wie sie damit spielen.«

Tatsächlich warfen die wilden Frauen mit den Scheinen und Münzen herum, als würden sie im Wasser planschen. Sie häuften Geldberge auf und amüsierten sich darin. Sie zankten sich über bestimmte Geldscheine, auf denen große Zahlen standen; anscheinend liebten die Frauen diese ganz besonders. Doch die anderen, die nur ungenügend Reichtümer hatten aufhäufen können, wandten sich wieder gegen die reisende Gruppe, mit funkelnden Raubtieraugen. Irene wußte genau, daß nichts so gefährlich war wie eine hungrige wilde Frau.

Sie erwischte den richtigen Samen und warf ihn. Es war eine afrikanische Keulenpflanze, die sie gegen keinen Mann je angewandt hätte, doch bei diesen wilden Frauen war es etwas anderes. »Wachse, Keule!« rief sie.

Die Pflanze gehorchte mit Vergnügen. Purpurne Keulen entstanden, die auf alles einhieben, was sie erwischten. »Aua!«

schrie eine wilde Frau, als eine Keule auf ihren Zeh traf. Sie tanzte auf einem Bein davon.

»Uuuh!« schrie eine weitere, als ihr eine Keule auf das Hinterteil schlug.

»Huch!« kreischte eine dritte und segelte in hohem Bogen durch die Luft, während direkt unter ihr eine Keule hervorsproß.

»Seid aber wirklich eine fiese Kämpferin!« sagte Xavier bewundernd, als sie das Tohuwabohu umgingen und weiterhin bergab ritten.

»Und du hast geglaubt, Frauen wären sanft«, erinnerte Grundy ihn hämisch.

»Na ja.« Xavier dachte nach. »Zora!« rief er. »Die ist wirklich sanft! Das ist kein harter Knochen!«

»Stimmt, ihre Knochen sind ja auch alle verfault«, pflichtete Grundy ihm bei. »Es ist sehr leicht, sanft zu sein, wenn man tot ist.«

»Untot«, verteidigte Irene das Zombiemädchen. »Das ist nicht dasselbe.« Es fiel ihr ein, daß selbst Zora alles andere als sanft erschienen war, als sie sich den Furien gestellt und sie vertrieben hatte. Doch schuldete sie dem Zombiemädchen soviel, um diesen Einwand zu äußern. »Das finde ich auch, Zora ist ein nettes Mädchen.«

»Wenn man den Typ mag«, brummte Grundy.

»Jedenfalls hat sie uns geholfen«, sagte Xavier. »Und im Augenblick trägt sie die ganze böse Saat für uns! Wenn sie irgendwelcher Zweifel, Zwietracht oder Krieg in sich hätte, wäre sie wohl inzwischen schon zur Zombietigerin geworden!«

»Ja, das stimmt wohl«, pflichtete der Golem ihm bei und blickte schräg zu Zora hinüber. Irene folgte seinem Blick, um zu sehen, wie das Zombiemädchen diese Diskussion aufnahm. Zora schien in paradiesischer Unschuld nichts davon mitbekommen zu haben; tatsächlich sah sie sogar gesünder aus. Ihr Fleisch wirkte inzwischen eher schmutzig als verfault, ihre Gesichtszüge waren einigermaßen an Ort und Stelle, und ihr Haar wehte frei, als sei es erst kürzlich gebürstet und gereinigt worden, so daß nur ein paar Stellen fehlten.

»Aber manche Zombies sind durchaus gewalttätig«,

bemerkte Chem. »Während des Nächstwellenkriegs haben die Zombies gekämpft wie die Wahnsinnigen. Es muß wohl also sehr an Zora selbst liegen, daß sie so friedlich ist. Selbst die Furien haben das erwähnt. Sie muß wirklich schrecklich nett gewesen sein, als sie noch lebte.«

Eigentlich hatten die Furien weniger Zoras Friedensliebe erwähnt, erinnerte sich Irene, als ihre Treue gegenüber ihren Eltern. »Und der Schurke, der an ihrem Selbstmord schuld ist, muß ein unaussprechlicher Widerling sein«, fuhr Irene heftig fort.

»Sie hat Selbstmord begangen?« fragte Xavier überrascht.

»Aus gebrochenem Herzen«, sagte Irene ihm. »Ihre wahre Liebe stellte sich als unwahr heraus.«

Xavier zog eine wütende Grimasse. »Wißt ihr, ich habe noch nie einen lebenden Menschen geblitzt, aber den würde ich wohl gerne in die Mangel nehmen. Es geht nicht, daß ein Mann Verpflichtungen eingeht, die er dann nicht einhält!«

Einmal mehr war Irene von den ungeschlacht formulierten Wertvorstellungen dieses jungen Mannes beeindruckt. Xavier stand zu seinen Werten, und sie waren anständiger Art. Seinetwegen würde keine Frau Selbstmord jemals begehen müssen.

Zora, die hinter ihm saß, sagte noch immer nichts. Irene begriff voller Scham, daß sie das Zombiemädchen noch immer wie ein gefühlloses Ding behandelten. Das schlimmste daran war, daß keiner von ihnen dies absichtlich tat; es fiel einem einfach nur sehr leicht, einen Zombie wie einen Zombie zu behandeln, wie ein Ding also.

»Ich frage mich, welches Unglück als Fluch auf ihr lastet«, sagte Xavier einen Augenblick später.

»Entweder hat der Fluch der Furien sie ebensowenig beeinflußt wie die drei bösen Samen«, sagte Irene, »oder er ist noch nicht wirksam geworden. Wir sind ja einige Male nur knapp dem Unheil entronnen, doch ihr ist nichts passiert.«

»Ist wirklich jammerschade, die Sache mit den Flüchen«, sagte Xavier. »Ich hätte meinen eigenen einfangen sollen wie ein Mann.«

Darauf wußte Irene nicht viel zu erwidern. Sie schuldete

Zora so viel und hatte keinerlei Vorstellung, wie sie diese Schuld jemals würde wiedergutmachen können.

Früher war es einmal möglich gewesen, einen Zombie mit neuem Leben zu erfüllen, doch nur zwei Menschen hatten die Formel des dafür notwendigen Elixiers gekannt – der Zombiemeister und der Gute Magier. Der Zombiemeister hatte sie während seiner achthundertjährigen Existenz als Zombie vergessen. Wahrscheinlich hatte sich diese Information in einem Gehirnteil befunden, der verfault war. Und der Gute Magier war nun auch ein hoffnungsloser Fall geworden. Also stand eine solche Belohnung für Zora außer Frage – und selbst wenn dem nicht so gewesen wäre, hätte sie sie mit Sicherheit nicht gewollt, da sie ja überhaupt keinen Grund mehr zum Leben hatte. Irene versuchte, sich eine schlimmere Tragödie als diese vorzustellen, doch es gelang ihr nicht. Warum mußten manchmal ausgerechnet die besten Menschen das schlimmste Schicksal erleiden? Gab es denn in Xanth, trotz aller Magie, keine ausgleichende Gerechtigkeit?

Sie kamen unten am Fuß des Berges an und überquerten das Bachbett, wobei Irene diesmal so vorsichtig war, eine Aktinie wachsen zu lassen, die das gesamte Geröll in Aktion setzte, um alle Schlangen und andere störende Wesen zu verjagen. Nun gelangten sie wieder in eine etwas normalere Region Xanths und kamen schneller voran und erreichten schon bald wieder ihre letzte Lagerstelle. Obwohl es nun schon spät am Tag war, verspürten sie kein großes Bedürfnis, dort zu übernachten. Kaum hatten sie die Stelle passiert, als sie auch schon das Gekreische der drei Furien vernahmen.

»Diese Furien scheinen mehr daran interessiert zu sein, Leute zu verfluchen und ihnen weh zu tun, als sie zu bessern. Insofern sind es in gewissem Sinne reine Heuchlerinnen«, meinte Irene. »Zufällig habe ich einen Samen dabei, der sie aufhalten kann.« Sie holte ihn hervor und hielt ihn bereit. »Reitet Ihr einfach schnell an ihnen vorbei, sobald Ihr sie seht.«

Da erschienen die drei Furien auch schon. Irene gab Chem ein Signal mit dem Knie, und die Zentaurin trabte auf die hundeschnäuzigen drei zu.

»Holla, du übles Pferdegeschöpf!« schrie Tisi und breitete

drohend ihren Schwingenmantel aus. »Weiß deine Mutter Chem, was du getan . . .«

Irene schleuderte den Samen zu Boden. »Wachse!«

Der Samen keimte unmittelbar zu Füßen der drei Vetteln. »Was ist das denn?« schrie Alec beunruhigt.

»Argh!« kreischte Meg. »Den kenne ich! Das ist ein Ehrenpreis. Er macht alle Leute ehrlich!«

»Und wie habt Ihr drei Scheusale *Eure* Mütter behandelt?« rief Irene zurück.

»Das ist peinlich«, meinte Chem. »Die Furien haben nie Mütter gehabt. Sie sind dem Blut ihres ermordeten Vaters entsprungen. Deshalb sind sie auch so sehr darauf versteift . . .«

Die Furien wirkten entsetzt, als der Zauber der Ehrenpreispflanze sie erfaßte. »Ah! Oh!« schrie eine von ihnen. »Wahrlich haben wir das Grab unseres Erzeugers nicht geachtet!«

»Wir waren so sehr damit beschäftigt, die Sünden anderer zu bestrafen, daß wir unsere eigenen vernachlässigten!« stimmte die zweite ihr zu.

»Und dafür müssen wir büßen!« schrie die dritte und schwang ihre messingbeschlagene Geißel.

»Oh, da habt ihr aber etwas angerichtet!« sagte Grundy entzückt. »Jetzt müssen sie sich selber auspeitschen und verfluchen.«

»Ja, Ehrlichkeit kann oft sehr peinlich sein«, bemerkte Irene selbstzufrieden. »Aber sie tun mir leid, wenn sie wirklich nie eine Mutter gekannt haben.« Es fiel schwer, dachte sie, jemanden zu verurteilen, wenn man ihn erst einmal verstanden hatte. Auch die Furien waren im Grunde tragische Gestalten.

Am Abend schlugen sie ihr Lager in der Nähe eines schönen Bachs auf. Irene ließ Maiglöckchen und Kettenblumen um das Lager wachsen, so daß jeder Eindringling über die Ketten stolpern und die Glöckchen zum Klingen bringen würde.

Als sie nach dem Essen dalag, wünschte sie sich, daß sie wieder bei Dor, ihrem Mann wäre, der sich wahrscheinlich schon schreckliche Sorgen um sie machte. Doch wenn er daran denken sollte, würde er sie im magischen Spiegel sehen können.

Schade, dachte sie, daß er das nicht auch mit Ivy tun konnte. Der Gute Magier Humfrey hatte magische Spiegel auf alles und jeden ausrichten können, aber anderen Leuten gelang dies nicht so einfach. Auf Schloß Roogna gab es einen Spiegel, der entweder Dor oder Irene zeigte, je nachdem, wer von beiden gerade nicht im Schloß war, doch niemanden sonst. Sie waren bei seiner Eichung davon ausgegangen, daß Ivy stets bei einem von ihnen sein würde. Das war ja auch bisher immer der Fall gewesen; zumindest hatte sich Ivy stets in Rufweite aufgehalten. Deshalb hatten sie sich nicht die Mühe gemacht, den Spiegel auch auf sie einstellen zu lassen. Das hätten sie jetzt gebrauchen können! Doch wenigstens zeigte die kleine Efeupflanze, die Irene bei sich trug, an, daß es Ivy gut ging. Ohne diesen Trost wäre sie wahrscheinlich schon längst dem Wahnsinn verfallen.

Im Morgengrauen setzten sie ihre Reise fort, nachdem sie eine hastige Mahlzeit zu sich genommen hatten. Irene wollte nur noch Xanthippe die drei Samen und die Feder abliefern, Xavier und Xap zu ihr zurückbringen und sich dann wieder auf die eigentliche Suche nach Ivy machen. Bisher hatten sie das Glück gehabt, daß keinem von ihnen etwas Ernstes zugestoßen war, doch das Glück war ein unzuverlässiger Verbündeter.

Die Behausung der Hexe war nicht mehr weit entfernt, als sie auf einen wunderschönen kleinen, von einer Quelle gespeisten Teich stießen und haltmachten, um sich zu erfrischen. Irene stieg ab, um hinter den nahegelegenen Sträuchern einem privaten Geschäft nachzugehen, während Xap, Xavier und Zora zu dem funkelnden Teich schritten.

Der Hippogryph streckte den Schnabel vor, nahm etwas Wasser auf und hob, wie es Vögel zu tun pflegten, den Kopf, um das Naß die Kehle hinunterströmen zu lassen. Er blickte zu Chem hinüber und ermunterte sie mit einem Flügelzucken, ebenfalls zu trinken, doch die wartete noch auf Irene und schirmte sie vor etwaigen Blicken der Männer ab.

»Wenn Xap meint, daß das Wasser gut ist, dann ist es auch gut«, sagte Xavier fröhlich. »Man sieht ja auch, wie schön grün es hier überall ist. In dieser Quelle lauert kein Drache!« So ließ er sich am Ufer auf den Boden fallen und hielt den Mund an die Wasseroberfläche, wie es Menschen zu tun pflegen.

Zora, die neben ihm stand, stolperte plötzlich und stürzte kopfüber in den Teich. »He!« rief Xavier und wich zurück, um nicht naßgespritzt zu werden. »Ich dachte eigentlich ans Trinken, nicht ans Schwimmen!« Er lächelte gutmütig.

Zora erhob sich unbeholfen und stapfte aus dem flachen Wasser. Ihre eingefallenen Augen schienen zu leuchten, als sie Xavier musterte.

»Irgendwas stimmt mit ihr nicht«, bemerkte Grundy sofort. »Leuchten Zombies normalerweise?«

»Vielleicht, wenn sie verliebt sind«, sagte Irene im Scherz, als sie wieder hinter dem Strauch hervorkam. Ihr wäre es auch peinlich gewesen, wenn sie in einen Teich gefallen wäre!

»Verliebt?« fragte Chem. »Ihr wißt doch, daß so manche Quellen . . .«

»Trink nicht von dem Wasser, Xav!« schrie Grundy.

Xavier, der den Mund gerade wieder dicht über die Oberfläche gehalten hatte, stutzte. »Warum nicht? Ist mir doch egal, wenn sie drin rumgeschwommen ist. War halt ihr Pech.«

»Weil das möglicherweise ein Liebesquell ist!« sagte Irene. »Schaut Euch doch nur mal Zora an!«

Tatsächlich blickte Zora den jungen Mann mit einem solchen Ausdruck stummer Bewunderung an, daß über ihre Veränderung keinerlei Zweifel mehr bestanden. Es war das Wesen eines Liebesquells, daß jeder, der von ihm trank, sich sofort danach in das erste Wesen des entgegengesetzten Geschlechts verliebte, dem er begegnete. War das Opfer bereits verliebt, so kam die zweite Liebe hinzu und wirkte stärker als die erste. Die Liebesquellen waren für die meisten Kreuzungen und Mischformen in Xanth verantwortlich, was zu manch komischer, aber auch tragischer Situation geführt hatte. Die Wirkung eines Liebesquells ließ sich auch nicht dadurch umleiten, daß man einen geeigneteren Partner neben dem Quell aufbaute und erneut davon trank: Dadurch fügte man nur noch eine weitere Liebe hinzu, was die Lage lediglich verkomplizierte. Wie der Tod war auch diese Liebe praktisch unwiderruflich.

»Das Unglück!« rief Xavier entsetzt. »Der Fluch, der für mich bestimmt war! Jetzt hat er sie statt dessen getroffen!«

»Was könnte es für einen Zombie für ein schlimmeres

Unglück geben«, murmelte Chem, »als sich in einen Lebenden zu verlieben?«

Wie wahr! Vor allem für ein Zombiemädchen, das einst wegen ihrer verschmähten Liebe Selbstmord begangen hatte!

»Vielleicht sollte sie nach Mundania gehen«, schlug Grundy vor. Doch Irene erkannte sofort, daß das keine Lösung war. Sicher, in Mundania funktionierte die Magie nicht – in dieser Hinsicht war dieses Land unglaublich rückständig, und sie fragte sich manchmal, wie seine Bewohner das überhaupt ertrugen – so daß der Bann dort gebrochen wäre. Doch Zora war kein normaler Mensch, sondern ein Zombie, der nur durch Magie wiederbelebt wurde. In Mundania wäre sie gänzlich tot gewesen. So blieb sie nun gefangen zwischen einer hoffnungslosen Liebe und dem Tod, zu ewigem Herzeleid verdammt.

»Diese Furien haben wirklich Nägel mit Köpfen gemacht«, sagte Chem. »Sie hätten keinem unschuldigeren Wesen etwas Grausameres antun können.«

Dem wußte niemand etwas entgegenzusetzen.

»Aber der Fluch war für mich bestimmt«, wiederholte Xavier. »Damit ich mich in eine Zombiefrau verliebe.« Erst jetzt schwante ihm die Entsetzlichkeit eines solchen Schicksals.

»Aber das Wasser soll doch gut sein!« fuhr er plötzlich widersprechend fort. »Xap hat es doch nichts angetan!«

»Hm, auch wieder wahr«, meinte Grundy. »Ich werde ihn mal fragen.«

Der Golem krächzte den Hippogryph an. Xap antwortete ihm. Grundy lachte lauthals auf.

»Was ist denn daran so komisch?« fragte Irene, von dem bisher Geschehenen erschüttert. Eine erzwungene Liebe war doch nun wirklich nichts zum Lachen!

»Es hat Xap nichts anhaben können, weil das erste weibliche Wesen, das er erblickt hat, Chem war«, erklärte Grundy. »Und in die war er sowieso schon verliebt.«

Chem lächelte, wenngleich etwas traurig. »Natürlich.«

Irene verstand das Problem, vor das die Zentaurin sich gestellt sah. Xap war wirklich ein prachtvolles Tier – aber er war eben auch nur ein *Tier*. Chem war halbmenschlich. Sie würde sich vielleicht mit einem Tier abgeben, ja sogar paaren

– Zentauren waren für ihre Offenheit in solchen Dingen geradezu berüchtigt, zumindest unter Menschen. Aber Liebe? Ehe? Das war doch schon etwas anderes. Männliche Wesen konnten sich leicht verlieben, weil ihr Leben davon nicht so stark beeinflußt wurde, schließlich brauchten sie nicht die Nachkommenschaft auszutragen. Frauen waren da vorsichtiger, weil die Konsequenzen für sie größer waren. Chem würde diese Angelegenheit auf ihre Weise meistern müssen, aber sie war mit Sicherheit dazu fähig, wie die meisten Frauen.

Zora allerdings nicht. Ihr hatte man keine Wahl gelassen. Es war ihr eine unmögliche Liebe aufgezwungen worden. Darauf wußte Irene auch keine Antwort.

»Ein Fluch weniger«, sagte Grundy.

Irene wünschte, er hätte sie nicht daran erinnert, daß ja noch ein weiterer ausstand. Zora hatte zwei Flüche abgefangen, einen für Xavier und einen für Irene. Nun wußten sie, daß die Flüche doch auf Zombies wirkten. Was hatte man für Irene vorgesehen – und was würde Zora für sie erleiden müssen?

»Sorge dafür, daß Zora genau begreift, was vorgefallen ist, und warum«, sagte Chem zu Grundy.

»Sie hat es schon begriffen«, erwiderte der Golem. »Sie hat Xavier ohnehin schon gemocht. Ist ja auch ein ganz anständiger Kerl.«

»Ich weiß«, stimmte Irene ihm zu. Xavier war viel besser, als man es vom Sohn einer Hexe hätte erwarten können. Wieder wallte der Zorn in Irene auf, als sie daran denken mußte, was geschehen war. Die Furien hatten Xavier dazu zwingen wollen, sich in eine Zombiefrau zu verlieben! Die schiere Bösartigkeit dieses Plans ekelte sie an.

Niedergeschlagen machte sie sich wieder auf den Weg, doch nun saß Zora hinter Irene auf. Sie waren stillschweigend übereingekommen, daß das Zombiemädchen nicht bei Xavier bleiben sollte, den ihre Gegenwart doch nur in Verlegenheit bringen würde.

Sie kamen in eine Gegend, die sie noch nie gesehen hatten, denn sie war mit einer Reihe von Steinfiguren geschmückt. Verwirrt projizierte Chem ihre Karte. »Nein, das liegt tatsächlich auf unserem Weg! Ich wußte doch, daß ich nicht falsch gegangen bin! Seht mal, wir befinden uns hier auf der gestrichelten Linie. Diese Statuen müssen neu sein.«

»Könnte Mamis Werk sein«, meinte Xavier. »Sie sammelt seltene Pflanzen und Tiere. Statuen hat sie zwar bisher noch nicht gesammelt, aber man kann ja nie wissen.«

»Es sind sehr fein gearbeitete Bildnisse«, meinte Chem. »Schaut mal, es sind sogar ein paar Insekten darunter. Das muß ein Meister der naturgetreuen Abbildung gewesen sein.«

»Vielleicht die Elfen«, schlug Grundy vor. »Von denen sind manche recht geschickt. Ich kann mich ja mal umhorchen und . . .«

Irene erblickte eine Gestalt, die vor ihnen den Weg entlangschritt. Sie wirkte vertraut: eine hochgewachsene, üppig gebaute Frau. »Ich glaube, ich weiß noch eine andere Antwort«, sagte sie und gab Chem ein Zeichen, ihr Tempo zu verlangsamen.

Die Frau hatte sie offenbar noch nicht bemerkt. Als sie etwas näher gekommen waren, rief Irene: »He, Gorgone!«

Langsam drehte sich die Gestalt um. Chem wich plötzlich zurück, und Irene mußte sich hastig festhalten, um nicht von ihrem Rücken zu stürzen. Zora, die weniger reaktionsschnell war, begann bereits hinabzugleiten, und Irene konnte sie gerade noch im letzten Augenblick auffangen, den Blick nach unten gekehrt.

Das Zombiemädchen versteifte sich, und sein Fleisch wurde hart.

»Die Augen schließen!« schrie Chem. »Sie ist unverschleiert!«

Irene kniff sofort die Augen zusammen und hob erst dann den Kopf. »Gorgone!« rief sie. »Ich bin es, Irene! Zieh den Schleier wieder vors Gesicht!«

»Warum?« fragte die Gorgone.

»Weil Ihr uns sonst alle zu Stein verwandelt!«

»Gut, dann ziehe ich ihn wieder vor!« erwiderte die Gorgone. Sie klang erstaunt.

»Da bitte ich auch drum!« fauchte Irene, der der Schock noch in allen Knochen saß. »Warum habt Ihr ihn überhaupt abgelegt? Ihr wißt doch, daß Ihr nicht unverschleiert umhergehen könnt!«

»Ich – hab's vergessen«, sagte die Gorgone in einem Ton, als erinnere sie sich an etwas, was vor langer Zeit vielleicht einmal wichtig gewesen war. »Gut, jetzt ist es soweit.«

Vorsichtig öffnete Irene erst ein Auge, dann das andere. »Wie konntet Ihr so etwas nur vergessen?« fragte sie, noch immer erschüttert.

»Na ja, ich bin einfach spazierengegangen und habe nach irgend etwas gesucht – ich weiß selbst nicht mehr, wonach. Und dann . . . ach, es ist alles so unklar. Ich habe mich nicht an Euch erinnern können, bis . . .«

»Ein Vergessenheitsstrudel!« rief Chem.

»Sie hat ihre Suche vergessen!« sagte Irene.

»Meine Suche?« fragte die Gorgone.

»Ihr wolltet Euren Sohn Hugo suchen und retten.«

Die Gorgone sperrte unter dem Schleier den Mund auf. »Hugo!«

»Und *wir* haben vergessen, daß wir wieder im Gebiet der umherirrenden Strudel sind«, bemerkte Chem. »Aber sie scheint ihr Gedächtnis nicht völlig eingebüßt zu haben, denn sie beginnt sich schon wieder zu erinnern.«

»Ja, wahrscheinlich hat der Strudel sie nur leicht gestreift«, stimmte Irene ihr zu. »Aber das war wirklich knapp! Wir hätten jetzt alle tot sein können! Um ein Haar wäre ich verstei . . .« Da brach sie ab, als ihr das Zombiemädchen einfiel, das hinter ihr auf Chems Rücken saß. Zora *hatte* hingeschaut . . .

»Zora hat Euren Fluch abbekommen!« sagte Chem. »Sie ist . . .«

Xavier und Grundy gesellten sich zu ihnen. »Habt Glück gehabt, daß Ihr nicht zu Stein geworden seid«, sagte der Golem. »Als ich merkte, was los war, habe ich Xav und Xap sofort gewarnt.«

»Zora hat die Gorgone angeschaut«, sagte Irene dumpf. »Sie hat das Unglück erlitten, das für mich bestimmt war.«

Xavier sprang ab und hob das Zombiemädchen herunter. »Sie kann doch gar nicht tot sein!« rief er. »Schließlich war sie überhaupt nicht am Leben!« Xavier stellte das völlig steife Zombiemädchen auf die Beine. »Wacht auf, Zora!« rief er. »Das habt Ihr nicht verdient! Ihr habt nie jemandem Leid zugefügt!«

»Xaviers Fluch und Irenes Fluch«, sagte Chem nachdenklich, »die Liebe und der Tod – und ein und dieselbe Person, die davon betroffen ist. Das eine kann nur durch das andere geheilt werden. Zora leidet nicht mehr.«

»Zur Hölle damit!« schrie Xavier. »Ich lasse sie nicht einfach sterben, nach allem, was sie für mich getan hat! Zora, komm zurück!« Und er nahm die Zombiestatue in den Arm und küßte sie auf den Mund.

Die anderen sahen traurig und hoffnungslos zu, wohl wissend, daß der Mann es gut meinte, aber daß die Frau verloren war – seit der Zeit, da sie die Flüche abgefangen hatte. Die schrecklichen Furien hatten ihren Willen bekommen.

Doch da geschah etwas Erstaunliches: Die Statue begann zusammenzusacken.

Irene starrte ungläubig auf das Schauspiel. Stein konnte doch gar nicht sacken! Selbst Zombiestein nicht; der konnte allenfalls bröckeln oder zerbröseln, wurde aber nicht weich.

Xavier küßte sie noch immer und drückte sie fest an sich. Die Lebenswärme seines Körper war fast greifbar zu spüren. Und Zora kehrte in ihr Halb-Leben zurück.

»Schaut euch das an!« sagte Grundy. »Die Gorgone kann keine Zombies versteinern!«

Chem drehte ihr menschliches Oberteil Irene zu, um mit ihr einen Blick wechseln zu können. »Das stimmt vielleicht. Gegen den Blick des Python war Zora ja auch immun. Sie kann nicht besonders gut sehen, was vielleicht wie ein Schleier zwischen ihr und der Blickmagie wirkt. Möglicherweise hat sie nur eine teilweise Versteinerung erlitten – und außerdem war sie von Anfang an weniger fest als wir. Aber . . .«

»Es gibt noch eine andere Erklärung?« flüsterte Irene.

»Wenn Ihr aus Stein wäret, oder wenigstens zum größten Teil, und der Mann, den Ihr liebt, würde Euch küssen und umarmen und Euch anflehen, zurückzukehren – würdet Ihr da nicht auch reagieren?«

Irene stellte es sich genau vor. »Ich glaube ja . . . wenn es auch nur die leiseste Möglichkeit gäbe . . .« bejahte sie schließlich mit matter Stimme. »Die Liebe besitzt eine Macht, die wir kaum verstehen . . .«

Xavier beendete seinen Kuß. »Ich habe euch doch gesagt, daß ich sie nicht sterben lasse!«

Zora war wieder Fleisch. Steif stand sie da, und ihre Augenlider wirkten schwer. Früher war ihr Körper zu weich gewesen; nun war er zu fest. Doch sie war mehr Fleisch als Stein.

Gegen Xaviers Behauptung ließ sich kaum etwas einwenden, wenngleich Irene sich unsicher war, welche Erklärung wohl die treffendere sein mochte.

»Aber zu welchem Leben habt Ihr sie da schon wiedererweckt?« fragte Chem. »Zu einer hoffnungslosen Liebe etwa?«

»Darüber habe ich lange nachgedacht«, sagte Xavier. »Über all das Gute, das sie für uns getan hat. Ich versteh' ja nicht gerade fürchterlich viel von Frauen, aber ein gutes Zombiemädchen scheint mir jedenfalls mehr wert zu sein als eine böse Frau. Und Zora ist wirklich schrecklich gut – und man würde sie jetzt gar nicht mehr für einen Zombie halten.«

Das stimmte. Zora nahm immer festere Gestalt an. Die Liebe und/oder die Magie der Gorgone hatte sie in etwas weitaus Menschlicheres als zuvor verwandelt. Ihre Gesichtszüge waren sowohl scharf als auch belebt geworden, und ihr Körper wirkte kräftig. Nun war sie tatsächlich eine Frau, und zwar keine unattraktive.

»Aber Ihr . . .« protestierte Irene matt, »Ihr liebt sie doch nicht . . .«

»Ich weiß, wo der Liebesquell ist«, sagte Xavier. »Und ich weiß, was recht ist. Nichts kann mich daran hindern, von ihm zu trinken – das wollte ich ohnehin schon tun. Es sollte ja sowieso mein Fluch sein. Ich habe meine Schulden noch nie von anderen Leuten begleichen lassen.«

Irenes Respekt für Xavier wuchs erneut. Der junge Mann hatte ein Gewissen und recht klare Vorstellungen davon, was wichtig und richtig war. Er hatte sich entschlossen, dem Wunsch seiner Mutter zu entsprechen, und hatte sich die Frau ausgesucht, mit der er seßhaft werden wollte. Es mochte zwar eine seltsame und unerwartete Vereinigung sein – aber sie leuchtete ein. Und außerdem kehrte es den Doppelfluch, den Zora abgefangen hatte, auf recht elegante Weise in sein Gegenteil um. »Viel Glück«, flüsterte sie.

Xavier drehte sich zu Zora um. »Fliegst du gerne?« fragte er.

»Ja, das tue ich«, sagte sie mit klar verständlicher Stimme. Ihre Zähne, die sie beim Sprechen zeigte, waren hart und klar wie polierter Stein.

»Das war aber ein sehr künstlerischer Antrag«, murmelte Chem.

Xavier hob Zora auf Xaps Rücken. Es war offensichtlich, daß sie an Gewicht gewonnen hatte, doch er war immer noch mehr als kräftig genug dafür. Dann stieg er hinter ihr auf den Hippogryph und legte die Arme um sie. »Wir bringen Mami die Samen«, sagte er zu Irene. »Zora hat sie sowieso dabei, und die Feder hab' ich. Dann könnt Ihr Euch um Eure Sache kümmern.«

»Danke«, hauchte Irene, noch immer sehr benommen.

Der Hippogryph breitete seine prächtigen Schwingen aus.

»Wir sehen uns noch«, sagte Chem zu Xap.

Xap nickte mit dem Schnabel, dann erhob er sich in die Lüfte, dem Liebesquell entgegen.

»Das wird deiner Mutter aber gar nicht gefallen!« rief Grundy ihnen nach.

»Soviel ist sicher!« erwiderte Xavier grinsend. »Aber sie kann mich nicht daran hindern, ein gehorsamer Sohn zu sein!«

Dann waren sie auch schon am Himmel verschwunden. Irene spürte, wie ihr die Tränen in die Augen stiegen, und es waren keine Tränen der Trauer.

12

Gloria Kobold

»Ich bin die jüngste und schönste und liebste Tochter von Kotbold Kobold, dem Häuptling der Spaltenkobolde«, wiederholte Gloria, während sie zart an den zahlreichen Beerensorten und Früchten herumknabberte, die Hugo ihr herbeigezaubert hatte. »Und ich liebe ein ganz wunderbares Wesen.«

»Liebe ist aber nichts Trauriges«, meinte Ivy, die dabei an ihre Familie dachte. »Mein Vater meint, Liebe macht Spaß, und meine Mutter meint, es hängt von der Tageszeit ab.«

Gloria lächelte. »Die müssen es ja wissen. Aber verstehst du, das hier ist eine verbotene Liebe, und deshalb ist sie traurig.«

»Wieso kann man Liebe denn verbieten?« fragte Hugo. »Mein Vater sagt, daß mit Magie alles möglich ist, außer vielleicht ein Paradox, und daran arbeitet er gerade.«

»Was möglich ist, ist deswegen nicht unbedingt erlaubt«, erwiderte Gloria. »Man sollte die Liebe wirklich nicht verbieten. Aber immerhin ist er kein Kobold.«

»Hm, mein Vater meint, daß Kobolde mit Elfen, Gnomen und Zwergen verwandt sind«, sagte Hugo. »Sie gehören zu einer Humanoidenart, wie er es nennt. Also können sie sich auch paaren, und wenn sie auf einen Liebesquell treffen . . .«

»Das stimmt«, antwortete Gloria. »In Xanth können sich sämtliche Arten miteinander paaren, aber das geschieht in den seltensten Fällen freiwillig. Selbst wenn die eigentlich Beteiligten damit einverstanden sind, sind es andere Mitglieder ihrer Art dennoch nicht. Und manche Verbindungen sind ausdrücklich verboten. Ich liebe einen Harpyienmann.«

Die beiden Kinder blickten sie verständnislos an.

Gloria seufzte. »Ich sehe schon, ich muß da wohl erst einiges erklären. Die Kobolde und die Harpyien sind miteinander verfeindet, schon seit tausend Jahren.«

»Dann mußt du aber viel älter sein, als du aussiehst«, meinte Ivy verwundert.

Gloria lächelte erneut. Sie war ohnehin schon sehr schön, und wenn sie lächelte, schien plötzlich der ganze Wald zu leuchten. »Nein, ich bin erst sechzehn. Ich wollte nur sagen, daß die Feindschaft schon sehr alt ist.«

Ivy legte die Stirn in Falten. »Mein Vater hat etwas von einem Krieg erzählt, der vor langer Zeit stattfand. Er war dabei, als Schloß Roogna erbaut wurde. Ein Zauber . . .« Gloria legte die Stirn in zarte Falten. »Du solltest wirklich nicht flunkern, Ivy. Du weißt doch ganz genau, daß er unmöglich dabeigewesen sein kann . . .«

»Na ja, er war im Wandteppich, zusammen mit einer großen Spinne . . .«

»Ach so, du meinst, daß er es auf dem magischen Wandteppich auf Schloß Roogna mit angesehen hat! Davon habe ich schon gehört. Den würde ich auch gerne mal sehen.«

»Ich gucke ihn die ganze Zeit an«, sagte Ivy. »Aber ich schlafe immer ein, bevor es interessant wird.«

»Dein Vater arbeitet also auf Schloß Roogna.«

»Ja, meistens.«

Gloria zuckte mit den Achseln. Es schien sie nicht wirklich zu interessieren. »Jedenfalls gab es mal eine Zeit, da Kobolde und Harpyien in Frieden miteinander lebten. Sie haben sich sogar Höhlen geteilt. Die Kobolde haben auf dem Boden gelebt und die Harpyien an der Decke. Doch mit der Zeit wurde es zu voll, und die Kobolde beschwerten sich über das, was die Harpyien ständig fallen ließen. Wißt ihr, Kobolde schlafen immer mit offenem Mund, und da ...« Sie zuckte erneut mit den Schultern. Das konnte sie sehr gut. »Die Harpyien wurden wütend und haben unsere Männer verzaubert, wodurch sie häßlich wurden. Na ja, eigentlich verhängten sie den Fluch über die Frauen, damit sie häßliche Männer bevorzugten. Es ist wohl viel einfacher, einen Wahrnehmungszauber zu verhängen, als eine wirkliche körperliche Veränderung herbeizuzaubern. Deshalb sind Illusionen ja auch so beliebt. Jedenfalls blieben die Koboldmädchen schön, während die Männer aufgrund der natürlichen Auslese – bäh! Da haben sich die Kobolde gerächt, indem sie alle Harpyienmänner fortlockten, die anscheinend eine Vorliebe für fleischige Beine hatten und die Hühnerbeine der Harpyienfrauen nicht leiden konnten. Das taten sie so lange, bis keine männlichen Harpyien mehr da waren.«

Nun furchte sich Hugos Stirn. »Dann waren nur noch Harpyienfrauen da? Wie haben sie sich denn ...«

»Ich weiß auch nicht genau, wie sie sich fortgepflanzt haben. Na ja, jedenfalls waren es schließlich nur noch Frauen, zumeist häßliche alte, die sehr verbittert waren, wozu sie ja wohl auch Grund hatten. Sie waren entsetzlich wütend auf uns, obwohl wir Kobolde uns doch nur gewehrt und gerächt hatten. Also kam es zu einem Krieg zwischen sämtlichen Kobolden und ihren Verbündeten zu Lande und allen Harpyien und ihren Verbündeten in der Luft. Damals waren Kobolde und Harpyien die zahlenmäßig größten Arten in Xanth und besaßen die größte Macht im Land. Doch nach dem Krieg blieben nur noch wenige übrig, so daß richtige Menschen das Ruder an sich reißen konnten.

Schließlich brachen die Flüche zusammen, und die Koboldmädchen mochten wieder gutaussehende Männer, und die Harpyien hatten wieder ein paar männliche Exemplare ihrer Gattung. Aber weil nur noch wenige davon übrig waren, dauert es sehr lange, bis der alte Zustand wiederhergestellt ist, so daß die meisten Koboldmänner immer noch häßlich sind, genau wie die alten Harpyienhennen. Die beiden Arten haben sich immer noch bekämpft, wenn auch nicht mehr ganz so heftig, weil es nur noch so wenige waren – und weil die Spalte es verhinderte.«

Stanley stellte die Ohren auf. An die Spalte konnte er sich erinnern!

»Wie konnte die Spalte das denn tun?« wollte Hugo wissen. »Schließlich hat sich doch nie jemand daran erinnern können.«

»Eben, eben«, sagte Gloria. »Es ist sehr schwer, die Spalte zu überqueren, wenn man sich an sie nicht erinnern kann. Vor allem dann, wenn unten ein Drache lauert, der alles auffrißt, was vorbeikommt. So haben sich die Kobolde mit der Zeit nördlich der Spalte angesiedelt und die Harpyien auf der Südseite, so daß der Krieg zum Erlahmen kam. Tatsächlich war es die Spalte, die dafür sorgte, daß in Xanth Frieden ausbrach.«

Stanley schnaubte etwas Dampf hervor, der sich gefährlich nahe an ihre kleinen Füße herankräuselte.

»Und der Spaltendrache, natürlich«, fügte Gloria hastig hinzu. Stanley entspannte sich wieder. »Natürlich konnten die Harpyien die Spalte überfliegen, so daß es zu einigen Scharmützeln kam, gerade genug, daß die alte Todfeindschaft aufrechterhalten blieb, aber im Prinzip war es danach einige Jahrhunderte ruhig.«

Stanley mochte zwar zufrieden sein, die Wichtigkeit seiner Rolle für das Wohlergehen Xanths betont zu wissen, doch Ivy nicht. »Aber du hast doch die Spalte jetzt überquert!«

»Das stimmt. Aber das liegt auch daran, daß der Vergessenszauber auseinandergebrochen ist. Und außerdem lebt mein Stamm am Rande der Spalte, so daß wir gegen den Zauber teilweise immun sind. Ich habe oft oben am Rand gesessen und in die Spalte hinabgeschaut und zugesehen, wie der Drache vorbeigeschossen kam, so groß und so schrecklich! Ich konnte richtig den Dampf sehen, der in furchterregenden Wolken emporstieg.«

Stanley ließ zufrieden weiteren Dampf ab. Dieses Koboldmädchen begann ihm zu gefallen, und sie sah auch wirklich zum Fressen schön aus.

»Aber vor kurzem habe ich entdeckt, daß der Drache fort war, und so wußte ich, daß ich die Spalte überqueren konnte.« Gloria warf Stanley einen schrägen Blick zu. »Ist das wirklich der Spaltendrache? Er ist so klein!«

»Ja«, erwiderte Hugo. »Ich habe Jugendwasser über ihn

gegossen, und so ist er ein Babydrache geworden. Er ist jetzt unser Freund. Schätze, auch Monster sind als Babys netter.«

»Das muß wohl stimmen«, pflichtete Gloria ihm bei. »Mein Volk hat schon immer einige Vorbehalte gegen euch Menschen gehegt, aber ihr Kinder scheint sehr nett zu sein.« Sie kaute ein wenig mehr Obst.

»Wahrscheinlich ist jeder nett, wenn man ihn erst einmal kennt«, meinte Ivy. »Ich mag eigentlich jeden, dem ich begegne, bis auf bestimmte Wolken vielleicht.«

»Manche Wolken können wirklich sehr lästig sein«, sagte Gloria. »Vor allem jene, die meine Frisur ruinieren. Du bist wohl in einer sehr liebevollen Familie aufgewachsen?«

»Ist das nicht immer so?«

Wieder lächelte das Koboldmädchen traurig. »Ach, nein, leider. Mein Vater ist häßlich und heimtückisch, wie die meisten Koboldmänner, und meine Mutter hat immer Angst vor ihm gehabt. Ach, ich will nicht behaupten, daß Kotbold ein schlechter Kerl ist, immerhin ist er ja mein Vater. Es ist nur die Art, wie er sich gibt. Wißt ihr, wir Koboldmädchen mögen zwar gutaussehende und sanfte Männer, aber die sind keine guten Kämpfer, weshalb sie in unserem Gebiet auch nicht so leicht überleben. Kotbold ist Häuptling geworden, weil er gewalttätig, skrupellos und zäher als andere Koboldmänner ist. Er hat immer gut für uns gesorgt, aber er versteht eben nichts von Liebe. Als meine ältere Schwester Goldy volljährig wurde, hat Kotbold eine Gruppe von Wesen dazu gezwungen, sie zu den Nordstämmen zu bringen, damit Goldy sich dort einen Mann einfangen konnte.«

»Aber hübsche Mädchen brauchen sich doch keine Männer einzufangen!« protestierte Ivy. »Nicht, wenn sie so hübsch sind wie du.«

»Im Koboldland doch, leider. Das gefällt mir auch nicht darin. Und Goldy ist nicht so schön wie ich, weshalb es für sie noch schwieriger war. Immerhin haben wir dann später erfahren, daß Goldy ein Koboldhäuptling ins Netz gegangen ist und sie einigermaßen zufrieden war. So geht das bei den meisten Kobolden, aber ich bin dafür zu romantisch veranlagt, mehr als mir guttut. Meine Schwester ist zäh, die kann immer tun, was nötig ist. Ich nicht, ich lebe von der Phantasie. Na, und als ich schließlich an der Reihe war, zu heiraten ...« Sie unterbrach sich und schnitt eine Grimasse. »Ich habe mich in einen Mann verliebt, der meinen Idealen mehr entsprach.«

»In den Harpyienmann«, sagte Hugo und stellte damit seine Intelligenz unter Beweis.

»Hardy Harpyie«, sagte sie. »Eines Abends saß ich am Rande der Spalte, baumelte mit den Beinen und dachte so meine närrischen Gedanken, als plötzlich ein Vogel unter mir dahinflog. Nur daß es eben kein Vogel war, sondern eine Harpyie. Da habe ich Angst gekriegt, weil diese Harpyienhennen wirklich das schändlichste Mundwerk haben, das man sich nur vorstellen kann. Also griff ich nach meinem Messer, für den Fall, daß sie mich angriff, und machte mich bereit, zu schreien. Ich habe auch mein Kleid gerafft, um besser davonlaufen zu können. Aber dieses Wesen war anders, und es roch auch nicht so streng und eklig. So blieb ich etwas länger dort, als ich es hätte tun sollen, und merkte, daß es sich um einen jungen, sauberen Harpyienhahn handelte. Ich hatte noch nie eine männliche Harpyie gesehen. Sie sind noch immer sehr selten und mischen sich nicht oft unter andere Wesen. Ich war so erstaunt, daß ich einfach nur abwartend stehenblieb, das Kleid hochgerafft.«

Sie führte es ihnen vor. Ihre Beine waren erstaunlich wohlgeformt. »Da ist er gekommen, hat sich neben mich gesetzt und gesagt, daß ich wunderschöne Beine hätte, und da bin ich natürlich nicht mehr davongelaufen.«

»Aber hatte *er* denn keine Vogelbeine?« fragte Ivy.

»Ja, natürlich. Aber Männer brauchen keine schönen Beine zu haben. Er hatte so schöne Flügel und ein gutaussehendes Gesicht und einen männlichen Brustkorb. Und er sprach mit solcher Sanftmut und Intelligenz ...« Sie zuckte mit den Schultern. »Danach haben wir uns oft getroffen und schließlich haben wir uns ineinander verliebt. Ach ja, ich wußte natürlich, daß das nicht recht war, weil Kobolde und Harpyien doch miteinander im Kriegszustand leben, und der Krieg war vor Jahrhunderten genau wegen solcher Verbindungen ausgebrochen. Aber wir paßten einfach so gut zueinander, daß wir überhaupt keine andere Wahl hatten. Wir wollten heiraten, aber wir wußten, daß das nicht ging, solange ich an meinen Stamm gebunden war, weil die Kobolde Hardy teeren und federn und schließlich mißhandeln würden. Also konnten wir nichts unternehmen, während mein Vater nach einer Möglichkeit suchte, mich in den Norden zu schaffen, damit ich mir dort einen Koboldhäuptling angeln und in mittelmäßig zufriedener Entsagung leben konnte wie meine Schwester. Da wußte ich, daß ich fliehen mußte. Und als der Spaltendrache plötzlich verschwunden war, bin ich herübergekommen, um nach meinem Liebsten zu suchen. Ich hoffe, ich finde ihn bald! Das wäre dann wirklich das glückliche Ende dieser Geschichte.«

»Aber der Dschungel ist doch so groß!« wandte Ivy ein. »Wie willst du ihn da finden? Xanth ist riesig!«

»Das habe ich auch festgestellt«, stimmte Gloria ihr zu. »Meine Beine sind zum Anschauen gemacht, nicht zum Laufen! Hardy weiß nicht einmal, daß ich unterwegs zu ihm bin. Ich bin einfach auf die andere Seite der Spalte geeilt, weil ich nicht genau wußte, ob und wann der Drache wiederkehren würde.«

»Aber wenn Hardy gar nicht weiß, daß du kommst«, meinte Hugo, »und du deinerseits nicht weißt, wo er ist . . .«

»Er hat mir erzählt, daß er in der Nähe der Mundorgel lebt, weshalb ich auch danach suche. Aber ich fürchte, ich habe mich verlaufen. Und dabei habe ich schon so lange danach gesucht!«

»Was ist denn eine Mundorgel?« wollte Ivy wissen.

»Ich weiß es auch nicht, aber ich muß sie finden.«

»Das kann Hugo herauskriegen«, sagte Ivy. »Der ist schlau!«

Hugo, der sich in die Enge gedrängt sah, zermarterte sein Gedächtnis. »Mein Vater besitzt Bücher und Bilder von allerlei Dingen — Ungeheuer und Pflanzen und so — und ich glaube, da habe ich auch mal eins von einer Mundorgel gesehen. Das ist eine große Pflanze oder ein Tier oder so was, und es gibt große, tiefe Töne von sich, die man in mehreren Stunden Entfernung noch hören kann.«

»Dann können wir sie ja auch hören!« rief Ivy aufgeregt. »Wir werden sie für Gloria finden!«

»Wenn wir nahe genug dran sind und sie gerade spielt«, meinte Hugo.

»Dann lauschen wir doch mal!«

Sie lauschten, nahmen aber keinerlei Töne wahr.

Ivy weigerte sich, sich davon entmutigen zu lassen.

»Stanley kann es hören!« verkündete sie. »Er hat gute Drachenohren!« Sie drehte sich zu dem kleinen Drachen um. »Horch auf die Mundorgel, Stanley! Zeig uns, wo sie ist!«

Doch Stanley beachtete sie nicht. Er witterte die Luft, als wollte er etwas Seltsames ausmachen.

»He, Stanley!« wiederholte Ivy herrisch. »Horch auf die Mundorgel!«

Der kleine Drache stellte die Ohren auf und ließ sie kreisen. Es war offensichtlich, daß er noch nie daran gedacht hatte, etwas auf diese Weise aufzuspüren, doch Ivys Gegenwart und ihr Bedürfnis machten es möglich. Bald hatte er die Witterung eines Geräusches aufgenommen und zeigte mit seiner Schnauze gen Osten.

»Seht ihr? Ich habe doch gewußt, daß er es schafft!« sagte Ivy. »Und jetzt werden wir sie für dich suchen, dann wird alles wieder gut.«

»Ich hoffe ja wirklich, daß du recht hast«, meinte Gloria. »Ich muß Hardy unbedingt finden!«

Sie setzten sich in Richtung Osten in Bewegung, über Stock und Stein, wobei sie Gewirrbäumen und ähnlichem möglichst aus dem Weg gingen. Es war eine beachtliche Strecke, deshalb machten sie gelegentlich Rast. Die Sonne stand inzwischen hoch am Himmel und versuchte genau zu erkennen, was sie da taten.

Nach einer Weile konnten sie die Mundorgel selbst hören: gedehnte, vibrierende, herrische Töne, die den ganzen Dschungel mit ihrer Kraft erzittern ließen.

»Klingt sehr groß«, meinte Ivy und trieb die anderen eifrig zur Eile an.

Sie schritten um einen großen alten Baum – und wären beinahe über einen Jungen gestolpert, der am Boden saß und eine Schüssel Tupfenpudding aß. Erschrocken sprang der Junge auf und verschüttete seinen Pudding. Die Tupfen schossen in alle Richtungen davon, froh, ihrem Schicksal entronnen zu sein.

Der Junge war unglaublich zornig. Sein gelbes Haar wurde

wutrot. »Ihr . . .« schrie er und verwandelte sich plötzlich in eine riesige, haarige Spinne mit einem roten Pelz, der langsam schwarz wurde. »Habt mich«, schnatterte die Spinne und wurde zu einem zottigen Faun mit grünen Hörnern und Hufen, die sich grün färbten. »Mein«, schrie der Faun und wurde zu einem Menschen mit grünem Schlangenkopf. »Mittagessen«, zischelte der Schlangenkopf, wurde braun und verwandelte sich in einen kleinen dunkelbraunen Greif.

»Umstürzen«, quäkte der Greif, worauf er zu einem lodernden Feuerball wurde. »Lassen!« brüllte das Feuer, und die gelben Flammen züngelten hoch empor. Oh, war dieses Ding aber wütend!

Hugo stand ganz vorn und bekam die Hitze voll ab. »Es tut mir leid«, sagte er. »Ich habe dich nicht gesehen. Aber ich kann dir dafür gern eine schöne Frucht herbeizaubern . . .« Eine große, wunderschöne Pampelmuse erschien in seiner Hand.

Das Feuer nahm wieder die Gestalt des Jungen an. »Eine popelige Frucht wagst du mir anzubieten, du Kretin?« fragte er und schlug sie Hugo aus der Hand. Er verwandelte sich in eine monströse Motte, die wütend in der Luft flatterte. »Dafür lasse ich dich einmotten!« flatterte die Motte. »Ich werde dich in die Flammen jagen! Ich werde euch alle bestrafen! Nie werdet ihr Xanth wiedersehen!«

»Aber wir *sind* doch in Xanth!« protestierte Hugo lahm.

»Blind sollt ihr sein!« Die Motte verschwand, und ein riesiger Augapfel erschien an ihrer Stelle. Das Auge war weiß, mit zornigen blauen Adern und einer funkelnden roten Pupille, aus der ein blasser gelber Nebel hervorströmte und eine immer größer werdende Wolke bildete. »Blind, blind, blind!« wiederholte das Auge, wobei es durch die Pupille sprach.

»Tu doch etwas, Hugo!« schrie Ivy. »Zauber etwas Obst herbei, das uns retten kann!«

»Oh. Ja.« Er zauberte einen Granatapfel.

»Nicht doch, Dummian! Der verteilt doch bloß den ganzen gelben Nebel in der Gegend! Etwas anderes!«

Hugo schien über das Kompliment ›Dummian‹ weniger erfreut zu reagieren, als sie es gewesen war. »Aber ich kann doch nicht . . .«

»Doch, du kannst!« beharrte Ivy.
Hugo konzentrierte sich – und hatte einen Einfall.
Ein Kürbis erschien in seiner Hand. »Schau dir den mal an, Popel!« rief er und schob ihn dem schwebenden Augapfel entgegen.
Das Auge gehorchte unwillkürlich – weil es seine Art war, zu schauen – und erstarrte mitten in der Luft. Der gelbe Nebel verzog sich, ohne weiteren Schaden anzurichten.
Hugo setzte den Kürbis vorsichtig ab, und das Auge legte sich etwas schräg, um den Blickkontakt zu halten.
»Was ist denn das?« fragte Gloria verwundert.
»Ein Hypnokürbis«, erwiderte Hugo. »Eine Art Obst, weshalb ich es auch herbeizaubern kann, aber es ist das erste Mal, daß es richtig geklappt hat. Ich habe damit auf den Popel gezielt.«
Gloria lachte erleichtert.
»Aber natürlich! Davon gibt es bei uns im Koboldland ganze Felder. Ich habe ihn nur nicht erkannt, weil ich ihn hier nicht erwartet habe. Was für eine raffinierte Methode, das Augenungeheuer auszuschalten!«
»Was ist denn das, ein Hypnokürbis?« wollte Ivy wissen.
»Ein Kürbis mit einem Guckloch«, erklärte Gloria. »Jeder, der hineinschaut, wird sofort hypnotisiert, bis jemand ihm den Kürbis wegnimmt oder den Blickkontakt unterbricht. Das ist eine gute, halbwegs harmlose Methode, um ein gewalttätiges Wesen auszuschalten, obwohl es nicht ratsam ist, jemanden zu lange zu hypnotisieren, sonst ist es nicht mehr rückgängig zu machen.«
»Gehen wir, bevor irgend etwas den Popel gleich befreit«, sagte Hugo nervös. »Sonst fällt noch ein Blatt auf das Guckloch, oder irgendein Tier rollt den Kürbis fort. Wenn er wieder frei ist, wird er fürchterlich wütend sein.«
Dem stimmten die anderen zu. Und so eilten sie davon, das von dem Hypnokürbis gefesselte Auge zurücklassend.
»Ich dachte immer, daß jeder nur ein magisches Talent hat«, meinte Ivy nachdenklich.
»Das stimmt auch, Liebes«, sagte Gloria. »Und Kobolde haben nicht einmal eins.«

»Aber er konnte seine Gestalt verwandeln und zaubern – er wollte uns doch blenden!«

»Vielleicht war das mit dem Blenden nur ein Bluff«, meinte Gloria unsicher.

»So hat es sich aber gar nicht angehört«, sagte Hugo. »Vielleicht hatte er irgendein Kraut dabei oder Saft von einem Blindwurm.«

»Jedenfalls bin ich froh, daß du ihn daran gehindert hast, Hugo«, sagte Gloria. »Das war sehr intelligent von dir, und du hast auch ein sehr nützliches Talent.«

Hugo errötete verlegen. Er war es nicht gewöhnt, solche Komplimente zu bekommen, schon gar nicht von einem so wunderschönen Mädchen.

Die Töne der Orgel wurden immer lauter, ja geradezu ohrenbetäubend. Es waren viele verschiedene zu hören, tiefe und hohe, die sich ineinander zu einem Klangteppich verwoben. Die Wirkung war merkwürdig: Die Klänge lösten unterschwellige Gefühle der Freude, der Sorge und der Schuld aus. Erstaunlich, was reiner Klang alles vermochte!

»Ich frage mich, ob sie wohl auch romantische Musik spielen kann«, murmelte Gloria.

»Warum?« fragte Ivy.

»Ach, ist egal, Liebes. War nur so ein Gedanke.« Aber die Art, wie sie das sagte, ließ Ivy den Eindruck gewinnen, daß es doch nicht nur so ein Gedanke war.

Stanley blickte schnüffelnd umher und suchte nach etwas, das er nicht genau festmachen konnte. »Kümmer dich gefälligst um deine Aufgabe!« sagte Ivy tadelnd zu dem Drachen.

Endlich erblickten sie die Mundorgel. Es war ein Gebilde von der Größe eines Baums, das aus zahllosen Mündern bestand: riesige, geräumige, gezähnte, häßliche, ogerhafte Münder bliesen die riesigen dunklen Noten hervor, während kleinere, tierhafte Münder die mittelgroßen Mittelnoten ausstießen und winzige, geschürzte, damenhafte Münder die kleinen und höchsten Töne hervorschrillten.

Da erschien eine Gestalt am Himmel. Es war eine Harpyie. Sie rief einen Befehl – und schon verstummte die Mundorgel, so abrupt, daß es einen geradezu betäubte. Ivy wäre beinahe umgestürzt. Sie hatte sich gegen die Klangwogen gestemmt, und plötzlich war der Widerstand gewichen.

Die Harpyie schoß auf sie zu. Es war ein männliches Exemplar mit prächtigen Schwingen und dem attraktivsten Gesicht, das Ivy je gesehen hatte.

»Gloria!« rief der Harpyienhahn.

»Hardy!« rief das Koboldmädchen erfreut.

Er stieß zu ihr herab, schlug seine Flügel um sie wie einen Mantel und küßte sie.

Nach einer Weile lösten sich die beiden Verliebten voneinander, und der Harpyienhahn schwebte mit mühelosen Flügelschlägen in der Luft. »Wer ist denn das?«

»Das sind meine Freunde, die mir geholfen haben, dich zu finden«, erklärte Gloria. »Ivy und Hugo und Stanley.«

Hardy Harpyie blinzelte sie an. »Die sehen aber ziemlich jung aus.«

»Sind wir auch«, entgegnete Hugo. »Das ist das schönste Alter.«

»Der Drache kommt mir irgendwie bekannt vor.«

»Das ist der kleine Spaltendrache«, erklärte Gloria sofort. »Aber jetzt ist er freundlich geworden. Er hat die Mundorgelklänge geortet, damit ich dich wieder finden konnte.«

»Dann ist wohl alles in Ordnung«, meinte Hardy. »Aber warum bist du hier, Gloria? Wenn ich gewußt hätte, daß du kommst, wäre ich dir entgegengeflogen, um dich abzuholen.«

»Ich habe gesehen, daß die Spalte plötzlich leer war, da bin ich auf die andere Seite geeilt«, erklärte Gloria. »Ich hatte schreckliche Angst. Ich wußte ja nicht, daß der Drache klein und jung geworden ist. Das war die einzige Gelegenheit, um vor meinem Vater davonzulaufen, bevor er mich mit irgendeinem widerlichen und brutalen Koboldhäuptling mit Knubbelknien verheiratet.«

»Aber das war ein viel zu großes Risiko, hierherzukommen!« protestierte Hardy. »Wenn dir irgend etwas zugestoßen wäre . . .«

»Ich mußte einfach kommen«, erwiderte Gloria. »Es war meine einzige Chance, das Glück zu finden.«

»Ja, das stimmt«, meinte Hardy. »Komm mit zu meinem

Nest, es ist nicht weit von hier. Und bring deine Freunde mit. Ich werde sie mit ein paar hübschen Schmuckstücken belohnen, die ich aus einem Drachennest habe. Und später stelle ich die Mundorgel so ein, daß sie etwas Romantisches spielt . . .«

»Ja«, hauchte Gloria.

Nun verstand Ivy, was damit gemeint war. Küssen mußte mit Musik noch viel mehr Spaß machen!

Hardy flog voran, und sie folgten ihm. Seine Schwingen gaben einen angenehm männlichen Geruch von sich, ganz anders als der übliche Gestank der Harpyiehennen.

Plötzlich sauste ein Netz durch die Luft und umhüllte sie alle. Bevor sie sich versehen hatten, fanden die fünf sich zu einem strampelnden Knäuel zusammengebunden. Stanleys grüner Schwanz stak in Ivys Gesicht, während sie auf einem von Hardys Flügeln stand und Gloria auf Hugos Kopf saß. Scheußliche kleine Männer kamen mit gezückten Keulen von allen Seiten herbeigerannt. »Jetzt haben wir euch!« rief einer der Männer.

»Vater!« schrie Gloria entsetzt.

Stanley ließ etwas Dampf ab, aber das ließ nur Hardy auffahren. Da die Schnauze des Drachen nach innen gerichtet war, konnte er die Angreifer nicht attackieren.

Nun erkannte Ivy die Wesen. Es waren männliche Kobolde, jeder so dunkel, daß er schon fast schwarz wirkte, mit riesigen Köpfen, großen Plattfüßen, gedrungenen, knorpeligen Körpern und furchteinflößenden Grimassen. Was machten die hier, südlich der Spalte?

Die Antwort darauf gab der Koboldhäuptling ohne jede Umschweife höchstpersönlich. »Jetzt haben wir die Verbrecherharpyie!« rief Kotbold und zog eine Grimasse, die offenbar ein Siegeslächeln darstellen sollte.

»Das ist doppelt gemoppelt«, meinte ein anderer Kobold. »Harpyien sind alle Verbrecher.«

Allgemeines grobes Gelächter. »Ja, sind alle aus demselben Nest«, stimmte Kotbold zu.

»Und hängen werden wir ihn«, sagte ein dritter Kobold.

»Nee, dann fliegt er doch davon«, sagte ein weiterer. »Wir erstechen ihn.«

»Es ist besser, ihn zu Teer und Federn zu prügeln!«

»Nein, wir ernähren ihn zwangsweise mit Giftbeeren!«

»Quatsch, einen Stein drangehängt und in einen bodenlosen Teich geschmissen!«

Sie scharten sich um die Gruppe, hechelten und machten weitere Hinrichtungsvorschläge, einer schlimmer als der andere.

»Oh, Hardy!« rief Gloria. »Das ist mein Stamm! Sie müssen mir gefolgt sein! Das wußte ich nicht!«

Plötzlich begriff Ivy, was Stanley die ganze Zeit gewittert hatte. Die Kobolde waren Gloria und Ivys Gruppe gefolgt – in einer solchen Entfernung, daß der Drache sie nicht mit Sicherheit ausmachen konnte, aber doch nahe genug, daß er etwas gemerkt hatte. Wenn sie doch nur besser auf Stanley geachtet hätte, anstatt ihn dafür zu tadeln, daß er sich nicht ausschließlich auf die Mundorgel konzentrierte!

Im zarten Alter von drei Jahren hatte Ivy noch nicht viel Erfahrung mit der Tücke wütender Kreaturen. Aber sie lernte dazu.

»Zunächst einmal müssen wir diesem Kadaver den Prozeß machen«, sagte Kotbold. »Wir müssen an ihm ein Exempel statuieren, damit die anderen Spatzenhirne lernen, sich nicht mit Kobolden anzulegen.«

Sie holten die Gefangenen einen nach dem anderen hervor. Hugo und Ivy wurden mit Lianen gefesselt, während man Stanley so fest verschnürte, daß er kaum noch zappeln konnte. Hardy banden die Kobolde Stricke um die Beine und befestigten sie an einem Pfahl, den sie in den Boden gerammt hatten, so daß er sich zwar draufsetzen, nicht aber davonfliegen konnte. Gloria ließen sie frei. Sie war schließlich nur ein Koboldmädchen, hübsch, aber hilflos.

»So, das muß jetzt alles seine Ordnung haben«, verkündete Kotbold. »Wir brauchen eingeschworene Geschworene, bevor wir ihm den Schauprozeß machen und ihn rupfen. Wer will alles Geschworener sein?«

Alle Kobolde hoben die Hände. Es waren ungefähr ein Dutzend, einer häßlicher als der andere und begieriger, die schmutzige Arbeit zu machen.

»Na schön, dann seid ihr die Jury«, entschied Kotbold. »Und ich bin der Richter.«

»Aber das ist ungerecht!« protestierte Gloria.

»Halt's Maul«, sagte Kotbold milde, und Gloria verstummte. Es war schwierig für sie, ihrem Vater zu widersprechen.

»Tu doch was, Hugo!« flüsterte Ivy. »Du bist schlau, du kannst dir was ausdenken, um unsere Freunde zu retten!«

Hugo war bleich und verängstigt; wahrscheinlich wußte er besser als sie, was hier auf dem Spiel stand. Er war sich darüber im klaren, daß Hardy nicht der einzige war, dem Gefahr drohte.

Doch er versuchte es. »He, Kobolde!« rief er. »Das könnt ihr nicht. Mein Vater sagt . . .«

»Und wer ist das, dein Vater, du Glotzauge?« wollte Kotbold wissen.

»Der Gute Magier Humfrey.«

Die Kobolde hielten inne. Von Humfrey hatten sie schon gehört. Monster und Könige kamen und gingen, aber der Gute Magier war relativ ewig.

»Kann nicht sein«, entschied Kotbold schließlich. »Der alte Gnom ist über hundert Jahre alt. Da wird er keine Blagen in diesem Alter haben. Weitermachen mit dem Prozeß!«

»Ihr macht es aber trotzdem verkehrt«, sagte Hugo stur. »Ihr braucht einen . . . einen Ankläger und einen Verteidiger und Zeugen und alles, oder . . .«

Kotbold blähte sich auf wie eine Kröte mit Verstopfung. »Oder was, Glotzauge?«

Hugo zuckte ob dieser Herausforderung zusammen, aber Ivy glaubte fest an ihn, und so fand er auch den nötigen Mut wieder. »Oder es ist ungültig«, beendete er seine Ausführungen.

»Ach, und wer sagt, daß es ungültig ist?« fragte Kotbold streitlustig.

»Das Gesetz. Und Leute, die das Gesetz des Landes nicht befolgen, sind Verbrecher und Diebe und Mörder und Schurken – aber das sind Kobolde ja wohl sowieso.«

»Was?« rief der Koboldhäuptling und ballte eine finstere Faust. »Die Harpyien sind Schurken! Dich Klugscheißer werde ich ausradieren!«

»Na klar«, stimmte Hugo ihm zu. »Genau das tun Mörder ja.«

Kotbold hielt erneut inne. Er war gerissen genug, um zu erkennen, daß er den Vorwurf des Mordes schlecht dadurch widerlegen konnte, daß er seinen Ankläger umbrachte. Hugo hatte ihn verbal ausmanövriert. »Also gut, du Rotzlümmel! Dann werden wir eben einen Anschläger, einen Verweiliger und Leugen bestimmen.« Er blickte sich wütend um, doch es waren keine Kobolde mehr frei; alle zwölf gehörten zur mordlustigen Jury. »Aber ich hab' keine Leute mehr übrig!«

»Das ist Pech«, meinte Hugo. »Dann könnt ihr auch keinen richtigen Prozeß abhalten, und alle werden wissen, was du bist: ein feiger Mörder, der unschuldige Leute totmacht.«

»Der Prozeß findet statt!« beharrte Kotbold und plusterte sich auf, bis er kurz vorm Platzen stand. »Du Klugscheißer – du bist der Verweiliger. Und – und meine Tochter ist der Anschläger! Dann wird der Mor ... äh, der Prozeß ganz legal.«

»Ich werde nicht ...« fing Gloria an, doch Hugo unterbrach sie hastig.

»Ja, sie wird es tun«, sagte er. »Das ist nur fair.«

»Was?« kreischte Gloria.

»Er hat irgend etwas vor«, flüsterte Ivy ihr ins Ohr. »Er ist sehr schlau. Du solltest es lieber tun.«

Entsetzt verstummte das Mädchen.

»Schön, dann ist ja jetzt alles in Butter«, sagte Kotbold und schnitt eine selbstzufriedene Grimasse. »Anschläger – schlag los, aber so, daß nichts mehr übrigbleibt!«

Zögernd stellte sich Gloria vor Hardys Pfahl auf. Ivy sah, wie sie nach ihrem Messer griff, aber nichts unternahm. Sie wußte, daß jeder Versuch, Hardy zu befreien, die Meute nur in Rage bringen würde. »Ich will – will dieser dummen Jury beweisen, daß der Angeklagte das attraktivste, prächtigste und netteste männliche Wesen ist, das es gibt, besser als jeder häßliche alte Kobold mit Knubbelknien ...«

»Nicht stattgegeben«, bestimmte Richter Kotbold. »Du sollst vielmehr beweisen, daß diese gefiederte Mißgeburt hier schuldig ist, eine prächtige Koboldddamsell verführt und mißbraucht zu haben, und auf der Stelle auf möglichst grausame Weise den Tod finden muß.«

Stanley kaute ruhig an seinem Netz. Er hatte bereits einige

Fäden durchgebissen und arbeitete gerade an weiteren. Es würde nicht mehr lange dauern, bis er sich befreit hatte – sofern man ihm genug Zeit ließ und er unbemerkt blieb. Gloria bemerkte es, und ihre Augen leuchteten auf. Ein freigelassener Drache konnte jeden Prozeß so lange aufhalten, bis man eine Fessel durchtrennt hatte.

Sie schritt beiseite, um die Aufmerksamkeit der Kobolde von dem Drachen abzulenken. »Ja, all dies werde ich beweisen, und noch mehr«, sagte sie mit frischem Mut. »Und zwar ausgiebig. Als erste Zeugin rufe ich das Menschenkind Ivy in den Stand. Man soll ihr die Fesseln abnehmen, damit sie aussagen kann.«

»Oh, nein, kommt gar nicht in Frage!« schrie Kobold. »Keine gerissenen Koboldtricks! Sie kann auch gefesselt aussagen!«

Ivy trat vor. Man hatte sie nur an den Händen gefesselt. Kotbold blickte sie finster an. »Du kleine Rotzgöre, schwörst du, die Wahrheit auszuplaudern, den größten Teil der Wahrheit und kaum etwas anderes als die Wahrheit – weil sonst?«

»Klar«, sagte Ivy, die sich für dieses Verfahren zu interessieren begann. Sie hatte noch nie an einem Prozeß teilgenommen. Stanley hatte gerade ein weiteres Stück Netz durchkaut.

»Mach' ich meistens.«

Nun ergriff Gloria wieder das Wort. »Hast du gesehen, wie diese gefiederte Mistgeburt irgendwelche unschuldige Koboldmädchen verdorben hat?« Hardy zuckte zusammen, krächzte aber nicht. Er hatte erkannt, was hier gespielt wurde.

»Nein«, sagte Ivy entschieden.

»Was?« fragte Kotbold, vor Wut kochend.

»Er hat sie bloß geküßt«, erklärte Ivy. »Das macht mein Vater ständig mit meiner Mutter, außer sie glauben, ich gucke zu.«

Die Jury murrte unwirsch. »Verderbt!« knurrte ein Koboldgeschworener.

Gloria lächelte undurchdringlich. Sie richtete ihre Kleidung aus und wandte sich erneut der Jury zu. »Ich rufe nun den Angeklagten als Zeugen auf.«

»Dieser Lügenbold kann doch unmöglich vereidigt werden!« protestierte Kotbold.

Gloria lächelte halb. »Stimmt das, Angeklagter? Seid Ihr unfähig zu schwören?«

Hardy ließ eine Tirade von Schimpfworten los, daß Glorias Ohren hellrot anliefen und sich ihr Mund einwölbte, als hätte sie ihre Zähne verschluckt. Doch sie drehte sich zu ihrem Vater um, und nach einigen Anläufen gelang es ihr, weiterzusprechen. »Ich kann natürlich kein Wort verstehen. Sag mir, Vater, genügt das als Beweis seiner Redefähigkeit?«

Kotbold wischte sich hastig ein Starren unfreiwilliger Bewunderung vom Gesicht.

»Muß zugeben – *das* können die Harpyien verdammt gut«, knurrte er.

»Nun gut«, sagte sie streng. »Angeklagter: Habt Ihr jemals ein Koboldmädchen geküßt?«

»Nur eins«, erwiderte Hardy.

Erneutes Geraune unter den Jurymitgliedern. »Der Hahn hat gestanden!« murmelte einer der Kobolde. »Macht den Strick fertig!«

»Und welche Absichten hegt Ihr gegenüber diesem Mädchen?« fragte Gloria.

»Sie zu heiraten und sie von all diesem hier zu befreien«, erklärte der Harpyienhahn.

Kotbolds Gesichtsfarbe wurde zu einem fleckigen Purpur. »Welch eine Frechheit dieser Kretin doch besitzt! Für den ist selbst eine Hinrichtung noch zu schade!«

»Aber Vater!« protestiere Gloria unschuldig. »Du hast doch immer selbst gesagt, das einzige, was noch schlimmer sei als der Tod, sei die Ehe!«

Ersticktes Gelächter in der Jury. »Weitermachen!« fauchte der Richter aufgebracht.

»Keine weiteren Fragen, Euer Ehren«, sagte Gloria mit einer gewissen zurückhaltenden Selbstzufriedenheit. »Der Verteidiger hat das Wort.«

Hugo stellte sich in der Mitte auf, die Hände noch immer auf dem Rücken gefesselt. Ein leises Knarzen, als der Drache eine weitere Masche des Netzes durchbiß.

Ivy wußte einfach, daß Hugo in dieser hoffnungslosen Situation brillant argumentieren würde; schon jetzt sah er unwahrscheinlich gut und zuversichtlich aus, trotz seiner Fesseln. Sie bemerkte, wie einige der Koboldgeschworenen vor Schreck beinahe umfielen, als erblickten sie ihn zum ersten Mal; sie hatten nicht damit gerechnet, daß er der Lage *so* gewachsen sein würde! »Gibt es ein Gesetz, welches die Ehe zwischen Harpyien und Koboldeh verbietet?« fragte er rhetorisch. Berühmte Verteidiger, das wußte Ivy, waren immer gut in Rhetorik, obwohl sie sich nicht ganz sicher war, was dieses Wort zu bedeuten hatte.

Kotbold und die Geschworenen bogen sich vor Lachen. Schwarze Tränen der Belustigung traten ihnen aus den Augen, während sie sich am Boden kugelten.

»Aus diesem unangemessenen Frohsinn darf ich wohl schließen, daß es kein solches Gesetz gibt«, schloß Hugo glatt, genau wie Ivy es von ihm erwartet hatte. Ein Verteidiger dieses Kalibers ließ sich nicht von grobschlächtigem Verhalten aus der Fasson bringen. »Historisch gesehen hat es in der Tat viele solcher Verbindungen gegeben. Jeder von Euch könnte eine Harpyienhenne ehelichen, sofern ihm der Sinn danach stünde.«

Das erhöhte die Heiterkeit nochmals gewaltig. Nicht einmal ein Drachenhahn würde freiwillig eine Harpyienhenne ehelichen!

»Folglich«, schloß Hugo brillant, »kann ein Koboldmädchen auch einen Harpyienhahn ehelichen, wenn sie dies wünscht. Ergo gibt es weder einen Anklagegrund noch einen Anlaß für eine Hinrichtung. Daher beantrage ich, daß die Verhandlung aufgehoben und der Angeklagte freigelassen wird.«

Plötzlich wirkten die Kobolde sehr ernüchtert. »Unerhört!« rief Kotbold. »Eine Harpyie heiraten? Warum dann nicht gleich Zombiekot verschlingen?«

»Aber es gibt kein Gesetz dagegen«, beharrte Hugo. »Folglich kann Hardy deswegen auch nicht hingerichtet werden . . .«

»Kann er doch!« beharrte Kotbold. »Wegen Verführung meiner unschuldigen Tochter.« Die Geschworenen applaudierten.

»Nun gut«, sagte Hugo glatt, »dann rufe ich den Angeklagten als Zeugen.«

»Klar, der Hahn hat sich sowieso schon hübsch selbst belastet«, meinte Kotbold. »Soll er das ruhig weiterhin tun.«

Hugo wandte sich dem Pfahl zu. »Angeklagter, hat es zwischen Euch und dem Koboldmädchen schon vor dem heutigen Tag Gespräche zum Thema Eheschließung gegeben?« Je mehr

Ivys Vertrauen in ihn wuchs, um so mehr begann sich Hugo wie ein richtiger Rechtsanwalt anzuhören.

»Ja«, sagte Hardy.

»Und wer von Euch hat das Thema aufgebracht?«

»Na ja, eigentlich sie. Ich meine, ich hätte sie ja sowieso gefragt, aber sie ist mir zuvorgekommen.«

Kotbold schnitt eine zornige Grimasse, griff aber nicht ein.

»Und habt Ihr den Antrag angenommen?« fragte Hugo.

»Selbstverständlich. Ich fühlte mich geschmeichelt. Ein solch hübsches Ding mit derart wunderschönen Beinen . . .«

Hugo drehte sich zu den Geschworenen um, die gerade die besagten Beine begutachteten. »Beachtet, wer hier wen verdorben hat! *Sie* hat *ihm* einen Antrag gemacht. Wenn also einer von beiden hingerichtet werden müßte, dann allenfalls . . .«

»Nein!« schrie Hardy. »Versucht nicht, sie zu belasten! Ich will nicht auf ihre Kosten frei sein! Sie ist das liebste, unschuldigste Wesen, das man sich nur denken kann! Sie hat niemals irgend jemanden verdorben! *Ich* bin es, der schuldig ist!«

Kotbold nickte. »Das hätte selbst ich nicht besser formulieren können.«

Hugo musterte Hardy wie ein Drache, der mit einem in die Ecke getriebenen Beutetier spielte. »Wollt Ihr etwa Eure Aussage widerrufen?«

Der Harpyienhahn wirkte verblüfft. »Äh, nein, das nicht gerade . . .«

»Dann habe ich keine weiteren Fragen mehr und rufe Ivy als nächste Zeugin in den Stand.«

Wieder trat Ivy vor.

»Wer von den beiden hat wen aufgesucht?« fragte er sie. »Habt Ihr bemerkt, daß der Harpyienhahn das Koboldmädchen aufsuchte?«

»Na ja, Gloria hat gesagt . . .«

Er furchte kompetent die Stirn.

»Bitte kein Hörensagen! Was habt Ihr tatsächlich gesehen?«

»Na, daß Gloria losging . . .«

»Um den Harpyienhahn aufzusuchen?«

»Ja, wir haben ihr sogar geholfen, ihn zu finden.«

»Also könnt Ihr bezeugen, daß *sie* es war, die *ihn* aufsuchte, und nicht umgekehrt?«

»Ja, aber . . .«

»Danke, das genügt.« Hugo wandte sich wieder zu der Jury um. »Wie ihr bemerkt, ist der Harpyienhahn bereit, einen Meineid zu leisten und sich selbst zu belasten, um das Koboldmädchen zu retten, aber wir haben inzwischen völlig unabhängig davon feststellen können, daß tatsächlich *sie* es war, die die Initiative in die Hand genommen hat, und nicht er. Folglich ist der Angeklagte nicht der Verführung Minderjähriger schuldig, weil *er* es in Wirklichkeit war, der verführt wurde. So habt Ihr keine andere Wahl, als ihn freizusprechen.«

Die Geschworenen blickten verunsichert zu Kotbold hinüber.

»Lächerlich!« bellte der Koboldhäuptling. »Das tut alles nichts zur Sache! Schließlich steht der Schmutzfink hier unter Anklage – *er* ist es, der hingerichtet werden soll!«

»O nein!« schrie Gloria. »*Ich* habe es getan! Ich gestehe! Ich habe ihn verdorben! *Ich* bin es, die hingerichtet werden muß!«

»Als Kobolde«, warf Hugo aalglatt ein, »könnt Ihr vielleicht das Geständnis einer Harpyie verwerfen, aber nicht das Wort eines anderen Kobolds. Folglich . . .«

»Niemals!« schrien Kotbold und Hardy wie aus einem Mund.

Ivy wußte, daß der Häuptling nicht seine eigene Tochter hinrichten wollte; er wollte, daß sie einen Kobold heiratete. Hugo und Gloria hatten ihn in die Zwickmühle gebracht.

Doch Kotbold war gerissen und skrupellos, ein Muster von einem Koboldanführer. »Es steht weder dem Ankläger noch dem Verweiliger zu, das Urteil zu fällen«, erklärte er. »Das obliegt den Geschworenen.« Er drehte sich zu den anderen Kobolden um. »Jury – fällt euer Urteil! Ihr wißt, wie es zu lauten hat.«

Die Koboldjury grübelte einen Augenblick darüber nach, dann hatte sie begriffen, was er meinte. »Schuldig!« riefen alle im Chor.

»Aber das ist doch unfair!« protestierte Hugo und fiel dabei ein wenig aus seiner Rolle.

»Keine Sorge, wir werden dich Tölpel auch noch hinrichten, wenn wir mit dem Vogel fertig sind.« Kotbold wandte sich an

Hardy. »Angeschlagener, Ihr seid der Verführung dieses unschuldigen Koboldmädchens für schuldig befunden. Ich verurteile Euch hiermit dazu . . .« Er hielt inne, um sich eine möglichst scheußliche Bestrafung auszudenken. ». . . am Pfahl verbrannt und als Abendessen gebraten zu werden!« Dann rief er den Koboldgeschworenen zu: »Los, holt Holz und Feuer. Wir werden ein Fest feiern!«

Die Kobolde jagten davon, auf der Suche nach Brennholz.

»Nein!« schrie Gloria unter Tränen. »Tu es nicht, Vater! Laß ihn frei! Ich werde alles tun . . .«

»Du wirst einen Koboldhäuptling heiraten«, erwiderte Kotbold. »Genau wie deine Schwester. Wenn der Vogel erst mal erledigt ist.«

Stanley hatte sich zwar schon fast befreit, doch es schien, als würde er Hardy nicht mehr retten können. Der Prozeß war zu kurz gewesen.

Die Kobolde schichteten einen Scheiterhaufen um Hardys Pfahl auf. Kotbold holte einen seiner Schätze hervor – ein großes mundanisches Streichholz. Die Mundanier praktizierten nur sehr wenig Magie, doch dieser feueranzündende Stock gehörte dazu. »Und wem soll nun das Privileg zuteil werden, die Gemüter der Versammlung zu erhitzen?« fragte er feierlich.

»Ich werde nie wieder auch nur ein Wort mit dir wechseln!« schrie Gloria ihren Vater hilflos an.

Ungerührt von dieser schrecklichen Drohung, drehte Kotbold sich zu ihr um. »Ach ja, der Ankläger. Wer wäre wohl besser dazu geeignet, das Feuer zu entzünden?« Er reichte ihr das Streichholz.

»Du bist ja wahnsinnig!« schrie sie. »Nie werde ich . . .«

»Kannst du dir vielleicht vorstellen, was wir mit dem Vogel alles anstellen, bevor wir ihn rupfen – falls du es nicht tust?« fragte Kotbold sie.

Gloria zuckte zusammen. Es war offensichtlich, daß die Kobolde zu entsetzlichen Foltern fähig waren. Das mußte sie Hardy um jeden Preis ersparen! Gloria trat auf den Scheiterhaufen zu – und zog ihr Messer. Kotbold, der damit gerechnet hatte, schlug es ihr aus der Hand, noch bevor sie Hardys Fesseln damit auch nur berühren konnte. »Du wärst kein Kobold, wenn du nicht eine solche List versucht hättest«, meinte Kotbold lobend. »Eines Tages wirst du irgendeinem Häuptling schon das Leben zur Hölle machen. Und jetzt zünde das Streichholz an!«

Gloria senkte den Kopf. Tränen quollen aus ihren Augen. Sie fand einen Stein und schlug mit dem Streichholz dagegen, worauf es laut zischend in Flammen ausbrach. Sie schleuderte es in den Reisighaufen am Fuß des großen Holzstoßes. Das trockene Laub und Moos begann lichterloh zu brennen – und Gloria stürzte sich in die Flammen.

»Nein!« schrie Kotbold überrascht. »Holt sie da raus!«

Doch Gloria hielt den Pfahl fest umklammert, und das Feuer bahnte sich bereits gierig züngelnd seinen Weg durch das Reisig. Sie wollte zusammen mit ihrem Geliebten sterben.

Ivy stolperte auf das Feuer zu, weil sie nicht wußte, was sie sonst tun konnte. Plötzlich war sie sich schmerzlich ihrer Jugend bewußt. Und doch gab es noch etwas ...

Überall rannten schreiende Kobolde umher und versuchten, den Holzstoß auseinanderzureißen.

Mit koboldhafter Schläue war es Gloria gelungen, sie auszumanövrieren!

Ivy stürzte auf den Scheiterhaufen, auf der Seite, die von den Flammen noch nicht erfaßt worden war – und erblickte Gloria, die Hardys Klauenfuß umklammert hatte und lauthals schrie und weinte.

»Du schaffst es schon!« schrie Ivy, die plötzlich mit absoluter Sicherheit wußte, daß die Liebe jedes Hindernis bewältigen konnte. »Irgendwie wirst du ihn schon retten!«

Gloria blickte sie an. Hardy blickte zu ihr herab. Rauchschwaden stachen in Ivys Augen, so daß sie sie schließen mußte – und als sie sie wieder öffnete, waren Gloria und Hardy verschwunden!

Ivy blinzelte. Sie sah die Schlingpflanzen, mit denen die Beine des Harpyienhahns gefesselt gewesen waren. Nun waren die Schlingen leer – und entknoteten sich von allein. Kurz darauf fielen sie herab. Was war da los?

Die Kobolde starrten das Geschehen ebenso ungläubig an. »Wo ist der Vogel?« schrie einer.

»Wo ist meine Tochter?« brüllte Kotbold. »Sucht sie!«

Wieder hasteten die Kobolde umher, diesmal auf der Suche nach den Flüchtlingen.

Ivy spürte, wie etwas sie aus dem brennenden Holzstoß riß und plötzlich an ihren Fesseln nestelte. Kurz darauf war sie frei. Doch als sie sich umblickte, war niemand zu sehen.

Hugo, der neben ihr stand, wirkte äußerst erstaunt. Auch seine Fesseln wurden nun gelöst! Ivy sah, wie die Schnüre ihre Knoten verloren und umherwirbelten.

Stanley brach endlich aus seinem Netz aus und kam auf sie zu. »He, der Drache ist los!« schrie einer der Kobolde.

Die Kobolde machten kehrt und kamen mit hocherhobenen Keulen auf ihn zugelaufen – worauf Stanley sie mit einem Dampfstoß zurückwarf.

»Lauft!« rief eine Stimme. Das war Gloria – aber sie war nicht zu sehen. »Wir lenken sie ab! Haut ab! Ihr habt uns geholfen, jetzt helfen wir euch!«

Ivy, Hugo und Stanley setzten sich in Bewegung. Zwei der Kobolde nahmen die Verfolgung auf – und stürzten über einen am Boden liegenden Ast, der sich ihnen plötzlich zwischen die Beine stellte. Dann erhob sich unverhofft ein flammendes Scheit aus dem Feuer und fuchtelte ihnen drohend vor der Nase herum!

Erschrocken wichen die Kobolde zurück. Es sah so aus, als würde das Unbelebte lebendig, um sie anzugreifen! Die drei Freunde erreichten den Schutz eines nahe gelegenen Baums.

»Was ist los?« fragte Ivy atemlos. »So eine Magie habe ich ja noch nie gesehen!«

»Sie sind unsichtbar geworden«, erklärte Hugo und ließ seinem gesteigerten Intellekt freien Lauf. »Siehst du, Stanley kann sie hören und wittern, aber er ist nicht beunruhigt.« Das war er tatsächlich nicht. Der kleine Drache grinste mit allen Zähnen, als er mit ansah, wie das brennende Scheit den Hosenboden eines Kobolds in Brand setzte. Da Kobolde keine Hosen trugen, war der Effekt beachtlich.

»Aber Kobolde besitzen doch gar keine Magie!« sagte Ivy. »Und Harpyien auch nicht!«

»Jetzt schon«, erwiderte Hugo.

»Nein, nur Menschen besitzen ein magisches Talent«, beharrte Ivy. Doch dann fielen ihr die Zentauren ein. »Und Halbmenschen.«

»Na, sie ist doch ein Halbmensch, und er auch«, bemerkte er. »Wahrscheinlich haben sie zusammen ein ganzes Talent – nämlich die Unsichtbarkeit.«

Ivy erkannte, daß sie das verborgene gemeinsame Talent des Paars zur Entfaltung gebracht hatte, als sie in seine Nähe gekommen war. Zusammen war es Gloria und Hardy gelungen, unsichtbar zu werden. Weil niemand sie hatte sehen können, hatten sie sich befreien und Ivy und Hugo ungehindert helfen können.

Kotbold, der nicht auf den Kopf gefallen war – *das* hätte Ivy bestimmt gesehen! – begriff fast im selben Augenblick, was geschehen war. »Das sind die beiden!« rief er. »Schaut euch mal die Fußspuren an! In dem Scheiterhaufen muß Unsichtbarkeitsholz gewesen sein, und der Qualm hat sie erwischt! Folgt den Spuren!«

»Unsichtbarkeitsholz?« fragte Ivy. »Das sieht mir aber sehr sichtbar aus!«

»Kotbold weiß nichts von deinem Talent«, sagte Hugo. »Deshalb glaubt er an eine andere Erklärung. Was auch ganz gut so ist.«

Die Kobolde machten sich daran, der Fährte zu folgen – doch auch die brach plötzlich ab. »Er trägt sie durch die Luft davon!« sagte Hugo erfreut. »Er wird sie zwar nicht lange tragen können, dazu ist sie zu schwer, aber es dürfte genügen, um die Kobolde abzuhängen. Wir sollten besser fliehen, bevor sie sich an uns erinnern!«

So setzten sie sich wieder in Bewegung, bis der Lärm hinter ihnen verstummt war. Dann begann die Mundorgel wieder alles zu übertönen. Sie spielte eine üppige, sanfte Melodie.

»Ich bin froh, daß Gloria und Hardy entkommen sind«, sagte Ivy, als die drei sich wieder in Sicherheit wußten.

»Und ich bin froh, daß *wir* entkommen sind«, erwiderte Hugo. »Kotbold wollte uns nämlich auch umbringen!«

Da sie wußte, daß er recht hatte, erschauerte Ivy. Sie hatte immer nur das Beste von Leuten angenommen, doch nun lernte sie auf die harte Tour, daß das nicht immer gerechtfertigt war. Sie hatten mehr erhalten, als sie erwartet hatten, als sie auf Gloria Kobold gestoßen waren! Doch es war richtig gewesen, so zu handeln. Am Schluß hatte die Liebe triumphiert, wie es sich auch gehörte.

Die Suche, die Gefangenschaft, der Prozeß und die Flucht hatten den größten Teil des Tages beansprucht, und so aßen sie nun herbeigezauberte Früchte zu Abend. Dann entdeckten sie einige Hängemattenbäume und legten sich zur Ruhe. Stanley hatte ein wenig Schwierigkeiten, sich an eine Hängematte zu gewöhnen, doch als er den Trick endlich raus hatte, genoß er es. So schliefen sie einigermaßen bequem und wurden nur von wenigen bösen Träumen heimgesucht.

13

Hardy Harpyie

Nun waren sie nur noch zu viert: Chem, Grundy, die Gorgone und Irene. Das war in gewisser Weise eine Erleichterung, auch wenn die anderen durchaus ihren Teil zum Erfolg der Unternehmung beigetragen hatten. Die Erinnerung der Gorgone kehrte langsam, aber sicher zurück, nun, da sie sich wieder unter Freunden befand.

»Wir können zusammenarbeiten«, schlug Irene der Gorgone vor. »Grundy kann die Pflanzen befragen, ob sie was Neues über Ivy und Hugo wissen, und wenn Ihr dann wißt, wo Hugo ist, könnt Ihr sofort losgehen und nach ihm suchen.«

»Das leuchtet ein«, meinte die Gorgone.

»Das letzte, was wir von Ivy gehört haben«, fuhr Irene fort, »war, daß sie sich in der Höhle des Zyklopen befindet. Deshalb werde ich damit anfangen, nach der zu suchen. Ich habe zwar meine Efeu-Pflanze dabei, die mir bestätigt, daß Ivy gesund ist, aber die Muse meinte, sie würde bald in Schwierigkeiten geraten. Ich will sie nach Möglichkeit noch vor Mitternacht finden.«

Grundy fragte die örtliche Flora und Fauna aus. Er hatte Glück: Viele der Pflanzen und Tiere wußten, wo das gefürchtete einäugige Ungeheuer zu lagern pflegte. Die ganze Gegend war weitgehend von Drachen und Greifen gesäubert worden, und dies hauptsächlich wegen des unersättlichen Appetits auf Fleisch, den der Zyklop hegte. Die kleineren Lebewesen wußten das zu schätzen und meinten, daß der Zyklop eigentlich kein übler Bursche sei, doch trotz allem zogen sie es vor, ihm nicht unmittelbar zu begegnen – für alle Fälle.

Als Irene das erfuhr, war sie nur noch begieriger, ihre Tochter möglichst bald zu retten. Denn sie wollte auch kein unnötiges Risiko eingehen.

Entweder war Ivy dem Zyklop entkommen und in Sicherheit, so lange es noch Tag war, oder sie befand sich noch immer in seiner Höhle, womöglich als Gefangene.

Plötzlich gab es etwas Neues. Grundy hielt inne. »Ich wußte gar nicht, daß es hier in der Gegend eine Mundorgel gibt!«

»Eine Mundorgel?« fragte Irene.

»Das ist ein natürliches Musikinstrument«, erklärte Grundy. »Teils Pflanze, teils Tier, teils Mineral. Sie hat viele Münder, mit denen sie verschiedene Noten hervorbringt. Ist sehr selten.«

Irene legte den Kopf schräg. Nun hörte sie sie, ganz schwach, wie in weiter Entfernung aus Richtung Osten – dunkle, dauerhafte Töne, von einer angenehmen Melodie überlegt. »Klingt sehr schön«, meinte sie. »Wir müssen sie mal irgendwann aufsuchen. Aber im Augenblick haben wir Dringenderes zu tun.«

»Da bin ich mir nicht so sicher«, meinte Grundy. »Die Orgel meint nämlich, daß hier in der Gegend Kobolde seien.«

»Kobolde?« wiederholte Chem. »Das ist aber sehr unwahrscheinlich. Die leben doch größtenteils nördlich der Spalte!«

»Die Orgel meint aber, daß sich ein Kriegstrupp von ihnen hier in der Gegend befände«, beharrte der Golem. »Sie sagt, daß die Kobolde gestern einen Harpyienhahn bei einem Überfall auf das Harpyiengebiet gefangengenommen hätten. Sie wollten ihn hinrichten.«

»Eine männliche Harpyie hinrichten?« fragte Chem. »Das bringt doch sofort die ganze Gattung gegen sie auf!«

Nun wurde Irene aufmerksam. »Kobolde auf dem Kriegspfad, noch dazu in dieser Gegend? Dann ist Ivy möglicherweise auf sie gestoßen! Was hat die Orgel noch gesagt?«

»Nicht viel. Sie warnt lediglich die Harpyien, damit sie eine Schlachtordnung bilden und die Kobolde vernichten können. Es wird schon bald Krieg geben.«

»Die Spalte hat die beiden Arten jahrhundertelang voneinander ferngehalten«, meinte die Zentaurin. »Es gibt zwar auch Brücken, aber die werden von Menschen bewacht, die keinen Kobold vorbeilassen. So konnten sie immer nur unmittelbar durch die Spalte selbst hindurch, und dort hat der Spaltendrache für Ordnung ge ...« Plötzlich hielt sie inne. »*Das* war also die Aufgabe des Spaltendrachen! Er hat die Kobolde daran gehindert, auf die andere Seite zu gelangen, um in Xanth den Frieden zu erhalten! Dann ist es bestimmt auch kein Zufall, daß Schloß Roogna südlich der Spalte erbaut wurde und sich die meisten zivilisierten Siedlungen der Menschen und Zentauren ebenfalls im Süden befinden! Vielleicht schulden wir im Grunde das Überleben der Zivilisation Xanths dem Spaltendrachen!«

»Also gab es für den Guten Magier einen schwerwiegenden Grund, den Spaltendrachen zu schonen, selbst wenn er sich auf einem Raubzug befand!« meinte Irene beeindruckt. Der Spaltendrache war wirklich das letzte Ungeheuer, dem sie etwas zu schulden geglaubt hatte.

»Alles, was Humfrey tut, hat einen guten Grund«, erwiderte die Gorgone ernst.

»Ja, das stimmt wohl«, meinte Irene. »Aber nun liegt der Vergessenszauber nicht mehr über der Spalte, der Drache ist fort, und Humfrey kann nicht mehr eingreifen, so daß wieder die alten schlimmen Zustände eintreten. Unser Problem ist also größer, als wir geglaubt haben.«

»König Dor wird auf jeden Fall etwas unternehmen müssen, um die Kobolde auszuschalten«, meinte Chem. »Aber im Augenblick wird unsere Mission dadurch nur um so dringender. Wir müssen die Kinder sofort retten!«

So eilten sie denn der Höhle des Zyklopen entgegen.

Kurze Zeit darauf erscholl ein Kreischen am Himmel, und häßliche große Vogelgestalten erschienen am Himmel. »Kobolde! Vernichtet sie!« kreischte eine ungnädige weibliche Stimme.

Große, fette Harpyien erschienen und stürzten sich mit schmutzigen Krallen auf sie herab.

Es waren mindestens zwölf oder fünfzehn. Chem hatte ihren Bogen gezückt, hielt sich jedoch zurück, weil sie wußte, daß sie nur eine der schmutzigen Hennen zu töten brauchte, damit die anderen den Rest der Gruppe in Stücke reißen würden. Die Gorgone hatte die Hand an ihren Schleier gelegt. *Sie* konnte mit allen auf einmal fertig werden, wenn es sein mußte!

»Wir sind keine Kobolde!« rief Irene im verzweifelten Versuch, es vor etwaigen Kampfhandlungen noch einmal mit Vernunft zu versuchen.

Die Anführerin der Harpyien schwebte über ihnen und musterte sie neugierig. Sie hatte ein widerliches schmutziges Gesicht, baumelnde, herabhängende Brüste, verschmierte Schwanzfedern und einen ekelerregenden Gestank. Abstoßender hätte kein Lebewesen je sein können, und dies weniger wegen ihres Körperbaus als wegen ihres Mangels an Hygiene und ihres widerlichen Wesens. »Tatsächlich, seid ihr wirklich nicht!« kreischte die Harpyie. »Dann haben wir uns euretwegen ja ganz umsonst bemüht! Da sollten wir euch trotzdem in Stücke reißen!«

»Laßt mich mit ihnen reden«, sagte Chem. »Paßt auf, Gorgone. Vielleicht brauchen wir Euch noch!«

Die Gorgone nickte, eine Hand einsatzbereit an ihrem Schleier.

»Hört mir zu!« sagte Chem der Harpyienanführerin. »Wir sind keine Kobolde und haben auch nichts mit ihnen zu tun. Wir haben nichts gegen Euch – aber wir können uns zur Not durchaus wehren, wenn Ihr es darauf anlegt. Laßt uns in Frieden, dann tun wir das gleiche mit euch!«

»Ihr könnt euch verteidigen?« fragte die Anführerin der Harpyien schrill. »Dann beweist es!«

»Ich glaube kaum, daß euch das gefallen würde!« warnte Chem.

»Reiner Bluff!« kreischte die Harpyie.

»Diese Frau hier ist die Gorgone«, erwiderte die Zentaurin gelassen. »Ein Blick in ihr unverschleiertes Gesicht, und Ihr erstarrt zu Stein!«

»Das glaube ich nicht!« kreischte die Harpyie. »Hatty, reiß ihr den Lumpen vom Gesicht und pick ihr die Augen aus!«

Eine Harpyie kam im Sturzflug auf sie zu und verlor dabei zahlreiche schmierige Schwanzfedern.

Plötzlich, als die Gorgone ihren Blick auf sie richtete, erstarrte sie mitten im Flug und fiel wie ein Stein zu Boden. Wortlos verschleierte die Gorgone wieder ihr Gesicht.

Die anderen Harpyien stürzten herbei, um ihre gefallene Kameradin zu begutachten. Hatty war zu einer häßlichen Statue geworden, die so aussah, als hätte sie zu viel Zeit unter Tauben zugebracht.

»Die ist ja versteinert!« kreischte eine der Harpyien.

»Völlig«, meinte Grundy ungerührt. »Und ihr Schmutzwachteln könnt nicht einmal behaupten, wir hätten euch nicht gewarnt!«

»Und wer bist du, Drecksack?« kreischte die Anführerin.

»Ich bin Grundy der Golem«, erwiderte Grundy stolz. »Ich kann mit allen Lebewesen sprechen, selbst mit euch, ihr ekligen Stinktiere, auch wenn ich mir dabei die Nase zuhalten muß. Und wer, zum Teufel, bist du?«

»Ich bin Haggy Harpyie«, erwiderte die Harpyie, »die Anführerin dieser bunten Schar. Wir suchen nach Kobolden. Wer sind diese anderen?«

Wieder war Irene so vorsichtig, ihre Identität nicht sofort preiszugeben.

»Ich bin Irene. Ich lasse Pflanzen wachsen.«

»Und ich bin Chem«, sagte die Zentaurin. »Ich erstelle Landkarten.«

Nachdenklich flatterte Haggy über ihnen in der Luft. »Versteinern – reden – pflanzen – kartographieren«, kreischte sie. »Eine hübsche Sammlung von Talenten. Ihr Wesen habt Glück – nicht jeder besitzt Magie.« Nun wandte sie sich an die anderen. »Hannah, Plan ÜA!« schrillte sie. »Was macht ihr hier im Harpyienrevier?«

»Ich suche mein verschollenes Kind«, erwiderte Irene. »Ein dreijähriges Mädchen – habt Ihr sie vielleicht gesehen?«

»Hat irgend jemand von euch ihr Gör gesehen?« kreischte die Harpyie ihre Gefährtinnen an.

Wirres Geschrei: Niemand hatte ein verirrtes Menschenkind entdeckt.

»ÜÜÜAAA!« gellte Hanna Harpyie, und plötzlich jagten die Harpyien im Sturzflug auf die Reisenden zu. Zwei von ihnen trugen einen Sack, den sie der Gorgone über den Kopf stülpten, bevor diese sich noch einmal den Schleier vom Gesicht reißen konnte. Die anderen brachten Schlinglianen herbei, mit denen sie ihre Opfer fesselten. Alles geschah so schnell und unvermutet, daß Chem keine Zeit mehr hatte, ihren Bogen zu heben.

»Plan ÜA: Überraschungsangriff«, sagte Grundy angewidert. »Das hätte ich mir eigentlich denken können.« Irene verwünschte ihre eigene Fahrlässigkeit. Kobolde und Harpyien waren bekanntermaßen weitgehend ehrlose Geschöpfe, und das hatte sie auch gewußt. Es war unverzeihlich gewesen, nicht auf der Hut zu bleiben.

»Warum habt ihr schmutzigen Vögel das getan?« fragte Grundy die Vögel. »Wir haben euch nichts getan; erst als Hatty unbedingt angreifen wollte, haben wir uns gewehrt, und selbst da hatten wir euch vorher eindeutig gewarnt. Ihr kriegt sie wieder hin, bis sie so schlecht wie neu ist, wenn ihr ihre Statue nach Mundania schleppt, wo der Zauber gebrochen wird.«

»Was schert uns Hatty?« kreischte Hannah. »Wer macht sich schon was aus einer Harpyie? *Euch* wollen wir haben!«

»Weil wir eure Talente gebrauchen können«, kreischte Haggy zufrieden. »Jetzt können wir die Kobolde schneller aufspüren!«

»Aber ihr könnt uns doch nicht einfach einfangen und für euch arbeiten lassen!« platzte es aus Irene hervor.

»Warum nicht?« kreischte Haggy vernünftig.

»Na ja, zum Beispiel, weil wir uns weigern werden«, sagte Chem und peitschte empört mit ihrem Schweif.

»Ach ja?« kreischte die Harpyienanführerin. »Na gut, dann werden wir eben eure Steinmetzfreundin in Stücke reißen, immer einen Brocken auf einmal. Ist sowieso Zeit für eine Mahlzeit.« Sie wandte sich an ihre Adjutantenhenne. »Hannah, altes Keifhuhn, zeig uns doch mal, wie schnell du dieser Kreatur den Arm abreißen kannst. Aber halt dich von ihrer Haube fern!«

Hannah kreischte entzückt auf. »Haltet sie gut fest, Hennen!

Ich will nicht, daß sie um sich schlägt, während ich sie bearbeite. Dadurch würde nur kostbares Blut verspritzt und vergeudet werden. Vielleicht sollte ich mit ihrem Magen anfangen, den kann man am leichtesten herauskrallen!«

Die anderen Hennen scharten sich um die Gorgone und versenkten ihre schmierigen Krallen in ihr Fleisch, um sie für die Folter festzuhalten. Irene wußte, daß sie nicht blufften; Harpyien liebten es tatsächlich, Fleisch in Stücke zu reißen und empfindungsfähigen Lebewesen Schmerz und Pein zu bereiten.

»Und holt auch ein Becken her«, kreischte Haggy. »Damit wir hinterher ein Blutbad nehmen können!«

Irene drehte sich der Magen um. Nein, die blufften wirklich nicht! »Also gut, wir machen mit. Laßt sie in Ruhe!« sagte Irene hastig.

»Spielverderber!« kreischte Haggy enttäuscht. »Na schön, dann können wir ihr Talent eben im Kampf gegen die Kobolde einsetzen. Hannah, du mußt leider warten.«

Dann wandte sie sich an Irene. »So, und nun hört zu, was ihr machen sollt. Du läßt uns ein paar Blutlilien und einen Eimer voll Gallenwurz wachsen, damit wir etwas essen können, und der Pferdehintern zeigt uns eine Landkarte, damit wir raten können, wo die Kobolde sind, während der Wicht . . .«

»Ich bin kein Wicht, sondern ein Golem!« protestierte Grundy.

». . . sich nach den Kobolden erkundigt«, beendete Haggy ihre Anweisungen. »Und wenn wir sie bis zum Nachtanbruch nicht gefunden haben, werden wir statt dessen das Steingesicht in Stücke reißen. Ist doch wohl ein faires Angebot, nicht?«

Irene fragte gar nicht erst, ob die Harpyien die Gruppe wieder freilassen würden, nachdem sie die Kobolde entdeckt hatten. Harpyien gaben nie Versprechen ab, nur Drohungen. »Dazu müßt ihr mir aber die Handfesseln lösen, damit ich meine Samen durchsuchen kann«, sagte sie. »Ich kann nichts von dem wachsen lassen, was ihr haben wollt, wenn ich nicht die entsprechenden Samen habe.«

»Das werden wir tun«, kreischte Haggy. »Aber wenn du irgendeinen faulen Trick versuchst, wird deine Steinfreundin von uns zerfetzt, und dann wirst du als erste ihr Blut trinken!«

»Das ist ungerecht!« kreischte Hannah. »Das erste Blut hast du *mir* versprochen!«

»Na schön, dann kriegst du eben das Blut, und dafür stopfen wir der Gefangenen die ersten Eingeweide ins Maul«, entschied Haggy, auf Gerechtigkeit bedacht.

Entsetzt mußte Irene feststellen, daß ihr damit die Möglichkeit verwehrt wurde, einen Gewirrbaum oder etwas ähnlich Wirkungsvolles gegen die widerliche Harpyienschar wachsen zu lassen. Sie öffnete ihren Samenbeutel und suchte. Sie hatte Glück, denn sie hatte die gewünschten Samen vorrätig. Sie warf sie auf den Boden.

»Wachst!«

Die Blutlilien schossen empor und bildeten tiefrote Knollen, während die Galläpfel Früchte mit einem Saft hervorbrachten, mit dem man Fliegen hätte töten können. Gierig stürzten sich die Harpyien darauf und schlürften alles schlabbernd und schmatzend auf.

Während die Hennen abgelenkt waren, beriet sich Irene mit Grundy. »Werden wir die Koboldbande ausfindig machen? Immerhin hängt unser Leben davon ab.«

»Ich werde schon was orten«, versprach der Golem. »Ich kann ja damit beginnen, daß ich nach Süden in Richtung Mundorgel gehe. Wenn sie sie gesehen hat, müssen sie auch dort in der Gegend gewesen sein.«

»Na schön«, meinte Irene. »Und wenn du unterwegs eventuell Gelegenheit dazu bekommst, die Haube der Gorgone zu lüften . . .«

»Ihr heimtückischen Weiber seid doch alle gleich«, sagte Grundy kopfschüttelnd.

Irene lächelte zynisch. »Eines Tages wirst du einer Frau von deiner Größe begegnen, dann wirst du froh sein, mit Raffinesse in die Falle gelockt zu werden – sofern du diese jetzige Gefahr überleben solltest.«

»Ich kann es kaum erwarten.« Doch einen Augenblick wirkte der Golem recht nachdenklich.

Bald hatten die Harpyien ihre Mahlzeit beendet. »An die Arbeit, Wicht!« kreischte Haggy. »Such die Kobolde!«

Grundy machte sich ans Werk, indem er ostentativ die Pflanzen befragte. Natürlich hatte keine von ihnen die Kobolde gesehen. »Dort entlang«, sagte er und zeigte in Richtung Mundorgel.

Die Harpyien waren so blutrünstig und kampfeslustig, daß sie gar nicht merkten, daß er auf ihr eigenes Frühwarnsystem wies. »Die Karte! Die Karte!« kreischte Haggy.

Chem projizierte eine Landkarte von der Gegend. Da die Zentaurin das Gebiet noch nicht sehr gut kannte, wies die Karte nur wenige Einzelheiten auf, war aber exakt genug, um die Harpyien von ihrer Gültigkeit zu überzeugen.

Die Harpyien mußten Chems Beine freigeben, damit sie gehen konnte, doch ihre Arme ließen sie gefesselt, und eine der Hennen schwebte ständig in ihrer Nähe, um sie sofort anzugreifen, wenn sie einen Fluchtversuch wagen sollte. Irenes Hände wurden wieder gefesselt, und sie mußte auf der Zentaurin reiten. Die Gorgone mußte etwas abseits mit ihnen gehen, damit sie trotz ihrer Haube nicht stürzte.

So zogen sie langsam nach Süden, ständig von den Harpyien angetrieben, denen alles nicht schnell genug ging. Dann hatte Grundy endlich Erfolg – er entdeckte die Fährte der Kobolde. Es waren dreizehn an der Zahl, die Richtung Südwesten marschierten. Sie führten keine Harpyie mit sich.

»Dann haben sie ihn mit Sicherheit umgebracht«, schrillte Haggy. »Wir werden ihnen bei lebendigem Leib die Herzen ausreißen und sie ihnen . . .«

Der Rest war unverständlich, was wohl auch besser so war; denn die Blätter der nächstgelegenen Bäume wurden plötzlich braun und welkten. In dieser Hinsicht waren Harpyien wirklich sehr begabt . . .

Nun, da sie eine heiße Spur verfolgten, verteilten sich die Harpyien und verstummten. Sie wußten, daß ihr Gekreisch jeden Gegner warnen würde. Einer der Vögel flog hoch über die Baumwipfel, um ihre Beute auszukundschaften. Schon bald kam sie im Tiefflug zurück und meldete: »Unmittelbar vor uns, auf einer Insel in einer Wasserfläche. Wir können sie umzingeln. Die meinen wohl, dort wären sie in Sicherheit, aber sie können ja auch nicht fliegen.«

Irene erkannte, daß dies der typische Fehler von Lebewesen

war, die nicht fliegen konnten; sie neigten dazu, die Gefahr aus der Luft zu unterschätzen.

»Wir werden kein Risiko eingehen«, entschied Haggy. »Dreizehn gegen dreizehn, das ist mir zu ausgewogen. Wir wollen schließlich keinen fairen Kampf, sondern ein leichtes Gemetzel. Wir lassen sie von Steingesicht anschauen.« Sie hatten die Sache falsch verstanden, merkte Irene; sie wußten nicht, daß es nicht der Blick der Gorgone war, der Lebewesen versteinern ließ, sondern der Anblick ihres Gesichts. Doch sie hatte nicht vor, dieses Mißverständnis aufzuklären.

»Aber dann wird sie uns auch anschauen!« warnte eine andere Henne.

»Das stimmt. Nein, das sollten wir im Augenblick lieber nicht riskieren. Wir werden sie statt dessen bombardieren. Macht eure Eier fertig.«

Wie die Harpyien Eier beförderten, war Irene unklar, aber offensichtlich hatten sie welche dabei. Sie konnte sich auch nicht vorstellen, was es nützen sollte, den Gegner mit Eiern zu bombardieren, es sei denn, man wollte ihn mit dem Eigelb und Eiweiß blenden.

Die Harpyien flogen empor, wobei sie kleine schmierige Daunen verstreuten.

»Ach, Hannah«, kreischte Haggy, der plötzlich etwas einfiel, was sie ganz vergessen hatte. »Jetzt kannst du dich dieser Kreaturen hier annehmen. Die sind jetzt nur noch Verbrauchsmaterial.«

»Hm, lecker!« schrillte Hannah. Sie flog einen Bogen und kam auf Irenes Gruppe zu. Ihr abscheuliches Gesicht glänzte vor Gier.

»Grundy!« schrie Irene. Doch der Golem war zu weit von der Gorgone entfernt, um sie noch vor der Harpyie zu erreichen.

Statt dessen war es Chem, die der Gorgone zu Hilfe eilte. Zwar waren ihre Hände gefesselt, aber sie versuchte es dafür mit den Zähnen und beugte sich vor, um die Gesichtshaube zu packen zu kriegen.

Doch Hannah kam nicht näher. Sie bremste ab, spreizte die Beine und legte mitten in der Luft ein Ei. »Verreckt!« schrillte sie, während das Geschoß zu Boden stürzte.

»Deckung!« schrie Grundy im selben Augenblick. »Mir ist gerade eingefallen, was mit diesen Eiern los ist!«

Chem sprang beiseite und drückte die Gorgone zu Boden. Das Ei traf neben ihr auf die Erde und explodierte. Ein schmutziges Krachen, das Herabprasseln von Erdreich und Unterholz – dann erschien ein kleiner Krater im Boden.

Die Eier waren wirklich Bomben! Irene begriff, daß die Harpyien in Kriegszeiten wahrscheinlich Granatäpfel aßen, um die explosiven Kerne ihren Eiern zuzufügen. Die waren wirklich gerüstet!

Grundy, der unverletzt geblieben war, rannte um den Krater und kletterte sofort auf den verhüllten Kopf der Gorgone. Doch die Haube war fest verschnürt, und er konnte die Knoten nicht lösen. Die Harpyie beobachtete alles von oben, wo sie im Kreis umherschwebte. Ob sie noch ein zweites Ei besaß?

»Kein Wunder, daß sie sich kaum fortpflanzen!« rief Chem. Grundy mußte lachen. Es wäre wirklich schwierig, ein lebendes Harpyienküken auf einer Eierbombe auszubrüten!

Doch die Gefahr, in der sie sich befanden, war alles anderes als komisch. »Grundy, gib mir einen Samen!« rief Irene. »Schnell!«

Der Golem krabbelte zu ihrem Beutel und griff willkürlich hinein. »Wachsen!« befahl Irene der Handvoll Samen.

Die Samen begannen sofort zu keimen. Natürlich konnte Irene auch mit hinter dem Rücken verbundenen Händen Pflanzen zum Wachsen bringen, aber es war immer sehr riskant, dies willkürlich und unbedacht zu tun. Denn die Samen konnten zu allem möglichen werden, zu harmlosen wie zu gefährlichen Gewächsen.

Eine Korallenblume überzog die Hand des Golems mit Korallen, und er ließ die Samen hastig fallen. Ein Zuckerhut ließ einen Hut aus Zucker hervortreten. Eisenholz stachelte empor, mit Spitzen, die aufgrund der hohen Luftfeuchtigkeit hier in der Nähe des Wassers bereits mit Rost überzogen waren. Ein Hornklee stieß ein Tuten aus, und ein gemeiner Steinbruch bohrte sich mit seinen Wurzeln in den nächsten Stein und spaltete ihn in zwei scharfkantige Stücke.

Grundy sprang hinunter und hob einen dieser Stücke auf.

Dann begann er, damit an den Handfesseln der Gorgone zu sägen.

Doch nun machte sich Hannah Harpyie wieder bemerkbar. Offenbar hatte sie ein weiteres Ei bereit.

Chem projizierte eine Landkarte. Sie zeigte dort, wo die Gruppe sich befand, einen Felsvorsprung, während sie dort, wo in Wirklichkeit ein Felsvorsprung war, Irenes Trupp zeigte. Die Harpyie blinzelte kurz und orientierte sich aufs neue, führte eine Kurskorrektur durch und ließ ihr Ei hinabplumpsen. Es schlug auf den Felsvorsprung auf und zertrümmerte ihn zu einem Sandhaufen. Sand spritzte ihnen um die Ohren.

Da bekam die Gorgone endlich die Hände frei und griff an den Kopf, um sich von der Haube zu befreien. Doch die war fest am Hinterkopf verschnürt und gab nicht nach.

»Nehmt den Stein, um sie durchzuschneiden!« befahl Irene.

Die Harpyie merkte, daß hier etwas nicht stimmte. Chems Karten waren zwar gut, aber keine echten Illusionen; wenn man sich anstrengte, konnte man sie durchschauen. Hannah flog einen Bogen, um ein weiteres Ei zu legen. Diesmal würde sie sie nicht verfehlen.

Irene sah nur noch eine Chance. »Gorgone! Wenn Ihr überhaupt etwas sehen könnt, werft den Stein!«

Die Gorgone schnitt sich mit der scharfen Steinkante über das Gesicht und riß damit die Haube vor ihren Augen auf. Nun hatte sie einen gewissen Ausblick – und schleuderte den Stein der herabstürzenden Harpyie entgegen.

Ihr Zielvermögen war ausgezeichnet: Der Stein traf sein Ziel – und das Ei explodierte. Die Harpyie hatte es noch nicht ausgeklinkt.

Die Explosion klang gedämpft. Ein entsetzlich widerlicher Hagel prasselte auf sie herab, und der Gestank war unglaublich.

Irene wischte sich die Schmiere aus den Augen und blickte zum Himmel empor. Von Hannah Harpyie war nichts mehr übrig außer einer übelriechenden Rauchwolke. Sie war dunkelgrau, mit blutroten Streifen durchzogen.

»He, die Gefangenen brechen aus!« schrillte eine andere Harpyie.

»Wir müssen endlich fliehen!« sagte Irene angespannt.

Nun war von der Wasserfläche, auf deren Insel sich die Kobolde befanden, Schlachtenlärm zu hören. Die verbliebenen Harpyien hatten die Kobolde angegriffen, und es erhob sich ein gar fürchterliches Getöse.

Die Gorgone behielt die zerrissene Haube an, damit sie etwas sehen konnte, ohne ihr todbringendes Gesicht enthüllen zu müssen, und machte sich eilig daran, Chems Fesseln zu lösen. Bald darauf war die Zentaurin frei. Sie nahm ihren Bogen auf und zielte mit einem Pfeil an den Himmel. Die erste Harpyie, die es wagen sollte, sich zu nähern, würde nun sofort abgeschossen werden.

Jetzt trat die Gorgone zu Irene und löste ihre Handfesseln. Nun konnten sie weiterreisen, doch Irene war unsicher. »Der Wald ist zu offen, wenn wir jetzt fliehen, droht uns ein Angriff von hinten. Ich will keine Eier auf mein Hinterteil fallen lassen! Wir sollten erst einmal in Deckung gehen, bis wir in Sicherheit sind.«

Chem stimmte ihr zu. So begaben sie sich zu der Wasserfläche, einer ebenen Masse aus geliertem Wasser mit einer festen Kruste. Die Oberfläche war blaugrün und sank ein wenig unter ihrem Gewicht ein, wobei sie einen trägen Wellenkreis zog.

Auf der gegenüberliegenden Seite stand die Koboldbande, mit Keulen und Speeren und Steinen und finsteren Grimassen bewehrt. Die Harpyien bombardierten sie im Sturzflug, doch der Steinhagel der Kobolde war dicht genug, um die Gegner auf Abstand zu halten. Wasserfontänen sprangen an den Stellen empor, wo die Eier ihr Ziel verfehlt hatten. Die Kruste der Wasserfläche war zwar fest und nachgiebig, doch benötigten die Explosionslöcher eine gewisse Zeit, um sich wieder ganz zu schließen.

Drei der Harpyien lösten sich von der Hauptformation und kamen auf Irene und ihre Freunde zugestürzt. Irene griff in ihren Samenbeutel und verteilte die Samen, die sie blindlings hervorholte. »Wachst!«

Die Samen keimten noch im Flug und fielen auf die Wasserfläche, wo ihre Wurzeln reichlich Wasser fanden, was ihr Wachstum noch beschleunigte. Lederfarnblätter überzogen die

Oberfläche mit Leder. Ein Goldregenstrauch stieß eine Wolke aus glitzerndem Goldstaub aus. Ein Fingerhut winkte mit den Fingern und zog artig zum Gruß die darauf befindlichen Hüte. Eine Amethystpflanze ließ purpurne Kristalle wachsen, die im Sonnenschein funkelten. Eine Ballonie ließ eine Wolke bunter Ballons aufsteigen. Ein Helmstrauch produzierte mehrere hervorragende Helme unterschiedlicher Größe, die Irene und die anderen sofort abernteten, um gegen etwaige explodierende Eier gefeit zu sein. Und eine Wasserefeupflanze war ganz in ihrem Element und überzog einen Großteil des Wasserschlags mit dichtem Bewuchs. Die Lianen und Blätter wurden so groß und verdichteten sich derart schnell, daß sich der Wasserschlag binnen kürzester Zeit in einen dichten Dschungel verwandelte.

Die Kobolde erspähten den Dschungel und rannten darauf zu, um seine Deckung auszunutzen. »Oh!« machte Irene. »Daran habe ich nicht gedacht! Jetzt müssen wir uns auch noch mit den Kobolden herumschlagen.«

So war es auch: Als die Kobolde feststellten, daß der Dschungel bereits besetzt war, schleuderten sie einige ihrer Steine auf die neuen Ziele. Nun war ein Zweifrontenkrieg entbrannt.

Die dichte Deckung erwies sich als zweischneidiges Schwert. Einerseits waren Irene und ihre Begleiter dadurch vor den Harpyien verborgen, die von oben herab kreischten und fluchten, bereit, jedem ein Ei auf den Kopf zu donnern, der ihn hervorstreckte – doch andererseits waren die Kobolde nun ebenfalls vor Irene und den Harpyien verborgen, und sie wußte, daß die sich gut auf Dschungelkampf verstanden.

Ein Kobold tauchte vor Chem auf – und verschwand sofort wieder, als sie den Bogen herumschwang und auf ihn anlegte. Eine Harpyie bemerkte die Bewegung, jagte in die Tiefe und legte ihr Ei. Es explodierte seitwärts von Irenes Trupp, und Grünzeug spritzte haufenweise umher.

Eine dunkle, knorrige Hand packte Irene am Arm. Sie wirbelte herum, wagte es jedoch nicht, laut aufzuschreien, um die Harpyien nicht auf sich aufmerksam zu machen. Nun blickte sie in eine häßliche Koboldschnauze.

Der Kobold öffnete den Mund und bleckte die spitzen gelben Zähne. Er stürzte sich auf Irenes Bein, um hineinzubeißen.

Sie riß ihr Bein zurück und stieß ihm das Knie ins Ohr. Au! Der Koboldkopf blieb unversehrt, doch Irenes Knie tat fürchterlich weh!

»Nicht auf die Köpfe schlagen!« schrie Grundy. »Die sind hart wie Stein! Auf Hände und Füße zielen!« Irene stampfte auf den großen Fuß des Kobolds, doch der Boden war so schwammig und nachgiebig, daß der Fuß einfach nur im Wasser versank. Da packte sie den Arm des Wesens, riß ihn herum und rammte dem Kobold seine eigene Hand gegen den Kopf.

»Auuuuu!« schrie der Kobold. »Meine Hand ist gebrochen!«

Eine Harpyie hörte seinen Schrei und versuchte ihn zu orten. Kreischend stieß sie einen ätzenden Fluch aus. Wenn nicht bald etwas geschah, dann würden sie sich echt betroffen fühlen.

Irene wußte, daß sie das Wesen so schnell wie möglich erledigen mußte.

Nun riß sie ihren Arm hoch, so daß die Koboldhand, die ihn eisern umklammerte, gegen den Kopf ihres Gegners stieß. Da ließ er sie los. Mit einem wohlplazierten Tritt mit dem Hinterhuf schleuderte Chem ihn nun beiseite, und Irene konnte wieder in Deckung gehen.

»Wir müssen fort von hier, sonst finden wir alle noch den Tod!« keuchte Irene. Sie hatte nicht viel Erfahrung mit dieser Art von Nahkampf, und es gefiel ihr überhaupt nicht.

»Ich sollte besser meine Waffen einsetzen«, sagte die Gorgone und faßte sich dabei an den Kopf.

Irene seufzte. »Wir haben wohl keine andere Wahl.«

Plötzlich hörten sie, wie die Harpyien aufgeregt kreischten: »Das ist er! Das ist er!«

Irene spähte aus dem Blattwerk hinaus ins Freie. Doch sie erblickte nur eine weitere Harpyie, die den anderen zu Hilfe eilte. Keine gute Nachricht!

»Er?« fragte Chem. Der Hahn, von dem sie dachten, die Kobolde hätten ihn umgebracht?«

Nun erkannte Irene, was die Ankunft des Vogels zu bedeuten hatte. »Dann haben sie gar keinen Grund mehr, zu kämpfen!«

»Och, die werden trotzdem weitermachen«, meinte Grundy.

»Harpyien und Kobolde lassen keine Gelegenheit aus, sich gegenseitig zu bekriegen.«

»Dann sollen sie es gefälligst sein lassen, während wir zwischen ihnen eingekeilt sind!« rief Irene.

»Vielleicht kann ich ja einen Waffenstillstand herbeiführen«, sagte Chem. »Der Augenblick scheint mir günstig zu sein, und ich glaube, ich bin dem Koboldhäuptling schon einmal begegnet.«

»Ein Versuch kann nicht schaden!« willigte Irene ein. Ihre Hände waren kalt und klamm, und sie hoffte, daß sie nicht so zerzaust aussah, wie sie sich fühlte.

Chem konzentrierte sich. Ihre Karte erschien – doch diesmal zeigte sie keine Landschaft, sondern übergroße Buchstaben: WAFFENSTILLSTAND. Gleichzeitig rief die Zentaurin: »Kotbold! Kotbold Kotbold!«

Nur wenige Harpyien waren des Lesens kundig, aber die Anführerinnen waren etwas gebildeter als die meisten anderen. »Waffenstillstand?« kreischte Haggy Harpyie aufgebracht. »Waffenstillstand? Wer sagt das?«

Und der Koboldhäuptling erwiderte: »Wer ruft da meinen Namen?«

»Ich bin's, Chem Zentaur«, rief Chem. »Ich bitte um diesen Waffenstillstand, weil ihr Kobolde und Harpyien keinen Grund zum Kämpfen habt, und das will ich euch erst beweisen, bevor ihr die beste Gelegenheit, Frieden zu schließen, verstreichen laßt.«

»Frieden schließen!« kreischten Kotbold und Haggy wie mit einer Stimme.

»Wir wollen keinen Frieden!« fuhr Haggy fort.

»Wir wollen Krieg!« schloß Kotbold.

»Aber . . .« protestierte Irene verwirrt.

»Die alte Henne hat recht«, sagte Kotbold. »Wir haben schon achthundert Jahre keinen richtig schönen Krieg mehr gehabt. Der war schon lange überfällig!«

»Kann man wohl sagen!« kreischte Haggy.

Der neu hinzugestoßene Harpyienhahn kam herbeigeflogen. Nun sah Irene, daß sein Gesicht und seine Federn sauber waren und daß er ein recht ansehnlicher Halbmensch war. »Trotzdem werden wir Friedensverhandlungen führen«, rief er, und auch seine Stimme kreischte nicht so schrill wie die der Hennen. »Wir werden ein Waffenstillstandsabkommen schließen und die Zentaurin anhören, denn Zentauren sind bekanntermaßen gerecht denkende Leute.«

Die Hennen flatterten verstört umher und glucksten, weil sie sich nicht ernsthaft mit dem kostbaren männlichen Exemplar ihrer Gattung anlegen konnten. »Wenn du meinst«, kreischte Haggy schließlich mürrisch.

»Aber *ich* meine nicht!« schrie Kotbold aus seiner Deckung im Gebüsch. »Ich will sie alle auslöschen – angefangen bei diesem spatzenhirnigen Hahn!«

Da erschien ein wunderschönes Koboldmädchen. »Dann mußt du mich auch auslöschen, Vater!« rief sie. »Ich liebe ihn!«

Eine Romanze zwischen Harpyie und Kobold? Das war ja noch eine weitere Überraschung!

»Ein Koboldflittchen!« kreischte Haggy empört. »Wir werden sie in Eiern begraben!«

»Das werdet ihr nicht tun!« rief der Hahn. »Ich werde sie nämlich heiraten!«

Irene staunte. »Es stimmt also tatsächlich! Kein Wunder, daß diese Wesen so aufgebracht sind! Das ist die verbotenste Liebe, die sie kennen!«

»Dann sollten wir wirklich besser schnell einen Waffenstillstand stiften!« sagte Chem. »Sonst werden wir gleich unter Federn und Plattfüßen begraben!«

Irene tastete in ihrem Beutel herum, bis sie gefunden hatte, was sie suchte. Sie warf die Samen in vier Richtungen fort, wobei sie sorgfältig zielte. »Wachst!«

Es waren Mauerblümchen – und kurz darauf befanden sie sich innerhalb eines Mauerkarrees, das immer weiter emporwuchs, mit Blümchen an der Spitze, bis man von innen nur noch den Himmel erkennen konnte.

»Chem, stellt Euch Richtung Norden auf und haltet Euren Bogen kampfbereit«, befahl Irene. »Und Ihr, Gorgone, stellt Euch in den Süden, die Hand am Schleier – äh, oder an der Haube, oder was auch immer. Ich werde versuchen, den Himmel zu überwachen. Grundy, du kletterst auf die Mauer und sagst Kotbold und Haggy und den beiden, äh, Liebenden, sie sollen hierherkommen, damit wir in Sicherheit verhandeln können. Und paß auf Geschosse auf.«

»Wird gemacht«, sagte der Golem und krabbelte auch schon die Mauer empor.

»Ich hoffe, Ihr schafft es, diese Situation mit Zentaurenlogik zu entschärfen«, murmelte Irene.

»Wenn Ihr sie nicht überzeugen könnt, sitzen wir immer noch in der Klemme.«

»Die Logik ist unumstößlich. Es geht nur darum, ob sie auch darauf hören«, entgegnete Chem. »Aber fürs Zuhören sind beide Arten nicht gerade berühmt.«

Grundy hatte inzwischen die Mauer erklommen und richtete sich auf. »He, Stinkschnauze!« schrie er. »Komm her und zeig uns, wie blöd du bist! Du auch, Schmierfeder!« Dann duckte er sich, als ihm ein Stein entgegenflog und ein Ei abgeworfen wurde.

»Ich glaube, Ihr habt den falschen Diplomaten ausgesucht«, meinte Chem. »Grundy scheint zu meinen, es ginge darum, eine mindestens so freche Schnauze zu haben wie die anderen.«

»Das hätte ich mir eigentlich denken können«, sagte Irene, reumütig nickend. »Ich muß die Sache wohl selbst in die Hand nehmen.«

»Dann werden sie Euch den Kopf bombardieren!« warnte Chem.

»Vielleicht können wir Euch helfen«, sagte eine neue Stimme.

Irene blickte sich um, aber es war niemand zu sehen. »Wer hat denn da eben gesprochen?«

»Wir sind unsichtbar«, sagte die Stimme. »Wir wollen weder gesteinigt noch erschossen werden.«

»Unsichtbar! Na schön, wenn Ihr in friedlicher Absicht gekommen seid, dann offenbart Euch. Wir werden Euch nicht angreifen.«

Zwei Gestalten wurden plötzlich sichtbar – der Harpyienhahn und das Koboldmädchen.

»Die Liebenden!« rief Irene. »Wie ...«

»Wir haben unser magisches Talent entdeckt«, sagte das Mädchen beinahe schüchtern. »Kobolde machen keine Magie, und Harpyien auch nicht – nicht wie Menschen. Aber zusammen können wir unsichtbar werden.«

Sie trat auf den Hahn zu, und die beiden verschwanden.

»Vielleicht rezessive Gene«, meinte Chem und musterte das Mädchen, als es wieder erschien. »Du kommst mir bekannt vor. Ich kenne ein Koboldmädchen, das ist fast so schön wie du . . .«

»Das ist meine große Schwester Goldy«, sagte das Mädchen. »Ich bin Gloria, die schönste und netteste Koboldsfrau meiner Generation. Und das ist Hardy, der bestaussehende und besterzogene Hahn seiner Generation.«

Irene stellte sich selber und ihre Gefährten vor. »Wir suchen meine verschollene Tochter . . .«

»Ivy!« rief Gloria. »Das süße kleine Kind mit dem Knochen im Haar.«

Irene blickte sie erstaunt an. »Ihr seid ihr begegnet?«

»Sie hat mir geholfen, Hardy zu finden«, erzählte Gloria.

»Mit dem Knochen im Haar?« fragte Chem.

»Sie sagte, der Zyklop hätte ihn ihr geschenkt«, erklärte das Koboldmädchen. »Sie war uns eine große Hilfe! Sie und Hugo und Stanley . . .«

»Hugo?« fragte die Gorgone. »Ist der auch dabei?«

»Oh, ja, er hat ein wirklich wunderbares Talent!«

»Aber er kann doch bloß faules Obst herbeizaubern!«

Gloria lachte. »Das würdest du nicht sagen, wenn du ihn kennst!«

»Na ja, immerhin bin ich schließlich seine Mutter!«

Gloria starrte sie verwirrt an. »Dann mußt du aber schrecklich strenge Maßstäbe anlegen! Mir erschien sein Obst völlig in Ordnung! Und intelligent ist der!«

»Intelligent?« fragte die Gorgone.

»Oh, ja, und so gutaussehend!«

Die Gorgone schüttelte verblüfft den Kopf.

»Wer ist Stanley?« wollte Irene wissen.

»Stanley Dampfer, der verjüngte Spaltendrache. Der ist auch sehr nett.«

»Nett?« fragte Irene verständnislos. *»Der verjüngte Spaltendrache?!«*

Gloria lächelte. »Ihr macht wohl gerne Witze, wie?«

»Muß wohl so sein«, meinte Irene matt. Irgend etwas war hier wirklich komisch, aber nicht lustig. »Wie habt Ihr sie denn getroffen?«

Kurz erzählten Gloria und Hardy, was geschehen war.

»Das verstehe ich nicht«, meinte die Gorgone. »Ich möchte natürlich nur das Beste für meinen Sohn, aber ich kann wirklich nicht behaupten, daß er jemals intelligent oder gutaussehend oder nützlich talentiert gewesen wäre. Ich wäre ja froh, wenn es anders wäre, aber . . .«

»Klingt, als hätte er sich entwickelt«, meinte Chem.

»Ivy!« rief Irene. »Die ist dafür verantwortlich!«

»Daran habe ich auch gedacht«, stimmte die Zentaurin ihr zu. »Ich vermute, ihr Talent der Verstärkung ist beachtlicher, als wir wußten. Sie hat Hugo auf die volle Stufe seines Könnens befördert.«

»Aber der Drache hätte dann doch noch viel wilder werden müssen«, wandte Irene ein.

»Nicht, wenn ihr Talent selektiv vorgeht«, widersprach Chem. »Wenn es beispielsweise nur verstärkt, was sie wahrnimmt oder wahrnehmen will oder wünscht . . .«

»Um aus meinem Jungen ein Genie zu machen, bedarf es wirklich eines Talents vom Magierformat«, sagte die Gorgone bedrückt. »Inzwischen ist er schon acht und hat noch nie auch nur das leiseste Anzeichen . . .«

»Acht ist der erst? Na, wenn er nicht jetzt schon ein Genie ist, dann fehlt jedenfalls nicht mehr viel«, meinte Gloria.

»Ivys Talent!« sagte Chem nachdenklich. »Es muß *viel* stärker sein, als wir geglaubt haben! Dieses kombinierte Kobold-Harpyien-Talent der Unsichtbarkeit muß latent gewesen sein und wurde durch die angespannte Situation und Ivys Fähigkeit der Verstärkung geweckt. Man lernt nie aus, was die Magie Xanths angeht! Und Gloria und Hardy passen wirklich gut zusammen, weil ihre Halbtalente sich gegenseitig ergänzen.«

Irene überlegte, ob es wohl möglich war, daß alle Kobolde und Harpyien das Halbtalent der Unsichtbarkeit besaßen, das nur durch einen Zusammenschluß mit einem Wesen der anderen Art aktiviert wurde.

»So sind wir dann vor dem Trupp meines Vaters geflohen«, beendete Gloria ihren Bericht. »Und Ivy, Hugo und Stanley konnten auch entkommen, weil die Kobolde unsere Fährte verfolgten. Hardy hat mich ein Stück durch die Luft getragen, obwohl ich genauso viel wiege wie er und er mich nicht allzu weit befördern konnte. Bei Nachtanbruch haben wir uns in einem Baumwipfel versteckt, wo die Gruppe meines Vaters uns nicht erreichen konnte. So konnten wir auch ordentlich ausschlafen.« Sie errötete leise. »Jedenfalls die meiste Zeit.«

»Als wir dann den Lärm hier hörten«, fuhr Hardy fort, »bin ich zu meinen Leuten gestoßen, um sie zu beruhigen, daß die Nachricht der Mundorgel von meiner Gefangennahme hinfällig geworden ist.«

»Das genügt wohl fürs erste als Bericht«, sagte Chem. »Aber wir können nichts tun, bis wir die Anführer beider Parteien dazu bewegt haben, zu verhandeln.«

»Ich kann meinen Vater zwar hierherbekommen«, meinte Gloria, »aber ich werde ihn nicht dazu bringen, sich Vernunftsgründen zu beugen.«

»Und ich kann Haggy Harpyie hierherzitieren«, sagte Hardy. »Im Harpyienreich sind alle Hähne Prinzen, weshalb sie meinem Befehl Folge leisten muß. Aber sie wird genausowenig zuhören.«

»Holt sie erst einmal her und haltet sie davon ab, sich aufeinanderzustürzen«, schlug Chem vor, »dann will ich versuchen, es ihnen einzuhämmern.«

Achselzuckend machten sich Koboldmädchen und Harpyienhahn ans Werk. Gloria erklomm die Südmauer, wobei sie einige bemerkenswerte Körperteile zur Schau stellte, während Hardy emporflog. Während des Gesprächs war der Schlachtlärm weitgehend verklungen, wahrscheinlich weil keine der beiden Seiten wußte, wie sie sich in dieser Situation einen Vorteil verschaffen konnte.

»Vater!« rief Gloria von der Mauer herab. »Du mußt herkommen und mit der Anführerin der Harpyien reden, und so lange müssen die Waffen schweigen.«

»Niemals!« antwortete Kotbold.

Auf diese Entfernung klang seine Stimme zwar leise, aber unüberhörbar häßlich.

»Dann kann ich mich ja gleich ins Verderben stürzen«, sagte Gloria und tat, als wollte sie sich von der Mauer stürzen. Der Bluff wirkte: Kotbold willigte sofort ein.

Hardy hatte weniger Schwierigkeiten. »Komm her und verhandele«, sagte er zu Haggy, »sonst erzähle ich der Harpyienkönigin, daß du Eier ausbläst!«

Das schüchterte die Henne ein. »Ich blase keine Eier aus!« kreischte sie und kam herbeigeflattert.

Nun waren beide Anführer da. Haggy legte ihr fleckiges Gefieder an, während Kotbold seine knotigen Beine auf die Südmauer legte. Böse funkelten sie einander und alle anderen an. Es war offensichtlich, daß sie nicht gewillt waren, vernünftig zu werden.

»Zunächst einmal wünsche ich«, begann Chem, »daß ihr beide euer Volk informiert, daß wir mit treffgenauen Pfeilen und dem Blick der Gorgone bewaffnet sind. Jeder, der versuchen sollte, diese Festung zu stürmen, wird die Konsequenzen am eigenen Leibe zu spüren bekommen.« Kotbold und Haggy, die erkannten, daß die Zentaurin die Wahrheit sagte, teilten es ihren Trupps mit. Dennoch blieben sie offensichtlich nach wie vor auf Kampfhandlungen erpicht.

»Seit über tausend Jahren befehden sich Kobolde und Harpyien gegenseitig«, fuhr Chem fort. »Alles begann wegen Überbevölkerung und Mißverständnissen, und beide Seiten haben schlimme Greuel auf dem Gewissen. Aber König Roogna hat die Angelegenheit bereinigt, und so war es achthundert Jahre lang einigermaßen ruhig. Da die Spalte und der Spaltendrache die beiden Parteien voneinander fernhielt, gab es kaum Berührungspunkte. Doch nun scheint es, als seien zarte Bande zwischen zwei Mitgliedern beider Arten gesponnen worden . . .«

»Ich werde diesen Geflügelhahn umlegen!« schrie Kotbold.

»Meine schöne Tochter zu beflecken!«

»Hör zu, Knollennase!« kreischte Haggy. »Deine Schlampe von Biest von einer Tochter hat ihn mit ihren obszönen Beinen verführt, genau wie in alten Zeiten! Der sollte man ein Ei seitlich in den Rachen stopfen!«

»Was ist denn an ihren Beinen so schlimm?« wollte Hardy wissen.

»Ich werde sie lieber gleich mit Eiern eindecken!« kreischte Haggy und schwang sich in die Lüfte. Doch Chem hatte sie mit ihrem Bogen im Visier, und die Gorgone drehte ihr Gesicht zu der Harpyie empor, an ihrer Haube zupfend. Keifend nahm Haggy wieder Platz.

»Hat dein Volk wirklich etwas gegen Mischehen?« fragte Chem.

»Natürlich!« schrie Kotbold. »Warum sollten wir es zulassen, daß diese Bastardehen unsere reine Koboldrasse versauen? Meine Tochter wird einen Koboldhäuptling heiraten.«

»Niemals!« rief Gloria.

»Wir haben genug Probleme damit, unsere eigene Rasse am Leben zu erhalten«, kreischte Haggy. »Da brauchen wir keine Koboldflittchen, die unser Blut verunreinigen! Und vor allem brauchen wir keine Kobolde, die in unser Gebiet einfallen und unsere wenigen Hähne abschlachten!«

»Dann sorgt doch gefälligst dafür, daß diese Bunthähne die Schmierflügel von unseren unschuldigen Mädchen lassen!« erwiderte Kotbold schreiend.

»Unsere Männer jagen jedenfalls nicht hinter euch stinkenden Hennen her!«

»Die würden sie nur nicht einholen!« schoß Haggy zurück.

»Egal«, unterbrach Chem das Gezänk. »Auf jeden Fall haben wir es hier mit einer Liebesverbindung zwischen beiden Arten zu tun. Und ich meine, eure Einwände sind nicht gerechtfertigt. Viele Lebewesen Xanths sind Kreuzungen, die Harpyien auch. Also dürftet ihr kaum etwas dagegen haben!«

»Aber die Kobolde sind keine Kreuzungen« knurrte Kotbold. »Wir entspringen einer reinen halbhumanoiden Linie.«

»Genau wie die Elfen, Gnome und Oger«, pflichtete Chem ihm bei. »Ich glaube, unter den humanoiden Formen gibt es eine ebenso große Vielfalt wie unter den Mischformen. Wäre es dir vielleicht lieber, wenn deine Tochter einen Oger heiratete?«

Kotbold lief vor Wut rot an, während Haggy sich vor Lachen nicht halten konnte. »Verheirate sie doch mit einem Oger, ja!«

kreischte sie. »Damit eure Rasse endlich mal etwas Intelligenz und Schönheit erbt!« Sie gackerte entzückt.

»Hör mal zu, du verfaultes Eierhirn . . .«

»Ich will auf folgendes hinaus«, unterbrach Chem die beiden erneut, »daß Mischformen und Humanoidenarten sich nämlich nicht schämen sollten, die Tradition Xanths fortzuführen. Mag sein, daß sich im öden Mundania die Arten nicht viel vermischen, aber Xanth ist schließlich nicht Mundania. Deshalb ist hier alles auch so viel besser! Wir hier in Xanth haben viel mehr Freiheit, um . . .«

»Würdest *du* dich etwa mit einer anderen Mischform paaren, die kein Zentaur ist?« fragte Haggy.

»Da hat der alte Piepmatz ausnahmsweise mal den Nagel auf den Kopf getroffen!« rief Kotbold. »*Würdest* du . . .?«

»Ja«, erwiderte Chem. »Wenn es ein achtbares Wesen wäre und zwischen uns gegenseitiger Respekt und Zuneigung herrschten.«

»Zentauren dürfen nicht lügen!« schrillte Haggy.

»Ach ja?« fragte Kotbold im selben Augenblick. »Womit denn zum Beispiel?«

»Zum Beispiel mit einem Hippogryph«, antwortete Chem.

Überrascht sahen die anderen die Zentaurin an. Mit dieser Antwort hatte anscheinend keiner gerechnet.

»Ach, das behauptet sie doch nur!« sagte Kotbold nach einer kurzen Pause. »Ist ja kein Hippogryph da, der den Bluff auffliegen lassen kann.«

»Doch, es gibt einen«, kreischte Haggy gehässig. »Er gehört dem Sohn der Hexe . . .«

»Xap«, sagte Chem. »Das Reittier von Xavier, dem Sohn der Xanthippe.«

Haggy sperrte ihren häßlich Mund auf. »Die kennt ihn ja!«

Kotbold war ebenso erstaunt. »War sie wirklich mit einem Hippogryph zusammen?«

»Muß sie ja wohl«, kreischte die Harpyie.

Die beiden blickten Irene an. »Was wißt Ihr davon?« wollte Kotbold wissen.

»Es stimmt«, erwiderte Irene. »Chem ist mit Xap unterwegs gewesen.«

»Dann ist sie ja schlimmer als wir!« kreischte Haggy empört.

»Allerdings!« stimmte Kotbold ihr zu.

Die beiden blickten einander erstaunt an. Sie waren ja plötzlich einer Meinung!

»Ist euch schon mal aufgefallen«, fragte Chem, »wie wenige Kobolde und Harpyien es im Vergleich zu früher nur noch gibt? Und wie viele Mischformen dafür blühen und gedeihen?«

Nun schwiegen Kobold und Harpyie mißmutig.

»Seid ihr noch nie auf den Gedanken gekommen, daß es eure Inzucht sein könnte, die eure Arten schwächt?« fuhr Chem fort.

»Auch die reinblütigen Menschen Xanths waren im Begriff, an Macht zu verlieren, bis sie sich mit frisch eingewanderten Mundaniern vermischten. Das wollten sie ursprünglich auch nicht, weil sie sich vor den Mundanierinvasionen fürchteten und die Mundanier wegen ihrer fehlenden Magie verachteten. Aber sie haben sich dennoch vermischt, und nun haben sie die Oberherrschaft, während Kobolde und Harpyien schwach sind, obwohl es früher doch einmal umgekehrt war. Wenn ihr euch weiterhin gegenseitig abschlachtet, werdet ihr schon bald völlig untergehen. Es wäre für beide Arten das beste, wenn ihr miteinander Frieden schließen würdet und es zuließet, daß ihr euch vermischt, wenn ihr wollt.«

»Lächerlich!« kreischte Haggy.

»Ekelhaft!« schrie Kotbold.

Wieder blickten sie einander an und mußten feststellen, daß sie beunruhigenderweise gleicher Meinung waren.

»Ich will euch etwas vorführen«, sagte Chem. »Ihr wißt beide, daß weder Kobolde noch Harpyien über magische Kräfte verfügen. Das ist auch ein Grund dafür, weshalb es beiden Arten in Xanth nicht mehr so gut geht.«

Die beiden nickten stumm.

»Dann schaut jetzt mal zu, was Hardy und Gloria miteinander machen.«

»Oh, nein, das werden wir nicht!« schrillte Haggy. »Wir sind ehrbare Wesen! Wir werden nicht stillsitzen und mit ansehen, wie man uns solche Obszönitäten vorführt, nicht wahr, Kotbold?«

»Ganz bestimmt nicht!« stimmte der Koboldhäuptling ihr

mit Vehemenz zu. »Wir sind anständige, die Naturgesetze achtende Leute!«

Die Harpyie spreizte die Flügel, und der Kobold schwang sich auf den Mauerrand. Beide waren sie bereit, ins Innere des Mauervierecks zu springen, um den Anstand, wie sie ihn begriffen, zu bewahren. Doch die Gorgone kehrte ihr Gesicht erst dem einen, dann dem anderen zu, die Hand an die Haube gelegt, und sie beruhigten sich wieder ohne weitere Proteste. *So* wichtig war der Anstand auch wieder nicht!

Hardy und Gloria legten Hand in Klaue – und verschwanden. Haggy fiel vor Schreck beinahe von der Mauer.

»*So* sind sie also entkommen!« sagte Kotbold.

»Zusammen verfügen sie über magische Kräfte«, erklärte Chem, während die beiden wieder sichtbar wurden. »Zusammen besitzen sie eine Macht, über die niemand in euren beiden Arten allein verfügt. Zum ersten Mal in der Geschichte können Kobolde und Harpyien es in der Magie mit Menschen und Zentauren aufnehmen. Aber nur zusammen. Allein seid ihr nur ganz gewöhnliche Kreaturen, die ihre Macht an jene einbüßen, die Magie besitzen.«

Haggy starrte staunend das Paar an, das sich einmal mehr berührte und verschwand.

»Was würde ich nicht für eine solche Fähigkeit geben!« kreischte sie matt.

»Würdest du dich dafür mit einem Kobold einlassen?« fragte Chem.

»Niemals!«

»Was – *niemals*?«

»Na ja . . .«

»Aber vielleicht siehst du jetzt ein, daß es sinnvoll sein kann, andere Harpyien zu ihrer Magie finden zu lassen, wenn sie das wollen – und *wie* sie es wollen«, meinte Chem.

»Vielleicht . . .« gestand Haggy ihr zu, mit einem Gesichtsausdruck, als hätte sie gerade auf einen Stinkwurm gebissen.

»Und du«, wandte Chem sich an Kotbold. »Deine älteste Tochter hat einen Koboldhäuptling geheiratet und einen Zauberstab bekommen, mit dem man Gegenstände fliegen lassen kann. Jetzt hat deine jüngere Tochter die Gelegenheit, einen

Prinzen zu heiraten und Magie ohne Zauberstab anzuwenden. Willst du ihr das etwa verwehren?«

»Hm ...« sagte Kotbold und sah dabei aus, als sei ihm der Stinkwurm in seinen aufgesperrten Mund gekrochen.

»Und was ist wohl mit ihren Kindern?« fragte Chem weiter. »Möglicherweise werden sie das Beste beider Arten in sich vereinen. Es könnten geflügelte Kobolde werden, die wie Harpyien fliegen können, ohne dabei ihre Beine einzubüßen. Vielleicht werden sie eigene magische Talente besitzen, genau wie die Menschen. Vielleicht werden sie eure Artenlinie wieder stärken, weil sie Dinge können, die ihnen kein anderes Wesen nachmacht. Eines Tages könnten eure Nachkommen wieder in Xanth herrschen und zu ihrer ursprünglichen Größe gelangen. Willst du deiner Tochter und deiner Rasse diese Chance verwehren?«

Kotbold zog eine Grimasse. »So habe ich die Sache noch nie gesehen.« Er mochte zwar gewalttätig und voreingenommen sein, aber er wollte auch nur das Beste für seine Tochter.

»Also, warum beendet ihr dann nicht einfach den Krieg und gebt der Vereinigung dieser beiden jungen Leute euren Segen? Es könnte den Anbruch eines neuen Zeitalters für eure Art bedeuten.«

»Vielleicht, ja, aber der Skandal ...«

Gloria hüpfte plötzlich auf der Stelle auf und ab und klatschte in ihre wunderschönen Hände. »Das ist seine Art, ›ja‹ zu sagen!« rief sie.

»Und du?« fragte Chem die Harpyie.

»Ich habe keine Macht über unsere Hähne«, kreischte Haggy zögernd. »Ich bin nur eine ganz einfache Kampfhenne.«

»Was ihre Art ist, ›ja‹ zu sagen«, meinte Hardy. »Diese alten Schlachtschiffe sind doch alle gleich. Wenn Haggy mitmacht, machen sie alle mit, selbst die Königshenne.«

»Na schön«, sagte Chem, und Irene merkte, daß sie die Sache auf eine Weise lenkte, daß den beiden Erzfeinden keine Möglichkeit mehr geboten wurde, einen Rückzieher zu machen.

»Dann beenden wir jetzt endlich diesen endlosen Völkerkrieg und kommen zur Sache.«

»Nun mach mal halblang, Pferdehuf!« sagte Kotbold.

»Kriege beendet man nicht einfach so! Man muß schließlich die Traditionen ehren!«

»Natürlich bin ich mir bewußt, daß es erst noch einige Konferenzen geben und die Sache von den anderen Häuptlingen förmlich ratifiziert werden muß«, meinte Chem. »Aber es gibt keinen Grund, nicht schon . . .«

»Ich meinte, es muß erst noch einen richtigen Knall geben«, sagte Kotbold.

»Und Verlobungen schließt man auch nicht einfach im kalten Handstreich ab«, kreischte Haggy. »Da müssen erst noch die Federn fliegen!«

Kotbold wandte sich, auf der Mauer sitzend, seinem Trupp zu und winkte. »Der Krieg ist vorbei«, knurrte er dröhnend. »Kommt rein zum großen Knall!«

Haggy stieg empor und kreischte ihren Gefährtinnen ähnliche Anweisungen zu.

Bald darauf schwärmten Kobolde über die Südmauer, und Harpyien flatterten über die Nordmauer.

»Hoffentlich geht das gut«, murmelte Irene nervös.

»Keine Sorge«, meinte Gloria. »Die werden eine Party abhalten, wie ihr sie noch nie gesehen habt.«

»Möglicherweise ist es genau das, wovor ich mich fürchte.« Aber das klang immer noch besser als Krieg.

»Los, Frau!« rief Kotbold.

»Laßt Partyblumen wachsen!«

»Und macht auch Musik!« kreischte Haggy.

Irene fischte nach einem Samen und pflanzte ihn. »Wachse!« Das Ding wurde zu einem Kaktus mit Seitenrillen und Nadeln in jeder Rille. Er verzweigte sich in Schößlinge unterschiedlicher Größe. Als die Pflanze groß genug geworden war, begann sie zu flöten. »Was ist denn das?« fragte Grundy.

»Ein Orgelpfeifenkaktus.«

Die Klänge wurden immer tiefer und reicher, während die Pflanze reifte, bis sie schließlich zu vollen, reichen Orgelklängen wurden.

»Wir brauchen Tanzschuhe«, sagte Gloria. »Und Haarbürsten, um uns hübsch zu machen.«

Irene ließ eine Pantoffelblume und eine Haarbürstenkaktee

wachsen, sowie, als Draufgabe, eine Halsbandpflanze, damit die Teilnehmer sich schmücken konnten.

»Und Erfrischungen!« kreischte die Harpyie. Irene ließ ein Essiggurkenwurz wachsen.

»Und Parfüm«, murmelte die Gorgone.

Irene nickte mit gekrauster Nase. Die Luft stank bereits von den Harpyiengerüchen, und die Kobolde waren auch alles andere als sauber. Also ließ Irene zahlreiche süß duftende Blumen wachsen.

So ging es immer weiter, bis das Karree richtig festlich geschmückt war und nach Pflanzen duftete, die den Gestank der Partyteilnehmer übertönten.

»Los jetzt! Los jetzt!« schrie Kotbold und klatschte in die Hände. »Fangen wir endlich an mit dem Knallen!«

Hardy und Gloria begaben sich in die Mitte der Einfassung. Die Kaktusorgel wurde lauter, und die beiden begannen zu tanzen. Hardy schwebte mit schimmernden Schwingen in der Luft, während Gloria sich vor ihm drehte und ihre hübschen Beine zeigte. Irene spürte mehr als nur einen leisen Anflug von Eifersucht. Früher einmal hatte sie auch solche Beine gehabt!

Die beiden bewegten sich aufeinander zu, wirbelten gemeinsam im Kreis, trennten sich wieder, um sich erneut im Tanz zu vereinigen und wieder auseinander zu gleiten. Gloria sprang auf ihren Vater zu und zerrte den grummelnden Kobold auf die Tanzfläche. Sie war wunderschön, er dagegen wunderhäßlich, und doch war die Familienähnlichkeit irgendwie nicht zu übersehen.

Er stampfte umher, sie schwebte, und gemeinsam trafen ihre Füße im Takt den Teppich, und es war ein schöner Tanz.

Hardy flog zu der Mauer, auf der Haggy hockte. »Beweg gefälligst deinen Schwanz, du gräßliche alte Henne!« rief er. Sie stob flatternd empor und schlug mit einer schmierigen Kralle nach ihm, doch er drehte sich mitten in der Luft um seine eigene Achse, zog einen Kreis um die Harpyie und schob sie über die Tanzfläche. Haggy stieß einen Fluch aus, der der Sonne für einen kurzen Augenblick das Licht auszulöschen drohte, doch sie konnte sich dem Willen eines männlichen Exemplars ihrer Gattung nicht wirklich entziehen, und so wirbelte sie in der

Luft herum und willigte in den Tanz ein. Es stellte sich heraus, daß sie durchaus tanzen konnte, wenn sie wollte; die beiden berührten nie den Boden, bewegten sich aber gekonnt im Takt der Musik.

Irene hatte eine Idee. Sie fischte nach einem bestimmten Samen, fand ihn auch und warf ihn gegen die Nordmauer, wo die Harpyien hockten. »Wachse!« Es war ein Chlorodendron, das alle Harpyien in seiner Nähe still und leise saubermachen würde. Dann entdeckte sie einen zweiten Samen und schnippte ihn gegen die Südmauer.

Nun waren es vier, die auf oder über der Tanzfläche zur Musik tanzten: Harpyie mit Harpyie, Kobold mit Kobold, in einem heiteren Muster. Es schien tatsächlich ein fröhliches Fest zu werden.

Dann trennten sich die Paare wieder, um sich neue Tanzpartner zu suchen. Kotbold schritt an die Mauer, um unter fürchterlichen Beleidigungen eine Harpyie aufzufordern; Gloria holte sich einen anderen Kobold; Hardy forderte eine neue Henne auf, und Haggy flatterte zur Nordmauer, um sich einen Kobold zu angeln. Nun waren es schon acht Tanzende geworden.

Bald darauf schwärmten alle Kobolde und Harpyien auf die Tanzfläche, teilweise auf der Suche nach neuen Partnern. Ein Kobold forderte die Gorgone auf, die zunächst etwas erschrocken war, sich dann aber bereitwillig zum Tanz zerren ließ. »Aber ich kann doch nicht gut sehen!« protestierte sie matt unter ihrer Haube.

»Wer soll denn hier was sehen?« fragte der Kobold und begann zu klammern, wobei ihr sein Kopf knapp an die Hüfte reichte. »Gelobt sei, was hart macht!«

Eine der Harpyien schnappte sich Grundy, indem sie ihn wortlos grabschte und emporwirbelte. Irene stellte fest, daß ihr Gefieder inzwischen sauber geworden war; der Strauch hatte also gewirkt. Alle alten Hennen sahen inzwischen viel besser aus, weil man nun die Farben ihres Gefieders erkennen konnte; eigentlich waren sie gar nicht wirklich so alt und häßlich, wie es den Anschein gehabt hatte, wenn gleich es unfair gewesen wäre, sie als jung und hübsch zu bezeichnen . . .

Dann wandte sich Hardy an Chem. »Wir Mischwesen müssen zusammen tanzen!« sagte er. »Ich danke dir für deine hervorragenden Vermittlerdienste!«

Nun guckte Kotbold sich Irene aus. Er war zwar nur halb so groß wie sie und zog unentwegt eine fürchterliche Grimasse, aber nun war er sauber geworden und stank nicht mehr, so daß sie nicht ablehnen konnte. Aus dem Krieg war ein Fest geworden, und so sollte es auch bleiben!

Sie wirbelte durch die Menge, in ihrer eigenen Version des Koboldstomps. Kotbold war ein erstaunlich guter Tanzpartner, denn er besaß ein Gefühl für Rhythmus und Tempo. Einen Augenblick vergaß sie beinahe, daß sie im Dschungel festsaß. »He, Ihr habt ja Beine wie meine Tochter!« knurrte Kotbold bewundernd, und verlegen mußte sie feststellen, daß sie errötete.

»Wollt Ihr was wissen?« fragte Kotbold, während er sich in akkuratem Rhythmus zur Musik bewegte, von ihrer unterschiedlichen Körpergröße anscheinend völlig unbeeindruckt. »Als ich mit einer dieser alten Hennen getanzt habe, habe ich ein paar wirklich hohe Schritte gemacht – und ich schwöre, daß meine Füße dabei nicht den Boden berührt haben!«

»Und war das nicht richtig?« fragte Irene, von der Unschuld seiner Bemerkung ein wenig verwirrt.

»Ich meine, ich bin geflogen – wenigstens ein bißchen«, erklärte er. »Ich bin zwei, drei Takte oben geblieben, anstatt bei eins wieder den Boden zu berühren. Als ich sie berührt habe, besaß ich plötzlich Magie.«

Irene hielt inne. Das war eine wichtige Information. »Seid Ihr sicher? War das nicht einfach nur ein besonders hoher Hopser?«

»Natürlich bin ich mir sicher, glaube ich. Aber ich konnte nur ein kleines Stück aufsteigen, ohne das Gleichgewicht zu verlieren, und es ist niemandem sonst aufgefallen. Ich bin ein alter Kobold. Für mich ist es schon zu spät, wirklich gute Magie zu lernen. Aber ich schätze, der Pferdehintern hat recht gehabt – wir haben tatsächlich halbe magische Fähigkeiten, und die Harpyien besitzen die andere Hälfte.«

»Das ist ja wirklich erstaunlich!« bemerkte Irene. »Das eröffnet Eurer Art einen gänzlich neuen Horizont – und eine neue Erkenntnis über das Wesen der Magie Xanths! Die ganze Zeit haben sich Kobolde und Harpyien bekriegt, wo sie doch eigentlich hätten zusammenarbeiten sollen, um ihre gemeinsame Magie zu entdecken. Das kann sich nun ändern. Noch nie . . .«

»Na ja, man wird sehen«, brummte er. »Kann nicht behaupten, daß ich Harpyien mag, aber Magie mag ich, und vor allem auch Macht. Ihr Menschen habt sie viel zu lange gehabt und viel zu viel davon, nur wegen Eurer magischen Talente. Vielleicht bekommt Ihr jetzt endlich ein wenig Konkurrenz.«

»Mag sein«, stimmte Irene ihm zu, ohne deswegen beunruhigt zu sein. Immerhin hatte diese Entdeckung die beiden streitenden Parteien am meisten davon überzeugt, daß es sinnvoller war, den Krieg zu beenden. Warum auch ein Wesen umbringen, mit dessen Hilfe man vielleicht ein wunderbares magisches Talent entwickeln konnte? Und wenn sich Kobolde und Harpyien nicht mehr bekriegten, würde es in Xanth sicherer werden. Vielleicht würden beide Arten einigermaßen zivilisiert werden und sich den Menschen und Zentauren anschließen, um zu verantwortungsbewußten Mitgliedern der Gesellschaft zu werden.

Nun genoß Irene diesen wilden Tanz. Ihre entsetzliche Vision, die ihr vor Schloß Zombie einen solchen Schrecken eingejagt hatte, wich nun einer neuen Vision voller wunderbarer Bilder.

Nun erschienen neue Gestalten über dem Mauerkarree. Vom Lärm angezogen, waren weitere Harpyien herbeigeflogen. Haggy flog ihnen flatternd entgegen, um ihnen die frohe Botschaft zu verkünden. Ihre Schwingen funkelten; nun, da sie sauber und glücklich war, schien sie ein völlig anderes Wesen geworden zu sein.

»Wir sollten uns wohl wieder auf den Weg machen«, murmelte Irene, als der Tanz seinem Ende zuging. »Es wird spät . . .«

Es gelang ihnen, sich von den anderen zu verabschieden und über die Mauer zu klettern. Haggy reichte Chem eine Flöte, die aus einer hohlen Feder gefertigt worden war. »Wenn du jemals die Hilfe der Harpyien brauchst, mußt du nur darauf pfeifen«, sagte die alte Henne.

Chem nahm das Geschenk mit entsprechender Achtung an. Dann setzten sie ihre Reise fort und ließen das Fest hinter sich zurück.

14

Feuer und Dampf

Hugo führte einige höchst intelligente Berechnungen durch und gelangte zu dem Schluß, daß sie geradewegs nach Norden weiterreisen mußten, um wieder auf ihre ursprüngliche Strecke zu stoßen. Das war besser, als den ganzen Weg zurückzugehen.

Sie nahmen sich Zeit und legten einige Ruhe- und Essenspausen ein, so daß sie nicht sehr schnell vorankamen. Trotzdem war Ivy gegen Mittag bereits einigermaßen erschöpft und überlegte, ob sie wohl einen Nachmittagsschlaf vorschlagen sollte. Doch sie entschied sich, lieber abzuwarten, bis ein anderer den Vorschlag machte.

Sie stiegen auf einen flachen Hügel und kamen auf eine Lichtung – um plötzlich von einem heftigen Zischen gebremst zu werden. Erschrocken blickten sie sich um.

Da war er und zuckte zornig mit dem Schwanz – ein kleiner, geflügelter, feuerspeiender Drache. Sie waren, ohne es zu merken, in sein Revier eingedrungen, und er hatte nicht vor, sie daraus wieder entkommen zu lassen.

Der Feuerdrache kam auf sie zugekrochen, und sein Schwanz zuckte und peitschte noch immer. Er beäugte Hugo und Ivy, dann fuhr er sich sabbernd mit der Zunge über die Schnauze. Offensichtlich war er hungrig.

»Vielleicht können wir weglaufen«, meine Ivy ohne große Hoffnung.

Der Feuerdrache war zwar klein, aber immer noch viel größer als Stanley. Flugdrachen waren in der Regel Leichtgewichte mit großen Flügeln, und sie waren viel schneller als jeder Mensch. Kein Kind konnte zu Fuß einem Feuerdrachen entkommen.

Doch am Rande der Lichtung befand sich ein Dickicht. »Wenn wir uns vielleicht dort verstecken . . .« schlug Hugo vor.

Aber wenn der Feuerdrache auch viel größer war als sie, war sein Körper doch sehr schmal. Er konnte die Flügel flach anlegen, so daß er stromlinienförmig wurde, und er konnte sich wie eine Schlange durch jedes Unterholz bewegen. Das Dickicht war kein geeignetes Versteck.

»Wir können uns doch nicht einfach von ihm auffressen lassen!« protestierte Ivy nicht ohne eine gewisse Berechtigung, am Rande eines Tränenausbruchs. Sie tastete nach dem Zyklopenknochen in ihrem Haar, hielt jedoch wieder inne. Es war noch hellichter Tag, und Brontes würde seine Höhle nur bei Nacht verlassen.

Dampfschnaubend trat Stanley vor. Er war höchstens ein Viertel so groß wie der Feuerdrache, seine Flügel waren fluguntauglich, und Feuer konnte er auch nicht speien. Es war ganz offensichtlich ein arges Mißverständnis, aber Stanley war willens, seine Freunde zu verteidigen.

»Ach, Stanley!« rief Ivy und klatschte in die Hände. »Dich hatte ich ganz vergessen! Natürlich kannst du das Untier besiegen!«

Die Vorstellung entbehrte zwar nicht der Lächerlichkeit, aber Stanley war bereit, es wenigstens zu versuchen, und durch Ivys Glaube an ihn erschien die Sache schon etwas glaubwürdiger. Ein Babydampfer hätte es normalerweise zwar niemals mit einem erwachsenen Feueratmer aufnehmen können, aber ein Babydampfer, der von der mächtigen und subtilen Kraft einer Zauberin unterstützt wurde, hatte durchaus Grund zur Hoffnung. Allerdings wäre es Stanley eine große Hilfe gewesen, von dieser Unterstützung auch zu wissen. So jedoch hatte er das Gefühl, eine unbeschreibliche Dummheit zu begehen.

Stanley baute sich zwischen den Kindern und dem Feuerdrachen auf. Sein grüner Leib zitterte leise, und er hatte die Ohren angelegt.

»Du bist ja so tapfer!« sagte Ivy begeistert. Stanleys Zittern verebbte, seine Ohren richteten sich auf, und er nahm eine etwas zuversichtlichere Haltung ein. Ivys Glaube an seine Tapferkeit hatte diese Tapferkeit verstärkt.

»Und deine Schuppen sind so hart und kräftig!« sagte Ivy. Stanleys Schuppen entwickelten den Schimmer der vollkommenen Härtung und wirkten plötzlich dicker als zuvor.

»Und dein Dampf ist ja sooo heiß!« fuhr sie fort. Stanley ließ einen Dampfschwall hervorschießen, der regelrecht knisterte, als er die kühle Luft zerschnitt.

»Und deine Zähne sind kräftig und spitz!« Stanley grinste und offenbarte erstaunlich widerstandsfähige und spitze Zähne.

»Und schnell bist du!« schloß sie.

Stanley stürzte sich mit einer solchen Plötzlichkeit und in einem derartigen Tempo auf den größeren Drachen, daß der dabei völlig überrascht wurde, während er gerade seinen Hochofen schürte. Bevor der Drache reagieren konnte, hatte Stanley ihm mit seinen tödlichen Zähnen die Schwanzspitze abgebissen.

Der Drache war nicht bereit, eine solche Schmach gelassen hinzunehmen. Er brüllte laut auf und ließ dabei einen Flammenstoß hervorschießen, der Stanleys eigenen Schwanz anröstete. Hastig wich Stanley vor der Hitze zurück. Bei Feuer war es ratsam, einen kühlen Kopf zu bewahren.

Nun ging es erst richtig los. Die beiden Drachen krochen über die Lichtung, jeder versuchte, einen Vorteil zu erlangen. Theoretisch hätte es vielleicht genügt, den Gegner mit einem schnellen Biß in den Nacken auszuschalten, doch an dieser Stelle waren alle Drachen sehr gut gepanzert; und es war natürlich auch unmöglich, einen Nackenbiß zu plazieren, wenn der Kopf des Gegners jederzeit einen Dampf- oder Feuerstoß hervorschießen lassen konnte. Zunächst mußte die Hitze verschwinden.

Die Hitze war nicht grenzenlos verfügbar. Ein Feuerdrache

verfügte normalerweise nur über Brennstoff für ein gutes Dutzend Feuerstöße, während einem Dampfer schon bald das Wasser auszugehen pflegte und er auf dem Trockenen saß. Es war eine üble Plackerei, Feuer mit Dampf zu bekämpfen!

Deshalb achtete jeder der Drachen darauf, seine Reserven nicht wahllos zu vergeuden. Der Trick bestand darin, dem Gegner einen wirkungsvollen Stoß auf den Latz zu brennen, während man dafür sorgte, daß er seine eigene Munition vergebens verfeuerte.

Hugo und Ivy wichen in das Dickicht zurück und sahen voller Besorgnis zu. Sie kamen nicht auf den Gedanken, davonzulaufen, während Stanley den Feuerdrachen ablenkte; denn Stanley war doch ihr Freund.

Der Feuerdrache ließ einen weißglühenden Feuerstrahl entweichen. Stanley sprang reaktionsschnell in die Höhe, so daß die Flammen harmlos unter ihm vorbeischossen. Dann, als er wieder aufsetzte und sein Gegner gerade zu einem neuen Stoß einatmete, zischte Stanleys eigener Dampfstrahl hervor. Er traf auf einen zusammengerollten Flügel und mußte wohl doch heißer sein, als der Feuerdrache erwartet hatte; denn er machte einen Satz zurück und entrollte den getroffenen Flügel ein Stück, um ihn zu kühlen.

Stanley sprang erneut auf den Schwanz seines Gegners zu, doch diesmal war der Feuerdrache darauf vorbereitet. Sein Kopf schwang herum, bereit, Stanleys Kopf mit seinem Flammenstoß zu versengen. »Paß auf!« schrie Ivy.

Stanleys Kopf ruckte zur Seite – doch da war der Flammenstrahl schon unterwegs. Stanley blieb keine andere Wahl, als es mit einem verzweifelten Gegenangriff zu versuchen, und so ließ er einen Dampfschwall los. Ivy zuckte zusammen, denn trotz ihres Vertrauens in Stanley wußte sie doch, daß Feuer heißer war als Dampf.

Feuerstrahl traf auf Dampfstrahl – und unmittelbar vor Stanleys Nase löschte der Dampf das Feuer. Eine Rauchwolke zischte empor, der unverbrauchte Brennstoff verdichtete sich zu einem dicken Nebel – und langsam trieb die Wolke von Stanleys Schnauze ab und auf die des Feuerdrachen zu. Der Dampf schien das Feuer zu besiegen!

Der Feuerdrache brach das Hitzeduell ab und stürzte sich auf Stanleys Rücken. Dicht über Stanleys mittlerem Beinpaar sperrte er das Maul auf und biß zu. Wieder zuckte Ivy unwillkürlich zusammen.

Doch die gehärteten Schuppen widerstanden dem tödlichen Biß. Da rollte sich Stanley auch schon auf den Rücken und boxte dem Feuerdrachen mit seinen Klauen voll auf die Schnauze, so daß er zurückweichen mußte. Stanley besaß mehr Beine als sein Gegner, was ihm im Augenblick trotz seiner geringeren Körpergröße einen Vorteil gewährte. Wieder trennten sich die Drachen. Der Kampf war erstaunlich ausgeglichen. Der Feuerdrache wirkte verwirrt; normalerweise hätte er einen Gegner, dessen Körpermasse nur ein Viertel seiner eigenen betrug, mühelos kleinkriegen müssen. Doch Stanley war ein seltenes Exemplar von einem Drachen, einer der zähesten und hartnäckigsten, und seine Kraft wurde von Ivys Talent noch verstärkt. So war er ein weitaus härterer Gegner, als es den Anschein hatte.

Der Feuerdrache versuchte es nun mit einer neuen Taktik. Er breitete seine Flügel aus und hob sich in die Lüfte, wohin Stanley ihm nicht folgen konnte. Er schwang herum, zielte und feuerte einen Feuerstrahl auf Stanleys Kopf ab.

Stanley machte einen Satz vorwärts, um dem Feuer zu entgehen, weil er seinen Hals nicht emporrecken konnte, um den Feind einzudämpfen. Für einen Luftkrieg war er nicht gerüstet. Doch die Flammen waren schneller – sie versengten sein drittes Beinpaar. Wieder zuckte Ivy zusammen, und Stanley begann zu hinken und seinen Schwanz nachzuschleppen.

Der Feuerdrache stieß ein Siegesbrüllen aus und zog eine Schlaufe, um Stanley erneut zuzusetzen. »Oh, Stanley ist verwundet!« schrie Ivy und spürte den Schmerz am eigenen Leib. »Wir müssen ihm helfen! Hugo, du bist doch so schlau! Denk dir was aus – sofort!«

Hugo seufzte stumm angesichts der weiblichen Befehlstaktik, aber er hatte keine andere Wahl. Er konzentrierte sich und entdeckte einmal mehr, daß er viel klüger war, als er dachte. »Obst!« sagte er, und eine gleißende Birne leuchtete über seinem Kopf auf. »Keuchkirschen!« Eine Handvoll dunkelroter

Kirschen erschien in seiner Hand, und er bewarf den Feuerdrachen damit.

Viele von ihnen prallten harmlos an den Schuppen des Drachen ab. Nicht einmal Kirschbomben hätten dem Untier viel anhaben können. Doch eine der Früchte landete im Maul des Ungeheuers, das sich gerade aufsperrte, um einen weiteren Feuerstoß auszusenden.

Plötzlich begann der Drache zu keuchen. Er hustete laut, spuckte einen Feuerkranz aus und bäumte sich in der Luft auf. Rauchwolken platzten ihm aus Nüstern und Ohren, und er verlor die Kontrolle. Doch nur einen Augenblick, dann hatte er sein Gleichgewicht wiedergefunden und entwich schwebend nach oben, um nicht in seinen eigenen Flammenkranz zu stürzen. Mit einer einzigen Keuchkirsche konnte man keinen Drachen außer Gefecht setzen.

Doch die Ablenkung hatte Stanley eine kleine Verschnaufpause gewährt, und nun war er wieder kampfbereit. Er hatte einen Stein entdeckt und stützte darauf nun seinen Oberkörper ab, so daß er den fliegenden Feind unter Beschuß nehmen konnte.

Aber der Feuerdrache verschwand kurz aus dem Blickfeld. Dann, in einem für seine Art höchst ungewöhnlichen Anfall von Intelligenz, landete er kurz auf der gegenüberliegenden Seite der Lichtung und packte einen etwas kleineren Felsbrocken. Den trug er empor, flog auf Stanley zu, führte ein Sturzflugmanöver durch und ließ den Felsbrocken fallen. Hastig mußte Stanley davonkriechen, um nicht getroffen zu werden.

»Stanley braucht noch mehr Hilfe!« entschied Ivy. »Schließlich ist er nur ein sehr kleiner Drache. Bewirf den Feuerdrachen mit mehr Obst, aber mit anderem!«

Hugo war bereit. Er zauberte eine Handvoll Beeren hervor und schleuderte sie auf das Monster. Eine davon traf den Feuerdrachen am Schwanz, als er gerade den nächsten Felsbrocken aufnahm. Er schnatterte empört auf und wäre beinahe gegen einen Baum geprallt, war aber eher zornig als verwundet.

»Was war das denn?« fragte Ivy überrascht.

»Gänsebeeren.«

»Nimm was Stärkeres!«

Hugo warf mit einer Alligatorbirne. Die Frucht versenkte ihre gezackten Zähne in das Flügelende des Feuerdrachen, was diesen irritierte.

»Noch stärker!« sagte Ivy, als der Feuerdrache sich zur Seite wandte und die Birnenkiefer abbiß.

»Ich versuch's mal mit Strombeeren«, meinte Hugo.

»Die sind doch viel zu klein!« rief Ivy, als die winzigen Trauben dem Feuerdrachen entgegenprasselten.

»Schau nur!«

Sie schaute. Eine Beere fiel dem Feuerdrachen ins Ohr, die andere heftete sich an einen seiner Flügel. Es waren Wechselstrombeeren, und der Feuerdrache reagierte auf den Stromstoß sehr schockiert.

Er entschied sich zu einer taktischen Frontbegradigung und zog sich zurück. Stanley, von Kriegslust erfüllt, nahm sofort die Verfolgung auf.

Der Drache, der von dem Schock noch ganz benommen war, konnte sich nicht mehr in die Luft emporschwingen, und so rannte er mit flatternden Schwingen der gegenüberliegenden Seite der Lichtung entgegen, Stanley blieb ihm dicht auf den Fersen.

»Halt, Stanley!« rief Ivy. »Jetzt können wir doch fliehen!« Doch der kleine Drache hörte nicht auf sie. Er war wie wahnsinnig vor Kampfgeist. Immerhin waren Drachen für genau dergleichen geschaffen.

Ivy und Hugo folgten erregt. Die Lichtung wurde zu einem Hang, der an einen kleinen, mit Inseln besetzten See uferte, auf dessen Oberfläche zarte Nebel spielten. Es war eine idyllische Szene, aber Ivy wollte nur Stanley in Sicherheit bringen, bevor er sich in Schwierigkeiten brachte. Man konnte nie wissen, was in Dschungelseen so alles lauerte.

Der Feuerdrache startete durch und schwebte etwas wackelig durch den Nebel, wobei er tief Luft holte. Langsam erholte er sich, und es gelang ihm, auf der nächstgelegenen Insel aufzusetzen, wobei er nur um eine Schuppe einem Absturz entging. Dort hielt er inne und leckte seine Wunden.

Stanley jagte zum Ufer, wo er die Schnauze im Wasser versenkte und seinen Vorrat auffrischte. Hier gab es genug Treibstoff für die Dampfproduktion!

Ivy rannte auf ihn zu. »Wir müssen gehen!« schrie sie. »Bevor der Feuerdrache sich erholt hat!«

Doch Stanley schüttelte verneinend den Kopf. Er war müde, und sein Hinterteil war versengt, und er hinkte noch immer, aber er wollte den Kampf beenden.

»Sprich du mit ihm, Hugo!« flehte Ivy herrisch. »Bring ihn dazu, zu gehen!«

Hugo dachte nach. »Das wäre vielleicht nicht sehr klug.«

»Was?« Ivy hatte Schwierigkeiten, die Vorstellung zu verdauen, daß Hugo sich gegen sie auf die Seite des Drachen schlagen konnte.

»Ich glaube, ich verstehe Stanley«, meinte Hugo. »Er weiß, daß der Feuerdrache sofort wieder hinter uns herjagen wird, sobald er sich gefangen hat. Dann wird er uns aus der Luft angreifen. Solange er die Luftüberlegenheit hat, bleiben wir angreifbar. Also müssen wir ihn jetzt sofort erledigen, solange er in Schwierigkeiten ist. Erst dann können wir unsere Reise ungefährdet fortsetzen.«

Stanley nickte. Er verfügte über gewisse Kenntnisse das Verhalten von Drachen betreffend, da er selbst dieser Gattung anzugehören die Ehre hatte.

»Aber du kommst doch gar nicht an ihn ran!« wandte sich Ivy protestierend an Stanley persönlich. »Er hockt doch auf einer Insel!«

Stanley glitt ins Wasser und begann zu schwimmen. Feuerdrachen liebten es nicht zu schwimmen, doch ein Dampfdrache mußte sich im nassen Element wie zu Hause fühlen. Sein Körper lag tief im Wasser, und nur die oberste Schuppenreihe ragte aus der Oberfläche hervor, zusammen mit seinen Augen und seiner Schnauze.

Doch da regte sich etwas im See. »Paß auf!« rief Ivy. »Ich sehe eine Allegorie!«

Tatsächlich hatte die Allegorie den schwimmenden Drachen mit einem Artgenossen verwechselt und eilte nun herbei, um einen Vergleich zu ziehen. Ivy hatte mal ein Bild von einer Allegorie in ihrem magischen Malbuch gesehen; sie war grün und besaß eine lange Schnauze mit vielen Zähnen, und sie lebte im Wasser, war aber kein Drache. Sie war – na ja, Ivy wußte auch nicht so genau, was sie war, aber auf jeden Fall war sie.

Stanley hob den Kopf und blickte sich um. Er erspähte die Allegorie und stieß eine besorgte Dampfwolke aus. Er wußte offensichtlich nicht so recht, wie er mit einem derartigen Ding umgehen sollte; tatsächlich wußten nur wenige lebende Wesen, wie man mit einer Allegorie umgehen konnte, wenn diese sich in ihrem Element befand. Es war bekannt, daß eine Allegorie eine Situation völlig auf den Kopf stellen konnte, ohne sie dabei zu berühren; das war die Magie dieses Dings.

»Schwimm ihr aus dem Weg!« schrie Hugo.

Stanley gehorchte und nahm Kurs auf das Ufer. Doch dort kam gerade ein Relevant herbei, um zu trinken. Der Relevant war riesig, besaß vier baumstammähnliche Beine und eine Nase, die so lang war, daß sie auf den Boden herabhing.

Natürlich liebte dieses Wesen es, seine Nase in anderer Leute Angelegenheiten zu stecken. Stanley wollte mit ihm nichts zu tun haben und schwenkte ab.

Doch nun schwamm er direkt auf eine Hypotenuse zu, die in flachem Wasser nistete. Die Hypotenuse war unglaublich dick, mit einem riesigen Maul, das sich zu einem Dreieck öffnete. Als Stanley umgekehrt und in schrägem Winkel davongeschwommen war, um schließlich noch einen weiteren winkligen Haken zu schlagen, hatte er eine direkte Kurslinie auf die Hypotenuse genommen.

»Armer Stanley!« rief Ivy. »Hugo, du mußt dringend etwas unternehmen!«

Gehorsam zermarterte Hugo sich erneut das Gehirn. »Ich weiß aber nicht, welches Obst solche Ungeheuer aufhalten kann!«

Als wäre das noch nicht schlimm genug, hatte der Feuerdrache sich inzwischen erholt, schwang sich in die Luft und zog einen Kreis, bereit, auf Stanleys Kopf einen Feuerstoß abzugeben. Zwar würde Stanley untertauchen können, doch lange konnte er nicht unter Wasser bleiben – um dann beim Auftauchen sofort von den Flammen getroffen zu werden. Ivy reagierte alles andere als gelassen auf diese Situation. Immerhin war es ja auch ihr Drache auf dem Podest, der da in Gefahr schwebte.

»Beeil dich!« schrie sie Hugo an. »Du allein kannst ihn retten! Mach irgend etwas ganz Fantastisches!« Sie wußte, daß er es konnte, weil das zum Wesen der Ritter in schimmernder Rüstung gehörte.

Dergestalt angespornt, konzentrierte sich Hugo und brachte – ein Bündel dunkler Früchte hervor.

Ivy hatte ein gewaltiges Vertrauen in Hugo, doch jetzt konnte sie selbst einen leisen Zweifel nicht unterdrücken, als sie sie erblickte. »Trauben?«

»Das sind die Früchte des Zorns«, erklärte Hugo stolz. »Ich habe sie noch nie hervorzaubern können. Aber sie sind sehr gefährlich. Bist du sicher, daß . . .?«

Der Feuerdrache schoß auf Stanley zu, und die Allegorie und die Hypotenuse kamen ebenfalls auf ihn zu. »Wirf sie! Wirf sie!« schrie Ivy.

»Vielleicht wird es uns noch leid tun«, sagte Hugo und schleuderte die Trauben im selben Augenblick, als der Feuerdrache gerade seinen Feuerstrahl gegen Stanleys Nase richtete. Stanley tauchte unter, um dem Flammenstoß zu entgehen. Der Nebel fing Feuer.

Die Flammen sprangen von einem Nebelfetzen zum anderen über. Schon nach wenigen Augenblicken war der ganze See von ihnen übersät. Der Feuerdrache flatterte heftig und versuchte, den Flammen auszuweichen, die plötzlich vor ihm emporloderten. Er war zwar ein Feueratmer, aber seine Flügel waren nicht feuerfest. Jetzt hatte er genug mit sich selbst zu tun, um sich noch um Stanley kümmern zu können. Er mußte seine eigene Schuppenhaut retten.

Die anderen Wesen steckten jetzt ebenfalls in Schwierigkeiten. Die Hypotenuse tauchte hastig unter und versteckte sich vor dem Feuer, während die Allegorie sofort davonschwamm. Der Relevant stieß ein erschrockenes Trompeten aus und rannte vor dem See davon.

Da kam eine Parodie vorbeigeflogen. Sie hatte grüne Schwingen und einen gedrungenen, nach unten gebogenen Schnabel. »Was'n das für 'n Quatsch?« krächzte sie und entfernte sich hastig. Im Augenblick war der See kein besonders guter Aufenthaltsort für Parodien ...

Doch die Wut der Nebel hatte erst begonnen. Als die Früchte des Zorns im Wasser versanken, wühlten diese das Naß fürchterlich auf. Es schäumte und kochte vor Wut und schlug hohe Wellen, die gegen die feurigen Nebelschwaden klatschten, während die Schwaden ihrerseits die Wellen erhitzten und ihre Ränder zum Dampfen brachten.

»Das sind aber starke Trauben«, meinte Ivy beeindruckt.

»Ein übler Jahrgang«, stimmte Hugo ihr zu.

»Stanley steckt in Schwierigkeiten«, sagte sie. »Die Wellen . . .«

»Hab' dir ja gesagt, daß die Sache riskant ist.« Hugo blickte sich um. »Ah, da sind ein paar Fadenbohnen am Ufer. Die können wir nehmen, um ihm zu helfen.«

Sie pflückten eine Reihe Fadenbohnen und räufelten sie auf. Jede von ihnen bestand aus einem Knäuel zähen Fadens, den kein normales Messer oder Gebiß hätte durchtrennen können. Sie flochten daraus ein noch längeres, noch haltbareres Seil und schoben es mit einer Bohnenstange Stanley entgegen, der das Seil zwischen die Zähne nahm. Nun konnten sie ihn einholen, ohne daß die Wellen dagegen etwas auszurichten vermochten.

Stanley ging es ganz gut, denn er hatte sich vor den meisten Flammen durch Untertauchen retten können, aber er war sehr erschöpft. So schleppten sie sich in den Schatten hinter dem nächsten Hügel, um sich auszuruhen. Dort legten sie sich unter einen Eichelbaum und dösten ein. Ivy legte den Kopf an Stanleys warme Seite, wo sie sich am sichersten fühlte. »Du bist wirklich ein wunderbarer Drache für mein Podest«, sagte sie. »Du bist einfach vollkommen.« Und Stanley dampfte vor Freude.

So verstrich die Zeit, ruhig wie vor einem Sturm.

Zzapp!

Ivy wachte auf und schoß in die Höhe. Irgend etwas war ganz in der Nähe an ihr vorbeigeschossen, aber sie konnte nichts erkennen.

Zzapp!

Das Geräusch kam von dem nahen Baum. Ivy sprang auf

und rannte zu ihm – und entdeckte ein winziges Loch in seinem Stamm. Seltsam. Das war doch vorher noch nicht dagewesen! Sie konnte das Licht hindurchschimmern sehen, denn das Loch war ganz gerade oder zumindest nur ganz leicht gewellt. Sie umrundete den Baum. Dort, eine Armlänge vom Stamm entfernt, schwebte ein kleiner, leicht gewundener Wurm in der Luft. Sie strich mit der Hand über ihm durch die Luft, um den unsichtbaren Faden ausfindig zu machen, an dem er hängen mußte: nichts. Hm. Wie konnte er denn dann in der Luft hängenbleiben?

Sie stach mit dem Finger nach dem Wurm. Er war mittelhart und bewegte sich nicht von der Stelle. Das wurde ja immer seltsamer! Sie legte ein Auge an den Wurm.

Zzapp! Der Wurm war verschwunden. Sie blickte sich um, dem Geräusch folgend, und entdeckte ihn wieder, wie er ein Stück weiter vom Baum entfernt in der Luft schwebte.

Ivy kehrte zurück und weckte Hugo. »Du bist doch schlau«, sagte sie. »Komm mal mit und sag mir, was ich gerade entdeckt habe.«

Hugo zog eine Grimasse. Er hätte es vorgezogen, noch ein wenig länger zu schlafen; intelligent zu sein war kein allzu großes Vergnügen, wenn es bedeutete, daß er ständig sein Gehirn anstrengen mußte, um schwierige Probleme zu lösen. Das hatte eine große Ähnlichkeit mit Arbeit. Aber er erhob sich gehorsam und folgte ihr zu der Stelle, wo der Wurm schwebte.

Zzapp! Der Wurm verschwand.

Hugo starrte. Dann schlug seine Verärgerung in Entsetzen um. »Mein Vater hat doch gemeint, die wären ausgestorben!« rief er.

»Dieser süße kleine Wurm?« fragte Ivy.

»Das ist kein süßer kleiner Wurm!« widersprach er ihr heftig. »Das ist ein Zappler! Es muß einen Schwarm hier geben.«

»Ein Zappler?« fragte Ivy verständnislos.

»Das schlimmste Ungeheuer Xanths«, erklärte Hugo. »Die Dinger vernichten alles. Schau mal, der hier hat schon den Eichelbaum durchbohrt! Stell dich nie vor einem Zappler auf, sonst durchlöchert er auch dich. Wir müssen ihn loswerden!«

»Stanley kann ihn dampfen«, sagte Ivy unbeunruhigt.

Stanley war inzwischen aufgewacht und hatte sich zu ihnen gesellt. Er schnüffelte den Zappler auf.

»Dampf ihn!« rief Hugo. »Zerstör ihn!«

Achselzuckend ließ der kleine Drache einen Dampfstrahl los. Der Dampf umhüllte den Zappler und kochte ihn an Ort und Stelle gar. Kurz darauf stürzte der Wurm tot zu Boden.

»Wie beruhigend!« sagte Hugo. »Mein Vater sagt, daß seit dem letzten Zapplerschwarm dreißig Jahre vergangen sind. Er hofft, daß es nie wieder einen geben wird. Er meint, wenn die Zappler jemals außer Kontrolle geraten sollten, ist sich niemand in Xanth mehr seines Lebens sicher.«

»Aber was machen denn die Zappler?« fragte Ivy, die ihn nicht ganz verstand.

»Nichts. Ich meine, sie schwärmen einfach nur umher. Sie reisen in der Gegend herum, bis sie am Ziel sind, dann schwärmen sie wieder davon – und alles, was sie zurücklassen, ist durchlöchert.«

»Oh.« Ivy wollte nicht, daß ihre Freunde durchlöchert wurden. »Aber wir haben ihn ja getötet, dann ist doch alles in Ordnung.«

»Das glaube ich nicht«, meinte Hugo. »Zappler treten immer nur in Schwärmen auf, und . . .« Er unterbrach sich wieder, um zu lauschen.

Zzapp! Das Geräusch eines weiteren Zapplers.

Es gab hier tatsächlich einen Schwarm. Xanth war in Schwierigkeiten.

15

Spaltendame

»Pflegt Euer Mann zu fluchen?« fragte Chem Irene, während sie ihren Marsch zur Höhle des Zyklopen fortsetzten.

Irene war froh, einmal über etwas anderes als Kobolde und Harpyien denken und reden zu können. »Ob Dor flucht? Natürlich nicht! Warum fragt Ihr?«

»Ach, wegen etwas, was die Muse erwähnte. Klio ist ja für die Geschichtsschreibung zuständig, und sie hat mir erzählt, wie sie alle offiziellen Bücher schreibt, die alles behandeln, was in Xanth geschieht. Aber weil sie so viel zu tun hat und weil das Rad der Geschichte nie stillsteht, hinkt sie damit immer ein bißchen hinterher. Deshalb hat sie den Band über Dors Besuch in der Zeit des Königs Roogna* von einer anderen Muse Korrektur lesen lassen. Später, als Klio das Werk dann noch einmal persönlich durchsah, entdeckte sie einige Fehler – sinnvolle Druckfehler, die der anderen Muse nicht als solche aufgefallen waren. Nur Klio, die mit der Materie vertraut war, hat sie bemerkt, aber da war der Band schon abgeschlossen, und es war zu spät. Wenn auf dem Parnaß ein Werk abgeschlossen ist, läßt sich daran nie mehr etwas ändern, selbst wenn es falsch sein sollte.«

Irene wußte gar nicht, daß ein solches Werk existierte. Dor hatte nie davon gesprochen, obwohl sie von seiner Reise in die Vergangenheit Xanths gewußt hatte. »Und in dem Buch steht, daß Dor geflucht hat?«

»Nicht direkt. Es war, ich glaube auf Seite neunundsiebzig, elfte Zeile von unten – Klio nimmt es äußerst genau mit solchen Einzelheiten –, wo Dor gerade mit seinem Schwert spricht. Das war im Wandteppich, in den er ...«

»Das mit dem Wandteppich weiß ich«, rief Irene. »Dieses Buch würde ich mir gerne einmal anschauen!«

»Aber wir haben doch ein Exemplar davon zu Hause«, meinte die Gorgone, die inzwischen ihre Haube abgenommen hatte und nur noch ihren üblichen Gesichtsschleier trug. »Humfrey führt ein sorgfältiges Archiv. Ich habe es gelesen, als es neu herauskam. Eine faszinierende Geschichte voller barbarischer Gewalttätigkeit und Sex und Riesendummheiten. Ich liebe solche Bücher!«

»Hm«, brummte Irene. »Ich beginne zu verstehen, weshalb mein Mann mir nichts davon erzählt hat. Ich glaube, ich werde Euch mal besuchen, sobald wir unsere Reise abgeschlossen haben, um diese Geschichte selbst zu lesen.«

»Ha, jetzt kriegt Dor aber Ärger!« tönte Grundy in hämischem Singsang.

»Ich lese alle Bände immer sofort nach Erscheinen«, fuhr die Gorgone fort. »Einer handelte von Eurer Reise nach Mundania, ein anderer über die Oger, und dann gab es natürlich auch einen über die Mähre Imbri. Ich kann es kaum erwarten, bis unser jetziges Abenteuer endlich aufgeschrieben wird! Und Humfrey erwähnte auch, daß er eine Vorabbenachrichtigung über einen zukünftigen Band erhalten hat, in dem es um Jordan das Gespenst und seine eigene Reise in den Wandteppich gehen soll, oder so ähnlich ...«

»Was war denn das nun mit Dors Gefluche?« fragte Irene einigermaßen verärgert. Sie hatte geglaubt, sie wisse fast alles Wichtige über ihren Mann.

»Wie ich schon sagte«, begann Chem aufs neue, »wird auf dieser Seite beschrieben, wie das Schwert ihm sagt, er sei ja wohl verrückt, worauf Dor erwidert: ›Hör mal, jetzt bist du in meiner Hand. Du wirst tun, was ich dir sage.‹ Oder so ähnlich.«

»Das ist doch kein Fluchen«, meinte Irene. »Bei unbelebten Dingen muß man eine feste Hand beweisen, sonst läßt sich nicht absehen, was sie alles für Unfug anstellen. Da hat Dor einfach nur klargemacht, wer der Herr im Haus ist.«

»Ja, aber im Text steht ›Höllenqual, du wirst tun‹, und so weiter. Also ›Höllenqual!‹ anstatt ›Hör mal‹.«

Irene schnitt eine Grimasse. »Ihr meint also, daß jeder, der den Text liest, glauben wird, daß mein Mann in Gegenwart seines Schwerts geflucht hat?«

»Ich fürchte, ja«, sagte Chem. »Anscheinend hat sich ein Druckfehlerteufel eingeschlichen und beim Satz herumgepfuscht, wie das Druckfehlerteufel ja immer machen. Und weil das Korrekturlesen . . .«

»Ach, herrje!« rief Irene irritiert – und fragte sich sofort, ob ihr Ausruf vielleicht als Obszönität wiedergegeben werden würde, wenn der Druckfehlerteufel noch mehr Gelegenheit dazu bekommen sollte, Unfug auszustellen. »Na ja, vielleicht werden es nicht allzu viele Leute lesen, so daß Dors Ruf nicht sonderlich darunter leiden wird. *Ich* hab' es schließlich auch nicht zu lesen bekommen, also . . .«

»Ach, ja?« unterbrach Grundy sie. »Zufällig habe ich aber gehört, daß irgend jemand Exemplare einer ganzen Reihe solcher Texte nach Mundania eingeschmuggelt hat, also müssen es eine ganze Menge Leute gelesen haben.«

Eine schwarze Wutwolke verdüsterte Irenes Blick, aber sie nahm sich zusammen, um dem Golem nicht seinen Triumph zu gönnen.

»Nicht allzu viele Leute, die wirklich *zählen*«, berichtigte sie sich.

»Oh«, knurrte Grundy enttäuscht. Es stimmte: Niemand, der bei Verstand war, scherte sich sonderlich viel darum, was in Mundania für dumme Dinge passierten.

»Vielleicht hätte ich es lieber nicht erwähnen sollen«, meinte Chem entschuldigend. »Es war ja nur ein Beispiel von vielen . . .«

»Ein Beispiel von vielen!« rief Irene entrüstet.

»Sie haben aber nicht alle etwas mit Dor zu tun!« fügte die Zentaurin hastig hinzu.

Schweigend marschierten sie weiter. Als sie ungefähr eine halbe Stunde von der Zyklopenhöhle entfernt waren, stießen sie auf ein neues Hindernis: Irgendein großes Geschöpf stampfte gerade durch den Wald auf sie zu.

»Wenn das ein Ungeheuer sein sollte, lasse ich lieber schnell einen Gewirrbaum wachsen«, sagte Irene, der diese Verzögerungen langsam auf die Nerven gingen.

»Wenn ich es nicht besser wüßte«, bemerkte Chem, »würde ich sagen, daß das der Spaltendrache ist. Er ist das einzige Wesen, das ich kenne, das sich ausschließlich mit einem solchen Stampfen fortbewegt.«

»Der Drache ist jetzt ganz winzig. Das Stampfen ist dafür viel zu laut«, wandte Irene ein.

»Es hört sich aber wirklich so an«, meinte Grundy. »Solltest lieber vorsichtshalber deinen Schleier lüften, Steinauge, für alle Fälle!«

Da erschien das Wesen auch schon.

»Der Spaltendrache!« rief Irene. »Er ist es tatsächlich!«

So sah es tatsächlich aus: Ein ausgewachsener Drache mit hell schimmernden metallischen Schuppen, drei Beinpaaren, Stummelflügeln und Dampfwölkchen. Er entdeckte sie und kam donnernd auf sie zugeschossen.

Jetzt war nicht die Zeit, über Unmöglichkeiten zu staunen! Irene fischte nach einem Samen. »Ich lasse wohl doch besser den Greifer keimen!« sagte sie. »Oder eine Würgefeige.«

»Nein, wartet!« protestierte die Gorgone. »Jetzt erinnere ich mich wieder! Humfrey hat gesagt, daß wir dem Spaltendrachen nichts tun dürfen! Er wird in der Spalte gebraucht!«

Irene hielt inne. »Das stimmt, das hat er tatsächlich gesagt. Wir wissen ja jetzt auch, warum. Aber wie soll ich dieses Ungeheuer aufhalten, wenn ich nicht mal meine schlimmsten Pflanzen verwenden kann und die Gorgone ihn nicht anstarren darf?«

»Laßt Abwehrpflanzen wachsen«, schlug Chem vor, die auch sehr besorgt war. Über den theoretischen Wert des Spaltendrachens für die gesellschaftliche Stabilität und den Landfrieden

Xanths zu reflektieren, war eine Sache; eine ganz andere war es freilich, mit anzusehen, wie dieses Ungeheuer dampfend auf die Gruppe zukam. »Bis wir den Drachen so lange aufgehalten haben, daß Grundy zu ihm sprechen kann. Vielleicht erfahren wir dann auch, wie er die Verjüngung durch den Jungborn rückgängig gemacht hat.«

»Genau!« rief die Gorgone. »Dann kann ich nämlich auch meinen Mann heilen!« Nachdenklich machte sie eine Pause. »Jedenfalls teilweise. Ich würde ihn ganz gerne im Alter von vierzig oder fünfzig kennen, anstatt von über hundert.«

»Der Drachensäugling war bei den Kindern«, sagte Chem.

»Ich hoffe nur, daß er nicht jetzt, da er wieder erwachsen geworden ist . . .«

»Die Kinder!« schrie Irene. Doch dann berührte sie ihre Efeupflanze, die noch beruhigend gesund war. »Nein, den Kindern geht es gut. Ivy jedenfalls und Hugo bestimmt auch, weil sie doch zusammen sind.«

»Bestimmt«, meinte die Gorgone erleichtert.

»Laßt endlich die Abwehrpflanzen wachsen, Mädels!« rief Grundy, als er den Drachen immer näher kommen sah. Er war nicht mehr weit entfernt und sah fürchterlich groß und wild aus, wie die Dampfschwaden so träge an seinem Leib zurückwehten.

Hastig suchte Irene einen Samen aus und warf ihn zu Boden. »Wachse! Wachse!« rief sie.

Die Pflanze verwurzelte sich fest im Erdreich, entwickelte einen dicken weißgrauen Stengel und eine Kugel aus weißlichen Blättern. Alles in allem wirkte sie nicht sonderlich beeindruckend; sie war klein und gedrungen und wies weder Dornen noch drohende Blüten auf.

»Durch das Ding kann das Ungeheuer doch mühelos hindurchkrachen!« sagte Grundy beunruhigt.

»Das bezweifle ich«, erwiderte Irene. »Stellt euch direkt dahinter auf.«

Die vier plazierten sich hinter der inzwischen zum Busch angewachsenen Pflanze. Der Drache kam direkt darauf zu geschossen, einen siedend heißen Dampfstrahl ausschnaubend. Doch der Dampf wurde von den Blättern zurückgeworfen und bedeckte sie lediglich mit Feuchtigkeit, ohne sie zum Welken zu bringen.

Überrascht verlangsamte der Drache sein Tempo. Unter gewöhnlichen Umständen hätte er den Busch einfach niedergetrampelt, aber er hatte gelernt, ungewöhnlichen Pflanzen mit Vorsicht zu begegnen. Manche von ihnen konnten sich recht wirkungsvoll verteidigen.

Der Drache krachte endlich gegen den Busch – und wurde zurückgeworfen. Der Strauch zeigte keinerlei Beulen.

»Eine ziemlich merkwürdige Pflanze«, sagte Chem mit einer gewissen Untertreibung. »Was ist denn das für eine?« wollte die Gorgone beeindruckt wissen.

»Eine, die Ihr eigentlich wiedererkennen solltet«, meinte Irene. »Ein Steinobst.«

»Nein, über Steinpflanzen weiß ich nichts«, meinte die Gorgone. »Pflanzen haben keine Augen, deshalb können sie mich auch nicht anschauen und bei meinem Anblick zu Stein erstarren. Sonst hätten wir ein gutes Mittel gegen den Drachen; wir könnten uns hinter jedem beliebigen Busch verbergen und ihn in Stein verwandeln.«

Mittlerweile hatte der Drache begriffen, daß an der Pflanze irgend etwas seltsam war, so daß er sie zornig schnaubend umging. Hastig warf Irene einige weitere Samen. »Wachsen!«

Farn begann zu sprießen. »Was kann Farn denn hier ausrichten?« fragte Grundy.

»Das ist Kettenfarn«, erklärte Irene.

Kurz darauf hatten die Farne metallische Glieder entwickelt, die sie miteinander verhakten, um den Weg des Drachen mit einer kräftigen Kette zu versperren.

Doch die Kette war zu niedrig befestigt. Der Drache beschnüffelte sie, überlegte eine angemessene Zeitspanne, was zu tun war, und hüpfte schließlich einfach darüber hinweg.

Inzwischen hatte Irene allerdings schon weitere Gewächse entstehen lassen. Amazonenlilien stachen mit kleinen Speerblättern nach den Drachenfüßen, doch die waren zu hart und zäh, um davon verletzt zu werden, so daß sie kaum etwas ausrichteten.

Anders freilich die anderen Pflanzen: Eine Feuerkrone setzte sich dem Drachen auf den Kopf und erhitzte ihn höchst unangenehm. Ein Angelhakenkaktus hakte sich in mehreren seiner Zehen fest, während sich vor ihm eine Bergrose zu einem kleinen roten Berg auftürmte und ihm den Weg versperrte, wobei sie so zart und süß duftete wie ihre Verwandten gleichen Namens. Eine Klapperschlangenwurz rasselte, zischte und schlug dem Drachen auf die Nase, und eine Schrubbeiche schrubbte mit zahlreichen kleinen Bürsten über seine Anatomie, was das Ungeheuer allerdings nur kitzelte.

Der Drache schüttelte schließlich diese ganzen lästigen Pflanzen ab und ließ einen Dampfstrahl hervorschießen. Chem sprang tänzelnd beiseite, doch Irene bekam die Hitze zu spüren. Sie mußte es jetzt einfach riskieren, einen der neuen, noch nicht bestimmten Samen keimen zu lassen.

Sie atmete tief durch und holte einen davon hervor. »Wachse!«

Der Samen wuchs zu einer Reihe zylindrischer roter Früchte heran, die explodierten, als der Drache vorbeistampfte, was ihn erschreckte. »Eine Feuerwehrpflanze«, sagte Irene, als sie sie erkannte.

Die nächste Pflanze sah aus wie ein Farn, entwurzelte sich aber schon bald von allein und schritt davon. »Ein Gehfarn!« sagte Irene. »Ach, was für eine Verschwendung kostbaren Saatguts! Wenn ich nur die Zeit hätte, sie zu bestimmen! Dann könnte ich uns viel wirkungsvoller verteidigen!«

»Laßt mich zu ihnen sprechen«, sagte Grundy. »Vielleicht finde ich ja etwas Passendes.«

Völlig frustriert, aber ebenso ratlos, willigte Irene ein und ließ den Golem in ihren Beutel greifen, um einzelne Samen hervorzuholen und sie zu befragen. Sie hatte gar nicht gewußt, daß er auch mit Samen sprechen konnte, aber natürlich war ihm dies mit allem möglich, was lebte. Dennoch war es eine sehr zeitraubende Prozedur, und der Drache kam immer näher.

Chem wich immer weiter zurück; es fiel ihr nicht schwer, Abstand zum Drachen zu halten. Doch die Gorgone war zu Fuß und weniger schnell. Auf Chems Rücken, auf dem sich immerhin schon Irene, Grundy und der Samenbeutel befanden, war kein Platz mehr für sie, zumal sie weitaus mehr wog als Zora

Zombie es getan hatte. Der Drache neigte dazu, sich auf das zu stürzen, was ihm am nächsten stand. Sie mußten sie in Sicherheit bringen, sonst war sie dazu gezwungen, ihren Schleier zu lüften und den Drachen zu Stein erstarren zu lassen.

Irene blickte sich besorgt um. Seitlich von ihnen befand sich der Fuß einer einigermaßen steilen Schräge, die mit Vegetation bewachsen war. Dort konnten sie sich einigermaßen leicht verstecken. »Dorthin!« rief sie und zeigte darauf.

Sie eilten auf die Steigung zu. Überall wuchsen Schlingpflanzen und Disteln, so daß Chem Schwierigkeiten hatte, festen Tritt zu bekommen. Der Gorgone erging es nicht besser. Irene hoffte nur, daß es den Drachen ähnlich aufhalten würde. Wenn er es erst einmal aufgegeben hatte, sie zu vertilgen, würde Grundy zu ihm sprechen können.

Chem griff nach dem Arm der Gorgone und half ihr beim Aufstieg. »Huch!« machte die Gorgone. »Mein Schleier ist an einem Dornenstrauch hängengeblieben! Schließt die Augen!«

Irene schloß die Augen und wandte vorsichtshalber auch noch den Kopf ab. Es war alles andere als der passende Zeitpunkt, um ohne Sicht vorgehen zu müssen, doch ließ sich eine solche Warnung nicht in den Wind schlagen. Sie wußte, daß die anderen es ihr gleichtaten. Sie hörte das zornige Zischen der winzigen Schlangen, aus denen das Haupthaar der Gorgone bestand; sie liebten derartige Erschütterungen nicht.

Kurz darauf meldete die Gorgone, daß ihr Schleier wieder an Ort und Stelle sei. Irene öffnete die Augen, blickte zurück – und sah den Drachen, der schon fast auf Dampfweite herangekommen war. »Wachsen!« schrie sie die Vegetation an, die zwischen ihnen und dem Drachen wuchs.

Sie wuchs. Und wie sie wuchs! Das Distelgestrüpp wurde doppelt so groß und distelig wie vorher, und die Schlingpflanzen schlängelten sich schichtenweise übereinander, in immer komplizierteren Mustern. Dann schlangen sie sich auch um den Drachen selbst und benutzten ihn als feste Basis für ihren Kampf ums Sonnenlicht. Kurz darauf sah der Drache aus wie ein von Lianen überwachsener Felsbrocken.

Das gefiel dem Reptil nicht besonders. Es peitschte mit seinem gewaltigen Schwanz und zerriß die Lianen wie dünne

Baumwollfäden. Es schnaubte Dampfschwaden, und die grünen Blätter welkten. Es stampfte voran und wälzte dadurch die vielen Schichten zu einer einzigen platt. Mit ihm konnte es die Vegetation nicht aufnehmen.

»Ein ganz schön zäher Drache!« murmelte Irene.

»Der zäheste von allen«, stimmte Chem ihr zu und versuchte, außer Dampfweite zu bleiben. Sie keuchte beim beschwerlichen Aufstieg, ebenso die Gorgone. »Ich war (keuch!) dabei, als Krach der Oger (keuch!) vor neun Jahren in der Spalte gegen ihn gekämpft hat. (Keuch!) War ein ausgeglichener Kampf.«

»Ein Oger ist aber schwerer als ein Drache«, meinte Irene.

»Meistens«, sagte Chem neutral.

Der Drache ließ wieder ein Stampfen ertönen. Nun befand er sich endlich in Dampfweite. Er blähte seinen Leib auf, um den vernichtenden Dampfstoß hervorzuschnauben.

»Ich hab's!« rief Grundy. »Ein Stahlnetzsamen!«

Irene grabschte mit einer Sicherheit nach dem Samen in Grundys Hand, wie sie jeder Harpyie Ehre gemacht hätte. »Wachse!« schrie sie und schleuderte ihn dem Reptil entgegen.

Der Same keimte noch in der Luft und wurde zu einem breiten Netz, dessen Material wie Stahl glitzerte. Das war keine gewöhnliche Pflanze!

Das Netz legte sich säuberlich um den Drachen und bohrte seine Randwurzeln tief auf allen Seiten in die Erde. Irene hatte noch nie ein solches Gewächs gesehen; die Sammlung vom Baum der Samen enthielt offensichtlich einige sehr wertvolle und nützliche Exemplare!

Der Drache bäumte sich auf, um voranzustampfen und das lästige Netz abzuschütteln – und wurde von ihm zurückgeworfen! Diesmal zerbarsten keine Fäden und Fasern. Gegen diese Pflanze vermochte das Ungeheuer mit roher Gewalt nichts auszurichten.

Mit gewaltiger Wut fuhr der Drache mit seinen Krallen in das Netz und versuchte es zu zerreißen. Doch es hielt seinem Angriff stand. Der Drache ließ kochendheißen Dampf hervorschießen – das Netz welkte weder, noch schmolz es dahin. Der Drache versuchte das Netz zu zerkauen – ohne Erfolg.

»Ich glaube, wir haben ihn!« sagte Grundy.

»Dann sprich schon mit ihm!« fauchte Irene. Die Sache war viel zu knapp zu ihren Gunsten ausgegangen.

Grundy versuchte es. Er ließ ein leises Röhren ertönen, was der Drache ignorierte. Sie mußten erst warten, bis das Monster zur Ruhe gekommen war.

Also warteten sie, froh über die Verschnaufpause, und endlich ließ der Drache in seinen Anstrengungen nach.

»Merkwürdig«, warf der Golem unschuldig ein, »ich habe gar nicht gehört, wie Ihr mir dafür gedankt habt, daß ich den Stahlnetzsamen ausfindig gemacht habe.«

Irene schluckte ihre immer heftiger werdende Wut über seine Sticheleien hinunter. »Ach, es sei dir allerholdester Dank gewährt!« bellte sie. Aber natürlich hatte Grundy tatsächlich diesmal entscheidend zum Erfolg beigetragen, und sie mußte ehren, wem Ehre gebührte – auch wenn der Betreffende noch so unausstehlich sein mochte.

»Mit Freuden vernehm' ich Eure Gunstbezeugung ...« fing Grundy an, doch dann hielt er lauschend inne.

Zzapp!

Chem versteifte sich. »Was war das?«

»Was war was, stumpfsinnige Stute?« fragte Grundy, obwohl er es offensichtlich ebenfalls vernommen hatte.

»War wahrscheinlich nur meine Einbildung«, entschied die Zentaurin. »Einen Augenblick lang habe ich geglaubt – ein historisches Phänomen, von dem mir mein Vater Chester erzählt hat ...«

»Wen interessiert denn schon noch die Geschichte?« fragte Grundy. »Wir müssen schließlich einen Drachen zähmen!«

Zzapp!

Nun erstarrte auch der Drache und spitzte die Ohren.

»He – dieser Drache hat ja zwei Ohren!« rief Grundy.

»In der Tat!« stimmte Chem ihm zu. »Dann kann es auch nicht der Spaltendrache sein! Krach der Oger hat ihm eines seiner Ohren abgerissen. Das haben wir benutzt, um Gefahren zu orten ...«

»Gibt es etwa zwei Spaltendrachen?« fragte Irene erstaunt.

»Ich werde ihn mal fragen«, sagte der Golem. Wieder stieß er ein leises, dampfiges Brüllen aus.

Nun erwiderte der Drache das Getöse.

Erstaunt dolmetschte Grundy: »Das ist ein Drachenweibchen. Sie kommt gelegentlich zum Spaltendrachen, um sich mit ihm zu paaren. Durch einen geheimen Zugang zur Spalte, von dem er nichts weiß.«

»Das glaubt sie nur!« entgegnete Chem. »Als der Vergessenszauber auseinanderbrach, hat er sich an diesen Ausgang erinnert, womit der ganze Ärger auch prompt anfing.«

»Diesmal war er nicht da, als sie ihn aufsuchen wollte. Also hat sie sich auf die Suche nach ihm gemacht. Sie kann ihn schon von weitem wittern – aber er ist schwer auszumachen.«

»Kein Wunder!« sagte Chem. »Er ist ja auch verjüngt worden! Sag ihr das.«

»Dann gibt es also doch kein Heilmittel gegen den Jungborn«, sagte die Gorgone niedergeschlagen.

Grundy sprach mit der Drachendame. Sie reagierte mit reptilischem Entsetzen. Dampfwolken quollen ihr aus den Ohren. »Sie fragt, wie sie sich mit einem Baby paaren soll«, übersetzte Grundy feixend.

Zzapp!

Wieder reagierte die Drachin. Grundy befragte sie – und sein Gesicht verzerrte sich vor Grauen. »Sie kennt dieses Geräusch! Das ist ein Zappler, meint sie!«

»Ein Zappler!« wiederholte Chem. »Dann ist meine Befürchtung also doch wahr geworden. Die schlimmste Gefahr, die es je für Xanth gegeben hat!«

Irene war verwundert. »Ich glaube zwar, daß ich das Wort schon mal gehört habe, aber ich weiß nicht das geringste darüber. Was ist denn an Zapplern so schlimm?«

Zzapp!

Chem entdeckte zwei Holzstücke im Laub des Abhangs, nahm sie auf und pirschte sich an das Geräusch heran, während sie weitersprach. »Die Zappler sind winzige Spiralwürmer, die periodisch in Schwärmen auftreten. Manchmal vergehen hundert Jahre ohne eine solche Plage, manchmal auch nur wenige Jahrzehnte. Der letzte Schwarm wurde vor ungefähr dreißig Jahren gesichtet. Mein Großonkel Herman der Einsiedler hat damals die Schlacht gegen die Zappler befehligt und dabei sein

Leben verloren. Damals hatte man gehofft, die Plage ein für allemal ausgerottet zu haben, aber dem war anscheinend nicht so. Jetzt stehen wir erneut vor der gleichen Aufgabe – und es eilt!«

»Aber ich habe doch nur ein kleines Zappen gehört!« wandte Irene ein.

»Das war das Geräusch eines sich bewegenden Zapplers«, erklärte die Zentaurin. »Sie...«

Zzapp!

»Oh, das war am Schleppnetz!« sagte Chem. »Grundy, schnell – erklär der Spaltendrachin...«

Doch die Drachin hatte selbst genau dem Geräusch der Zappler gelauscht. Offenbar hatte sie den letzten Zapplerschwarm noch miterlebt, vielleicht sogar den vorletzten. Jedenfalls wußte sie, wie mit Zapplern zu verfahren war. Sie stürzte sich auf den winzigen Wurm, der vor ihr in der Luft erschienen war und zermalmte ihn mit einem Biß. Dann spuckte sie ihn mit einem kläglichen Gesichtsausdruck wieder aus.

»So viel ich gehört habe, schmecken sie widerlich«, bemerkte Chem. »Aber man kann sie immerhin zu Tode quetschen – sofern man sie im richtigen Augenblick erwischt.« Sie schnitt eine Grimasse. »Grundy, versuch mal, ob wir zusammen mit der Drachin zu einer Lösung finden. Ich fürchte, dieses Problem ist für uns allein ein bis zwei Nummern zu groß.«

Der Golem begann mit dem gefangenen Wesen zu sprechen, das ihm aufmerksam zuhörte.

»Aber was ist denn nun an diesen kleinen Flugwürmern so schlimm?« fragte Irene, die wegen ihres eigenen Unwissens irritiert war.

»Sie durchstoßen Dinge und durchbohren sie im Flug. Wenn sie durch die Luft jagen, hinterlassen sie ein Vakuum«, sagte Chem. »Das ›Zzapp‹ ist das Geräusch des zusammenbrechenden Vakuumtunnels. Wenn sie Bäume durchstoßen, wird das Holz durchlöchert. Steht ihnen ein Mensch im Weg...«

»Langsam beginne ich zu verstehen.« Irene erschauerte. »Und man kann sie nicht aufhalten?«

»Nur, indem man sie tötet. Sie sind zwar sehr zäh, lassen sich aber zerquetschen. Diesen dort wollte ich zwischen meinen

Holzstücken zermalmen, aber die Spaltendame ist mir zuvorgekommen und hat ihn zerbissen. Aber das war nur einer. Zappler treten nie allein auf, sondern nur in Schwärmen, zu Abertausenden, die aus einem Nest in der Mitte hervorkommen. Wir müssen das Nest ausfindig machen und jeden einzelnen Zappler vernichten, der es bereits verlassen hat. Denn sonst fliegt er irgendein Ziel an und brütet im Laufe von Jahrzehnten ein neues Nest aus, aus dem wiederum ein Schwarm entsteht. Niemand weiß genau, was die Zappler eigentlich zwischen der Schwarmhervorbringung anstellen. Anscheinend entsprechen ihre kollektiven und individuellen Lebensrhythmen einander – auf eine lange Zeit der Reglosigkeit folgt eine plötzliche, vernichtende Aktivität. Sollten zu viele Zappler entkommen, könnte die nächste Schwarmbildung gleich an mehreren Orten zugleich erfolgen . . .«

». . . und würde das ganze Leben in Xanth bedrohen«, schloß Irene. »Jetzt weiß ich endlich, worum es geht. Wir müssen sofort eine Vernichtungskampagne organisieren.«

»Allerdings«, erwiderte Chem. »Ich fürchte, das hat sogar Vorrang vor unserer Suche nach Ivy und Hugo, denn nun steht die Existenz des ganzen Landes Xanth auf dem Spiel.«

»Ivy und Hugo!« rief Irene entsetzt. »Meine Vision – die schreckliche, unerkannte Gefahr – *das ist sie*«

Die Gorgone war ebenso entsetzt. »Wenn sie sich unwissentlich dem Schwarm nähern . . .«

»Trotzdem müssen wir uns jetzt vorrangig um den Schwarm kümmern«, beharrte Chem. »Wenn wir jetzt statt dessen die Kinder suchen, könnten die Zappler ganz Xanth übersäen und völlig außer Kontrolle geraten. Das übergeordnete . . .«

»Versuch lieber gar nicht erst, einer besorgten Mutter mit Vernunft zu kommen«, meinte Grundy.

»Ich werde beides tun«, verkündete Irene entschlossen. »Ich will weder Xanth noch mein Kind dem Verderben ausliefern! Aber wie können wir der Zapplergefahr am besten begegnen?«

»Wir müssen sämtliche Wesen der Region zu Hilfe rufen«, sagte Chem. »Jeder muß auf seine Weise immer einen Zappler auf einmal zerstampfen, zermalmen, zerkauen oder sonstwie zerquetschen. Das ist eine sehr mühsame und gefährliche Aufgabe, denn jedem, der sich einem Zappler nähert, droht Gefahr, durchlöchert zu werden, aber es geht nicht anders. Und es muß möglichst schnell geschehen, weil von nun an immer mehr Zappler ihr Nest verlassen werden. Ich weiß auch noch nicht, wie man sich dem Nest selbst nähern kann, ohne hoffnungslos durchlöchert zu werden, aber es muß auf jeden Fall versucht werden.«

»Die Drachin hat verstanden«, erklärte Grundy. »Sie ist schon recht alt und kennt die Zappler. Sie wird uns helfen, sie zu bekämpfen.«

»Wird sie uns verschonen, wenn wir sie freilassen?« fragte die Gorgone.

Der Golem knurrte die Drachin an.

»Wie hat man denn das letzte Nest ausgerottet?« fragte Irene inzwischen.

»Ich glaube, man hat mit Hilfe eines Salamanders ein magisches Feuer gemacht, das im Kreis nach innen brannte und alle Zappler vernichtete. Aber bis wir jetzt einen Salamander gefunden haben, wird es zu spät sein. Die sind sehr selten und leben recht abgeschieden.«

»Ich könnte eine Flammenliane wachsen lassen . . .« schlug Irene vor.

»Nein, es geht wohl nur mit magischem Feuer«, entgegnete die Zentaurin. »Ein gewöhnliches Feuer würde zwar vielleicht auch einige von ihnen vernichten, könnte aber auch leicht außer Kontrolle geraten. Salamanderfeuer verbrennt alles und jeden, was bei gewöhnlichem Feuer nicht der Fall ist. Dafür brennt es aber auch ausschließlich in eine Richtung und läßt sich dadurch besser regulieren.«

»Die Drachin meint, sie würde uns in Ruhe lassen«, berichtete Grundy. »Sie war nur hinter uns her, weil sie hungrig ist. Sie hat so lange ihren Partner gesucht, daß sie das Essen ganz vergessen hat . . .«

»Gut, dann sag ihr, daß wir ihr helfen werden, ihn zu finden, wenn sie uns jetzt hilft«, sagte die Gorgone.

»Sie ist einverstanden. Aber sie hat wirklich sehr großen Hunger.«

Das war ein Problem. In Begleitung eines hungrigen Drachen

war niemand in Sicherheit! »Ich kann ihr ein paar Beefsteaktomaten wachsen lassen«, erbot sich Irene. Sie holte einen Samen hervor. »Wachse!« Kurz darauf schnappte die Drachin nach den Beefsteaks, welche die Gorgone abpflückte und ihr zuwarf.

Irene entdeckte einen Säuresamen in ihrer Sammlung und pflanzte ihn am Netzrand in den Boden. Die Säure fraß sich in das Netz und löste seine Stränge auf, so daß sich die Drachin befreien konnte.

Zzapp!

»Den nehme ich mir vor!« verkündete die Gorgone. Sie folgte dem Geräusch, ortete den Wurm und legte ihr Gesicht an ihn. Dann hob sie den Schleier, während die anderen den Blick abwandten, auch die Drachin, die von Grundy gewarnt wurde.

Wie ein Stein stürzte der Wurm zu Boden. »Es hat funktioniert!« rief die Gorgone und zog sich wieder den Schleier vors Gesicht. »Ich kann sie versteinern!«

»Du mußt nur aufpassen, daß du es nicht versuchst, wenn einer von denen gerade loszappelt!« warnte Grundy. »Sonst durchlöchert er dein Gesicht.«

»Also gut«, sagte Irene. »Dann wollen wir die Sache mal organisieren. Wie gesagt, müssen wir dreierlei tun: Wir müssen die Zappler hier bekämpfen, die Kinder retten und das restliche Xanth alarmieren. Ich glaube, das können wir schaffen, wenn wir uns entsprechend verteilen. Gorgone, Ihr könntet doch zusammen mit der Drachin hier die Zappler in Schach halten. Sie kann Euch schnell von Ort zu Ort bringen, und Ihr könnt die Zappler versteinern. Ohne uns seid Ihr sowieso freier in Euren Bewegungen, weil . . .«

»Ich verstehe«, sagte die Gorgone. »Ich will auch keine Schar von Leuten dabei haben, wenn ich ständig meinen Schleier heben muß!«

»Dann können Chem und ich die Suche nach den Kindern und dem kleinen Drachen fortsetzen«, fuhr Irene fort. Sie nickte nachdenklich. »Inzwischen wird es immer klarer, weshalb Humfrey meinte, wir sollten die Spaltendrachen schonen. Hier draußen in der Wildnis gibt es Zusammenhänge, die wir nur wenig durchschauen, die aber für das Wohlergehen Xanths von größter Wichtigkeit sind.«

»Das ökologische Gleichgewicht«, stimmte Chem ihr zu. »Das mißachten wir immer nur auf eigenes Risiko. Alles steht mit allem in Verbindung.«

Grundy erklärte der Drachin Irenes Plan, die daraufhin nickte.

Jetzt, da ihr schlimmster Hunger gestillt war, erwies sie sich als recht vernünftiges Wesen. Bald darauf setzten sich Gorgone und Drachin in Bewegung, wobei das Reptil die Ohren spitzte, um etwaige Zappler zu orten. Drachenohren waren äußerst gehörempfindlich, so daß die Drachin mit Sicherheit weitaus mehr Zappler ausfindig machen würde als die anderen.

»Und jetzt weiter«, sagte Irene. »Grundy, wir brauchen dich zwar eigentlich als Dolmetscher, aber im Augenblick ist es wohl wichtiger, daß ganz Xanth von der Zapplergefahr erfährt. Wenn wir auf den verjüngten Spaltendrachen treffen sollten, bevor du zurück bist, werden wir uns schon irgendwie mit ihm verständigen. Vielleicht hat Ivy ja eine Möglichkeit dazu entdeckt. Ich werde eine Fliegerpflanze wachsen lassen, auf der du zum Parnaß fliegen kannst, um den Simurgh zu benachrichtigen. Ich bin sicher, daß der große Vogel dann die Sache schon in die Hand nimmt. Danach kommst du zurück . . .«

»Aber der Simurgh läßt es nicht zu, daß man den Parnaß überfliegt!« protestierte Grundy.

»Das Risiko mußt du eben eingehen. Versuch, ihm sofort Bescheid zu geben, sobald er dich erblickt, das müßte klappen. Es ist ein recht kluger Vogel, und er kann Gedanken lesen. Also brauchst du beim Anflug immer nur ›*ZAPPLER! ZAPPLER!*‹ zu denken.«

»Ein kluger Vogel«, wiederholte Grundy bleich.

»Wirst du das tun?« fragte Irene, die sein Zögern bemerkte.

Grundy schnitt eine Grimasse. »Ja, ich will's versuchen.«

Irene ließ die Fliegerpflanze wachsen. Das Gewächs ließ harte, steife Flügel hervorschießen, einen senkrechten Schwanz und ein Ansaugloch, durch welches die Luft in sein Inneres gesaugt und erhitzt wurde, um hinten wieder ausgestoßen zu werden. Die Pflanze war zu klein, als daß sie eine normale Person hätte tragen können, aber Grundy war auch keine normale Person. Er bestieg den Flieger, der mit einem Rauchschwall donnernd abhob. Er konnte ihn lenken, indem er sein Gewicht verlagerte. »ZAPPLER! ZAPPLER!« schrie er.

»Und jetzt machen wir uns auf den Weg zur Zyklopenhöhle«, sagte Irene zu Chem. »Wir wissen ungefähr, wo sie liegt, und wenn wir unterwegs Zappler hören sollten, können wir sie vernichten. Hoffen wir, daß Grundy rechtzeitig zurückkehrt, um für den Zyklopen zu dolmetschen! Wir müssen ihn über die Zapplergefahr aufklären und ihn fragen, wo Ivy ist. In einer solchen Krise müssen normale Feindschaften hintenanstehen.«

Chem galoppierte los. Irene war zwar sehr besorgt, dennoch empfand sie eine gewisse Hochstimmung. So schlimm die Zapplergefahr auch sein mochte – langweilig würde es jedenfalls nicht werden!

16

Zappler, Zappler

»Wir müssen etwas tun«, sagte Ivy.

»Wir können Steine oder Felsen holen und die Zappler zermalmen, wenn wir ihnen begegnen«, meinte Hugo. »Aber ich glaube, es sind zu viele für uns.«

Zzapp!

»Hier«, sagte Hugo und zauberte zwei Steinobstfrüchte herbei.

»Damit kannst du sie zerquetschen.«

Ivy nahm die Früchte, die bequem in ihre Hände paßten, und schlich sich an den Zappler an. Als sie ihn entdeckt hatte, zermalmte sie ihn mit den Steinen. »Bäh, quetsch!« machte sie und rümpfte die Nase, als sie das Ergebnis begutachtete.

»Anders geht es nicht«, sagte Hugo und zauberte noch zwei weitere Früchte für sich selbst. »Mein Vater meint, man kann Zappler nur dann wirklich kaputtmachen, wenn man ihr Nest zerstört. Aber wer sich ihm nähert, wird durchlöchert. Er sagt, so sei auch der unsichtbare Riese gestorben. Das war ein großer, großer Mann, aber die Zappler haben dreizehn Löcher in ihn gebohrt, da ist er zusammengebrochen.«

»Armer Riese«, sagte Ivy mitfühlend, »hab' ihn nie zu sehen bekommen.«

»Den hat nie jemand zu sehen bekommen, Dummian! Schließlich war er unsichtbar! Wir müssen die Zappler also vernichten, wie sie uns begegnen.«

Zzapp! Zzapp!

»Oh, jetzt kommen sie aber immer schneller«, sagte Ivy.

»Ja, das stimmt. Und zwar in einem großen Kreis, der immer größer wird. Vielleicht sollten wir besser das Weite suchen.«

»Nein«, sagte Ivy, »wir müssen doch das Nest vernichten!«

»Ich hab' dir doch gesagt, daß wir uns ihm nicht nähern können!«

»Es wird uns schon was einfallen!« fauchte sie herrisch. Es war ihr zwar nicht bewußt, aber im Augenblick glich sie sehr ihrer Mutter, und dies nicht nur wegen ihres grünen Haartons. »Schließlich bist du schlau genug!«

Das war natürlich eine ziemlich unfaire Behauptung, aber da Hugo inzwischen daran gewöhnt war, konzentrierte er sich auf das Problem. »Na ja, wir können jedenfalls nicht einfach darauf zugehen, weil wir dann durchlöchert werden. Es sei denn, Stanley könnte uns mit seinem Dampf einen Gang freimachen – nein, das geht auch nicht, denn er würde schon bald sein Wasser verbraucht haben. Schließlich wissen wir ja gar nicht, wie weit es bis zum Zapplernest ist. Möglicherweise ist es ein Fußmarsch von mehreren Stunden. Da es nichts Bekanntes gibt, was dem Bohren der Zappler widerstehen kann, können wir uns ihnen allenfalls schutzlos nähern, und das wäre der reinste Selbstmord.«

Hugo klang im Augenblick so intelligent wie noch nie in seinem Leben, abgesehen von dem Prozeß gegen Hardy Harpyie. Tatsächlich glich er im Augenblick seinem Vater. Selbst Stanley, der mit Intelligenz eigentlich nicht sehr viel zu schaffen hatte, setzte sich auf und bemerkte es. Doch Ivy blieb unbeeindruckt. Was für sie zählte, das waren Ergebnisse und keine Theorien. »Denk dir was aus!« drängte sie ihn. »Du kannst es, wenn du es wirklich versuchst – ich weiß, daß du es kannst!«

»Wenn wir uns dem Nest tatsächlich nähern könnten«, fuhr Hugo fort, »könnte Stanley die Zappler wahrscheinlich mit seinem Dampfstrahl zu Tode brühen. Das einzige Problem ist also der Transport. So viel ich weiß, breiten sich die Zappler immer nur flächig aus, also in der Horizontale, nicht kugelförmig, wenngleich auch im Kreis. Also müßte man sich dem Nest entweder von unten oder von oben nähern können. Von unten geht es nicht, weil wir schlecht einen Tunnel durch den Fels graben können, aber von oben – ob Stanley wohl dorthin fliegen könnte?«

Ivy gefiel dieser Vorschlag, der ja auch wirklich ausgezeichnet war. »Stanley, du hast doch Flügel!« rief sie. »Also kannst du auch fliegen, nicht wahr?«

Der kleine Drache breitete seine Flügel aus und ließ sie flattern. Damit wirbelte er zwar etwas Staub auf und erzeugte eine leise Brise, doch es gelang ihm nicht, in die Luft emporzusteigen.

»Komm schon, Stanley!« ermunterte Ivy ihn. »Ich weiß doch, daß du dich nur ein bißchen mehr anstrengen mußt! Versuch's einfach!« Der Drache gab sich Mühe und pumpte immer heftiger. Seine Flügel schienen plötzlich größer und voller und straffer zu werden. Einen kurzen Augenblick hob er vom Boden ab – dann verlor er die Kontrolle und plumpste wieder hinunter. Anscheinend hatte Ivys Macht endgültig ihre Grenzen erreicht.

»Er ist eben kein Flugdrache«, bemerkte Hugo. »Das sind nur Flügelstummel. Wenn es ihm tatsächlich gelingen sollte zu fliegen, würde er wahrscheinlich abstürzen und sich verletzen.«

Darüber dachte Ivy nach. Sie wollte nicht, daß Stanley sich verletzte. In dieser Hinsicht war sie sehr fürsorglich! »Dann denk dir was anderes aus. Du bist doch so schlau«, sagte sie zu Hugo. Hugo seufzte. Die Gabe der Intelligenz hatte auch ihre problematischen Seiten, aber er genoß es, als klug angesehen zu werden, und inzwischen war er schlau genug geworden, um zu erkennen, wie Ivys Talent arbeitete. Er konnte gutes Obst herbeizaubern, weil sie daran glaubte, daß er es konnte. Er sah immer besser aus, weil sie ihn so sah. Er war intelligent, weil sie darauf bestand, daß er so zu sein hatte. Sie war eine kleine Magierin; ohne sie würde er wieder ein bloßes Nichts sein. Auf subtile, aber doch sehr gründliche Weise war er von ihr abhängig, und er hatte das dringende Bedürfnis, ihr zu gefallen. Aber er wußte, daß sie nicht gefahrlos zum Nest der Zappler fliegen konnten. Gab es denn keine andere Möglichkeit?

Er zermartete mal wieder sein armes Gehirn, doch alles, was es ihm mitteilte, war, daß es keine Lösung gab. Wie konnte er also das Unmögliche bewerkstelligen? Die drei Kinder verfügten einfach nicht über die Möglichkeiten, die Zappler auszurotten.

Zzapp!

»Ich erledige ihn«, sagte Ivy und griff nach ihren Felsfrüchten. »Denk du weiter nach.« Dann pirschte sie sich an den Zappler heran.

Zzapp!

Da war schon wieder einer! Stanley setzte sich in Bewegung.

Hugo bemerkte beiläufig, daß die beiden Zappler anscheinend leicht unterschiedlichen Flugbahnen folgten. Sofort gelangte er mit Hilfe seiner verstärkten Intelligenz zur entsprechenden Erklärung. Natürlich mußten die beiden Bahnen voneinander abweichen, weil die Zappler aus ein und derselben Quelle entsprangen. Je weiter sie sich vom Nest entfernten, um so weiter entfernten sie sich auch voneinander. Da war es ein Leichtes, die Bahn zu triangulieren und den Standort des Nests zu schätzen, der sich nicht sonderlich weit von hier befinden konnte. Er, Ivy und Stanley konnten es leicht erreichen – sofern sie auch dafür Sorge tragen konnten, unterwegs nicht durchlöchert zu werden.

Er zauberte eine Traube Fruchtfliegen herbei und beobachtete ihren Flug. Die meisten waren recht klein und besaßen große Flügel, was sie zu guten, ausdauernden Flugwesen machte. Einige waren dafür größer und wiesen nur kleine Flügel auf; sie konnten nicht sonderlich gut fliegen. Die Erklärung dieses Unterschieds war eine Frage der elementaren Physik, jener magischen Wissenschaft, die Hugo nun zu verstehen begann. Doch konnten die Fliegen allenfalls ein Gewicht befördern, wie es einem Pfirsich entsprach: Den kleinen Drachen konnten sie unmöglich tragen.

Einige der Trauben torkelten umher und fielen flatternd zu Boden. Sie wirkten nicht ermüdet, nur desorientiert. Andere wiederum schienen keine derartigen Probleme zu haben. Woran konnte das liegen?

Hugo zauberte ein Bündel Trauben herbei. Sie besaßen kleinere, aber festere Blätter und flatterten kraftvoller umher als die Einzeltrauben, so daß sie tatsächlich die besseren Flieger waren. Sie folgten den Einzeltrauben – worauf einige wiederum die Kontrolle verloren, und zwar an derselben Stelle wie die Einzeltrauben.

Ivy kehrte zurück. Ihre Felsbrocken waren klebrig und verschmiert. »Wir haben sie erwischt«, meldete sie zufrieden.

Eine vage Ahnung schwebte durch Hugos Hinterkopf. Die Fruchtfliegen – die Zappler – da gab es irgendeinen Zusammenhang, doch er konnte ihn nicht festmachen. Aber er war klug genug, um sich die erforderliche Hilfe zu beschaffen.

»Ivy, mach mich noch schlauer«, sagte er zu ihr. »Mach mich superhirnig-intelligent.«

Wie die Frauen aller Altersstufen war sich Ivy der Natur ihrer Macht nicht richtig bewußt. »Natürlich bist du superhirnig-intelligent!« sagte sie. »Du bist das schlaueste Wesen in ganz Xanth, das weiß ich einfach.« Und das glaubte sie auch, nun, da sie darüber nachdachte. Ritter in schimmernder Rüstung waren doch schließlich immer unheimlich schlau, nicht wahr? Und weil sie eine Magierin war und über eine solche Macht verfügte, daß allenfalls der gute Magier Humfrey daran geglaubt hätte – wäre er nicht ein Säugling gewesen – war das, was sie glaubte, auch weitgehend wahr. Hugo wurde so klug, daß es schon beinahe unglaublich war.

»Die Fruchtfliegen«, sagte er nachdenklich. »Sie werden von irgend etwas Unsichtbarem beeinflußt, das sie die Orientierung verlieren läßt, ohne ihnen physisch zu schaden. Schau mal, die Kirschfruchtfliegen dort, wie sie torkeln!

Aber der Desorientierungseffekt ist örtlich begrenzt. Es scheint ein Gebiet zu geben, welches die Fruchtfliegen nicht unbeschadet durchfliegen können. Und aufgrund weiterer kleinerer Hinweise, über die wir verfügen, drängt sich die Vermutung auf, daß wir es hier mit einem Vergessensstrudel zu tun haben müssen, wie ihn mein Vater vor seiner Regression beschrieben hat.«

»Ist das schlimm?« fragte sie beeindruckt.

»Ja und nein. Für uns ist es schlimm, weil wir ihn meiden müssen. Wären wir unverhofft hineingeraten, hätten wir eine sofortige Amnesie erlitten.« Er wußte von den Strudeln, weil er dabeigewesen war, als der gute Magier Humfrey König Dor auf Schloß Zombie darüber informiert hatte. Mit seinem gegenwärtigen genialen Intellekt begriff er ihre Natur im Handumdrehen. »Aber wir müssen uns eigentlich nun dieses Strudels für unsere eigenen Zwecke bedienen können, weil er auf die Zappler die gleiche Wirkung ausüben müßte wie auf die Fruchtfliegen. Das ist zwar nicht sicher, aber doch sehr wahrscheinlich. Wir brauchen den Strudel nur zum Zapplernest zu bewegen, dann wird er die Zappler ihre Ziele vergessen machen, und vielleicht verlernen sie sogar, wie man fliegt. Das dürfte die Bedrohung höchstwahrscheinlich ausschalten.«

»Bravo!« sagte Ivy. »Dann bewegen wir ihn doch einfach!«

»Wir können ihn ja nicht einmal *sehen*!« wies Hugo sie mit der notwendigen Vorsicht des Klugen hin. »Und das Ding ist auch gefährlich. Es kann uns ebenso leicht auslöschen, als besäße es Riesenzähne. Wie sollen wir es da bewegen?«

»Dir wird schon etwas einfallen!« sagte sie ermutigend.

Hugo seufzte. Irgendwie hatte er gewußt, daß sie das sagen würde. Er konzentrierte sich erneut. »Anscheinend gibt es eine ganze Reihe von Strudeln, die sich, ausgehend vom schwächer werdenden Vergessenszauber der Spalte, grob in südliche Richtung bewegen. Sie scheinen sich insofern verwandelt zu haben, daß sie ein allgemeines Vergessen bewirken, anstelle eines gezielten wie bei der Spalte. Möglicherweise könnte ich eine Erklärung für diesen Effekt entwickeln . . .«

»Bleib gefälligst beim Thema!« sagte Ivy entschieden.

Hugo seufzte einmal mehr. »Diese Strudel scheinen in loser Verbindung zum Spaltendrachen zu stehen, auch in seinem verjüngten Zustand, möglicherweise deshalb, weil er die Spalte durch einen bequemen Ausgang verlassen kann – ein Ausgang, der nicht nur für ihn, sondern auch für den Drachen bequem ist. Vermutlich ist der Drache wenigstens zum Teil immun gegen den Vergessenszauber, weil er schließlich sein ganzes Leben mit ihm verbracht hat. Deshalb ist es möglicherweise auch kein Zufall, daß es hier in der Gegend einen solchen Strudel gibt. Das wiederum legt zweierlei Schlüsse nahe: daß die Strudel in gewissem Umfang von den Windverhältnissen und der Bodenbeschaffenheit beeinflußt werden und daß Stanley seinerseits möglicherweise mehr Einfluß über sie hat als andere Lebewesen. Angenommen, dem sei so, dann müßte Stanley dazu fähig sein, einen Strudel durch Fächeln mit seinen Flügeln zu bewegen.«

Ivy klatschte in die Hände. »Ich wußte doch, daß du es rauskriegst, Hugo!« rief sie erfreut. »Und jetzt sag mir mal, was du gerade gesagt hast.«

Hugo übersetzte es in Klartext: »Wir können den Strudel in das Zapplernest treiben.«

»Oh, prima, dann laß uns anfangen!«

Das taten sie auch, allerdings erst nach weiteren Diskussionen und der Klärung organisatorischer Fragen. Hugo erklärte, daß sie vor den Zapplern geschützt sein mußten, solange der Strudel zwischen ihnen und dem Nest trieb, weil die Zappler ihr Vorhaben dann vergessen würden, sobald sie in den Strudel gelangten, und ihre Gefahr dadurch gebannt wäre – sofern seine These richtig war. Die drei Gefährten mußten zusammenbleiben und konnten es nicht wagen, einzelne Zappler zu vernichten, weil sie eben ausschließlich im Schutz des Strudels in Sicherheit waren. Und Ivy und Hugo mußten sich hinter Stanley halten, weil der Strudel dem Drachen nichts anhaben würde, während er sie beide ausschalten konnte, sobald er sie berührte. Es war ein sehr schwieriges und gefährliches Unterfangen.

Doch Ivy war kein vorsichtiges Geschöpf. Sie wußte, daß das Zapplernest vernichtet werden mußte, also würde sie es tun. Hätte ihre Mutter geahnt, was sie vorhatte, sie hätte eine noch viel schlimmere Vision gehabt als die erste . . .

Sie schritten ans Werk. Stanley übernahm die Führung und wedelte mit seinen Stummelflügeln den Strudel vor sich her. Er konnte zwar nicht fliegen, aber dafür eine sanfte, gleichmäßige Brise erzeugen, die den Strudel langsam davontrieb. Er schien stärker auf Stanleys Brise zu reagieren als auf jeden anderen natürlichen Windhauch. Hugo bildete den Abschluß und zauberte Trauben fliegender Kirschen herbei, die er in und um den unsichtbaren Strudel fliegen ließ. Die Kirschen, die die Kontrolle verloren, zeigten an, wo sich der Strudel befand, anders ließ er sich nicht orten. Ivy hielt sich zwischen Stanley und Hugo und verstärkte ihrer beider Kräfte. Podest und schimmernde Rüstung bedurften im Augenblick sorgfältiger Pflege.

Anhand des Geräusches vorbeizappelnder Zappler führte Hugo im Kopf schnelle Triangulierungen durch, um das Nest zu orten. Je weiter sie kamen, um so mehr Zappler begegneten ihnen. Doch es war unmöglich, das Nest auf direktem Weg anzugehen, denn Bäume und Felsbrocken versperrten ihnen den Weg, wie auch ein Hügel, an dem der Strudel abglitt, und ein Teich, der zu tief war, als daß sie ihn hätten durchwaten können. So mußten sie Bogen schlagen und sich dem Nest teilweise von der Seite nähern.

Das war ein Problem. Denn wenn Stanley den Strudel auch in gerader Linie vor sich hertreiben konnte, war dies von der Seite her nicht möglich. In dichten Scharen zappelten ihm die Zappler aus dem Nest entgegen und hinderten ihn, seitlich auszuweichen. Nun saßen sie in der Klemme.

Natürlich hatte Ivy eine Antwort darauf: »Denk dir was aus, Hugo!« rief sie, während sie sich angesichts der immer häufiger auftretenden und lauteren Zappler zusammenkauerte. *Zzapp! Zzapp! Zzapp!* »Wie kann Stanley den Strudel um die Ecke pusten?« Hugo quetschte sein Gehirn nach einer Antwort aus. Um die Ecke pusten? Lächerlich! Pro Minute ertönten nun ein halbes Dutzend Zappler, und Hugo hatte alle Hände voll zu tun, seine Fruchtfliegen genau zu beobachten, denn einige wurden von den Zapplern abgeschossen. Wenn er die durchlöcherten Früchte mit den vergeßlichen verwechselte, würde er die Position des Strudels falsch bestimmen, und das wäre eine Katastrophe.

Da hatte er einen Einfall. »Vektoren!« rief er.

»Ist das noch eine neue Bedrohung?« fragte Ivy beunruhigt.

»Nein, Vektoren sind Kraftlinien«, erklärte er. »Mein Vater hat einmal auf mich aufgepaßt und dabei in einem mundanischen Buch darüber gelesen. Vektoren gehören zu den wenigen Arten der Magie, die in Mundania funktionieren. Stanleys

Brise stellt einen Vektor dar, der den Strudel in gerader Linie weitertreibt. Der Hügelhang ist ein weiterer Vektor, der den Strudel zurücktreibt. Die Vektoren stehen gegeneinander, weshalb wir nicht vorankommen. Aber der Hang ist nicht ganz gerade, sondern ein kleines bißchen schief. Wenn wir also nach vorne wedeln oder pusten, und der Hügel den Strudel etwas ablenkt, wird die Endflugbahn leicht seitlich verlaufen.«

»Ich bin froh, daß du schlau bist«, meinte Ivy zweifelnd. »Ich verstehe gar nichts.«

»Ich zeig's dir. Stanley, treib den Strudel voran, aber gleichmäßig.« Der kleine Drache schlug seine Flügel und gehorchte. Der Strudel, das zeigten die zu Boden taumelnden Kirschfruchtfliegen, bewegte sich ein Stück vorwärts und dann nach rechts. Als der Drache ihn weiter trieb, trieb der Strudel noch stärker nach rechts.

»Er rutscht ja zur Seite!« rief Ivy überrascht.

»Ganz genau«, meinte Hugo. »Es ist zwar langsam, aber wirkungsvoll. Wenn wir den Hügel umrunden, werden sich die Vektoren verändern, und wir kommen besser voran. Dann erreichen wir mit der Zeit das Nest.«

Seine Prognose erwies sich als richtig. Die Krümmung des Hügels ließ sie nach und nach immer leichter vorankommen, und sie stellten fest, daß sie den Strudel etwas beschleunigen konnten, wenn Stanley ihn ein wenig seitlicher anfächelte. Langsam entwickelten sie Übung.

Doch als sie den Hügel umrundet hatten und durch die dahinter liegende Talmulde kamen, wurde das Ausmaß der Zapplergefahr immer offensichtlicher: durchlöcherte, umgestürzte Bäume und von Löchern übersäte Steine und Felsen des Hügels selbst.

Zzapp! Zzapp! Zzapp! Nun wurde es Ivy immer bewußter, wie sehr die Zappler Xanth verwüsteten. Sie erblickte tote Tiere und Vögel, und selbst der Boden war von zahllosen Löchern aufgewühlt. Aus Wildnis drohte Wüstenei zu werden.

Doch da entdeckten sie endlich das Nest. Es war eine dunkle Kugel von der Größe eines ausgewachsenen Mannes, die auf der gegenüberliegenden Seite eines Erdrisses auf dem Boden ruhte. Sie war von einem Schleier umhüllt, der, wie Ivy begriff, in Wirklichkeit aus zahllosen Zapplern bestand, die dort in der Luft schwebten, bevor sie zappelnd nach außen schossen. Die meisten schwebten in einer Fläche parallel zum Boden, was dem Nest eine Ähnlichkeit mit dem Planeten Saturn verlieh – aber natürlich war es viel größer als Saturn, der ja, wie jeder wußte, nur ein winziger Fleck am Nachthimmel war, der sich nie bei Tag heraustraute.

Das Ding sah furchteinflößend und schrecklich aus. Wie bedauerlich, daß niemand es entdeckt hatte, als es noch im Entstehen begriffen gewesen war, um es sofort zu zerstören, bevor die Zappler mit dem Ausschwärmen begonnen hatten! Doch es befand sich ja auch in den tiefsten Tiefen des unbekannten Xanth, wo sich niemand, der jemand war, jemals hinbegab. So hatte das Nest immer größer werden können, wahrscheinlich im Laufe von dreißig Jahren – und nun mußte Xanth dafür büßen!

Es war sehr anstrengend, den Strudel um den Hügel zu treiben, und nun waren sie erschöpft, da sie alle noch sehr jung waren und der Tag langsam seinem Ende zuging. Doch mußte die Zeit noch genügen, um das Nest zu erreichen, allerdings . . .

»Halt!« rief Hugo. »Dort können wir nicht hin!«

Ivy sah, was er damit meinte: Der Erdriß, der sie von dem Nest trennte, war alles andere als klein, sondern eine steile, tiefe Schlucht, deren Boden sich in Finsternis verlor. Sie war zu breit, als daß sie auf die andere Seite hätten springen können, und zu tief, um hinabzusteigen und wieder emporzuklettern. Auf ihrer Seite war sie nicht ganz so steil, aber auf der gegenüberliegenden Seite fiel sie beinahe senkrecht ab. Zwar hätten sie den Strudel in die Schlucht wälzen, aber nicht wieder emportragen können.

Sie blieben stehen, weil sie nicht wagten, weiterzugehen, aus Furcht, der Strudel könnte über die Kante rollen und unwiderbringbar in der Tiefe versinken. »Was sollen wir jetzt tun?« fragte Ivy entmutigt.

»Laß mich nachdenken«, sagte Hugo.

Während Hugo überlegte, schweifte Ivys Aufmerksamkeit umher. Sie wünschte, sie wäre wieder zu Hause auf Schloß Roogna und könnte den historischen Wandteppich mit seinen sich immerwährend verändernden Szenen anschauen. Fast konnte sie sich dort selbst sehen, wie sie glücklich die Geschichten genoß, die der Teppich erzählte.

Plötzlich entdeckte sie die unscharfen Umrisse einer Pferdegestalt. Sie erkannte sie sofort: »Die Tagmähre!« rief sie. »Ich kann dich sehen, Mähre Imbri! Du bist so hübsch schwarz, wie ein Schatten!«

Und wie es in Ivys Anwesenheit zu geschehen pflegte, nahm der Gegenstand ihrer Aufmerksamkeit festere Gestalt an. Imbri die Tagmähre, die Ivys Tagtraum gebracht hatte, wurde immer deutlicher, schwärzer, hübscher.

»He, sie kann doch unsere Eltern benachrichtigen!« sagte Hugo, dessen Intelligenz immer noch intakt war. »Wir brauchen Ratschläge, was zu tun ist.«

Doch die Mähre schüttelte traurig den Kopf, und ihre Schattenmähne flammte. Sie projizierte ihren Gedanken durch die Traumgestalt einer Nymphe, und Ivy konnte ihre Stimme wie eine ferne Erinnerung im Hinterkopf hören. »Die Nacht bricht an, und bei Nacht kann ich keine Träume mehr befördern. Ich darf auch keine Nachrichten von einer Person zur anderen befördern, nur Gedanken *an* oder *über* jemanden. Ich habe nur noch genug Zeit, um euren Eltern einen Wink zu geben, wo ihr euch befindet.« Und dann jagte sie auch schon vor der nahenden Nacht davon.

Ivy schüttelte den Kopf. Nun saßen sie immer noch in der Klemme! Im Dunkeln konnten sie die fliegenden Kirschen nicht sehen, so daß der Strudel davonwehen würde. Dann würden die Zappler durchkommen und ...

Was sollten sie tun? Ihr kühnes Unterfangen drohte in einer Katastrophe zu enden. Sie hatten nicht einmal Zeit, zurückzuweichen, oder zumindest keinerlei Möglichkeit, in diesem Fall den schützenden Vergessensstrudel mitzunehmen.

17

Gemeinsame Anstrengung

Am späten Nachmittag entdeckten Chem und Irene die Höhle des Zyklopen. Das Monster lag schlafend auf dem Boden, neben sich den Knochenberg eines erst kürzlich vertilgten Ungeheuers.

Hätte ihr Efeu nicht angezeigt, daß es Ivy gut ging, Irene hätte das Schlimmste befürchtet.

»Paßt auf«, sagte Irene zu Chem. »Ich werde mit dem Ungeheuer sprechen.«

Die Zentaurin legte einen Pfeil in ihren Bogen ein und stellte sich kampfbereit auf.

Irene schritt auf die Höhle zu. »Zyklop!« rief sie.

Das Wesen rührte sich. »Ungh?« fragte es gähnend. »Wer ruft da Brontes?«

Er beherrschte also Menschensprache. Gut. »Wo ist meine Tochter?« fragte Irene.

Der Zyklop setzte sich auf. Sein großes blaues Auge blickte ins Licht hinaus. Dann sah es Chems Pfeil, der auf sein Auge gerichtet war. Er blinzelte. »Tochter?«

»Ivy. Sie war mit einem kleinen Drachen hier.«

Der Gesichtsausdruck des Zyklopen hellte sich auf. »Klar

doch, sie und der Drache und der Junge! Netter Besuch, gutes Obst. Freunde.«

»Sind die drei alle in Sicherheit?«

»Na klar. Nette Kinder. Wir unterhalten, Geschichten erzählen. Sie aber nicht geblieben.«

»Wo sind sie denn jetzt?« fragte Irene ruhig, denn ihr Vertrauen in Ungeheuer war ziemlich klein.

»Sie gehen nach Hause«, erwiderte der Zyklop. »Dort lang.« Er zeigte in Richtung Nordosten.

»Aber dieser Weg führt doch in die tiefsten Tiefen des unbekannten Xanth!« protestierte Irene. Und es war, fügte sie bei sich hinzu, nicht die Richtung der Mundorgel, wo die Kinder auf den Koboldtrupp gestoßen waren. Ob Brontes sie in die Irre führen wollte?

»Ja. Nette Kinder. Ich hab' angeboten, sie bei Nacht zu tragen, waren aber in Eile. Schnell nach Hause.«

»Dann waren sie noch gesund, als sie von hier aufgebrochen sind?« fragte Irene unsicher. Die falsche Marschrichtung bekümmerte sie. Wieder mußte sie einen Blick auf ihren Efeu werfen. Natürlich waren die Kinder in Ordnung!

»Haben Nacht nicht abgewartet. Ich geh' tagsüber nicht raus. Der Himmel . . .«

Chem senkte ihren Bogen. »Ich glaube nicht, daß er uns täuschen will«, meinte sie. »Von den Kobolden kann er nichts wissen. Die Kinder müssen eine andere Richtung eingeschlagen haben, als sie auf Gloria trafen.«

Irene stimmte ihr zu. Dann konnte die Geschichte des Zyklopen also doch stimmen. »Was ist mit dem Himmel?«

»Mein Vater der Himmel – er mich niederstreckt, wenn . . .«

»Dein Vater ist der Himmel?« fragte Chem und trat näher. »Ist das nur ein Euphemismus dafür . . .«

»Er mich verbannt, schlägt mich nieder . . .«

»Das hast du gerade schon mal gesagt«, unterbrach ihn Chem. »Dein Vater ist also der Himmel, und er ist zornig auf dich. Wann hast du ihn denn erzürnt?«

Diese Frage verblüffte den Zyklopen. Er begann, die Jahre an seinen riesigen Fingern abzuzählen.

»Vor so vielen Jahren?« fragte Irene.

»Jahrhunderten«, sagte der Zyklop und zählte an seiner anderen Hand weiter.

»Jahrhunderte!« rief Chem. »Eure Art muß aber lange leben!«

Brontes zuckte mit den Schultern. »Dann und wann ein Schluck Lebenswasser; Born nicht weit. Aber nicht lang, wenn vom Himmel zu sehen!«

»Hast du es denn überhaupt mal versucht, bei Tag hinauszugehen?« wollte die Zentaurin wissen.

»Wage nicht, bei Tag auszugehen.«

»Hört mal«, mischte sich Irene ungeduldig ein, »Xanth droht gerade eine fürchterlich schlimme Gefahr, und wir brauchen jede erdenkliche Hilfe. Hast du schon mal von den Zapplern gehört?«

»Zappler!« rief Brontes. »Oft, oft, seit Zeit begann! Sehr böse!«

»Sie schwärmen gerade wieder aus. Wenn du nicht rauskommst und uns hilfst, sie aufzuhalten, haben sie diese Höhle möglicherweise schon bis zum Abend durchlöchert. Nachts kann man sie noch schwerer bekämpfen, weil sie kaum zu sehen sind. Du kannst dir also aussuchen, welches Risiko du eingehen willst – den Himmel oder die Zappler.«

»Muß Brüder warnen!« rief Brontes. »Steropes und Arges auch in Gefahr! Erst gestern abend gefunden.«

Irene überlegte kurz, weshalb Brontes seine Brüder erst letzte Nacht gefunden hatte, aber dafür war jetzt keine Zeit. »Tu das«, sagte sie. »Aber erst einmal mußt du deine Höhle verlassen.«

»Aber der Himmel . . .«

»Vergiß gefälligst den Himmel!« fauchte Irene. »Komm raus und sieh dir an, was los ist! Wenn du dabei nicht niedergestreckt wirst, weißt du, daß du in Sicherheit bist. Ist schließlich alles schon reichlich lange her.«

Das große Auge des Ungeheuers erhellte sich. »Wahr. Lange her.« Brontes streckte einen Fuß vor die Höhle, doch dann zögerte er wieder. »Aber wenn Himmel zuschlägt . . .«

»Dann brauchst du dir wenigstens keine Gedanken mehr über die Zappler zu machen.«

Von dieser Logik überwältigt – wenngleich er noch einige

Zweifel zu hegen schien – trat der Zyklop aus seiner Höhle und duckte sich vor dem Licht, einen Donnerkeil befürchtend, der ihn niederstrecken könnte. Doch es fiel nur Sonnenlicht auf ihn.

»Offenbar hat der Himmel dich schon längst vergessen«, meinte Chem.

Brontes spähte empor, das Auge mit einer Hand abschirmend, erstaunt und erleichtert zugleich. »Lange her«, wiederholte er. »Oh, jetzt auch Brüder befreien! Alle gegen Zappler kämpfen!« Er blickte um sich. »Nicht so gut sehen wie als Ivy-Mädchen half. Wo sind Zappler?«

»Ungefähr ost-nordöstlich von hier, nehmen wir an«, erwiderte Chem. »Wir haben nur den äußeren Rand des Schwarms gestreift und ihn noch nicht genau geortet. Aber er ist nicht sehr weit – und er kommt immer näher!«

»Die Kinder!« sagte er. »Gehen genau drauf zu!« Dann jagte er in Richtung Westen davon, um seine Brüder zu suchen.

»Er hat recht!« rief Irene entsetzt. »Die Kinder müssen schon nahe am Schwarm sein! Beeilen wir uns!«

Sie beeilten sich. Irene wünschte sich, daß Grundy noch bei ihnen wäre, denn er hätte die frische Spur durch Befragung der Pflanzen bestätigen können. Doch sie konnten nicht erst auf ihn warten. Die Bedrohung durch die Zappler duldete keinen Aufschub.

Beim Reiten begann Irene in einen Tagraum zu verfallen. Das war sehr ungewöhnlich, weil sie eine praktisch denkende Frau war; immerhin mußte sie ständig aufpassen, daß Dor nicht das ganze Königreich ungewollt dem Verderben auslieferte. Doch nun, auf dem Höhepunkt einer Gefahr, die sowohl ihr Kind als auch ganz Xanth bedrohte, ertappte sie sich bei einem Tagtraum. Sie mußte müder sein, als sie geglaubt hatte.

Sie erinnerte sich an ihre Mitwirkung bei der letzten Verteidigung Xanths gegen die mundanische Nächstwelle – die jetzt natürlich Letztwelle hieß, aber alte Denk- und Sprachgewohnheiten waren hartnäckig – als sie für eine kurze Weile König von Xanth geworden war. König, weil es in Xanth keine regierenden Königinnen geben durfte. Der Schlüssel zum Sieg war die Nachtmähre Imbri gewesen, der zu Ehren man ein Denkmal errichtet hatte, weil sie ihr physisches Leben zum Wohle Xanths geopfert hatte und zu einem Taggeist, einer Tagmähre geworden war, welche ...

»Mähre Imbrium!« rief Irene plötzlich. »*Du* bist das!«

Natürlich war sie es. Jetzt konnte sie die unscharfen Umrisse ihrer Freundin erkennen, wie sie neben Chem mitlief.

»Ich dachte, Ihr wüßtet es«, sagte Chem. »Imbri hat sich uns schon vor ein paar Minuten angeschlossen.«

»Ich bin nicht so wachsam wie Ihr«, sagte Irene verärgert.

»Ja, aber sie hat eine Nachricht für Euch. Auch wenn sie sie nicht so nennen mag.«

»Laßt schon hören!« rief Irene. »Egal, wie sie sie nennen will!«

Nun war sie voll bei Wachbewußtsein, so daß die Tagmähre nicht mehr direkt zu ihr sprechen konnte. Chem, die mit ihr die Seele teilte, mußte für sie übersetzen.

»Imbri meint, Hugo und Ivy und Stanley sind in Sicherheit, aber sie brauchen Hilfe. Sie gehen direkt auf das Zapplernest zu.«

»Aber das ist doch unmöglich!« widersprach Irene. »Niemand kann sich einem Zapplernest nähern!«

»Das haben wir immer geglaubt, ja«, meinte Chem. »Aber Imbri sagt, daß sie einen Vergessensstrudel als Schutzschild benutzen, mit dem sie auch das Nest ausheben wollen. Wir müssen ihr versprechen, das nicht weiterzusagen, weil es ihr eigentlich nicht gestattet ist ...«

»Ich verspreche es!« rief Irene. »Aber wie kann man einen ... Vergessensstrudel ...«

»Ich glaube, das könnte recht wirkungsvoll sein«, sagte Chem. »Wenn der Strudel mit den Zapplern das gleiche tut, was er mit den meisten Wesen macht, werden sie das Zappeln vergessen und aufhören, eine Gefahr für Xanth zu sein. Ich vermute, daß sich ein Genie diesen Plan ausgedacht hat, aber wie das ...«

»Man kann so einen Strudel doch noch nicht einmal *sehen*!« protestierte Irene.

»Es ist wirklich erstaunlich«, pflichtete Chem ihr bei. »Imbri meint, Hugo würde den Strudel mit Hilfe von fliegenden Früchten orten, während der kleine Drache den Strudel mit seinen Flügeln befächelt und dadurch fortbewegt...«

»Aber der hat doch nur Flügelstummel! Sie sind kaum zu erkennen. Unmöglich, daß er...«

»Anscheinend sind sie gewachsen. Wahrscheinlich steckt das Talent Eurer Tochter dahinter.«

»Ja, nur das Talent einer Magierin kann solche Veränderungen herbeiführen!«

»Genau«, sagte Chem. »Eine Magierin. Sie steht Euch wahrscheinlich zu nahe, als daß Ihr ihr Talent unvoreingenommen richtig einschätzen konntet. Eines Tages wird Ivy König von Xanth sein.«

»Wenn meine Generation dahingeschieden ist«, murmelte Irene, von dieser Perspektive geradezu überwältigt. Das war mehr, als sie sich erhofft hatte!

Doch dann siegte einmal mehr der gesunde Menschenverstand. »Die Kinder dürfen solch ein Risiko nicht eingehen!« sagte sie. »Das dürfen wir nicht zulassen! Diese Zappler sind die tödlichste Gefahr in ganz Xanth! Wir müssen sie dort rausholen!«

»Das können wir nicht«, sagte Chem. »Imbri meldet, daß die Zappler in der Nähe der Kinder so dicht schwärmen, daß es niemand wagen darf, sich ihnen zu nähern.«

»Aber...«

»Wir können nur eins tun, nämlich die Zappler vernichten, wo wir ihnen begegnen, und darauf hoffen, daß Ivy und ihre Freunde es aus eigener Kraft schaffen.«

»Aber Ivy ist doch erst drei!«

»Und eine Magierin.«

Irene ersparte sich ihre Erwiderung, weil sie damit nur ihre langjährige Freundschaft mit Chem gefährdet hätte, ohne dadurch ihre Tochter zu retten. Sie wollte eine lebende Tochter haben und keine tote Magierin!

Sie waren schnell vorangekommen und hatten binnen einer Stunde eine weitaus größere Strecke zurückgelegt, als es die Kinder in derselben Zeit hatten schaffen können. Durch Imbris Hinweis wußte Irene, daß sie jetzt ganz nahe am Ziel sein mußten. Sie gelangten auf eine grasbewachsene Lichtung. Dort stand ein kleiner Flugdrache, ein Feuerdrache, der ziemlich gerupft aussah. Chem riß ihren Bogen von der Schulter und hatte in Augenschnelle auch schon einen Pfeil eingelegt. Sie war zu vorsichtig, um angesichts eines Drachen Risiken einzugehen. Wenn der Feuerdrache auf sie zufliegen sollte, würde sie ihm einen Pfeil durchs Auge bohren, bevor er auch nur richtig den Boden verlassen hatte. Irene griff nach einem Samen; der würde zwar nicht so schnelle Wirkung zeigen wie Chems Pfeil, würde aber längerfristig ebenso effektiv sein.

Zzapp!

Chem und Irene erstarrten und versuchten, den Zappler zu orten. Der Feuerdrache hob den Kopf, erspähte ihn und ließ einen Flammenstrahl auf ihn los. Verkohlt stürzte der Wurm zu Boden. »Ich glaube, wir kämpfen auf derselben Seite«, meinte Chem, ohne jedoch ihren Bogen zu senken.

»Wir sind auf den Schwarm gestoßen«, sagte Irene mit einem flauen Gefühl im Magen. »Ohne Ivy eingeholt zu haben.«

»Und Imbri meint, daß wir sie auch nicht einholen werden. Die Kinder sind weiter vor uns, ganz nahe am eigentlichen Nest. Geographisch mag die Entfernung nicht sehr groß sein, aber praktisch sehr wohl.

Wir müssen hier gegen die Zappler kämpfen und können nur aufs beste hoffen.«

Zzapp!

Irene saß beunruhigt ab. »Da habt Ihr wohl recht. Aber es gefällt mir nicht. Die Kinder . . .«

Chem hob zwei Steine auf und schlug sie probehalber zusammen. »Ihr müßt sie ganz hart zerquetschen«, sagte sie. »Und schnell. Wir werden schon bald sehr beschäftigt sein.«

Irene ließ einen Samen fallen. »Wachse!« sagte sie in einem Ton, der keinen Widerspruch duldete.

Der Samen keimte zu einem haarigen Kröterich. Die haarigen Kröten starrten mit glubschigen Augen umher, auf der Suche nach Insekten. »Schnapp dir die Zappler!« sagte Irene zu der Pflanze. Die Kröten schnitten Grimassen und drohten zu quaken; anscheinend wußten sie, wie widerlich Zappler schmeckten, doch sie schienen bereit zu gehorchen.

Irene suchte sich ebenfalls Steine und wartete auf das nächste

Zappen. Chem hatte recht: Im Augenblick konnten sie wirklich nichts anderes tun. Als sie Grundy zum Parnaß geschickt hatte, hatte sie damit alles getan, was sie nur konnte. Jetzt mußten sie die Stellung halten, bis sie wirkungsvolle Hilfe erhielten.

Immer mehr Zappler erschienen zzappend. Der Schwarm dehnte sich offensichtlich aus, und anscheinend war er recht groß. Chem und Irene merkten, wie sie zurückwichen. Sie mußten sich am äußersten Rand des Schwarms halten, um alle einzelnen Zappler zu vernichten, damit diese nicht entkamen und im Laufe der Zeit ein eigenes Nest hervorbrachten.

Und doch wußte Irene auch, daß sie es nur mit einem winzigen Ausschnitt aus einem riesigen Kreis zu tun hatten. Die Zappler bewegten sich in alle Richtungen davon, nicht nur in diese. »Wir brauchen Hilfe!« rief Irene. »*Viel* Hilfe, und zwar bald!«

»Imbri ist losgelaufen, um König Dor zu benachrichtigen«, sagte Chem, während sie sich gerade an einen Wurm anpirschte. »Sie hat entschieden, daß die Sache so wichtig ist, daß es gerechtfertigt ist, wenn sie damit gegen die Regeln verstößt, die für Tagmähren und ihre Nachrichtenübermittlungen gelten.«

»Und wie schnell wird Dor dann hierherkommen können? Bis er einen Gegenfeldzug organisiert hat, ist es Nacht geworden, und dann . . .«

». . . dann können wir die Zappler nicht mehr erkennen«, beendete Chem den Satz für sie. »Und bis zum Morgen haben sie sich so weit ausgebreitet, daß wir sie niemals alle ausrotten können. Ich hege den Verdacht, daß einige von ihnen irgendwann einfach mit dem Zappeln aufhören und sich niederlassen, um sich zu verpuppen. Die werden wir kaum erwischen. Also ist die Schlacht bis zum Morgen möglicherweise bereits verloren, selbst wenn wir jeden Zappler ausmerzen sollten, der sich bewegt. Wir können nur hoffen, daß der Simurgh Grundy helfen wird.«

»Wenn wir doch nur die anderen sofort hierherrufen könnten!« rief Irene. »Wir . . .« Da hielt sie inne. »Ich bin wirklich töricht! Das *können* wir doch! Hat Hardy Harpyie Euch nicht eine . . .«

»Die Flöte!« rief Chem. »Wie konnte ich die nur vergessen!« Sie holte die Federflöte hervor und stieß einen schrillen, kreischenden Pfiff damit aus. »Die Harpyien könnten auch die Kobolde benachrichtigen und den Aufruf mit Hilfe ihrer Mundorgel verbreiten.«

Hinter ihnen erbebte plötzlich die Erde. Drei riesige Zyklopen kamen herangestampft. Brontes hatte seine Brüder gefunden und eilte ihnen nun zu Hilfe.

»Verteilt euch!« rief Irene ihnen zu. »Jeder übernimmt einen Abschnitt und vernichtet sämtliche Zappler, die sich dort durchwagen! Wir müssen so viele von ihnen erwischen wie möglich, bevor es dunkel wird!«

»Wir sehen gut im Dunkeln«, erwiderte Brontes.

»Welch ein Segen!« rief Irene erleichtert. Das war wirklich eine große Hilfe.

Nun waren sie schon zu fünft und boten den Zapplern wirkungsvoll Kontra, obwohl sie immer dichter heranschwärmten. Jeder Zyklop besaß eine riesige Keule, mit der er die Würmer zu Matsch hieb. Irene hätte nie geglaubt, so froh über die Anwesenheit schrecklicher, gewalttätiger Monster zu sein! Der Boden erzitterte unter ihren Schlägen, doch jedes Beben bedeutete einen weiteren Sieg.

Dennoch genügten ihre Anstrengungen nicht. Weil sie in immer dichteren Wolken heranflogen, wurden die Zappler auch immer gefährlicher, denn wer sich ihnen in den Weg stellte, wurde durchlöchert, möglicherweise tödlich. Wie lange würden sie dem Ansturm noch standhalten können?

Ein riesiges Wesen landete gleitend auf der Erde. Es war der Hippogryph, der die schwere Last dreier Passagiere trug. Irene blickte genauer hin – und war überrascht. »Xanthippe!« rief sie. Die Hexe saß mit einer Grimasse ab. »Mein Sohn hat versprochen, morgen zu heiraten, wenn ich hier heute mithelfe«, sagte sie. »Außerdem will ich vermeiden, daß meine schönen Ausstellungsstücke im Baum-Heim durchlöchert werden. Als ich dann die Zyklopen stampfen hörte und mir ausrechnete, was los ist . . .«

Zzapp!

Xanthippe schritt auf den Wurm zu und musterte ihn finster.

»Tot sollst du umfallen!« keifte sie. Der Wurm fiel tot zu Boden.

Nicht schlecht. »Sucht Euch eine Stellung an der Seite«, sagte Irene zu ihr. »Wir müssen den Schwarm umzingeln, wenn wir genügend Personal haben.«

»Wird schon gehen«, meinte Xavier. »Komm, Liebste.«

Irene blickte die junge Frau an seiner Seite an. Sie war sehr hübsch und wirkte fremd. »Wer ist das denn?«

»Meine zukünftige Frau, meine morgige Braut«, verkündete Xavier stolz. »Sieht sie nicht gut aus?«

»Aber . . .«

Zzapp!

Entsetzt sah Irene, wie ein kleines Loch im Leib der Frau erschien.

Doch die Frau beachtete es nicht. »Mir können die Zappler nichts anhaben«, bemerkte sie und zermalmte den Wurm, der sie soeben durchlöchert hatte, mit zwei Steinen.

Es war Zora Zombie – durch ihre erwiderte Liebe so weit wiederhergestellt, daß sie praktisch völlig normal aussah! Ihr Haar war dicht und schwarz geworden, ihr Fleisch war fest und gesund und von recht angenehmen Rundungen, und ihre Augen waren klar. Sogar ihre Kleidung war gepflegt; sie trug keine verfaulten Lumpen mehr. Doch sie bewahrte sich die Immunität der Untoten gegenüber kleineren Verletzungen. Es machte den Eindruck, als sei sie allenfalls wenige Stunden oder Minuten tot.

»Jedes lebendige Mädchen wäre jetzt tot«, sagte Xavier befriedigt, als er das Wurmloch erblickte. »Ist Zora nicht großartig? Mit der kann es keine lebende Frau aufnehmen!« Er beugte sich vertraulich zu Irene herunter. »Ist auch nicht mehr kalt, sondern warm.«

»Ja«, meinte Irene matt. Doch dann mußte sie sich wieder ihrem Verteidigungsabschnitt widmen, denn die Zappler ließen nicht ab. Immer mehr Wesen erschienen. Manche waren riesig und wirkten seltsam, doch Xanthippe schien sie zu kennen. »Los, Ihr Gigameisen!« rief sie. »Zermalmt die Zappler mit euren Scheren und spuckt sie aus; die sind nicht eßbar. Mammotten, ihr fliegt hoch und schnappt euch die Zappler, die ganz oben zzappen. Paßt auf euch auf; diese Zappler sind zwar klein, aber tödlich!«

Die merkwürdigen großen Wesen verteilten sich und machten sich an die Arbeit. Auch Xap der Hippogryph wütete wirkungsvoll unter den Würmern, die er mit seinem harten Schnabel zermalmte. Er übernahm den Abschnitt neben Chem, die darüber nicht gerade entsetzt zu sein schien.

Hinter ihnen erscholl ein Kreischen. Als Irene zurückblickte, was sie ohne weiteres tun konnte, weil sie die Zappler ohnehin eher nach Gehör ortete – erblickte sie die drei Furien. O weh, das konnte Ärger bedeuten!

»Verflucht sollst du sein!« schrie Tisi. Der Zappler verlor die Kontrolle und prallte von einem Baum ab, seiner Kraft beraubt. Wieder erschien ein Zappler. »Weh dir!« schrie Meg ihn an. »Was hättest du jemals für deine Mutter getan, der du ihr die letzte Kraft raubtest, um eines Tages schnöde auszuschwärmen?« Sie hob die Geißel und schlug den Zappler aus der Luft.

Irene entspannte sich. Also waren auch die Furien gekommen, um zu helfen. Anscheinend schlossen sich inzwischen alle Wesen Xanths zusammen, um sich der gemeinsamen Gefahr zu stellen.

Während sie einen Zappler nach dem anderen erledigte, erblickte Irene immer weitere Helfer, die sich nun zu ihnen gesellten. Sie sah, wie der Schokoladenelch die Würmer mit seinen scharfkantigen Hufen zertrampelte, während neben ihnen eine Schar von Enten nach Zapplern schnappten und sie zerknabberten. Dahinter kämpften mehrere unglaublich seltsame Wesen mit großen, haarigen Händen. Irgendwie kamen sie ihr bekannt vor. Plötzlich fiel es ihr ein: »Das Ungeheuer unter dem Bett!« rief sie. »Dann gibt es dich also *doch* – und zwar in Mengen!« Worauf eines von ihnen winkte. Das war wahrscheinlich das Ungeheuer, das unter ihrem eigenen Bett stationiert gewesen war, bevor sie zu alt geworden war, um noch daran zu glauben.

Noch ein seltsames Ding schloß sich ihnen an. Es rollte herbei und walzte schon dabei zahllose Zappler platt. Erst nach einer Weile begriff Irene, daß es sich um einen Fußball handelte. Nun erhielten sie wirklich von allen Seiten Hilfe.

Doch die Sonne hing schon sehr tief am Himmel, und die Nacht begann sich an das Land heranzupirschen. Einige der

Wesen, wie zum Beispiel das Ungeheuer-unter-dem-Bett, konnten auch bei Nacht sehr wirkungsvoll kämpfen, andere wiederum nicht. Wenn auch nur ein Zehntel der Zappler ihnen entgehen sollte, würde das den Untergang bedeuten – und es würden noch sehr viel mehr in dieser Nacht sein. Da erschien eine wahrhaft monströse Gestalt über den Bäumen und verdunkelte den Himmel noch mehr. Es war ein Vogel, ein Rokh, nein, ein . . .

SEID GEGRÜSST, KRIEGER!

Es war der Simurgh! Grundy hatte es geschafft, den ewigen Vogel zu alarmieren, und nun kam er ihnen zu Hilfe.

DER PARNASS KOMMT!

»Oh, danke, Simurgh, danke!« rief Irene. »Aber es ist schon fast dunkel, und viele Wesen werden durchlöchert werden . . .«

SAAT DES LICHTS. Und aus den Krallen des riesigen Wesens prasselten winzige Fünkchen heran, von denen jeder leuchtete wie ein kleiner Stern. GUTE FRAU, ANS WERK!

»Wachsen!« rief Irene den Samen zu. Die Sterne wurden größer und entwickelten sich zu dicken Birnen, die in alle Richtungen Licht ausstrahlten. Einige von ihnen landeten auf dem Boden und erhellten ihn, andere verfingen sich im Geäst der Bäume und warfen breitere Strahlenkegel. Es waren so viele, daß das ganze Gebiet taghell erleuchtet wurde. Das Problem der Nacht war also gelöst.

»Vorsicht, Simurgh!« rief Chem. »Manche der Zappler fliegen höher, als wir dachten.«

DIE WERDEN IN DEN MUNDANISCHEN RAUM ENTWEICHEN, erklärte der Simurgh. SIE RICHTEN KEINEN SCHADEN AN. UND WAS DIE ANDEREN ANGEHT . . .

Eine Schar kleiner Vögel erschien, offenbar von dem großen Vogel mitgebracht. Jeder von ihnen besaß einen überdimensionierten Schnabel. Sie nahmen sich der dicht über ihren Köpfen dahinjagenden Zappler an.

Im neugewonnenen Licht sah Irene weitere Neuankömmlinge. Ein großer, freundlicher Yak war darunter, der die Zappler zu Tode redete; ein Käferbär, der sie zu Tode erschreckte, und . . .

»Hiatus!« rief sie. »Was machst du denn auf diesem Teppich?«

Der Sohn des Zombiemeisters schwebte zu ihr herab. »Ich hab' nach Ivy gesucht«, erklärte er, »habe sie aber nicht gefunden. Dafür habe ich den Teppich des Guten Magiers entdeckt und habe ihn nach Hause gelenkt – wo ich dann erfuhr, daß die Zappler schwärmen. Also . . .«

»Das ist prima!« sagte Irene. Sie war froh, daß Hiatus einen Weg gefunden hatte, sich nützlich zu machen.

Zzapp! Ein Zappler schwebte plötzlich neben ihm. Hiatus konzentrierte sich darauf – und ein großes, häßlich Ohr wuchs aus dem Zappler hervor. Der Wurm verlor sein Gleichgewicht und stürzte zu Boden, unfähig, auf seiner Flugbahn zu bleiben.

Doch noch immer waren es nicht genügend Verteidiger, um den Schwarm lückenlos zu umzingeln. Irene war überzeugt davon, daß ihr Mann, König Dor, erst in einigen Stunden – zu spät – eintreffen würde. Sie mußten den Schwarm eindämmen, solange er noch klein genug dazu war.

Da glitt etwas Riesiges über den Boden: Es war der Python vom Parnaß, der auf Befehl des Simurgh gekommen war. Und hinter ihm folgten die kreischenden nackten Frauen mit ihren zottigen Haaren. Die Mänaden! Der Vogel herrschte wirklich über den gesamten Parnaß!

Die wilden Frauen schwärmten aus, was die Verteidiger um zahlreiche wichtige Verbündete bereicherte, und stürzten sich mit Wollust auf jeden Zappler, der zu sehen war, um ihn zu zerstampfen.

Auch die wilden Tiere der Gegend kamen nun herbei und reihten sich in die Schar der Verteidiger ein. Und doch boten sie dem Schwarm nur auf einer Seite Einhalt, während die andere unbewacht blieb.

Doch Irene hatte schon auf ihrer Seite alle Hände voll zu tun! Die Zappler schwärmten immer dichter herbei, und das Zzappen ertönte inzwischen pausenlos. Einige der Verteidiger wurden durchlöchert, und ihre Verluste wuchsen. Chems Flanke war blutbefleckt, wo ein Zappler sie gestreift hatte, und eine der Mänaden lag mit durchlöchertem Schädel am Boden. Im Tod sah die wilde Frau recht hübsch aus, und Irene empfand Mitleid für sie. Das hier war wirklich kein Kinderspiel!

Kinderspiel – das erinnerte sie nur zu heftig an Ivy, die sich weiter vorne nahe dem schrecklichen Zentrum des Schwarms hinter einem Vergessensstrudel versteckt hielt. Wie lange noch?

»Was ist das denn?« fragte Irene und wandte den Kopf. Sie erblickte den Zombiemeister, der die tote Mänade wiederbelebte. Nun würden die Verluste nicht mehr ins Gewicht fallen, so bedauerlich sie auch blieben; die Zombies der Gefallenen würden den Kampf fortsetzen.

Beharrlich gelang es ihnen, den Zapplerschwarm immer weiter zurückzudrängen. Der Schwarm wirkte wie ein Magnet auf alle Menschen und Tiere Xanths, die herbeieilten, um tapfer und kühn ihr Leben für die gemeinsame Sache zu riskieren. Irene begriff, daß der Simurgh seine mächtigen Gedanken aussandte, um alles, was erreichbar war, zu benachrichtigen. Da hörte sie ein neues Geräusch – Hufgetrappel. Dort, ganz hinten, waren zahllose Zentauren zu erkennen, von denen jeder zwei Reiter trug. Dor hatte eine Möglichkeit gefunden, seine Truppen schnell zu transportieren. Vielleicht würde es ihnen jetzt doch noch gelingen, den Schwarm lückenlos zu umzingeln. Wenn es nur genug Menschen und Zentauren waren...

Es waren genug, jedenfalls schien es so. Nach und nach schloß sich der Kreis. Die Zappler traten zwar nun in immer dichteren Scharen auf, doch das lag daran, daß die Verteidiger sich immer mehr dem Nest näherten. Die Lebewesen Xanths schienen zu siegen!

Als der Kesselring immer enger wurde, konnte Irene auf der gegenüberliegenden Seite die Kobolde und Harpyien kämpfen sehen. Also hatte die Flöte sie doch herbeigerufen! Die Kobolde kämpften in militärischer Formation mit großer Präzision, während die Harpyien in der Luft schwebten und Steine in den Klauen hielten, mit denen sie die schwebenden Zappler zermalmten. Wohl zum ersten Mal seit über achthundert Jahren kämpften diese beiden Arten Seite an Seite!

Und dort, hinter einem Erdriß, befand sich das Nest! Irene hielt inne, um das schreckliche Gebilde zu betrachten. Dies war der Ursprung der Gefahr!

In seiner Nähe, auf ihrer Seite der Erdspalte, befand sich eine kleine, merkwürdige Gruppe: ein Junge, ein kleines Mädchen und ein kleiner, sechsbeiniger Drache. Die Kinder – endlich!

Sie wirkten ungeschützt, waren aber tatsächlich hinter ihrem unsichtbaren Schild in Sicherheit, der von winzigen fliegenden Früchten umsummt wurde.

Die Zapplermassen, welche die Kinder von den Erwachsenen trennten, waren so dicht, daß Irene einsehen mußte, daß niemand den dreien zu Hilfe eilen konnte, bevor die Zapplergefahr gänzlich eingedämmt worden war. So waren die Kinder zwar in Sichtweite, doch immer noch in Gefahr.

Nun schienen sie das mögliche Maximum an Eingrenzung erreicht zu haben: Jeder Versuch, sich dem Nest noch weiter zu nähern, wäre tödlich gewesen. Also befanden sie sich in einer Pattsituation; sie hatten die Gefahr eingedämmt, konnten sie aber nicht ausrotten – und langsam begannen ihre Kräfte nachzulassen.

Sie mußten bald den Durchbruch schaffen, sonst würde ihre Verteidigungslinie zusammenbrechen, die Zappler würden einen Ausfall machen und siegen. Sie hatten ihnen alles entgegengestellt, was sie an Kräften hatten aufbieten können – und es war nicht genug.

18

Heldendrache

Plötzlich war Licht, Tausende von Glühbirnen machten die anbrechende Nacht zum Tag und erhellten die ganze Gegend. Ivy blinzelte, um sich an die Helligkeit zu gewöhnen, und blickte um sich.

Die Zappler waren deutlich zu sehen, denn jeder von ihnen warf gleich mehrere Schatten auf einmal. Hier waren sie so dicht, daß es schon riskant gewesen wäre, auch nur eine Hand aus dem Strudel vorzustrecken. Immerhin war der Strudel selbst jetzt wieder mit Hilfe von Hugos Fruchtfliegen deutlich zu erkennen. Ivy fragte sich, wer wohl die Glühbirnen geschickt haben mochte, nützlich waren sie ja!

Doch noch immer konnten die Kinder das Nest der Zappler nicht erreichen. Monströs und tödlich ragte es auf der gegenüberliegenden Seite des Erdrisses in die Höhe wie ein gigantischer Granatapfel kurz vor einer trägen Explosion. So nahe und doch so fern! Wie konnten sie auf die andere Seite gelangen?

Ivy zuckte ihre kleinen Schultern und tat, was getan werden mußte. »Hugo, denk dir was aus, wie wir über die Schlucht kommen.«

»Du wirst als Erwachsene mal das heilige Grauen in Person sein«, brummte Hugo.

»Was?«

»Ach, nichts. Ich denke nur nach.« Nachdenklich legte er die Stirn in Falten.

»Wir müssen den Erdriß auffüllen, damit wir auf die andere Seite können.«

»Gute Idee!« meinte Ivy. »Und womit?«

»Das weiß ich auch noch nicht genau«, gestand Hugo. Er konzentrierte sich erneut.

»Obst!« rief er plötzlich.

»Obst!« stimmte Ivy ihm zu und klatschte in die Hände.

Hugo zauberte einen Pfirsich herbei und schleuderte ihn durch den Strudel in die Ritze. Sie hörten den dumpfen Aufprall.

Nun zauberte Hugo gleich mehrere Pfirsiche herbei und warf sie in die Tiefe.

»Etwas Größeres«, schlug Ivy vor. »Das Größte, was du hast.«

»Eine Großfrucht«, sagte Hugo nach kurzem Überlegen. Er zauberte eine herbei – und wäre unter dem Gewicht des riesigen Dings beinahe zusammengebrochen. Er setzte es auf den Boden und gab ihm einen Stoß, worauf es majestätisch in die Spalte rollte und verschwand.

PLATSCH! »Das war nur eine kleine«, sagte Hugo. »Für größere müßten wir vielleicht eine Gleitbahn graben . . .«

Zzapp! Ein Wurm durchlöcherte Ivys Kleidersaum. Das war zu knapp, um noch gemütlich zu sein! »Paß auf den Strudel auf!« rief sie, entsetzt und durchaus wegen des Schadens verärgert, den der Wurm an ihrem Kleid angerichtet hatte.

Hastig zauberte Hugo eine frische Traube Flugkirschen herbei und beobachtete ihren Flug.

Tatsächlich, der Strudel war ein Stück nach rechts abgedriftet.

Nun machten sie sich daran, eine Gleitbahn zu graben. Stanley half ihnen mit seinen sechs Klauenpaaren, und schon bald hatten sie eine prächtige Bahn fertig. Hugo überzeugte sich davon, daß der Strudel noch an Ort und Stelle war, dann zauberte er die größte Großfrucht herbei, derer sein Talent fähig war. Das Ding war so groß wie er selbst – eine riesige gelbe Kugel mit ausgebeulter Schale. Sie landete in der Gleitbahn und wälzte sich langsam über den Rand des Erdrisses.

PLATSCH!

Danach war alles nur noch Routine. Nach einer Weile zerbarsten die Früchte nicht mehr, sondern rollten mit dumpfen Aufprall aufeinander. Endlich war die Ritze voll!

Vorsichtig bewegten sie sich auf die andere Seite. Ivy blickte sich um – und sah einen Kreis von Leuten in der Ferne, die offensichtlich gegen die Zappler kämpften. Die Mähre Imbri hatte es anscheinend geschafft! Doch die Zappler zappelten ihnen zu dicht entgegen, als daß sie sich dem Nest hätten nähern können. Also waren sie nach wie vor auf sich selbst gestellt.

Sie hatten die gegenüberliegende Seite noch nicht ganz erreicht, als plötzlich ein Windstoß von einer kleinen grauen Wolke herwehte, die herangezogen war, um das Geschehen zu beobachten.

»Oh!« sagte Ivy entsetzt.

»Das ist ja Fracto!«

So war es auch. König Cumulo-Fracto-Nimbus, der sie soeben erkannt hatte und keinen müden Nebelfetzen für das Wohlergehen Xanths gab, weil die Zappler Wolken nichts antaten, hatte es auf Ärger abgesehen. Und so pustete und pustete er in rechtem Winkel zu ihrer Wegstrecke.

»Nein!« schrie Hugo.

»Noch ein Vektor!«

Der Strudel driftete leicht nach rechts ab und drohte von ihrer Obstfurt herabzugleiten. Schon prasselten ihnen von links die Zappler entgegen, und sie mußten sich weiter nach rechts drücken. Fracto grinste und ließ einen weiteren Stoß eisiger Luft los.

»Puste den Strudel zurück!« schrie Ivy den Drachen an.

Doch Stanley konnte sich nicht gegen den Windvektor stellen, ohne dabei die Rampe zu verlassen – und damit den Schutz des Vergessensstrudels. Schon jetzt krallten sich seine drei rechten Beine am äußersten Rand der Obstrampe fest.

Da gab Fracto noch einen gehässigen Zusatzstoß, der mit schrecklichem Donnergrollen verstärkt wurde, und der Strudel wälzte sich nach rechts von der Rampe. Ivy stieß einen Schrei aus, als die Zappler immer dichter zu ihrer Linken vorbeizappelten, was Hugo und sie weiter nach rechts drängte.

Stanley wagte den Abstieg: Er kletterte von der Rampe und rutschte an ihrer rechten Seite hinab. Nun befand er sich rechts von dem Strudel und flatterte heftig mit seinen Flügeln.

Der Strudel verlangsamte seine Abwärtsbewegung, hielt inne und rollte wieder Stück um Stück auf die Rampe zurück, was Hugo und Ivy einen besseren Schutz bescherte. Doch der kleine Drache war nun völlig schutzlos.

Fracto schleuderte einen zornigen Blitzstrahl und holte wieder tief Luft, um erneut einen Windstoß loszulassen. Ivy erblickte es und zeigte in gerechtem Zorn mit dem Finger auf die Wolke.

»Hugo – vernichten!«

Hugo war zu klug, um angesichts dieses Tons Einwände vorzubringen. Er zauberte einen Granatapfel herbei und schleuderte ihn mit aller Macht der tiefhängenden Wolke entgegen. Mit dumpfem Knall explodierte die Granate, und Fracto zerplatzte in tausend kleine Stücke, die eilig davontrieben. Der König der Wolken würde nun Zeit brauchen, um sich wieder zu sammeln. Doch der Schaden war angerichtet: Stanley steckte tief in der Klemme.

Zzapp! Zzapp! Löcher erschienen in den Drachenflügeln. Stanley zuckte zusammen, hörte jedoch nicht auf, mit den Flügeln zu flattern. Nun, da ihm kein Wind mehr entgegenschlug, gelang es ihm, den Strudel wieder auf die Rampe zurück und auf die andere Seite zu rollen.

Zzapp! Ein Zapplerloch in Stanleys Schwanz. Wieder zuckte der Drache schmerzerfüllt zusammen, ließ jedoch in seinen Anstrengungen nicht nach. *Zzapp!* Ein Loch erschien in Stanleys Hals. Dunkles Blut quoll hervor und strömte seine Schuppen hinab. Der Drache ließ den Kopf leicht hängen, und sein Flügelschlag wurde schwächer. Der Strudel begann wieder zurückzugleiten.

»Weitermachen, Stanley!« schrie Ivy verzweifelt. »Ich weiß,

daß du es kannst!« Doch die Tränen quollen ihr aus den Augen wie das Blut aus den Wunden des Drachen. Mit gewaltiger Anstrengung bemühte sie ihren Optimismus. »Du bist viel zu zäh, als daß Würmer dich aufhalten könnten!«

Vielleicht hätte Ivys Talent genügt, wenn sie erwachsen und auf dem Höhepunkt ihrer Kraft gewesen wäre, aber sie war nur ein Kind. Stanley versuchte den Kopf zu heben, doch ohne Erfolg. Immer noch schlug er seine Flügel so heftig er nur konnte.

»Weiter nach links! Weiter links!« rief Ivy, und der Drache gehorchte verzweifelt, obwohl seine Flügel durchbohrt waren und seine Augen glasig wurden. Der Strudel trieb wieder in die richtige Richtung.

Doch es war vergebens. Stanley befand sich inzwischen auf halber Höhe in der Schlucht, während der Strudel hoch oben ruhte und sein Flügelschlag an Wirkung einbüßte.

»Kletter hoch, schnell!« rief Ivy. »Du schaffst es, Stanley! Du schaffst es!« Doch durch ihren Tränenschleier konnte sie ihn kaum noch erkennen.

Hugo ließ weitere Kirschen fliegen, weil er wußte, daß er ohnehin nichts ausrichten konnte.

Stanley setzte seine sechs Beine mühsam in Bewegung. Endlich, nach schier unendlicher Zeit, erreichte der Drache mit hängendem Kopf den oberen Rand der Rampe im selben Augenblick wie der zurückdriftende Strudel. »Flattern, Stanley, flattern!« schrie Ivy voller Grauen.

Stanley flatterte. Doch nun befand er sich mitten im Strudel und war verwundet; seine Kräfte ließen nach. Sein Flügelschlag konnte nur noch mit Mühe den Strudel am Platz halten, ohne ihn jedoch weiterzubewegen.

Hugos kluger Geist arbeitete noch immer auf Hochtouren, und nun fiel ihm eine neue Taktik ein. »Breite die Flügel aus!« rief er. »Und kriech vorwärts!«

Der Drache hörte ihn und kroch matt mit ausgebreiteten Flügeln voran, während herabstürzende Kirschen auf seinen Panzer prasselten. Der Strudel folgte seiner Bewegung.

»Der Vergessensstrudel!« rief Ivy, als es ihr wieder einfiel. »Er wird ihn vergessen lassen! Er ist *drin*!«

Hugo blickte sie entsetzt an.

»Selbst wenn er die Durchlöcherung vergißt, wird er sein Gedächtnis einbüßen!«

Stanley erblickte das Nest und sammelte seine letzten Kraftreserven. Mit einem Satz sprang er hoch – und landete genau auf dem Zapplernest.

Der Strudel wurde von ihm mitgerissen und legte sich über und um das Nest.

Das Zappeln der Würmer in der Mitte des Schwarms ließ nach. Noch immer bewegten sich die Zappler außerhalb des Nests davon, doch es erschienen keine neuen mehr. Der Strudel hatte ihnen das Gedächtnis geraubt und sie unschädlich gemacht. Dank Stanleys heldenhaftem letzten Sprung war das Nest neutralisiert worden.

Nun waren die drei vor den Zapplern in Sicherheit – und mit ihnen ganz Xanth, sobald die Schar der Verteidiger die verbliebenen Zappler ausgerottet hatte. Das war zwar auch keine leichte Aufgabe, aber durchaus im Bereich des Möglichen.

Stanley lag auf dem riesigen Nest wie auf einem gewaltigen Podest, während ihm das Blut über die Schuppen troff.

»Ach, Stanley!« rief Ivy und rannte auf ihn zu.

Hugo packte sie am Arm und riß sie zurück. »Nicht!« schrie er. »Nicht in den Vergessensstrudel laufen!«

»Ach so, ja!« Sie nickte. »Ich will nicht vergessen werden. Armer Stanley!«

Eines der Drachenohren zuckte. Stanley hatte schon immer ein ausgezeichnetes Gehör besessen, vor allem dann, wenn es um ihn ging. Er öffnete ein Auge.

Ivy klatschte in die Hände. »Ooh! Er lebt ja! Er kann sich erinnern!«

»Das ist nicht unbedingt gesagt . . .« warnte Hugo vorsichtig, und sein Verstand erwies sich stärker als sein Gefühl.

»Ist es doch!« beharrte sie. »Muß es! Laß es logisch werden, Hugo!«

Wieder bemühte Hugo seinen Intellekt. Wenn Ivy es ihm befahl, konnte er einige ziemlich unmögliche Dinge vollbringen. »Na ja, da er der Spaltendrache ist und schon seit Jahrhunderten mitten im Vergessenszauber lebt, der über der Spalte hängt, sind wir bisher immer davon ausgegangen, daß er wenigstens immun dagegen ist. Möglicherweise ist er aber sogar völlig immun. In diesem Fall ...«

»Au ja, das muß es sein! Dann vergißt er also doch nicht!« Sie musterte den Drachen.

»Aber er ist schrecklich verwundet, Hugo! Er blutet und so. Wir müssen ihm helfen!«

Hugo wußte, daß sie im Augenblick überhaupt nichts tun konnten. Er blickte sich um – und erspähte den Spaltendrachen.

Den was? Hugo kniff kurz die Augen zusammen.

Dann erblickte er neben dem ausgewachsenen Drachen die Gorgone.

»Mutter!« rief er und winkte ihr heftig zu.

Aus der Ferne machte die Gorgone ihm ein vertrautes Zeichen. »Bedeck die Augen«, sagte Hugo zu Ivy. »Und du auch, Stanley. Nicht hinschauen. Mutter ist unterwegs. Sie wird schon alles richten.«

Gehorsam wandte Ivy das Gesicht ab und schloß die Augen, während Stanley das Bewußtsein verlor. Er war ein zäher kleiner Drache, aber er war auch schlimm verwundet.

Sie warteten eine Weile, bis sie etwas hörten, was sich wie zu Boden prasselnde Kieselsteine anhörte. »Mutter blickt die Zappler an«, erklärte Hugo. »Sie werden zu Stein verwandelt!«

Es war auch ein gewaltiges Stampfen zu hören. »Wie kann der Spaltendrache so groß sein – und so klein?« fragte Hugo und fand selbst die Antwort darauf. »Es muß noch einen zweiten Spaltendrachen geben.«

»Eine Drachendame«, sagte Ivy mit weiblicher Intuition.

Das Prasseln verstummte. »Jetzt könnt ihr wieder schauen«, sagte die Gorgone. »Ich bin verschleiert.« Ivy öffnete die Augen. Gorgone und Drachin kamen gerade über die Großfruchtrampe.

Die Gorgone drehte sich kurz um und winkte dem Kreis der Verteidiger zu. »Ich habe eine Bresche geschlagen!« rief sie.

Eine weitere Gestalt löste sich aus dem Kreis, eine Zentaurin mit einer Reiterin. Ivy wußte schon, wer das war.

Die Gorgone erreichte sie und nahm Hugo auf. »Wenn du dich noch mal so verläufst«, sagte sie streng, »dann zeige ich dir mal mein Gesicht!« Dann küßte sie ihn durch den Schleier. »Oh, was siehst du plötzlich gut aus! Was ist mit dir passiert?«

»Och, Mami, es hat aber ganz viel Spaß gemacht!« protestierte Hugo. »Aber jetzt müssen wir Stanley helfen.«

»Wem?«

»Stanley Dampfer«, erklärte Ivy und zeigte auf den kleinen Drachen. »Er hat Xanth gerettet – aber er ist verwundet.«

»Ach so, ja, natürlich.« Doch die Gorgone wich zur Seite, während die große Drachin auf Stanley zukam, ihn beschnüffelte, das riesige Maul aufsperrte und ihn vom Nest hob, um ihn auf dem Boden abzusetzen.

»Aber der Vergessensstrudel . . .« wandte Ivy ein.

»Sie ist auch immun dagegen«, versicherte die Gorgone.

Eine monströse Gestalt glitt vom Himmel herab auf sie zu: der größte Vogel, den Ivy je gesehen hatte. Er schwebte kurz auf der Stelle, dann flog er davon. Eine einzelne Feder schwebte zu Boden.

»Danke, Simurgh!« rief die Gorgone. Sie nahm die Feder auf, hielt inne und blickte Ivy an. »Es ist besser, wenn du das machst, Ivy«, sagte sie. »Er ist dein Freund, und da wird es leichter funktionieren.« Sie reichte ihr die Feder.

Ivy musterte die Feder. Am Himmel war sie ihr sehr klein erschienen, doch in Wirklichkeit war sie so groß wie Ivy selbst, aber federleicht.

»*Was* tun?«

»Stanley berühren.«

»Oh.« Ivy berührte die Nasenspitze des kleinen Drachen mit der Feder. »So?« fragte sie unsicher.

»Wo immer es ihm weh tut, Liebes.«

»Oh.« Ivy strich mit der Feder über Stanleys Halswunde – die sofort heilte. »Oh!« rief sie entzückt. Nun bestrich sie jedes der Wurmlöcher, und schon bald war der Drache wieder hergestellt und konnte erneut den Kopf heben. »Oh!« rief sie ein drittes Mal und umarmte ihn freudig.

»Hugo, wie hast du gutes Obst hervorgezaubert?« fragte die Gorgone ihren Sohn, obwohl ihr Verhalten anzeigte, daß sie die

Antwort schon ungefähr zu kennen schien. So waren Mütter eben.

»Das ist Ivys Schuld«, sagte Hugo. »Wenn ich in ihrer Nähe bin, kann ich fast alles. Ich kann sogar richtig denken. Sie ist eine Magierin.«

Die Gorgone musterte Ivy durch ihren Schleier. »Ja, das glaube ich auch.«

»So wie mein Vater Magier ist«, fuhr Hugo fröhlich fort. Doch dann wurde er wieder ernst.

»Nur daß er ja jetzt . . .«

»Er wird schon wieder ein Magier werden«, beruhigte ihn die Gorgone. »Natürlich wird es eine Zeit dauern, bis er wieder erwachsen geworden ist, aber . . .«

Da kam eine weitere Gestalt auf sie zu, eine Frau, die sich nicht weiter um die verbliebenen Zappler zu kümmern schien. Sie war recht hübsch, aber Ivy erkannte sie nicht. »Kann ich helfen?« fragte die Frau.

»Danke, nein«, erwiderte die Gorgone und blickte sie verwundert an. »Ist anscheinend alles in Ordnung.«

»Wer ist denn das?« fragte Ivy. »Warum können die Zapplerlöcher ihr nichts anhaben?« Denn die Frau wies zahlreiche Perforierungen auf.

»Ich bin Zora Zombie«, sagte die Frau. »Löcher tun Zombies nichts, also bin ich einfach für alle Fälle hergekommen.« Sie sprach ein wenig undeutlich, als wären ihre Lippen eine Spur zu schlaff.

»Du siehst aber gar nicht aus wie ein Zombie«, bemerkte Hugo.

»Die wahre Liebe hat mir das Leben wiedergeschenkt«, erklärte Zora. »Und vielleicht ist mein Rückgrat etwas gerader und fester geworden, als ich ins Antlitz deiner Mutter geschaut habe.«

»*Deshalb* habe ich dich nicht erkannt!« rief die Gorgone. »Du hast dich so sehr verändert . . .«

»Ich bin, was jeder Zombie sein könnte, wenn die Verhältnisse nur entsprechend wären«, sagte Zora. »Jetzt kann ich sogar mein magisches Talent ausüben.«

»Was ist denn das für eins?« wollte Ivy wissen.

Zora lächelte abwertend. »Es ist nicht allzu nützlich, fürchte ich. Ich kann Lebewesen schneller altern lassen.«

»Schneller altern?«

»Ja, doppelt so schnell wie sonst. Aber wer will das schon haben . . .« Doch die Gorgone hatte aufgeregt die Ohren gespitzt. »Könntest du ein Baby doppelt so schnell wachsen lassen wie normal, ohne daß es ihm schadet?«

»Ja, natürlich«, sagte Zora. »Mein Talent hat nie jemandem geschadet, nur daß die Leute immer meinen, Altern wäre genauso schlimm wie Schmerz.«

»Wenn du es in Ivys Gegenwart tätest, könntest du einen Säugling bestimmt zehnmal so schnell altern lassen«, sagte Hugo zuversichtlich.

»Zehnmal so schnell!« rief die Gorgone. »Zora, du mußt unbedingt als Babysitter zu meinem Mann kommen!«

»Gern, wenn du willst«, sagte Zora. »Aber ist dein Mann denn nicht schon hundert Jahre alt?«

»Ja und nein«, sagte die Gorgone. »Glaub mir, du wirst uns auf unserem Schloß sehr willkommen sein! Du und Ivy!«

Nun näherte sich die Zentaurin. Ivy hörte das Getrappel der Hufe und blickte hoch, die Arme noch immer um Stanleys verheilten Nacken geschlungen. Es war Chem, und auf ihr saß . . .

»Mutter!« rief Ivy mit Tränen der Freude und der Erleichterung. Jetzt, so wußte sie, würde wirklich *alles* in Ordnung kommen! »Du mußt meinen Freund Stanley kennenlernen! Er hat Xanth gerettet!«

»Ja, das hat er wohl«, sagte Irene beim Absitzen. »Und außerdem hat er uns gezeigt, wie man die Vergessensstrudel beseitigen kann, ohne ihnen zu erliegen. Wir werden ihm ein Denkmal errichten.«

»Nein!« schrie Ivy und sah die Gorgone erschrocken an.

Irene lachte und tätschelte Stanleys Kopf. »Nein, nicht auf diese Weise«, beruhigte sie ihre Tochter. »Wir werden es aus echtem Stein hauen und neben der Statue der Mähre Imbri errichten, genau wie ich es in meiner Vision geschaut habe. Es wird ein Podest mit der Inschrift HELDENDRACHE sein. Er wird berühmt werden.« Sie warf der voll ausgewachsenen Drachin einen Blick zu. »Seine Aufgabe in der Spalte wird für eine

Weile von seiner Stellvertreterin wahrgenommen werden müssen, bis Stanley wieder dazu in der Lage ist, seine alte Stellung anzutreten.«

»Au, prima!« sagte Ivy und klatschte in die Hände. »Dann bleibt er bei mir. Stanley ist mein Freund!«

»Das auch«, stimmte Irene zu und beugte sich vor, um Kind und Drache gemeinsam zu umarmen.

ENDE

Anmerkung des Autors

Der Autor bedankt sich bei einer Reihe von Xanth-Fans, die, immer auf der Ka-Lauer, zu diesem Roman beigetragen haben: Paul Priu von der Insel der Illusion – für den Fußball und den Schlagballdiamanten; Richard Hoffmann – für die Quälföhre; Manuel Enriquez – für die Bettwanzen; Matt Mason – für die Frauenfingerpflanze; Sean Logan wies mich völlig korrekt darauf hin, daß die Zeit der Fehlenden Magie in *Zauber-Suche* auch den Vergessenszauber der Spalte hätte ausschalten müssen; Alec Pontenberg – für den Panzer-Dill; Judy-Lynn del Rey – für den Jungbrunnen, der in Mundania zufällig dieselbe Stelle und Stellung einnimmt wie in Xanth, wie auch für den Gorgonzola-Käse; Freeda Scanlan – für das Kringelspiel; Liz Slaughter – für den Schokoladenelch; Chris Carden – für die Mundorgel; Ben L. Geer, der zwar nicht gerade einen Kalauer einschickte, aber um mehr von Xanth bat, weil es seine einzige Verbindung zur Realität aufrecht erhält (dieses Gefühl kenne ich!); Bern ›Pern‹ Eagan (offensichtlich ein Flüchtling aus einer anderen Serie – wir haben es mit allerlei Charakteren zu tun . . .), der mich seinem Freund dem Zentaur der Aufmerksamkeit vorstellte, wenngleich dieses scheue Geschöpf floh, bevor ich es für diesen Roman einfangen konnte; und John Caporale, der mir folgenden Plot-Vorschlag schickte: Dor und seine Freunde benutzen das magische Zentaurenfeld, um in die Welt der CLUSTER-Science-Fiction-Serie des Autors überzuwechseln, um dort nach Alten Dingen zu forschen. Seufz. Ich bedaure mitteilen zu müssen, daß die Kluft zwischen verschiedenen Verlagshäusern weitaus größer sein kann als die zwischen verschiedenen Literaturgattungen; unsere Helden würden es niemals schaffen, ungeschoren auf die andere Seite zu gelangen. Aber es zeigt, über wie viel mehr Einfallsreichtum meine Fans verfügen als ich.

Und nun ist es vollbracht, was wohl Strafe genug sein dürfte.

Bitte, Fans, tut mir den Gefallen, mich nicht mit Zigmillionen weiteren Kalauer zu überfluten; dann könnte mein Verstand verdampfen, und ich wage es nicht mehr, weitere Bände aus Xanth hinauszuschmuggeln. Es ist ohnehin schon schwierig genug, über den Parnaß zu kommen. Und fühlt euch auch bitte nicht dazu verpflichtet, mir zu schreiben, weil ihr meint, man würde mich zu sehr vernachlässigen; wohlwollende Vernachlässigung ist für einen Schriftsteller lebenswichtig. Ich habe mal in einem Monat über sechzig Briefe beantwortet und kam daraufhin mit dem Tippen meines Romans nicht mehr nach. Meine Verleger sehen dergleichen nur mit Stirnrunzeln, und das Stirnrunzeln eines Verlegers kann ebenso verheerend sein wie der Anblick der Gorgone. Lest und genießt die Bücher einfach und haltet auch mit dem Stöhnen über die schlimmsten Kalauer ein wenig zurück, damit die Leute euch nicht auf der Straße komisch angucken. Wahrscheinlich wird es in etwa einem Jahr einen weiteren Xanth-Roman geben, der nicht viel schlimmer sein wird als dieser. Wenn ihr diesen hier sorgfältig lest, werdet ihr wahrscheinlich schon eine klarere Vorstellung davon haben, wovon er handelt, als ich selbst; aber den amerikanischen Titel will ich euch wenigstens schon verraten: *Crewel Lye*, eine sarkastische Erzählung über eine ungnädige Wahrheit.

Bis dann . . .

PIERS ANTHONY